« PAVILLONS »

Collection dirigée par
Maggie Doyle et Jean-Claude Zylberstein

DU MÊME AUTEUR

chez le même éditeur

La Vie avant l'homme, 1981
La Servante écarlate, 1987 ;
« Bibliothèque Pavillons », 2005
Œil de chat, 1990
La Voleuse d'hommes, 1994
Mort en lisière, 1996
Captive, 1998
Le Tueur aveugle, 2002

MARGARET ATWOOD

LE DERNIER HOMME

traduit de l'anglais (Canada)
par Michèle Albaret-Maatsch

ROBERT LAFFONT

Titre original : ORYX AND CRAKE
© O. W. Toad Ltd, 2003
Traduction française : Éditions Robert Laffont, S.A., Paris, 2005

ISBN 2-221-10101-4
(éd. originale : ISBN 0-7475-6259-8 Bloomsbury, Londres)

À ma famille

1.

Mangue

Snowman se réveille avant l'aube. Immobile, il écoute la marée montante et les vagues qui déferlent, l'une après l'autre, et franchissent divers obstacles, flish-flish, flish-flish, au rythme des battements d'un cœur. Il aimerait tant se croire encore endormi.

La ligne d'horizon, à l'est, baigne dans une brume grisâtre teintée d'une lueur rosée, funeste. Curieux la douceur que cette couleur affiche encore. Elle sert de toile de fond aux silhouettes sombres des tours offshore qui émergent comme irréelles du rose et du bleu pâle du lagon. Les criailleries des oiseaux nichant là et le ressac de l'océan au loin dans les ersatz de récifs formés de pièces de voiture rouillées, de briques en vrac et de décombres assortis rappellent presque le bruit de la circulation les jours de congé.

Il consulte machinalement sa montre – boîtier en acier inoxydable et bracelet en aluminium poli encore brillants alors qu'elle ne marche plus. Elle représente désormais son seul et unique talisman. Un cadran vide, voilà ce qu'elle lui oppose : zéro heure. Devant cette absence d'heure officielle, un frisson de terreur le parcourt de la tête aux pieds. Personne nulle part ne sait l'heure qu'il est.

« Calme-toi », se dit-il.

Il inspire plusieurs fois à fond, puis se gratte, pas à l'endroit où ses piqûres d'insecte le démangent le plus, mais autour, en veillant à ne pas écorcher la moindre croûte : s'il y a bien un truc dont il n'a pas besoin, c'est d'une septicémie. Ensuite, il scrute le terrain en dessous afin de s'assurer qu'il n'y a pas de bêtes sauvages : RAS, pas la queue d'une menace en vue. Main gauche, pied droit, main droite, pied gauche, il descend de l'arbre. Après avoir épousseté brindilles et bribes d'écorce, il s'enroule dans son drap sale comme dans une toge. La veille, pour être sûr de ne pas perdre sa casquette de baseball, authentique copie de l'emblème des Red Sox, il l'a accrochée à une branche ; il en inspecte l'intérieur, chasse une araignée d'une chiquenaude et la coiffe.

Il s'éloigne de deux mètres sur la gauche, pisse dans les fourrés.

« Attention les yeux ! » crie-t-il aux sauterelles qui s'envolent dans un bruissement d'ailes effrayé. Puis il fait le tour de l'arbre et, une fois à bonne distance de son urinoir habituel, fourrage dans la cachette qu'il s'est aménagée avec deux ou trois dalles de ciment garnies de fils barbelés afin d'éloigner rats et souris. Il y a planqué quelques mangues, dans un sac en plastique fermé par un nœud, une boîte de Sveltana, ces fameuses petites saucisses végétariennes, une précieuse bouteille de scotch à moitié vide – non, aux deux tiers plutôt – et une barre énergétique parfumée au chocolat, ramollie et poisseuse dans son emballage en papier aluminium, qu'il a récupérée dans un camp de caravaning. Il ne se résout toujours pas à la manger : c'est peut-être la dernière qu'il dénichera. Il y a également rangé un ouvre-boîte, un pic à glace et, allez savoir pourquoi, six bouteilles de bière vides, par sentimentalité et pour pouvoir stocker de l'eau potable. Ainsi que ses lunettes de soleil ; il les met. Il leur manque un verre, mais c'est mieux que rien.

Il défait le sac en plastique : il ne reste plus qu'une mangue. Bizarre... dans son souvenir, il y en avait davantage. Les fourmis ont réussi à s'introduire dans le sac, alors qu'il l'avait noué le plus hermétiquement possible. Ça y est, elles remontent déjà le long de ses bras, il y en a des noires et des petites jaunes vice-lardes. Étonnant la piqûre cuisante qu'elles vous infligent, les jaunes surtout. Il s'en débarrasse d'une main vigoureuse.

« C'est grâce au strict respect des activités journalières qu'on garde le moral et qu'on préserve sa santé mentale », déclare-t-il à haute voix.

Il a l'impression de citer un bouquin, une directive solennelle et désuète, écrite à l'intention des colons européens qui exploitaient des plantations de trucs ou de machins. Il ne se rappelle pas avoir jamais lu ce genre de choses, mais ça ne veut rien dire. Il y a un paquet de trous noirs dans son cerveau rabougri, autrefois siège de sa mémoire. Plantations de caoutchouc, plantations de café, plantations de jute. (C'était quoi le jute ?) On devait leur conseiller de porter des chapeaux contre le soleil, de se changer pour le dîner, de s'abstenir de violer les indigènes. On ne disait sûrement pas *violer*. S'abstenir de fraterniser avec les habitantes. Ou, formulé différemment...

Il est pourtant prêt à parier qu'ils ne s'abstenaient pas. Neuf fois sur dix.

« Eu égard aux circonstances atténuantes... »

Il se retrouve planté là, bouche bée, à chercher la suite de la phrase. Il s'assied par terre et s'attaque à la mangue.

Bois flotté

Sur la plage blanche tout en coraux pulvérisés et ossements brisés, certains des enfants se promènent. Ils ont dû se baigner, ils sont encore mouillés et ont la peau luisante. Ils devraient se montrer plus prudents : allez savoir ce qui peut infester le lagon ! Mais ils ne manifestent pas la moindre méfiance ; contrairement à Snowman qui n'y tremperait pas un orteil, même de nuit quand le soleil ne risque pas de l'agresser. Rectification : surtout de nuit.

Il les observe avec envie, peut-être avec nostalgie. Impossible : gamin, il ne s'est jamais baigné dans l'océan, n'a jamais batifolé tout nu sur une plage. Les enfants examinent le terrain avec attention, se penchent pour ramasser du bois flotté, se consultent, gardent certains trucs, en jettent d'autres ; leurs trésors atterrissent dans un sac déchiré. Tôt ou tard – il peut en être sûr –, ils viendront le trouver à l'endroit où il est assis, enroulé dans son drap en lambeaux, les mains serrées sur ses tibias, à sucer sa mangue sous le couvert des arbres pour se protéger du soleil vengeur. Pour les enfants dont la peau épaisse ne craint pas les ultraviolets, il incarne une créature de l'ombre, du crépuscule.

Ça y est, ils arrivent.

« Snowman, Snowman », ânonnent-ils de leur voix chantante. Ils ne se risquent jamais trop près de lui. Est-ce par respect, comme il aime à le croire, ou parce qu'il pue ?

(Il pue, il le sait très bien. Il sent fort, il sent le fauve, il schlingue comme un morse – le rance, la saumure, le poisson –

encore qu'il n'a jamais été exposé à l'odeur d'un de ces animaux. Mais il en a vu en photos.)

Les enfants ouvrent leur sac et s'exclament en chœur :

« Dis, Snowman, c'est quoi ce qu'on a trouvé ? »

Ils sortent leurs trouvailles, les brandissent comme s'ils cherchaient à les vendre : un enjoliveur, une touche de piano, un morceau de bouteille de soda vert pâle poli par l'océan. Un flacon en plastique de JouissePluss, vide ; un panier de Nævi CoqOTops, dito. Une souris d'ordinateur, ou ce qu'il en reste, et sa longue queue métallique.

Snowman se sent au bord des larmes. Que leur dire ? Il n'y a pas moyen de leur expliquer ce que sont, ce qu'étaient ces objets bizarres. Mais ils doivent avoir deviné sa réponse, c'est toujours la même.

« Ce sont des trucs d'avant. »

Il s'exprime gentiment mais de manière distante. À mi-chemin entre le pédagogue, le devin et le tonton bienveillant – c'est ainsi qu'il faut leur répondre.

« Ils vont nous faire mal ? »

Ils dénichent parfois des bidons d'huile de vidange, des solvants caustiques, des bouteilles en plastique d'eau de Javel. Des pièges du passé. Il passe pour un expert en matière d'accidents potentiels : acides corrosifs, émanations mortelles, poudres toxiques. Fléaux de toutes sortes.

« Ceux-là, non, répond-il. Ceux-là ne présentent aucun danger. »

Devant cette réponse, leur intérêt s'émousse et ils laissent retomber le sac. Mais ils ne s'éloignent pas pour autant : ils restent plantés là, le dévisagent. Le ratissage de la plage n'est qu'un prétexte. Ce qu'ils veulent avant tout, c'est le regarder, parce qu'il est tellement différent d'eux. De temps à autre, ils lui demandent d'ôter ses lunettes de soleil, puis de les remettre : ils ont envie de voir s'il a vraiment deux yeux ou si, éventuellement, il n'en aurait pas trois.

« Snowman, Snowman », chantonnent-ils, plus pour eux que pour lui. Pour eux, son nom se résume à deux syllabes et rien de plus. Ils n'ont pas idée de ce qu'est un homme des neiges ni même un bonhomme de neige, ils n'ont jamais vu la neige.

C'était l'une des règles de Crake qui interdisait d'attribuer un nom à quelqu'un si le nom en question n'avait pas d'équivalent angible – même empaillé, même à l'état de squelette. Pas de licornes, pas de griffons, pas de manticores ni de basilics. Mais aujourd'hui ces règles n'ont plus cours et l'adoption de cette identité discutable a procuré un plaisir amer à Snowman : l'abominable homme des neiges, mythe ou réalité, vacillant à la lisière des blizzards, homme-singe ou singe-homme, mystérieux, insaisissable, connu par le seul biais de la rumeur et de ses empreintes pointant à rebours. Selon ce qui se racontait, des tribus montagnardes le chassaient et le tuaient quand l'occasion s'en présentait. Selon ce qui se racontait, elles le faisaient bouillir, rôtir, célébraient de singulières festivités ; d'autant plus excitant, suppose-t-il, que l'on frisait le cannibalisme.

Pour les fins présentes, il a abrégé le nom en question. Il est juste Snowman. L'*abominable*, il le garde pour lui, c'est son cilice secret.

Après quelques instants d'hésitation, les enfants s'accroupissent en demi-cercle, garçons et filles ensemble. Deux des plus jeunes n'ont pas encore terminé leur petit déjeuner, ils ont le menton barbouillé de jus verdâtre. Qu'est-ce qu'on se néglige quand on n'a pas de miroirs, c'est démoralisant. Cela dit, ils sont étonnamment beaux, ces enfants – tous nus, tous parfaits, tous d'une complexion différente, chocolat, rose, café au lait, beurre, crème, miel –, mais tous avec des yeux verts. L'esthétique de Crake.

Ils enveloppent Snowman d'un regard plein d'espoir. Ils espèrent sûrement qu'il leur dira quelque chose, mais, là, il n'est pas d'humeur. Tout au plus les laissera-t-il peut-être examiner ses lunettes de soleil, de près, ou bien sa montre brillante et inutile ou encore sa casquette de baseball. Cette casquette leur plaît bien mais ils ne comprennent pas qu'il ait besoin d'un artifice de ce genre – une chevelure amovible qui n'en est pas une – et il n'a pas encore inventé d'histoire là-dessus.

Ils font silence un moment, le fixent, ruminent, puis le plus vieux démarre :

« Dis, Snowman, s'il te plaît, dis-nous, c'est quoi cette mousse qui te pousse sur la figure ? »

Les autres se joignent à lui :

« S'il te plaît, dis-nous, s'il te plaît, dis-nous ! »

Ils ne se poussent pas du coude, ils ne pouffent pas : la question est sérieuse.

« Des plumes », répond-il.

Ils lui posent cette question une fois par semaine au moins. Il leur fournit toujours la même réponse. Bien que ça ne fasse pas très longtemps – deux mois, trois ? il ne sait plus –, ils ont engrangé tout un stock d'anecdotes, de conjectures à son sujet : *Avant, Snowman était un oiseau mais il ne sait plus voler et le reste de ses plumes est tombé et, du coup, il a froid et il a besoin d'une seconde peau et il faut qu'il se couvre. Non : il a froid parce qu'il mange du poisson et que les poissons sont froids. Non : il se couvre parce qu'il a perdu son affaire d'homme et qu'il ne veut pas qu'on le voie. C'est pour ça qu'il ne va pas se baigner. Snowman a des rides parce que avant il vivait sous l'eau et que ça lui a fripé la peau. Snowman est triste parce que les autres comme lui ont fui de l'autre côté de l'océan et que maintenant il est tout seul.*

« Moi aussi, je veux des plumes », déclare le plus jeune.

Vain espoir : chez les Enfants de Crake, les hommes n'ont pas de barbe. Crake trouvait que les barbes n'avaient rien de rationnel ; et puis la corvée du rasage l'agaçait, il a donc aboli cette nécessité. Mais pas pour Snowman, bien sûr : pour lui, c'était trop tard.

Là-dessus, les voilà qui recommencent, tous en même temps :

« Snowman, dis, Snowman, on peut avoir des plumes nous aussi, s'il te plaît ?

— Non.

— Pourquoi, pourquoi ? chantonnent les deux plus jeunes.

— Une minute, je vais demander à Crake. »

Il présente sa montre au ciel, la tourne sur son poignet, puis la porte à son oreille comme s'il l'écoutait. Ils suivent tous ses gestes avec fascination.

« Non, déclare-t-il. Crake dit que non. Pas de plumes pour vous. Maintenant, laissez pisser.

— Laissez pisser ? Laissez pisser ? »

Ils se consultent du regard, puis reportent leur attention sur lui. Il a commis une erreur, il a lâché un truc nouveau, impossible à expliquer. Pisser n'a rien d'insultant pour eux.

« Pourquoi laissez pisser ?

— Allez-vous-en ! »

Il leur fait claquer son drap sous le nez et ils repartent en courant vers la plage. Ils ne savent toujours pas trop s'ils doivent le craindre et, si oui, dans quelle mesure. Personne n'a jamais entendu dire qu'il avait fait du mal à un enfant, mais ils ne comprennent pas totalement sa nature. Impossible de prédire ses réactions.

Voix

« Maintenant, je suis seul, dit-il tout fort. Tout seul, tout seul. Seul sur la vaste, la vaste mer. »

Autre fragment de citation tirée de l'album fragmenté qui lui vrille le crâne.

Rectification : sur la plage.

Il éprouve le besoin d'entendre une voix humaine – une voix cent pour cent humaine, comme la sienne. À certains moments, il ricane comme une hyène ou rugit comme un lion – l'idée qu'il se fait d'une hyène, d'un lion. Tout gamin, il regardait de vieux DVD sur ce genre de créatures : ces fameuses émissions sur le comportement animal qui présentaient des scènes de copulation, des grognements, des entrailles et des mères occupées à faire la toilette de leurs petits. Pourquoi les trouvait-il si rassurantes ?

Ou bien il grogne et crie comme un porcon ou hurle comme un louchien : *Ouaou ! Ouaou !* Parfois, au crépuscule, il parcourt la plage au galop et balance des galets dans l'océan en braillant : *Merde, merde, merde, merde, merde !* Après, il se sent mieux.

Désireux de s'étirer, il se redresse, lève les bras en l'air et en perd son drap. À sa grande consternation, son corps lui apparaît avec sa peau sale et couverte de piqûres d'insecte, ses touffes de poils poivre et sel, ses ongles de pied jaunes et racornis. Nu comme au jour de sa naissance, non qu'il ait le moindre souvenir sur l'épisode en question. Tant d'événements cruciaux se produisent à l'insu des gens, alors qu'ils ne sont même pas en mesure de les suivre : leur naissance et leur mort, par exemple. Ainsi que l'amnésie passagère de l'amour.

« N'y pense même pas », se dit-il.

L'amour, c'est comme l'alcool, il n'est pas bon de se polluer la tête avec trop tôt dans la journée.

Il prenait drôlement soin de lui, avant ; il courait, faisait de la gym en salle. Maintenant, on lui voit les côtes : il dépérit. Manque de protéines animales. D'une voix caressante, une femme lui susurre à l'oreille : *Quel beau derche !* Ce n'est pas Oryx, mais une autre. Oryx n'est plus trop bavarde à l'heure qu'il est.

« Dis quelque chose ! » l'implore-t-il.

Elle l'entend, il a besoin de le croire, mais choisit de rester muette.

« Qu'est-ce que je peux faire ? lui demande-t-il. Tu sais que je... »

Quels beaux abdos ! reprend le murmure en lui coupant le sifflet. *Chéri, allonge-toi !* De qui s'agit-il ? D'une pute dont il a un jour acheté les services. Rectification : d'une habile professionnelle du sexe. D'une trapéziste, souple comme du caoutchouc et couverte de paillettes comme un poisson d'écailles. Il déteste ces échos. Les saints, ces ermites infestés de poux dans leurs grottes et leurs déserts, en entendaient. Encore un peu et il va voir de superbes démones aux mamelons rouge feu qui vont se lécher les lèvres et darder leur langue rose et invitante. Des sirènes émergeront d'entre les vagues, là-bas au-delà des tours qui tombent en ruine, et, attiré par leur chant enjôleur, il ira les rejoindre à la nage et se fera bouffer par les requins. Des créatures aux visages et aux seins de femme et aux serres d'aigle lui fondront dessus, il leur ouvrira les bras et ce sera la fin. Topfrité.

Ou pire, une fille qu'il connaît, ou connaissait, surgira d'entre les arbres et s'avancera vers lui, heureuse de le voir, mais totalement immatérielle. Même ça, il ne refuserait pas, pour la compagnie.

Il scrute l'horizon derrière son unique verre de soleil : rien. La mer est couleur de métal brûlant, le ciel d'un bleu délavé à l'exception du trou que le soleil y grave. Tout est tellement vide. Eau, sable, ciel, arbres, fragments d'un passé révolu. Personne pour l'entendre.

« Crake, beugle-t-il. Connard. Crétin ! »

Il écoute. L'eau salée ruisselle de nouveau sur son visage. Il ne sait jamais quand ça va lui arriver et n'est jamais fichu de rien arrêter. Il suffoque comme si une main géante lui écrasait le torse – écrasait, relâchait, écrasait. Panique absurde.

« C'est ta faute ! » hurle-t-il à l'adresse de l'océan.

Pas de réponse, ce qui n'a rien de surprenant. À part les vagues, flish-flish, flish-flish. Il se passe le poing sur la figure, sur la crasse, les larmes, la morve, la barbe en broussaille et le jus poisseux de la mangue.

« Snowman, Snowman, marmonne-t-il. Secoue-toi. »

2.

Brasier

Dans une existence antérieure, Snowman ne s'appelait pas Snowman, mais Jimmy. C'était un gentil garçon en ce temps-là.

Le premier souvenir précis de Jimmy était celui d'un gigantesque brasier. Il devait avoir cinq ou peut-être six ans. Il portait des bottes en caoutchouc rouge décorées d'une tête de canard souriant sur chaque orteil ; il s'en souvient, parce que, après avoir regardé le brasier, on l'avait obligé à passer dans une cuvette de désinfectant avec ses fameuses bottes. On lui avait dit que le désinfectant était dangereux et recommandé de ne pas s'éclabousser et, du coup, il avait eu peur que le produit toxique n'abîme les yeux des canards. On lui avait expliqué que ces canards n'étaient que des images, qu'ils n'étaient pas réels et ne ressentaient rien, mais il n'y avait pas vraiment cru.

Donc, disons cinq ans et demi, songe Snowman. Ce doit être à peu près ça.

On était peut-être en octobre ou sinon en novembre ; les feuilles, encore en train de roussir, arboraient des teintes orangées et rouges. Le sol était boueux sous les pieds – il devait se trouver dans un champ – et il pleuvassait. Le brasier rassemblait un formidable amoncellement de vaches, de moutons et de cochons dont les pattes, raides et droites, pointaient de partout ; on avait arrosé les bêtes d'essence ; les flammes s'élançaient vers le ciel ou se déployaient sur les côtés, jaunes, blanches, rouges et orange, et l'air empestait la chair brûlée. Ça rappelait le barbecue dans le jardin de derrière quand son père faisait

25

griller des trucs, mais en beaucoup plus fort, avec, en plus, des odeurs de station-service et de cheveux roussis.

Jimmy connaissait bien cette dernière odeur parce qu'il s'était coupé les cheveux avec des ciseaux à manucure et y avait mis le feu avec le briquet de sa mère. Les cheveux avaient frisotté en se tortillant comme de tout petits vers noirs et il avait donc continué à les couper. Lorsqu'on l'avait surpris, il avait la frange pleine d'échelles. Et quand on l'avait grondé, il avait expliqué qu'il faisait une expérience.

Là-dessus, son père avait éclaté de rire, mais pas sa mère. Au moins (avait dit son père), Jimmy avait eu le bon sens de se couper les cheveux avant d'y mettre le feu. Sa mère avait répliqué que c'était une chance qu'il n'ait pas fait brûler la maison. Après, ils s'étaient disputés au sujet du briquet, lequel ne se serait pas trouvé là (son père avait dit), si sa mère n'avait pas fumé. Sa mère avait déclaré que tous les enfants étaient des incendiaires dans l'âme et que, s'il n'avait pas eu de briquet, il aurait pris des allumettes.

Une fois la dispute lancée, Jimmy avait poussé un soupir de soulagement, parce qu'il avait compris qu'il ne serait pas puni. Il n'avait plus qu'à se taire et ils auraient vite oublié pourquoi ils avaient commencé à se quereller. Mais il avait aussi éprouvé une pointe de culpabilité, parce que, regarde ce à quoi il les avait poussés. Il savait que ça allait se terminer par une porte claquée. Il s'était tassé de plus en plus sur son siège tandis que les mots fusaient au-dessus de sa tête et, à la fin, il y avait bien eu un claquement de porte – sa mère, cette fois-ci – suivi d'un courant d'air. Il y avait toujours un courant d'air quand une porte claquait, une petite bouffée – pfffuit – en plein dans ses oreilles.

« C'est pas grave, mon petit vieux, avait décrété son père. Les femmes sont toujours en train de bouillir sous la cravate. Elle va se calmer. Allez, on va se taper une glace. »

Et ils avaient dégusté une glace à la framboise avec un coulis du même parfum dans les bols pour les céréales, un de ces bols mexicains décorés d'oiseaux bleus et rouges peints à la main qu'il ne fallait donc pas mettre au lave-vaisselle, et Jimmy avait mangé toute la sienne pour montrer à son père que tout allait bien.

Les femmes et ce qui se passait sous leur cravate. Chaud et froid entrant et sortant de cette contrée au temps changeant, fleurie, musquée et inconnue, qui se nichait sous leurs habits – mystérieuse, importante, incontrôlable. C'était l'opinion de son père sur la question. En revanche, il n'était jamais question de la température corporelle des hommes ; il n'y était même jamais fait allusion, en tout cas pas quand il était petit, à part quand son père disait : « Lâche la vapeur. » Pourquoi ? Pourquoi n'évoquait-on jamais ce qui bouillait sous la cravate des hommes ? Ces longues cravates pointues au revers sombre, sulfureux, raide. Il aurait pu proposer quelques théories sur le sujet.

Le lendemain, son père l'avait emmené dans un salon de coiffure où trônait, en devanture, la photo d'une jolie fille aux lèvres boudeuses et à l'épaule dénudée sous son T-shirt noir qui, la chevelure hérissée à la porc-épic, regardait les passants d'un œil charbonneux et mauvais. À l'intérieur, le carrelage était jonché de mèches et de touffes de cheveux ; on nettoyait le tout au balai. Jimmy s'était d'abord vu affublé d'une cape noire, sauf qu'elle ressemblait plus à un bavoir qu'à une cape, et du coup il l'avait refusée, parce que ça faisait bébé. Le monsieur coiffeur avait éclaté de rire et déclaré que ce n'était pas un bavoir : qui avait jamais entendu parler d'un bébé avec un bavoir noir ? Donc, les choses s'étaient arrangées ; ensuite, Jimmy avait eu droit à une coupe très courte afin d'égaliser les trous, ce qui correspondait peut-être à son souhait initial – des cheveux plus courts. Après, on lui avait mis un truc d'un pot en verre pour lui faire des picots sur la tête. Ça sentait l'écorce d'orange. Il avait souri à son reflet dans le miroir, puis avait pris un air mauvais en fronçant vigoureusement les sourcils.

« Quel dur ! avait déclaré le bonhomme du salon en adressant un petit signe de tête au père de Jimmy. Un vrai tigre. »

Il avait balayé de la main les cheveux coupés de Jimmy qui étaient allés retrouver les autres par terre, avait ôté la cape avec un grand geste et remis Jimmy sur ses pieds.

Devant le brasier, Jimmy s'était inquiété pour les animaux, parce qu'on les brûlait et qu'ils devaient sûrement souffrir. Non, lui avait dit son père. Ils étaient morts. Ils étaient comme des steaks et des saucisses, sauf qu'ils avaient encore leur peau.

Et leur tête, avait songé Jimmy. Les steaks n'avaient pas de tête. C'était les têtes qui faisaient toute la différence : il avait l'impression de lire de la réprobation dans leurs yeux qui se calcinaient. D'une certaine façon, tout ça – le brasier, l'odeur de brûlé, mais surtout les animaux en flammes et leurs souffrances – était sa faute, parce qu'il n'avait rien fait pour les sauver. En même temps, il trouvait que ce brasier – aussi illuminé qu'un arbre de Noël, mais un arbre de Noël en feu – était superbe à voir. Il espérait une explosion, comme à la télévision.

Debout à côté de lui, son père le tenait par la main.

« Prends-moi dans tes bras », réclama Jimmy.

Son père présuma qu'il avait envie d'être réconforté, ce qui était le cas, et le prit dans ses bras et le serra contre lui. Mais Jimmy avait aussi envie de mieux voir.

« Voilà où on en arrive, dit le père de Jimmy, pas à Jimmy mais à un homme à côté d'eux. Une fois que c'est parti. »

Le père de Jimmy paraissait en colère ; et l'autre homme également lorsqu'il répondit :

« À ce qu'il paraît, c'était délibéré.

— Ça ne me surprendrait pas, répliqua le père de Jimmy.

— Est-ce que je peux avoir une corne de vache ? » risqua Jimmy.

Il ne voyait pas pourquoi il aurait fallu les perdre. Il avait envie d'en demander deux, mais là, c'était peut-être exagéré.

« Non, répondit son père. Pas cette fois, mon petit vieux. »

Il tapota Jimmy sur la jambe.

« Avec ça, les prix grimpent, reprit le bonhomme. Et ils font un malheur avec leurs trucs.

— Pour un malheur, c'en est un, remarqua le père de Jimmy d'un ton écœuré. Mais c'est peut-être juste un cinglé. Une affaire de culte, on ne sait jamais.

— Pourquoi pas ? » insista Jimmy.

Personne d'autre ne voulait les cornes. Mais cette fois-ci son père l'ignora.

« La question, c'est comment s'y sont-ils pris ? poursuivit-il. Je croyais qu'on bénéficiait d'une sécurité en béton armé.

— Moi aussi. On en lâche assez. Qu'est-ce qu'ils fabriquaient, nos gars ? On les paie pas pour roupiller.

— Quelqu'un s'est peut-être laissé acheter. Ils vont surveiller les virements d'argent, encore qu'il faudrait être sacrément abruti pour coller des sommes pareilles à la banque. En tout cas, des têtes vont tomber.

— Vont éplucher tout ça. Moi, je n'aimerais pas être à leur place, renchérit le bonhomme. Qui est-ce qui entre de l'extérieur ?

— Des dépanneurs. Des camionnettes de livraison.

— Ils devraient livrer en interne.

— J'ai entendu dire qu'ils y pensaient. Cela dit, c'est une première, cette saloperie. On a son empreinte biologique.

— À malin, malin et demi.

— Méfions-nous du Malin », conclut le père de Jimmy.

« Pourquoi les vaches et les moutons, ils brûlaient ? » demanda Jimmy à son père le lendemain.

Ils petit-déjeunaient tous les trois ensemble, ce devait donc être un dimanche. Ce jour-là, ses deux parents étaient présents pour le petit déjeuner.

Le père de Jimmy était en train d'avaler sa deuxième tasse de café tout en prenant des notes sur une page couverte de chiffres.

« Il fallait le faire, répondit-il, pour éviter que ça se propage. »

Il n'avait pas relevé la tête, bricolait avec sa calculatrice, griffonnait avec son crayon.

« Ça se propage quoi ?

— La maladie.

— C'est quoi une maladie ?

— Une maladie, c'est quand tu tousses, par exemple, expliqua sa mère.

— Si je tousse, on va me brûler ?

— C'est probable », répondit son père en retournant sa page.

Cette réponse effraya Jimmy qui avait eu un rhume la semaine d'avant. Il risquait d'en attraper un autre à tout moment : il sentit qu'il avait quelque chose dans la gorge. Il vit ses cheveux en feu, pas juste une mèche ou deux sur une soucoupe, mais tous ses cheveux solidement plantés sur sa tête. Il ne voulait pas qu'on le jette sur un tas avec les vaches et les cochons. Il fondit en larmes.

« Combien de fois faut-il que je te le répète ? s'écria sa mère. Il est trop petit.

— Et voilà, papa est un monstre encore un coup, lança le père de Jimmy. C'était une blague, mon vieux. Tu sais, une blague. Ha ha ha.

— Il ne comprend pas ce genre de blagues.

— Bien sûr que si. Pas vrai, Jimmy ?

— Oui, bredouilla Jimmy en reniflant.

— Laisse papa tranquille, décréta sa mère. Papa réfléchit. C'est pour ça qu'on le paye. Il n'a pas de temps à te consacrer pour le moment.

— Bon Dieu, change de disque ! s'écria son père en balançant son crayon.

— Allez, viens, Jimmy, on va faire un tour », répliqua sa mère en collant sa cigarette dans sa tasse de café à moitié vide.

Elle attrapa Jimmy par le poignet, l'obligea à se lever, puis referma la porte derrière eux avec une débauche de précautions. Elle ne leur avait même pas fait mettre de manteau. Ni manteau ni chapeau. Elle était en peignoir et en chaussons.

Le ciel était gris, le vent glacé ; elle allait tête baissée, les cheveux au vent. Main dans la main, ils firent le tour de la maison au pas de charge sur la pelouse détrempée. Jimmy avait l'impression qu'une chose dotée d'une poigne d'acier l'entraînait à travers des eaux profondes. Il lui semblait être ballotté, comme si tout alentour allait se disloquer, puis disparaître, emporté par une rafale. En même temps, il était euphorique. Il fixait les chaussons de sa mère, déjà tout maculés de terre mouillée. S'il avait fait pareil avec les siens, il aurait eu de sacrés problèmes.

Ils ralentirent, puis s'arrêtèrent. Ensuite, sa mère lui parla de cette voix posée, bien élevée, de prof à la télé, qu'elle adoptait quand elle était furieuse. Une maladie, expliqua-t-elle, ne se voyait pas, parce que c'était très petit. Elle pouvait se déplacer dans l'air ou se cacher dans l'eau ou sur les doigts des jeunes garçons, c'était pour ça qu'il ne fallait pas se mettre les doigts dans le nez, puis les fourrer dans sa bouche et pour ça qu'il fallait toujours se laver les mains après être allé aux toilettes, et pour ça qu'il ne fallait pas essuyer...

« Je sais, l'interrompit Jimmy. Je peux rentrer ? J'ai froid. »

Sa mère fit celle qui n'avait pas entendu. La maladie, poursuivit-elle de cette même voix tendue et calme, la maladie vous envahissait et changeait des trucs dans votre organisme. Elle vous réorganisait, cellule par cellule, et, du coup, les cellules tombaient malades. Et comme on était tous fabriqués de minuscules cellules qui travaillaient ensemble pour qu'on reste en vie, si un nombre suffisant de cellules tombaient malades, alors on...

« Je risque d'attraper un rhume, insista Jimmy. Je risque d'attraper un rhume, là, maintenant ! »

Il se força à tousser.

« Oh, c'est pas grave », répliqua sa mère.

Elle essayait souvent de lui expliquer des choses, puis se décourageait. C'était les moments les plus insupportables, pour l'un comme pour l'autre. Jimmy lui résistait, faisait semblant de ne pas comprendre, même quand il comprenait, il jouait les idiots, alors qu'il ne voulait pas qu'elle désespère. Il voulait qu'elle se montre courageuse, qu'elle fasse de son mieux avec lui, qu'elle s'acharne contre le mur qu'il lui opposait, qu'elle s'entête.

« J'ai envie que tu me parles des toutes petites cellules, dit-il en geignant aussi fort que son audace le lui permettait. J'ai envie.

— Pas aujourd'hui, répondit-elle. Rentrons, maintenant. »

Fermes BioIncs

Le père de Jimmy travaillait pour les Fermes BioIncs. C'était un génographe, l'un des meilleurs dans son domaine. Il avait effectué une partie des recherches clés pour l'élaboration de la carte du protéonome alors qu'il était encore en troisième cycle, puis avait contribué à réaliser la Souris Methuselah dans le cadre de l'opération Immortalité. Après, chez BioIncs, de concert avec une équipe de spécialistes de la transplantation et les microbiologistes qui faisaient de la recombinaison pour trouver des anti-infectieux, il avait été l'un des architectes les plus en vue du projet porcon. *Porcon* n'était qu'un surnom : le nom officiel était *sus multiorganifer*, et pourtant tout le monde disait porcon. De temps à autre, les gens parlaient des Fermes Biogroincs, mais c'était rare. De toute façon, ce n'était pas de vraies fermes, pas comme celles qu'on voit en photo.

Le projet porcon visait à produire une gamme d'organes humains irréprochables dans un modèle transgénique de porc knock-out. Ces organes étaient destinés à faciliter les transplantations et à limiter les rejets, mais aussi à résister à des agressions de microbes opportunistes et de virus dont les souches se multipliaient d'année en année. Un gène de croissance rapide était introduit dans leur génome afin que le cœur, le foie et les reins desdits porcons arrivent plus vite à maturité et on travaillait à présent sur un porcon susceptible de développer cinq ou six reins à la fois, ce qui permettrait d'effectuer des prélèvements chez l'animal hôte. Après quoi, au lieu d'être abattu, il pourrait continuer à vivre en reconstituant de nouveaux organes, tout à fait comme un homard reconstituait la pince qu'il avait perdue.

Cela limiterait le gaspillage, car un porcon demandait énormément de nourriture et de soin. De formidables sommes d'argent avaient été investies dans les Fermes BioIncs.

Jimmy se vit expliquer tout cela une fois qu'il fut suffisamment grand.

Suffisamment grand, songe Snowman tout en se grattant – il se gratte autour de ses piqûres d'insecte, pas dessus. Quel concept idiot. Suffisamment grand pour quoi ? Pour boire, pour baiser, pour réfléchir ? Quelle était donc l'andouille qui décidait de ce genre de choses ? Tiens, même Snowman n'est pas suffisamment grand pour cette, cette... comment qualifier ça ? Cette situation. Il ne sera jamais suffisamment grand, aucun être humain sain d'esprit ne pourra jamais...

Chacun d'entre nous doit suivre le chemin qui lui a été tracé, déclare la voix dans sa tête, une voix d'homme cette fois, du genre gourou bidon, *et chaque chemin est unique. Ce n'est pas la nature du chemin qui devrait préoccuper celui ou celle qui cherche, mais la grâce, la détermination et la patience avec lesquelles chacun d'entre nous suit cette voie qui représente parfois un véritable défi...*

« Va te faire foutre », braille Snowman. Encore un de ces pauvres ouvrages sur les moyens de parvenir tout seul à la sagesse, Nirvana pour demeurés. Il a cependant le sentiment dérangeant que c'est peut-être lui qui a pondu ces perles.

En des temps plus heureux, bien entendu. Oh, bien plus heureux.

Il était possible, en utilisant des cellules de donneurs humains, d'obtenir des organes de porcon correspondant aux spécifications des clients. Ensuite, on les congelait en attendant le moment opportun. C'était beaucoup moins cher que de se faire cloner – il restait encore quelques obstacles à aplanir dans ce domaine, comme disait le père de Jimmy – ou que de conserver, planqués dans une pouponnière clandestine, un enfant ou deux pour organes de rechange. Dans les brochures et les textes, subtilement rédigés et présentés sur papier glacé, que BioIncs diffusait à des fins publicitaires, l'accent était mis sur l'intérêt du recours au porcon et ses avantages comparés au plan sanitaire. De plus, pour rassurer les âmes sensibles, il était spécifié noir sur blanc que, une fois morts, pas un seul des porcons ne finissait sous forme de bacon et de saucisses : qui aurait voulu manger un animal susceptible de posséder des cellules – ne fût-ce que quelques-unes – identiques aux siennes ?

N'empêche, à mesure que le temps passait, que des eaux saumâtres infiltraient les aquifères du littoral, que le permafrost des régions arctiques fondait, que l'immensité de la toundra commençait à libérer des bulles de méthane, que la sécheresse sévissait de plus en plus durement dans les plaines du centre de l'Amérique, que les steppes d'Asie se transformaient en dunes de sable et que la viande se raréfiait, certaines personnes s'autorisèrent à émettre quelques doutes. Rien qu'à l'intérieur des Fermes BioIncs, tout le monde avait remarqué que les sandwiches au jambon et au bacon et les tourtes au porc revenaient souvent au menu du Bistro du personnel. L'endroit s'appelait Chez André, mais les habitués l'avaient surnommé Chez Gruiii. Quand Jimmy y déjeunait avec son père, ce qui était le cas lorsque sa mère n'allait pas bien, les hommes et les femmes des tables voisines échangeaient des blagues de mauvais goût.

« Encore de la tourte au porcon, s'exclamaient-ils. Crêpes au porcon, pop-corn au porcon. Allez, Jimmy, mange ! »

Ces remarques tracassaient Jimmy ; il ne savait pas trop qui avait le droit de manger quoi. Il n'avait pas envie de manger de porcons, parce qu'il les considérait comme des créatures très proches de lui. Mais ils n'avaient pas grand-chose à dire sur la question, ni lui ni eux.

« Ne fais pas attention à ces gens, mon petit, disait Ramona. Tu sais, ils te taquinent, c'est tout. »

Ramona était une des techniciennes du laboratoire de son père. Elle déjeunait souvent avec eux. Elle était jeune, plus jeune que son père et même que sa mère ; elle ressemblait un peu à la photo de la fille de la devanture du salon de coiffure, elle avait le même genre de bouche boudeuse et de grands yeux charbonneux. Mais elle souriait beaucoup et n'était pas coiffée à la porc-épic. Elle avait des cheveux bruns et soyeux alors que la mère de Jimmy avait des cheveux qu'elle-même qualifiait de *blond sale*. (« Pas assez sales, disait son père. Hé, je blague ! Je blague. Me tue pas ! »)

Ramona choisissait invariablement une salade.

« Comment va Sharon ? » demandait-elle au père de Jimmy en le regardant avec ses grands yeux graves.

Sharon était la mère de Jimmy.

« Pas terrible, répondait le père de Jimmy.

— Oh, quel dommage.

— C'est un problème. Ça commence à me tracasser. »

Jimmy observait la manière dont Ramona mangeait. Elle prenait de toutes petites bouchées et réussissait à mâcher la laitue sans faire de bruit. Et les carottes crues aussi. C'était ahurissant, on aurait cru qu'elle liquéfiait ces aliments durs et croquants et les absorbait à la façon d'un moustique de l'espace intersidéral dans un DVD.

« Peut-être devrait-elle, je ne sais pas, aller consulter ? »

Dans sa préoccupation, Ramona haussait les sourcils. Elle avait du fard mauve sur les paupières, un peu trop ; ça leur donnait un aspect fripé.

« Ils font des tas de trucs, il y a tellement de pilules nouvelles... »

Ramona passait pour une technicienne géniale, mais s'exprimait comme une minette dans une pub pour gel douche. Ce n'était pas une idiote, affirmait le papa de Jimmy, le seul truc, c'est qu'elle ne tenait pas à se fatiguer les neurones avec de longues phrases. Il y avait des tas de gens comme ça chez BioIncs, et ce n'était pas tous des femmes. C'était des scientifiques, voilà pourquoi, pas des littéraires, expliquait le père de Jimmy. Jimmy, lui, avait déjà compris qu'il n'avait rien d'un scientifique.

« Ne crois pas que je ne l'aie pas suggéré, j'ai demandé à droite à gauche, déniché le plus balèze des spécialistes et pris rendez-vous, mais elle a refusé d'y aller, répondait le père de Jimmy, les yeux rivés sur la table. Elle voit les choses différemment.

— Quel dommage vraiment, c'est un gâchis. Je veux dire, elle était tellement vive.

— Oh, elle est toujours très vive, répliquait le père de Jimmy. Elle est tellement vive que ça lui clignote sur le front.

— Mais elle était tellement, tu vois... »

La fourchette de Ramona lui glissait des doigts tandis que les deux adultes se regardaient droit dans les yeux comme s'ils cherchaient l'adjectif susceptible de décrire au mieux sa mère autrefois. Puis, notant l'intérêt de Jimmy, ils reportaient leur attention sur lui, comme s'ils dardaient des rayons extraterrestres dans sa direction. Bien trop brillants.

« Alors, Jimmy chéri, comment ça va à l'école ?

— Mange, mon vieux, mange les trottoirs, mets-toi un peu de poil sur le torse !

— Je peux aller voir les porcons ? » demandait Jimmy.

Les porcons étaient beaucoup plus grands et beaucoup plus gros que les cochons ordinaires, ce qui permettait d'avoir de la place pour les organes supplémentaires. On les enfermait dans des bâtiments spéciaux, sous haute surveillance : il aurait été catastrophique qu'une organisation rivale s'empare d'un porcon et de son matériel génétique extrêmement sophistiqué. Lorsque Jimmy allait les voir, il fallait qu'il enfile une biocombinaison trop grande pour lui, qu'il mette un masque et, d'abord, qu'il se lave les mains avec un savon désinfectant. Il aimait particulièrement les petits porcons, douze par truie, qui tétaient leur mère, les uns derrière les autres. Les porconets. Ils étaient adorables. Les adultes, en revanche, avaient un côté un peu effrayant avec leur groin morveux et leurs tout petits yeux roses frangés de cils blancs. Ils levaient la tête vers lui comme s'ils le voyaient, comme s'ils le voyaient réellement, et lui mitonnaient un plan pas piqué des hannetons.

« Porcon, ballon, porcon, ballon », chantonnait-il pour les pacifier, en se penchant par-dessus le bord de l'enclos.

Après avoir été nettoyés, les enclos ne sentaient pas trop mauvais. Jimmy était content de ne pas vivre dans un endroit clos où il aurait été forcé de mariner dans le pipi et le caca. Les porcons n'avaient pas de toilettes et faisaient n'importe où, ce dont Jimmy avait un peu honte. Mais lui n'avait pas mouillé son lit depuis longtemps, à ce qui lui semblait, au moins.

« Ne tombe pas dedans, lui disait son père. Ils te dévoreraient illico.

— Non, ils ne feraient pas ça », répliquait Jimmy.

Je suis leur ami, songeait-il. Je leur chante des chansons. Il regrettait de ne pas avoir un grand bâton, comme ça, il aurait pu les piquer – pas pour leur faire mal, juste pour les obliger à courir. Ils passaient beaucoup trop de temps à ne rien faire.

Du temps où Jimmy était vraiment tout petit, ils habitaient un Module, dans une maison en bois de style Cape Cod – il y avait des photos de lui dans un couffin sur le perron, des photos datées, annotées et collées dans un album fait par sa mère quand elle se donnait encore la peine de faire ce genre de choses –, mais à présent ils vivaient dans une grande villa de style géorgien à plan centré, équipée d'une piscine intérieure et d'une petite salle de sports. Le mobilier était qualifié de *copies*. Jimmy était déjà assez grand lorsqu'il comprit ce que le terme signifiait : pour chaque copie, il y avait en principe un original quelque part. Ou bien il y en avait eu un autrefois. Ou allez savoir.

La maison, la piscine, le mobilier – tout appartenait au Compound de BioIncs, lequel abritait les huiles. De plus en plus de cadres moyens et de jeunes scientifiques venaient s'y installer aussi. D'après le père de Jimmy, c'était mieux, parce que, pour aller bosser, personne n'avait à faire la navette entre les Modules et le Compound. En dépit des couloirs de transport stériles et des trains à grande vitesse, on courait toujours un risque quand on traversait la ville.

Jimmy n'y avait jamais mis les pieds. Il ne l'avait vue qu'à la télé – multitude de panneaux publicitaires et d'affiches lumineuses et kilomètres d'immeubles, grands et petits ; multitude de rues d'aspect minable, innombrables véhicules de toutes sortes dont certains lâchaient des nuages de fumée par l'arrière ; milliers de gens se dépêchant, braillant, manifestant bruyamment. Il y avait également d'autres villes, proches et lointaines ; certaines, affirmait son père, avaient des quartiers plus résidentiels qui ressemblaient pas mal aux Compounds avec de hautes clôtures autour des maisons, mais on ne les montrait pas souvent à la télé.

Les habitants des Compounds n'allaient pas en ville à moins d'y être obligés et, en ce cas, jamais seuls. Pour eux, les villes étaient des plèbezones. Malgré les cartes d'identité avec empreinte digitale dont tout le monde était désormais équipé, la sécurité des plèbezones laissait à désirer : il y avait là des gens capables de falsifier n'importe quoi et susceptibles d'être n'importe qui, sans parler du menu fretin : drogués, petits voleurs, indigents, désaxés. Il valait donc mieux que tout le personnel de BioIncs vive sur le même site et bénéficie d'un système de sécurité à toute épreuve.

De l'autre côté de l'enceinte de BioIncs, de ses portails et de ses projecteurs, on ne pouvait prévoir ce qui risquait de se passer. À l'intérieur, cela correspondait à ce que le père de Jimmy avait connu dans son enfance, avant que la situation ne se dégrade, enfin, à ce qu'il affirmait. La mère de Jimmy répondait que tout ça était artificiel, que ce n'était qu'un parc à thèmes et qu'on ne reviendrait jamais à la manière de vivre d'avant, mais le père de Jimmy répondait pourquoi critiquer ? On pouvait se balader sans crainte, pas vrai ? Faire un tour à bicyclette, s'asseoir à la terrasse d'un café, se payer un cornet de glace, non ? Jimmy, qui avait fait tout ça, savait que son père disait vrai.

Pourtant, les hommes du CorpSeCorps – ceux que le père de Jimmy appelait *nos gars* –, ces hommes étaient perpétuellement obligés de veiller au grain. Avec des enjeux pareils, on ne savait jamais ce à quoi l'autre partie pouvait recourir. L'autre ou les autres parties : il y en avait plus d'une dont il fallait se méfier. D'autres sociétés, d'autres pays, divers conspirateurs et factions. Il y avait trop de hardware alentour, disait le père de Jimmy. Trop de hardware, trop de software, trop de bioformes hostiles, trop d'armes de toutes sortes. Et trop de jalousie, de fanatisme et de mauvaise foi.

Il y avait de cela bien longtemps, au temps des chevaliers et des dragons, rois et ducs vivaient dans des châteaux avec des murailles, des ponts-levis et des meurtrières dans les remparts afin de déverser de la poix brûlante sur leurs ennemis, disait le père de Jimmy, et les Compounds relevaient de la même idée. Les châteaux visaient à ce que vous et vos copains soyez en lieu sûr à l'intérieur et à ce que tous les autres soient à l'extérieur.

« Donc, nous on est les rois et les ducs ? demandait Jimmy.

— Tout à fait », répondait son père en riant.

Déjeuner

À une époque, la mère de Jimmy avait travaillé pour les Fermes BioIncs. C'est comme ça qu'elle avait rencontré son père : ils bossaient tous les deux dans le même Compound, sur le même projet. Sa mère était microbiologiste : elle avait pour tâche d'étudier les protéines des bioformes dangereuses pour les porcons et de les modifier afin qu'elles ne puissent plus s'adsorber sur les récepteurs des cellules de porcon ou sinon de créer des médicaments destinés à les inhiber.

« C'est très simple, confia-t-elle à Jimmy un jour où elle était d'humeur explicative. Les mauvais microbes et les virus veulent entrer par la porte des cellules pour manger les porcons de l'intérieur. Le travail de maman consiste à fabriquer des verrous pour les portes. »

Sur l'écran de son ordinateur, elle lui montra des images des cellules, des images des microbes, des images des microbes en train d'infiltrer les cellules, de les infecter et de les faire éclater, des agrandissements des protéines, des images des médicaments qu'elle testait avant. Ces images rappelaient les pots à bonbons du supermarché : un pot en plastique transparent rempli de bonbons ronds, un pot en plastique transparent rempli de *jelly beans*, un pot en plastique transparent rempli de longs tortillons en réglisse. Les cellules ressemblaient aux pots en plastique transparent dont on pouvait soulever les couvercles.

« Pourquoi tu fabriques plus de verrous pour les portes ? demanda Jimmy.

— Parce que je voulais rester à la maison avec toi, répondit-elle en tirant sur sa cigarette, le regard rivé sur un point au-dessus de la tête de Jimmy.

« — Et les porcons ? insista Jimmy, inquiet. Les microbes vont rentrer dedans ! »

Il ne voulait pas que ses copains à quatre pattes éclatent comme les cellules infectées.

« D'autres gens s'en occupent maintenant », lui expliqua sa mère.

On aurait dit que ça lui était complètement égal. Elle laissa Jimmy jouer avec les images sur son ordinateur et, une fois qu'il eut maîtrisé les programmes, il put se livrer à des jeux de stratégie – cellules contre microbes. Ce n'était pas grave, dit-elle, s'il perdait des trucs sur l'ordinateur, de toute façon, c'était du matériel dépassé. Certains jours, pourtant – les jours où elle se montrait vive, résolue, entreprenante et sérieuse –, elle avait envie de bidouiller sur l'ordinateur. Il aimait bien quand elle faisait ça – quand elle avait l'air de s'amuser. À ces moments-là, elle était affectueuse aussi. Elle ressemblait à une vraie maman et lui à un vrai enfant. Mais ces manifestations de bonne humeur ne duraient pas longtemps.

Quand avait-elle quitté le laboratoire ? Quand Jimmy était entré à temps plein à l'école BioIncs, en préparatoire. Ce qui n'avait pas de sens : si elle voulait rester à la maison avec Jimmy, pourquoi commencer précisément à ce moment-là ? Jimmy ne réussit jamais à comprendre ses motifs mais, lorsqu'il avait entendu cette explication pour la première fois, il était bien trop petit pour y réfléchir, ne fût-ce qu'un peu. Tout ce qu'il avait retenu, c'était que Dolorès, la bonne des Philippines, avait été renvoyée et qu'elle lui avait énormément manqué. Elle l'appelait Jim-Jim, souriait, riait, lui préparait son œuf exactement comme il l'aimait, lui chantait des chansons et le gâtait. Mais Dolorès avait dû partir, parce que désormais la vraie maman de Jimmy serait tout le temps là – la chose lui fut présentée comme une menace – et que personne n'avait besoin de deux mamans, n'est-ce pas ?

Oh si, songe Snowman. Oh si, vraiment.

Snowman revoit très nettement sa mère – la mère de Jimmy – assise à la table de la cuisine, encore en peignoir, quand il rentrait de l'école pour déjeuner. Une tasse de café intacte sous le nez, elle fumait en regardant par la fenêtre. Ce peignoir était magenta, couleur qui l'angoisse aujourd'hui encore quand il la voit quelque part. En règle générale, son repas n'était pas prêt et c'était à lui de le préparer, la seule participation de sa mère consistant à lui donner des directives d'une voix morne. (« Le lait est dans le frigo. À droite. Non, *à droite*. Tu ne sais pas quelle est ta main droite ? ») Elle semblait en avoir tellement marre ; peut-être en avait-elle marre de lui ? Ou peut-être était-elle malade ?

« Tu es infectée ? lui demanda-t-il un jour.

— Qu'est-ce que tu veux dire, Jimmy ?

— Comme les cellules.

— Oh, je vois. Non. »

Puis, au bout de quelques secondes :

« Peut-être que oui. »

Mais devant son visage décomposé, elle se reprit.

Plus que tout, Jimmy avait cherché à la faire rire – à la rendre heureuse, comme il lui semblait se la rappeler autrefois. Il lui racontait des histoires rigolotes qui avaient eu lieu à l'école ou des histoires auxquelles il essayait de donner un tour rigolo ou simplement des histoires qu'il inventait. (« Carrie Johnston a fait caca par terre. ») Il caracolait tout autour de la pièce en s'amusant à loucher et en poussant de petits cris de singe, trucs qui marchaient avec plusieurs petites filles de sa classe et presque tous les garçons. Il se collait du beurre de cacahuète sur le nez et cherchait à l'enlever avec le bout de la langue. La plupart du temps, ces activités ne réussissaient qu'à irriter sa mère : « Ce n'est pas drôle, c'est dégoûtant. » « Arrête ça, Jimmy, j'ai mal à la tête de te voir faire. » Cependant, il arrivait parfois à lui extorquer un sourire, ou plus. Il ne savait jamais ce qui allait marcher.

De temps à autre, un vrai déjeuner l'attendait, un repas tellement bien préparé et copieux que la peur le saisissait, en effet pour quelle raison, ce repas ? Couvert, serviettes en papier – serviettes en papier de couleur, comme pour une fête – sandwich au beurre de cacahuète et à la gelée, son association préférée : rond et coupé en deux, tête au beurre de cacahuète et sourire à la gelée. Quant à sa mère, soigneusement habillée et dont le sourire rouge rappelait le sourire du sandwich, elle lui prêtait une attention éblouissante, à lui et à ses histoires idiotes, et le fixait sans ciller de ses yeux plus bleus que bleu. Dans ces moments-là, il croyait voir un évier en porcelaine : propre, étincelant, dur.

Conscient qu'elle attendait qu'il apprécie tous les efforts qu'elle avait déployés pour ce repas, il faisait un effort lui aussi.

« Oh là là, ce que je préfère ! » s'écriait-il en roulant de grands yeux.

Il se frottait le ventre pour mimer la faim, en faisait trop, mais obtenait alors ce qu'il avait désiré, car, là, elle éclatait de rire.

Plus grand et plus retors, il se rendit compte que s'il n'arrivait pas à obtenir une certaine approbation, il pouvait du moins susciter une réaction. Tout valait mieux que cette voix monotone, ces yeux vides d'expression, ce regard fatigué rivé sur un point de l'autre côté de la fenêtre.

« Je peux avoir un chat ? lançait-il.

— Non, Jimmy, tu ne peux pas avoir de chat. On en a déjà parlé. Les chats peuvent être porteurs de maladies dangereuses pour les porcons.

— Mais tu t'en fiches. »

Et ce d'un ton rusé.

Un soupir, une bouffée de cigarette.

« Il y a d'autres gens qui ne s'en fichent pas.

— Je peux avoir un chien alors ?

— Non. Pas de chien non plus. Tu n'as rien à faire dans ta chambre ?

— Je peux avoir un perroquet ?

— Non. Arrête, maintenant. »

Elle n'écoutait pas vraiment.

« Je peux avoir rien ?

— Non.

— Oh bon, braillait-il. Je ne peux même pas avoir rien ! Donc, j'ai le droit d'avoir quelque chose ! Qu'est-ce que j'ai le droit d'avoir ?

— Jimmy, des fois, tu es chiant, tu sais ça ?

— Je peux avoir une petite sœur ?

— Non !

— Un petit frère alors ? S'il te plaît ?

— Pas question ! Tu ne m'as pas entendue ? J'ai dit non !

— Pourquoi ? »

Ça, c'était la clé, le déclencheur. Il arrivait qu'elle fonde en larmes, saute sur ses pieds et sorte précipitamment de la chambre en claquant la porte, pfffuit. Ou qu'elle fonde en larmes et le prenne dans ses bras. Ou qu'elle balance sa tasse de café à travers la pièce en hurlant : « C'est la merde, la merde totale, c'est impossible ! » Il arrivait même qu'elle le gifle, puis qu'elle pleure et le prenne dans ses bras. Ce pouvait être n'importe laquelle de ces réactions, dans l'ordre ou dans le désordre.

Sinon c'était juste des pleurs, le front appuyé contre ses bras. Elle tremblait de la tête aux pieds, cherchait à reprendre son souffle, s'étouffait, sanglotait. Dans ces cas-là, il ne savait pas quoi faire. Il l'aimait tellement quand il la rendait malheureuse ou bien quand elle le rendait malheureux : dans ces moments-là, il avait du mal à s'y retrouver. Il lui donnait de petites tapes, en se tenant bien en retrait comme on fait avec un chien qu'on ne connaît pas, et, la main tendue, il répétait : « Je suis désolé, je suis désolé. »

Et il était désolé, mais il y avait plus : en même temps, il exultait et se félicitait d'avoir réussi à provoquer une telle réaction.

Il avait peur aussi. Il y avait toujours cette incertitude : était-il allé trop loin ? Et si oui, qu'allait-il se passer maintenant ?

3.

Midineurs

Midi est l'heure la plus éprouvante avec sa lumière aveuglante et son humidité. Vers onze heures, Snowman se replie sur la forêt pour éviter que les reflets funestes de la mer ne l'agressent et ne lui valent des coups de soleil et des ampoules, même s'il est à couvert. Ce qui lui serait vraiment utile, ce serait un tube d'écran total super-efficace, à supposer qu'il puisse jamais en dénicher un.

Au cours de la première semaine, quand il avait davantage d'énergie, il s'était fabriqué un appentis avec des branches mortes, un rouleau de ruban adhésif et une bâche en plastique trouvée dans le coffre d'une voiture accidentée. Il possédait encore un canif, mais l'avait perdu une semaine – ou peut-être deux semaines – plus tard. Il faudrait qu'il fasse plus attention à des trucs comme les semaines. Le canif était un de ces machins de poche avec deux lames, une alène, une miniscie, une lime à ongles et un tire-bouchon. Et une paire de miniciseaux dont il s'était servi pour ses ongles de pied et le ruban adhésif. Les ciseaux lui manquent.

Pour son neuvième anniversaire, son père lui avait offert un canif de ce genre. Son père lui offrait toujours des outils, il essayait de développer son sens pratique. Selon lui, Jimmy n'aurait pas été fichu d'enquiller une cheville. *Mais qui voudrait enquiller une cheville ?* déclare la voix dans la tête de Snowman, une voix de comique cette fois. *Mieux vaut enquiller autre chose.*

« La ferme », lâche Snowman.

« Tu lui as donné une pièce ? lui avait demandé Oryx lorsqu'il lui avait raconté l'épisode du canif.

— Non. Pourquoi ?

— Si quelqu'un t'offre un canif, il faut que tu lui donnes un peu d'argent en échange. Pour que la malchance ne te coupe pas. Je n'aimerais pas que la malchance te coupe, Jimmy.

— Qui t'a dit ça ?

— Oh, quelqu'un. »

Quelqu'un tenait une grande place dans sa vie.

« Quelqu'un qui ? »

Jimmy le détestait, ce quelqu'un – sans visage, sans yeux, moqueur, tout en mains et en queue, tantôt singulier, tantôt double, tantôt multiple – mais la bouche d'Oryx lui avait murmuré à l'oreille : *Oh, oh, quelque, un,* tout en riant, comment aurait-il donc pu se polariser sur cette haine imbécile ?

Durant le bref épisode de l'appentis, il avait dormi sur un lit pliant, cadre métallique et matelas en mousse sur un sommier à ressorts, qu'il avait trouvé dans un pavillon à moins d'un kilomètre de là et péniblement rapporté. La première nuit, il s'était fait attaquer par des fourmis, si bien qu'il avait collé les pieds de son lit dans quatre boîtes de conserve remplies d'eau. Cela avait stoppé ces bestioles. Mais la concentration d'air chaud et humide sous la bâche s'était révélée par trop inconfortable : la nuit, au ras du sol, sans le moindre souffle de vent, l'humidité atteignait les cent pour cent ou tout comme : sa respiration embuait le plastique.

Et puis les rasconses fourrageant au milieu des feuilles, lui reniflant les doigts de pied et furetant autour de lui comme s'il était déjà réduit à un tas d'immondices l'avaient dérangé ; enfin, un matin au réveil, il avait aperçu trois porcons qui le fixaient à travers le plastique. L'un d'entre eux était un mâle ; il crut voir le bout luisant d'une défense blanche. A priori, les porcons n'avaient pas de défenses, mais peut-être retrouvaient-ils les caractéristiques de l'espèce maintenant qu'ils étaient redevenus sauvages, processus accéléré en raison de leurs gènes de croissance rapide. Il avait crié et agité les bras, ce qui les avait fait fuir, mais qui pouvait prédire leurs réactions la prochaine fois ? Eux ou les louchiens : il ne leur faudrait pas longtemps pour comprendre qu'il n'avait plus d'aérodésintégreur. Une fois à court de balles virtuelles, il s'en était débarrassé. Idiot de ne pas avoir récupéré de chargeur : une erreur, du même ordre que de s'installer au ras du sol pour dormir.

Il avait donc grimpé à l'arbre. Ni porcons ni louchiens là-haut et peu de rasconses : ils préféraient les broussailles. Sur les branches maîtresses, il avait utilisé du bois de récupération et du ruban adhésif pour se construire une plate-forme grossière. Le résultat n'était pas mal : en matière de travaux manuels, il avait toujours été meilleur que son père n'avait bien voulu le croire. Au début, il avait hissé le matelas de mousse là-haut, mais ce dernier avait commencé à moisir et à dégager une odeur de soupe à la tomate terriblement appétissante, si bien que Snowman avait été obligé de s'en séparer.

Un orage exceptionnellement violent a déchiré la bâche en plastique de l'appentis, mais il reste le cadre du lit dont il peut toujours se servir à midi. Il s'est aperçu qu'en s'y allongeant sur le dos, les bras bien écartés et sans son drap, genre saint homme en passe d'être réincarné en rôti, il était mieux que s'il se couchait par terre : comme ça, toutes les surfaces de son corps sont un peu ventilées.

Surgi de nulle part, un mot lui apparaît : *Mésozoïque*. Il le voit, il l'entend, mais il n'a plus de substance. Snowman n'y rattache rien. Cela lui arrive un peu trop souvent ces derniers temps, cette déperdition de sens où les entrées sur ses précieuses listes de mots se dissolvent dans l'espace.

« Ce n'est que la chaleur, se dit-il. Je récupérerai dès qu'il pleuvra. »

Il transpire tellement que c'est tout juste s'il n'entend pas le bruit des gouttelettes de sueur qui roulent sur son corps, sinon que, par moments, ces gouttelettes se révèlent être des insectes. On dirait qu'il attire les coléoptères. Les coléoptères, les mouches, les abeilles, comme le ferait un cadavre ou une plante carnivore.

Ce qu'il y a de bien avec l'heure de midi, c'est qu'il ne ressent pas la faim : rien que de penser à manger lui déclenche des nausées, c'est un peu comme se taper un gâteau au chocolat dans un bain turc. Dommage qu'il ne puisse pas faire baisser sa température en tirant la langue !

Voici le moment où la lumière du soleil est la plus aveuglante ; on appelait ça le zénith, avant. Snowman est étalé de tout son long sur son sommier métallique, dans l'ombre liquide, livré à la chaleur. *On va faire comme si c'était les vacances !* Une voix d'institutrice cette fois, vive, condescendante. Mlle Stratton – appelez-moi Sally – au gros cul. *On va faire comme si ceci, on va faire comme si cela.* Les trois premières années à l'école, on vous poussait à faire comme si, puis tout le reste de votre scolarité on vous flanquait un mauvais point si vous le faisiez. *Allez, on va faire comme si j'étais à côté de toi, avec mon gros cul et tout le tremblement, et que j'allais te sucer jusqu'à la moelle du cerveau.*

Y a-t-il l'ombre d'un frémissement ? Il baisse les yeux pour vérifier : aucune réaction. Sally Stratton disparaît, et c'est aussi bien. Il faut qu'il se trouve de nouveaux et de meilleurs moyens de meubler son temps. *Son temps*, quelle idée creuse, à croire qu'on lui a remis une boîte de temps pour son usage exclusif et remplie à ras bord d'heures et de minutes qu'il peut dépenser comme de l'argent. Le problème, c'est que la boîte est percée et que le temps s'en écoule, quoi qu'il fasse avec.

Il pourrait fabriquer des trucs, par exemple. Un jeu d'échecs, jouer tout seul. Avant, il jouait aux échecs avec Crake, mais c'était des parties sur ordinateur, pas avec de vrais pions. Crake gagnait la plupart du temps. Il doit bien y avoir un autre canif quelque part ; s'il se décidait et se mettait à fureter, à farfouiller dans les détritus, il en trouverait un, c'est sûr et certain. Maintenant qu'il y réfléchit, il s'étonne de ne pas y avoir songé plus tôt.

Il se laisse aller à repenser aux moments qu'il passait avec Crake, après la fin des cours. Au début, c'était assez inoffensif. Ils jouaient à l'Extinctathon ou à autre chose. À Waco en 3D, à l'Anéantissement des barbares, à Osama Minute. Tous ces jeux avaient des stratégies parallèles : on devait savoir où on allait avant même d'y être arrivé, mais aussi où allait votre adversaire. Crake se débrouillait drôlement bien parce que c'était un champion du coup en douce. Parfois, si Crake avait les Infidèles, Jimmy réussissait quand même à gagner à Osama Minute.

Pas d'espoir néanmoins de fabriquer ce genre de jeux. Il faudrait opter pour les échecs.

Ou bien il pouvait tenir son journal. Noter ses impressions. Il devait y avoir des tonnes de papier dans les parages, dans les logements épargnés par le feu et pas encore touchés par les pluies, ainsi que des stylos et des crayons ; il en avait vu lors de ses expéditions mais n'avait jamais pris la peine de rapporter quoi que ce soit. Il pouvait singer les capitaines de navire d'antan – bateau sombrant au milieu d'une tempête, capitaine dans sa cabine, condamné mais stoïque, couchant ses notes dans le casernet. Il y avait des films comme ça ; ou des naufragés sur des îles désertes tenant leur journal, d'un jour ennuyeux à l'autre. Listes de provisions, notes sur le temps, menus faits et gestes – j'ai cousu un bouton, dévoré une palourde.

Lui aussi est une sorte de naufragé. Il pourrait faire des listes. Peut-être que ça donnerait une certaine structure à sa vie ?

Mais même un naufragé présume qu'il aura un futur lecteur, quelqu'un qui se manifestera plus tard, découvrira ses ossements et son livre de bord et prendra connaissance de son destin. Snowman ne peut entretenir de telles présomptions : il n'aura aucun lecteur futur, parce que les Crakers ne savent pas lire. Quant aux lecteurs qu'il pourrait éventuellement imaginer, ils appartiennent au passé.

Accrochée à un fil, une chenille descend, elle tourne lentement à la manière d'un acrobate, décrit une spirale en direction de son torse. Elle est d'un vert irréel, affriolant – on croirait une boule de résine – et couverte de tout petits poils brillants. En l'observant, il éprouve un brusque et inexplicable élan de tendresse et de joie. Unique, songe-t-il. Il n'y aura jamais une autre chenille absolument identique à celle-ci. Il n'y aura jamais un autre moment pareil à celui-ci, une autre conjonction pareille à celle-ci.

Ces trucs lui arrivent sans prévenir et sans raison, ces éclairs de bonheur irrationnel. Sans doute une carence en vitamines.

La chenille s'arrête et sa tête carrée sonde l'air alentour. Ses énormes yeux opaques ressemblent au devant d'un casque anti-émeutes. Peut-être est-elle en train de le sentir, d'analyser sa signature chimique. « On n'est pas là pour jouer, pour rêver, pour se laisser aller, lui dit-il. Nous, on a un dur boulot à faire et beaucoup de choses à accomplir. »

Maintenant, de quel ventricule cérébral atrophié cette

remarque a-t-elle surgi ? Du cours de Sciences de la vie quoti-dienne, au collège. Le prof était un néoconservateur aux jambes en flanelle qui ne tenait pas la route, un exclu des jours grisants de l'euphorie légendaire du cybercommerce, au temps de la préhistoire. Il arborait une queue de cheval maigrichonne à la base de son crâne dégarni et une veste en skaï ; un clou en or ornait une narine de son nez bosselé aux pores dilatés, et il prônait l'indépendance, l'individualisme et le goût du risque sur un ton désespéré, comme si même lui n'y croyait plus. De temps à autre, il leur servait une maxime éculée pimentée d'une ironie désabusée qui ne diminuait en rien le niveau d'ennui général ; sinon il disait : « J'aurais pu prétendre au titre », puis enve-loppait la classe d'un regard furieux et éloquent comme si tous les élèves étaient censés y capter un sens ultraprofond.

Gérer une comptabilité informatique en double entrée, réaliser des opérations bancaires en ligne, utiliser un four à micro-ondes sans faire exploser son œuf, remplir des formulaires pour décrocher un logement dans tel ou tel Module et un emploi dans tel ou tel Compound, mener des recherches sur l'hérédité fami-liale, négocier son propre contrat de mariage et de divorce, s'as-surer une union génétiquement rationnelle, mettre son préservatif correctement afin de se protéger des bioformes sexuellement transmissibles : telles étaient les Sciences de la vie quotidienne. Pas un seul des collégiens n'y prêtait grande attention. Soit ils étaient déjà informés, soit ils n'avaient pas envie de l'être. Ils considéraient ce cours comme une heure de détente. *On n'est pas là pour jouer, pour rêver, pour se laisser aller. On est là pour travailler nos Compétences pratiques.*

« Sûr, Arthur », déclare Snowman.

Ou bien, au lieu d'un jeu d'échecs ou d'un journal, il pourrait se concentrer sur ses conditions de vie. Dans ce domaine, il y a matière à améliorations, et pas qu'un peu. Davantage de sources de ravitaillement, pour commencer. Pourquoi n'a-t-il jamais potassé les baies et les racines, les pièges genre piques à embrocher le petit gibier, et la manière d'accommoder les serpents ? Pourquoi a-t-il perdu son temps ?

Oh, chéri, arrête de te faire des reproches ! soupire une voix de femme, désolée, à son oreille.

Si seulement il pouvait se trouver une grotte, une chouette

grotte, haute de plafond et bien ventilée et éventuellement un peu d'eau courante, il serait mieux loti. D'accord, à un peu moins de cinq cents mètres de là, il y a un cours d'eau qui s'élargit à un endroit et forme un bassin. Au début, il allait s'y rafraîchir, mais souvent les Crakers étaient en train de patauger dedans ou de se reposer sur les berges et les petits le tarabustaient pour qu'il se baigne alors qu'il n'aimait pas qu'ils le voient sans son drap. Comparé à eux, il est vraiment trop étrange ; ils lui donnent le sentiment d'être difforme. Et quand bien même il n'y aurait personne, il pourrait y avoir des animaux : des louchiens, des porcons, des malchatons. Les points d'eau attirent les carnivores. Ils guettent. Ils bavent. Ils fondent sur leur proie. Pas très peinard.

Les nuages s'amoncellent, le ciel s'assombrit. Il ne voit pas grand-chose à travers les arbres, mais il perçoit le changement de la lumière. Il glisse dans un demi-sommeil et rêve d'Oryx, apparemment vêtue de fragiles pétales en papier de soie blanc, en train de faire la planche dans une piscine. Déployés autour d'elle, les pétales s'étalent et se contractent comme les tentacules d'une méduse. La piscine est d'un rose vibrant. Oryx lui sourit, bouge doucement les bras pour ne pas couler, et il devine qu'un grave danger les menace tous les deux. Puis un grand bruit caverneux retentit, comme si la porte d'un gigantesque caveau venait de se refermer.

Déluge

Le tonnerre et une rafale de vent le réveillent : l'orage de l'après-midi approche. Il saute tant bien que mal sur ses pieds, attrape son drap. Il arrive que ces bourrasques surviennent très rapidement et, en cas d'éclairs, mieux vaut ne pas lanterner sur un sommier métallique. Il s'est construit un îlot à base de pneus de voiture au milieu des bois ; c'est juste histoire de s'accroupir dessus pour être isolé en attendant la fin de la tourmente. Il tombe parfois des grêlons gros comme des balles de golf, mais le dais de feuillage ralentit leur chute.

Il atteint la pile de pneus au moment précis où l'orage éclate. Aujourd'hui, il ne fait que pleuvoir, c'est le déluge habituel, si dense que, sous l'impact, l'air se transforme en brume. L'eau lui ruisselle sur le corps tandis que les éclairs grésillent. Des branches ballottent au-dessus de lui, de petits ruisseaux se forment doucement à ses pieds. Déjà, l'air s'est rafraîchi ; l'odeur des feuilles lavées de frais et de la terre mouillée imprègne l'atmosphère.

Une fois que la pluie n'est plus qu'une bruine et que les grondements du tonnerre se sont éloignés, il retourne péniblement vers les dalles en béton qui lui servent de réserve et y récupère des bouteilles de bière vides. Puis il porte ses pas vers une aspérité en béton armé qui fait saillie, vestige d'un pont. En dessous, un panneau triangulaire orange montre la silhouette sombre d'un homme armé d'une pelle. Attention travaux, signifiait-il avant. Ça fait drôle de penser à ce labeur incessant – excavation, martelage, taille, levage, forage – qui a été mené à bien jour après jour, année après année, siècle après siècle ; et maintenant à cette désagrégation incessante qui doit partout se produire. Châteaux de sable offerts au vent.

Des eaux de ruissellement se déversent par un trou dans l'épaisseur du béton. Il s'installe en dessous, bouche ouverte, et avale de grandes goulées d'eau pleine de sable, de brindilles et autres cochonneries auxquelles il préfère ne pas songer – l'eau doit se frayer un passage à travers des maisons à l'abandon, des caves malodorantes, des fossés obstrués et on ne sait trop quoi d'autre. Ensuite il se lave, essore son drap. Cette méthode ne lui permet pas vraiment de se décrasser, mais du moins se débarrasse-t-il de la couche de saleté superficielle. Un savon lui rendrait grand service : il oublie toujours d'en récupérer un lors de ses expéditions de chapardage.

En dernier lieu, il remplit les bouteilles de bière. Il faudrait qu'il se procure un récipient mieux adapté, une Thermos ou un seau – quelque chose d'une contenance supérieure. Et puis les bouteilles sont peu commodes : elles glissent et il est difficile de les tenir droites. Il imagine toujours qu'il perçoit encore le goût de la bière à l'intérieur, alors que c'est juste prendre ses désirs pour la réalité. *On va faire comme si c'était de la bière.*

Il n'aurait pas dû repenser à ça. Il ne devrait pas se torturer. Il ne devrait pas se faire miroiter des trucs impossibles, comme s'il était un animal de laboratoire enfermé dans une cage, bardé d'électrodes et contraint de soumettre son cerveau à diverses expériences futiles et perverses.

« Sortez-moi de là ! » s'entend-il penser. Mais il n'est pas bouclé, il n'est pas en prison. Comment être plus *dehors* qu'il ne l'est déjà ?

« Je n'ai pas fait ça délibérément, dit-il de cette voix de gamin pleurnicheur qu'il adopte lorsqu'il est de cette humeur-là. Les choses sont arrivées, je ne savais pas, je n'avais aucun pouvoir sur elles ! Qu'est-ce que j'aurais pu faire ? S'il vous plaît, écoutez-moi, quelqu'un, n'importe qui ! »

Quel mauvais numéro. Il ne le convainc pas lui-même. Mais voilà qu'il se remet à pleurer.

Il est important, dit le livre fragmenté dans sa tête, *d'ignorer les irritants mineurs, d'éviter les jérémiades inutiles afin de reporter son énergie psychique sur les réalités immédiates et les tâches à accomplir.* Il a dû lire ça quelque part. Son propre esprit n'aurait jamais sorti *jérémiades inutiles,* pas tout seul, c'est sûr.

Il s'essuie le visage sur un coin du drap. « Jérémiades inutiles », déclare-t-il à voix haute. Comme souvent, il a l'impression que quelqu'un l'écoute : quelqu'un d'invisible qui, caché derrière l'écran du feuillage, l'observerait sournoisement.

4.

Rasconse

Quelqu'un l'écoute bel et bien : une rasconse, une jeune. Il la voit maintenant : dissimulée sous un buisson, elle le regarde de ses yeux brillants.

« Viens ma petite, viens », lui dit-il d'un ton enjôleur.

Elle bat en retraite dans les fourrés. S'il faisait un effort, s'il s'en donnait vraiment la peine, il pourrait probablement en apprivoiser un, et comme ça il aurait quelqu'un à qui parler. C'était agréable d'avoir quelqu'un à qui parler, lui répétait Oryx.

« Tu devrais essayer des fois, Jimmy, lui disait-elle en l'embrassant sur l'oreille.

— Mais je te parle », protestait-il.

Nouveau baiser.

« Ah oui ? »

Jimmy avait dix ans quand son père lui avait offert un rasconse apprivoisé.

À quoi ressemblait son père ? Snowman n'arrive pas à s'en faire une idée claire. La mère de Jimmy lui apparaît encore sous forme d'une image nette, en couleurs, avec un cadre en papier blanc brillant, comme sur un Polaroid, mais il ne se rappelle son père qu'à travers des détails : la pomme d'Adam qui montait et descendait lorsqu'il déglutissait, les oreilles qui se détachaient à contre-jour devant la fenêtre de la cuisine, la main gauche posée sur la table, coupée par le poignet de la chemise. Son père lui fait l'effet d'une sorte de mosaïque. Peut-être n'a-t-il jamais réussi à se distancier suffisamment de lui pour assembler les différentes parties du tout ? Il avait dû recevoir le rasconse en cadeau à l'occasion de son anniversaire. Il a refoulé le souvenir de ses anniversaires : ils ne donnaient pas lieu à de grandes réjouissances, pas après le départ de Dolorès, la bonne philippine. Quand elle était là, elle n'oubliait jamais de le lui fêter : elle lui préparait un gâteau, ou peut-être en achetait-elle un, en tout cas, il y en avait un, un vrai gâteau avec un glaçage et des bougies – pas vrai ? Il se cramponne à la réalité de ces gâteaux ; il ferme les yeux, les évoque, ils planent tous, les uns derrière les autres avec leurs bougies allumées et dispensent leur arôme de vanille, agréable et réconfortant, pareil à Dolorès elle-même.

Sa mère, en revanche, semblait ne jamais pouvoir se souvenir ni de l'âge de Jimmy ni du jour de sa naissance. Il était obligé de le lui rappeler au petit déjeuner ; elle émergeait alors brutalement de sa léthargie et lui achetait un cadeau humiliant – un pyjama pour petit garçon décoré de kangourous ou de nounours, un disque que personne de moins de quarante ans n'aurait jamais écouté, un sous-vêtement orné de cachalots – qu'elle emballait dans du papier de soie et lui filait à la table du dîner en souriant de son sourire de plus en plus bizarre, comme si quelqu'un lui avait piqué le derrière avec une fourchette en lui criant : *Souris !*

Quant à son père, il leur servait une fable gênante sur les raisons pour lesquelles cette date importante et vraiment vraiment spéciale lui avait échappé, puis demandait à Jimmy si tout allait bien, lui envoyait une carte d'anniversaire électronique – le modèle standard de chez BioIncs où cinq porcons ailés dansaient une conga sur l'air de *Bon anniversaire, Jimmy, que tous tes rêves se réalisent* – et revenait avec un cadeau le lendemain, un cadeau qui n'était pas un cadeau mais un outil ou un jeu d'éveil ou toute autre demande déguisée pour qu'il se montre à la hauteur. Mais à la hauteur de quoi ? Ça n'avait jamais été défini ; ou sinon de manière tellement floue et tellement écrasante que personne n'y avait compris quoi que ce soit, et surtout pas Jimmy. Il ne faisait jamais rien comme il fallait ou bien il était loin du compte. En regard des critères de BioIncs en maths-chimie-et-bio-appliquée, il avait dû paraître affreusement normal : c'était peut-être pour ça que son père avait cessé de lui répéter qu'il pourrait faire beaucoup mieux s'il voulait bien s'en donner la peine et s'était mis à lui prodiguer des louanges lourdes de déception voilée, comme si Jimmy avait une lésion au cerveau.

Snowman a donc tout oublié du dixième anniversaire de Jimmy, à part le rasconse que son père a rapporté à la maison dans une petite cage. C'était un minuscule rasconse, le plus petit de la portée, né de la deuxième génération de rasconses, descendants du premier couple obtenu par recombinaison. Le reste de la portée était parti très rapidement. À l'en croire, le père de Jimmy avait dû consacrer beaucoup de temps, jouer de son influence et tirer des tas de ficelles pour se procurer celui-ci, mais ça valait la peine d'avoir déployé tous ces efforts pour ce jour vraiment vraiment spécial qui, comme d'habitude, s'était trouvé tomber la veille précisément.

Les rasconses devaient leur apparition à un des as du labo de biotechnologie de BioIncs dont c'était le passe-temps. Il y avait beaucoup de bidouillage à l'époque : c'était très marrant de créer un animal, affirmaient les types qui se livraient à ce genre d'activités ; ça vous donnait l'impression d'être Dieu. Un grand nombre de ces spécimens avaient été exterminés parce que trop dangereux – que faire d'un crapaud géant avec une queue préhensile comme celle d'un caméléon qui risquait de sauter par la fenêtre de votre salle de bains pendant que vous vous brossiez les dents et de vous rendre aveugle ? Puis il y avait eu le serprat ; fâcheux mélange de serpent et de rat : il avait fallu s'en débarrasser. Cependant, à l'intérieur de BioIncs, les rasconses s'étaient imposés comme animaux domestiques. Ne venant pas du monde extérieur – le monde à l'extérieur du Compound – ils n'étaient pas porteurs de microbes inconnus et ne présentaient pas de danger pour les porcons. En plus, ils étaient mignons.

Le petit rasconse s'était laissé attraper. Il était noir et blanc – masque noir, rayure blanche sur le dos, anneaux noirs et blancs sur sa queue touffue. Il avait léché les doigts de Jimmy qui en était tombé fou.

« Il ne sent pas, contrairement au sconse, avait remarqué le père de Jimmy. C'est un animal propre, et il est gentil. Placide. Les ratons laveurs n'ont jamais fait de bons animaux de compagnie une fois adultes, ils deviennent hargneux et vous mettent votre baraque en pièces. Ce truc-là est censé être plus calme. On va voir comment ce petit gars se comporte. Pas vrai, Jimmy ? »

Depuis quelque temps, on aurait cru que le père de Jimmy cherchait à se faire pardonner quelque chose, comme s'il avait puni Jimmy injustement et le regrettait. Il disait *Pas vrai, Jimmy ?* un peu trop souvent. Jimmy n'aimait pas ça – il n'aimait pas être celui qui distribuait les bons points. Et il y avait d'autres gestes de son père dont il aurait pu se passer aussi – les coups de poing à la noix, la manie de lui ébouriffer les cheveux, sa manière de dire *fiston* en baissant la voix d'un ton. La jovialité qu'il manifestait en parlant avait empiré, comme s'il auditionnait pour le rôle du papa, sans avoir guère d'espoir. Jimmy avait suffisamment pratiqué les faux-semblants lui-même pour, la plupart du temps, les repérer chez les autres. Il avait caressé le rasconse sans rien répondre.

« Qui va lui donner à manger et changer sa caisse ? avait demandé la mère de Jimmy. Parce que ce ne sera pas moi. »

Elle avait dit cela sans colère, d'un ton neutre, détaché, en spectatrice, comme quelqu'un sur la touche ; comme si elle n'était absolument pas concernée par Jimmy et la corvée que constituait le fait de s'occuper de lui ni par son père décevant ni par leurs bagarres conjugales ni même par le fardeau toujours plus lourd de leurs existences. Elle avait l'air de ne plus se mettre en colère, elle ne sortait plus en trombe de la maison avec ses chaussons. Elle était modérée, réfléchie maintenant.

« Jimmy ne t'a pas demandé de t'en charger. Il le fera lui-même. Pas vrai, Jimmy ? avait rétorqué son père.

— Comment tu vas l'appeler ? avait poursuivi sa mère – elle ne cherchait pas vraiment à le savoir, elle se vengeait sur Jimmy d'une certaine façon. Elle n'aimait pas le voir s'enthousiasmer devant un cadeau de son père – "Bandit", je suppose. »

C'était précisément le nom auquel Jimmy avait pensé, à cause du masque noir.

« Non, avait-il répondu. C'est nul. Je vais l'appeler Killer.

— Bonne idée, mon garçon, s'était écrié son père.

— Eh bien, si Killer pisse par terre, débrouillez-vous pour nettoyer », avait conclu sa mère.

Jimmy monta Killer dans sa chambre où le rasconse s'aménagea un nid dans son oreiller. Il avait tout de même une légère odeur, bizarre mais pas désagréable, marquée et qui rappelait le cuir, tel un savon de luxe pour hommes. Jimmy s'endormit, un bras autour de lui, le nez tout proche de son petit museau.

Cela devait faire un ou deux mois qu'il avait le rasconse quand son père avait changé d'emploi. Un chasseur l'avait recruté pour PoNeuv où il avait été engagé en tant que numéro deux – le niveau Vice, selon la mère de Jimmy. Ramona, la technicienne du labo de BioIncs, l'avait suivi ; elle faisait partie de l'accord parce qu'elle représentait un atout inestimable, déclara le père de Jimmy ; c'était son bras droit, son homme de main. (*Je blague,* répétait-il à Jimmy pour lui montrer qu'il savait que Ramona n'était pas vraiment un homme. Mais ça, de toute façon, Jimmy le savait.) Jimmy fut plutôt content à l'idée qu'il allait peut-être continuer à rencontrer Ramona pour déjeuner – il la connaissait au moins – même si ses déjeuners avec son père étaient devenus plus rares et plus espacés.

PoNeuv était une filiale de SentéGénic ; ils s'installèrent donc dans le Compound de SentéGénic. Cette fois-ci, on leur alloua une maison de style Renaissance italienne avec un portique à plusieurs arcs, énormément de carrelages émaillés dans des tons de terre cuite et une plus grande piscine intérieure. La mère de Jimmy l'appelait « l'étable ». Elle se plaignait de la sécurité draconienne à l'entrée de SentéGénic – les gardes étaient plus insolents, se méfiaient de tout le monde, aimaient procéder à des fouilles corporelles, sur les femmes en particulier. Ils prenaient leur pied comme ça, affirmait-elle.

D'après le père de Jimmy, elle faisait tout un plat pour pas grand-chose. Toujours est-il qu'il y avait eu un incident seulement quelques semaines avant leur emménagement – une fanatique, une bonne femme en possession d'une bioforme hostile cachée dans une bombe de laque. Un méchant variant recombiné d'une des fièvres hémorragiques, soit Ébola, soit Marbourg, hypervirulent. Elle avait tué un garde qui avait imprudemment ôté son masque protecteur, à cause de la chaleur et en dépit des ordres. La femme avait été immédiatement aérodésintégrée, puis jetée dans une cuve d'eau oxygénée pour être neutralisée tandis que le pauvre garde était transféré chez HotBioforme et mis en chambre d'isolement où il s'était dissous en une flaque de matière visqueuse. Pas plus de dégâts, mais bien entendu ses collègues étaient nerveux.

La mère de Jimmy avait rétorqué que ça ne changeait rien au fait qu'elle avait la sensation d'être prisonnière. Le père de Jimmy avait répondu qu'elle ne comprenait pas la réalité de la situation. Ne voulait-elle pas être protégée, ne voulait-elle pas que son fils le soit ?

« Donc, c'est pour mon bien ? » s'écria-t-elle.

Elle découpait un bout de pain perdu en petits cubes, lentement.

« Pour notre bien à tous. Pour nous.

— Eh bien, il se trouve que je ne suis pas d'accord.

— Ce n'est pas un scoop », riposta le père de Jimmy.

À en croire la mère de Jimmy, leurs téléphones et leurs mails étaient surveillés, et les grosses et laconiques femmes de ménage de SentéGénic qui venaient deux fois par semaine – toujours en tandem – étaient des espionnes. Le père de Jimmy affirma qu'elle devenait parano et, de toute façon, ils n'avaient rien à cacher, alors pourquoi se biler pour ça ?

Le Compound de SentéGénic était non seulement plus neuf que BioIncs, mais aussi plus grand. Il disposait de deux centres commerciaux au lieu d'un, d'un meilleur hôpital, de trois boîtes de nuit et même d'un parcours de golf. Jimmy intégra l'école publique de SentéGénic où il ne connaissait personne. Malgré sa solitude initiale, ça n'eut rien de dramatique. Au bout du compte, ce fut même bien, parce qu'il put recycler ses vieux numéros et ses vieilles blagues : les écoliers de BioIncs avaient fini par s'habituer à ses pitreries. Il avait abandonné le tour du chimpanzé et s'appliquait maintenant à faire semblant de vomir et de s'étouffer comme s'il allait mourir – deux succès – ou bien à se dessiner sur le ventre une fille nue dont l'entrejambe arrivait à hauteur de son nombril et, ensuite, il la faisait remuer.

Il ne rentrait plus déjeuner à la maison. La camionnette de l'école, qui fonctionnait moitié à l'éthanol moitié à l'énergie solaire, le prenait le matin et le ramenait le soir. La cafétéria, sympathique et animée, proposait des menus équilibrés, des spécialités de différents pays – pirojski, falafels –, une option casher et des produits au soja pour végétariens. Jimmy était tellement heureux de pouvoir déjeuner sans qu'un de ses parents soit présent qu'il en éprouvait une certaine griserie. Il prit même du poids et cessa d'être l'élève le plus maigre de sa classe. S'il lui restait un peu de temps pendant la coupure de midi et rien d'autre à faire, il avait la possibilité de se rendre à la bibliothèque pour regarder de vieux CD-Rom éducatifs. *Alex le perroquet*, des « Classiques dans les études du comportement animal », était l'un de ses préférés. Il aimait le passage où Alex avait inventé un mot nouveau – *cork-nut* pour amande – et surtout celui où

Alex, lassé de l'exercice au triangle bleu et au carré jaune, décrétait : *Maintenant, je m'en vais. Non, Alex, reviens ici ! Lequel est le triangle bleu – non, le triangle bleu ?* Mais Alex avait franchi la porte. Bravo Alex, tu es super.

Un jour, Jimmy obtint l'autorisation d'amener Killer à l'école où elle – le rasconse était officiellement une rasconse maintenant – se tailla un franc succès.

« Oh, Jimmy, quelle chance tu as ! » s'écria Wakulla Price, la première fille pour laquelle il avait eu le béguin. Elle caressa la fourrure de Killer, main brune, ongles roses, et Jimmy se sentit frissonner, comme si c'était sur son propre corps que couraient les doigts de la petite fille.

Le père de Jimmy passait de plus en plus de temps à son travail, mais en parlait de moins en moins. Il y avait des porcons chez PoNeuv, exactement comme aux Fermes BioIncs, mais ils étaient plus petits et servaient à la recherche en biologie cellulaire cutanée. On cherchait un moyen de remplacer un épiderme fatigué non par un resurfaçage éphémère au laser ni par une dermabrasion, mais par une peau véritablement régénérée et exempte de rides et de taches. Pour cela, il fallait cultiver une cellule de peau jeune et charnue qui puisse absorber les cellules de peau vieillissantes des sujets sur lesquels on l'implanterait et de les remplacer par ses répliques, à la façon des algues sur un point d'eau.

Les retombées, en cas de succès, seraient colossales, expliqua le père de Jimmy en se lançant dans ce numéro de discussion-d'homme-à-homme qu'il avait adopté depuis peu avec son fils. Quelle femme ou quel homme autrefois séduisant(e), jeune et fortuné(e), dopé(e) aux suppléments hormonaux et bourré(e) de vitamines mais miné(e) par le miroir impitoyable ne vendrait pas sa propriété, sa maison de retraite, ses enfants et son âme pour goûter une seconde fois aux plaisirs de la chair ? PoNeuv pour seniors, proclamait le logo punchy. Non qu'on eût encore trouvé une méthode totalement efficace : la douzaine de volontaires ravagés et pleins d'espoir qui s'étaient proposés pour des tests, gratuits à condition de renoncer préalablement à toute action en justice, en étaient ressortis avec un look d'extraterrestre moisi – le teint déclinant toutes les nuances du brun-vert et pelant abondamment.

Mais il y avait d'autres projets chez PoNeuv. Un soir, le père de Jimmy était rentré tard et un peu éméché, avec une bouteille de champagne. Évaluant la situation d'un coup d'œil, Jimmy avait dégagé le terrain. Il avait caché un minuscule micro derrière une photo accrochée dans le salon – une photo représentant une plage – et un autre derrière la pendule murale de la cuisine – celle qui émettait un cri d'oiseau différent à chaque heure – afin de pouvoir surprendre des trucs qui ne le regardaient absolument pas. Il avait monté les micros à l'école, pendant le cours de Néotechnologie ; il s'était servi des composants lambda des minimicros sans fil qu'on utilisait pour dicter à l'ordinateur et – après quelques ajustements – ces derniers s'avéraient très efficaces en matière d'écoute indiscrète.

« C'est pour quoi ? » dit la voix de la mère de Jimmy.

Elle faisait référence au champagne.

« On a réussi, répondit la voix du père de Jimmy. À mon avis, une petite fête s'impose. »

Un bruissement : peut-être avait-il essayé de l'embrasser ?

« Réussi quoi ? »

Le *plop* du bouchon de champagne.

« Allez, ça ne va pas te mordre. »

Une pause : il devait être occupé à remplir les coupes. Oui : un tintement de verres.

« À la nôtre.

— Réussi quoi ? J'ai besoin de savoir à quoi je bois. »

Nouvelle pause : Jimmy visualisa son père en train d'avaler, sa pomme d'Adam montant et descendant, ploc ploc.

« C'est le projet de régénération cérébrale. Nous avons à présent un porcon qui possède d'authentiques tissus néocorticaux humains. Enfin, après tous ces plantages ! Pense à toutes les possibilités, pour les victimes d'une attaque et...

— Voilà qui nous manquait, répliqua la mère de Jimmy. Encore plus d'individus avec un gingin de cochon. On n'en a pas assez, des comme ça ?

— Tu ne peux pas être positive pour une fois ? Tous tes trucs négatifs, *ça, c'est pas bien, et ça, c'est pas bien non plus*, rien n'est jamais assez bien, d'après toi !

— Positive, pourquoi ? Parce que tu as trouvé un nouveau truc pour dépouiller une bande de désespérés ? répliqua la mère de Jimmy de sa nouvelle voix posée et exempte de colère.

— Bon sang, que tu es cynique !

— Non, c'est toi. Toi et tes partenaires retors. Tes collègues. C'est odieux, toute l'organisation est odieuse, moralement, c'est un cloaque et tu le sais.

— On peut donner de l'espoir. L'espoir n'a rien d'une arnaque !

— Aux prix que pratique PoNeuv, c'en est une. Tu lances tes produits à grand renfort de publicité, tu empoches tout le pognon des gogos et, après, ils n'ont plus un rond et adieu les traitements. En ce qui vous concerne, toi et tes copains, ils peuvent crever. Tu ne te souviens pas de nos discussions dans le temps, de tout ce qu'on voulait accomplir ? Offrir une vie meilleure aux gens – pas seulement aux riches. Tu étais tellement... tu avais des idéaux à l'époque.

— C'est certain, reconnut le père de Jimmy d'un ton las. J'en ai encore. C'est juste que je n'ai plus les moyens d'en avoir. »

Un silence. La mère de Jimmy avait dû réfléchir à cette remarque.

« Quoi qu'il en soit... (c'était le signe qu'elle n'allait pas céder). Quoi qu'il en soit, il y a recherche et recherche. Qu'est-ce que tu fabriques... cette histoire de cerveau de porc. Tu interfères avec les composantes fondamentales de la vie. C'est immoral. C'est... sacrilège. »

Bang, sur la table. Pas la main de son père. La bouteille ?

« Je n'en crois pas mes oreilles ! Qui as-tu donc écouté ? Tu es cultivée, toi-même tu as effectué ce genre de manipulations ! Ce ne sont que des protéines, tu le sais très bien ! Il n'y a rien de sacré en matière de cellules et de tissus, ce ne sont que...

— Je connais la théorie.

— En tout cas, c'est grâce à ça que tu as un toit et de quoi manger, et ce depuis un bout de temps. Tu es plutôt mal placée pour prétendre être au-dessus de la mêlée.

— Je le sais, riposta la voix de la mère de Jimmy. Crois-moi, s'il y a une chose que je sais, c'est bien ça. Pourquoi ne peux-tu pas dénicher un job où tu ferais quelque chose d'honnête ? Quelque chose d'utile.

— Quoi et où ? Tu veux que je bosse comme terrassier ?

— Au moins, tu aurais la conscience tranquille.

— Non, c'est toi qui l'aurais. C'est toi qui es malade de culpabilité. Et toi, pourquoi tu ne bosses pas comme terrassier pendant que tu y es ? Tu te bougerais le cul au moins. Et puis tu pourrais peut-être arrêter de fumer – tu es une vraie usine à emphysème, sans compter qu'à toi toute seule tu finances les fabricants de tabac. Penses-y donc un peu puisque l'éthique te gratte si fort. Ces mecs-là, ils filent des échantillons gratuits à des mômes de six ans, histoire de les rendre dépendants à vie.

— Je sais tout ça. »

Un silence.

« Je fume parce que je suis déprimée. Les fabricants de tabac me dépriment, tu me déprimes, Jimmy me déprime, il est en train de se transformer en un...

— Prends des médicaments bordel, si tu es tellement déprimée !

— Ce n'est pas la peine de jurer.

— À mon avis, peut-être que si ! »

Les cris du père de Jimmy n'avaient rien d'une grande nouveauté mais, associés aux jurons, ils sollicitèrent la totale attention de Jimmy. Peut-être qu'il allait y avoir de l'action, du verre cassé. Il avait peur – son fichu nœud glacé à l'estomac avait réapparu – mais il se sentait obligé d'écouter. Si une catastrophe, un cataclysme irréversible devait survenir, il fallait qu'il en soit témoin.

Pourtant, rien ne se produisit, juste un bruit de pas quittant la pièce. Lequel d'entre eux ? Qui que ce fût, il ou elle allait maintenant monter s'assurer que Jimmy dormait et n'avait rien entendu. Après, ils pourraient biffer cette tâche de la liste des devoirs parentaux que l'un comme l'autre trimballaient dans leur tête. Ce n'était pas tant les mauvais trucs qu'ils faisaient qui enrageaient Jimmy, c'était les bons. Les trucs censés être bons, ou suffisamment bons pour lui. Les trucs dont ils se félicitaient. Ils ne savaient rien de lui, de ce qu'il aimait, de ce qu'il détestait, de ce qu'il désirait de toutes ses forces. Pour eux, il n'était que ce qu'ils voyaient. Un garçon gentil mais un peu bête, un peu m'as-tu-vu. Pas l'étoile la plus brillante de l'univers, pas un scientifique, mais, dans la vie, on ne pouvait pas tout avoir et au moins ce n'était pas vraiment un raté. Au moins, il n'était ni ivrogne ni drogué comme des tas de jeunes de son âge, alors, touchons du bois. Il avait bel et bien entendu son père dire ça : *touchons du bois*, comme si Jimmy était destiné à merder, à s'écarter de ses rails, que c'était juste une question de temps. De la personne secrète, différente, qu'il abritait, ils ne connaissaient rien du tout.

Il éteignit son ordinateur, débrancha ses écouteurs, coupa les lumières et se mit au lit, discrètement et précautionneusement, parce que Killer était déjà dedans. Elle s'était glissée tout au fond où elle se plaisait ; elle avait pris l'habitude de lécher le sel de ses pieds. Ça lui faisait des chatouilles et, la tête sous les couvertures, il se tordit de rire.

Marteau

Plusieurs années passèrent. Elles ont dû passer, songe Snowman : à dire vrai, il n'a quasiment pas de souvenirs de cette époque, sinon que sa voix muait et qu'il commençait à avoir des poils. Ça ne lui avait pas fait grand-chose sur le moment, sauf que ça aurait été pire de ne pas en avoir. Il développa un peu de muscles aussi. Il se mit à faire des rêves érotiques et à souffrir de lassitude. Il pensait beaucoup aux filles, de manière abstraite, pour ainsi dire – des filles sans tête – et à Wakulla Price avec sa tête alors qu'elle ne voulait pas sortir avec lui. Peut-être parce qu'il avait des boutons ? Il ne se rappelle pas en avoir eu ; pourtant, dans son souvenir, ses rivaux en étaient couverts.

Cork-nut, disait-il à tous ceux qui lui pompaient l'air. Tous ceux qui n'étaient pas des filles. Personne à part lui et Alex le perroquet ne savait exactement ce que cork-nut voulait dire et, du coup, ça cassait vachement. Ce devint une lubie, chez les jeunes du Compound SentéGénic, si bien que Jimmy passait pour assez cool. *Hé, cork-nut !*

Personne ne le savait, mais Killer était sa meilleure amie. Pathétique, le seul être avec lequel il pouvait vraiment parler était une rasconse ! Il évitait ses parents autant que possible. Son père était un cork-nut et sa mère une raseuse. Leur champ électrique négatif ne lui inspirait plus de crainte, il les trouvait juste assommants, enfin, c'est ce qu'il se disait.

À l'école, il interprétait un numéro dans lequel il les trahissait méchamment. Il se dessinait des yeux sur chaque index, puis fermait les poings et y enfonçait les pouces qu'il sortait et rentrait de nouveau afin d'imiter des mouvements de bouche et d'illustrer une dispute entre ces deux marionnettes de fortune. Sa main droite représentait Vilain Papa, sa main gauche Vertueuse Maman. Vilain Papa tempêtait, théorisait et sortait de pompeuses foutaises, Vertueuse Maman geignait et accusait. Dans la cosmologie de Vertueuse Maman, Vilain Papa était le grand responsable des hémorroïdes, de la kleptomanie, du conflit global, de la mauvaise haleine, des déformations tectoniques et des canalisations bouchées ainsi que de toutes les migraines et de toutes les douleurs menstruelles que Vertueuse Maman avait subies tout au long de sa vie. Sa représentation connaissait un succès du tonnerre à la cafétéria et attirait une foule d'élèves qui lui demandaient : *Jimmy, Jimmy... fais Vilain Papa !* Les autres lycéens avaient une flopée de variantes et de tableaux à proposer, tous empruntés à l'intimité de leurs parents. Certains d'entre eux essayaient de se faire des yeux sur les phalanges, mais leurs dialogues n'étaient pas aussi bons.

Après coup, quand il avait passé les bornes, il arrivait que Jimmy se sente coupable. Il n'aurait pas dû présenter Vertueuse Maman en pleurs dans la cuisine parce que ses ovaires avaient éclaté ; il n'aurait pas dû faire cette scène érotique avec le bâtonnet de poisson spécial lundi, vingt pour cent de vrai poisson – Vilain Papa tombant dessus et le mettant en pièces avec concupiscence parce que Vertueuse Maman boudait à l'intérieur d'une boîte de Twinkies vide dont elle refusait de sortir. Ces fantaisies burlesques manquaient de dignité, encore que ce constat, à lui seul, ne l'aurait pas retenu. Il y avait aussi qu'elles étaient trop proches d'une vérité inconfortable que Jimmy n'avait pas envie d'analyser. Mais les autres enfants le tarabustaient pour qu'il continue et il était incapable de résister aux applaudissements.

« C'était déplacé, Killer ? demandait-il. C'était trop ignoble ? »

Ignoble était un terme qu'il venait de découvrir : Vertueuse Maman l'employait beaucoup ces derniers temps.

Killer lui léchait le nez. Elle lui pardonnait toujours.

Un jour, en rentrant de l'école, Jimmy trouva un mot sur la table de la cuisine. À peine eut-il vu l'écriture de sa mère sur le recto – *Pour Jimmy*, souligné deux fois en noir – qu'il comprit de quel genre de mot il s'agissait.

Cher Jimmy, disait-il, *bla-bla-bla, ai souffert dans ma conscience suffisamment longtemps, ne m'associe plus à un style de vie non seulement dénué de sens en soi mais bla-bla*. Elle savait que lorsque Jimmy serait assez âgé pour peser les implications de *bla-bla*, il serait d'accord avec elle et comprendrait. Elle le contacterait plus tard, si elle en avait la moindre possibilité. On allait entreprendre des recherches *bla-bla*, c'était inévitable ; nécessaire donc de se cacher. Décision prise non sans une bonne dose d'introspection, de réflexion et d'angoisse, mais *bla*. Elle l'aimerait toujours beaucoup.

Peut-être avait-elle aimé Jimmy, songe Snowman. À sa façon. Pourtant, il n'y avait pas cru à l'époque. Peut-être, d'un autre côté, ne l'avait-elle pas aimé ? Tout de même, elle devait ressentir une sorte d'émotion positive envers lui. Apparemment, ça existait le lien maternel, non ?

P.-S., avait-elle ajouté. *J'ai pris Killer pour la libérer, car je sais qu'elle sera plus heureuse de vivre, à l'état sauvage, dans la forêt.*

Jimmy n'avait pas cru davantage à cette affirmation-là. Ça l'avait mis en rage. Comment osait-elle ? Killer était à lui ! Et Killer était un animal domestique, sans défense ; toute seule elle ne saurait pas se débrouiller, la moindre bête affamée allait la déchiqueter, en faire des petits paquets de poils noirs et blancs. N'empêche, la mère de Jimmy et sa clique étaient sûrement dans le vrai, songe Snowman, et Killer et les autres rasconses libérés avaient dû s'en tirer tout à fait bien, sinon comment expliquer l'importance fâcheuse de la population rasconse qui infestait à présent le coin ?

Jimmy avait pleuré pendant des semaines. Non, pendant des mois. Qui pleurait-il le plus ? Sa mère ou un sconse génétiquement modifié ?

Sa mère avait laissé un autre mot. Pas un mot – un message sans paroles. Elle avait bousillé l'ordinateur personnel du père de Jimmy, et pas seulement son contenu : elle y était allée au marteau. En fait, elle avait utilisé à peu près tous les outils qu'elle avait pu dénicher dans la boîte à bricolage bien rangée et comme neuve du père de Jimmy, mais le marteau semblait avoir été son arme de prédilection. Elle avait également démoli son propre ordinateur, peut-être plus méticuleusement encore. Si bien que ni le père de Jimmy ni les types du CorpSeCorps qui n'avaient pas tardé à envahir la maison n'avaient eu la moindre idée des messages codés qu'elle avait pu envoyer ni des informations qu'elle avait pu télécharger et embarquer.

Pour ce qui était de la manière dont elle avait franchi les contrôles et les grilles, elle avait prétexté des travaux radiculaires dans un cabinet d'un des Modules. Elle avait les documents, toutes les autorisations nécessaires et un scénario qui tenait : le spécialiste de la clinique dentaire de SentéGénic venait de faire une crise cardiaque, et son remplaçant n'était pas encore arrivé, de sorte qu'ils sous-traitaient à l'extérieur. Elle avait été jusqu'à prendre rendez-vous avec le dentiste du Module, qui avait d'ailleurs adressé une facture au père de Jimmy pour le temps qu'elle lui avait fait perdre. (Le père de Jimmy refusa de payer, parce que ce n'était pas lui qui avait manqué son rendez-vous ; le dentiste et lui avaient eu une engueulade soignée à ce sujet un peu plus tard, par téléphone.) Elle n'avait pas pris de bagage, s'était montrée plus maligne que ça. Elle avait loué les services d'un gars du CorpSeCorps pour qu'il assure sa protection durant le trajet en taxi où il fallait traverser une brève section de plèbezone pour aller de la gare des trains à grande vitesse jusqu'à l'enceinte du Module, ce qui était la procédure habituelle. Personne ne lui avait posé de questions, on la connaissait de vue et elle avait la requête, le laissez-passer et tout le tremblement. Personne à la grille du Compound n'avait examiné l'intérieur de sa bouche, encore qu'il n'y aurait pas eu grand-chose à voir : à l'œil nu, une névralgie n'a rien d'évident.

Le gars du CorpSeCorps devait être de mèche avec elle, ou bien il avait été liquidé ; en tout cas, il n'était pas revenu et on ne le retrouva jamais. Du moins, c'est la version qui circula. Cette affaire eut un sérieux retentissement. C'était la preuve qu'il y avait eu d'autres personnes dans le coup. Mais de quelles autres personnes s'agissait-il et quelles étaient leurs intentions ? Ces questions devaient être clarifiées au plus vite, décrétèrent les gars qui cuisinèrent Jimmy. Sa mère lui avait-elle jamais confié quoi que ce soit ? lui demandèrent les gars du CorpSe.

Ben, qu'est-ce qu'ils voulaient dire par *quoi que ce soit* ? répondit Jimmy. Il y avait les conversations qu'il avait surprises grâce à ses minimicros, mais il n'avait pas envie d'en parler. Il y avait les trucs que sa mère ressassait des fois, quand elle disait que tout était foutu, que rien ne serait plus jamais comme avant, comme par exemple le cabanon qui appartenait à sa famille lorsqu'elle était petite, celui qui avait été emporté avec le reste des plages et un grand nombre de villes de la côte Est lorsque le niveau de la mer avait monté très brutalement et puis qu'il y avait eu l'énorme raz-de-marée provoqué par le volcan des Canaries. (Ils l'avaient vu à l'école, pendant le cours de Géolonomie. Jimmy avait trouvé la simulation vidéo vachement passionnante.) Et elle pleurnichait régulièrement sur la plantation de pamplemoussiers de son grand-père en Floride, qui avait séché sur pied à la manière d'un raisin sec géant lorsqu'il avait cessé de pleuvoir, l'année où le lac Okeechobee s'était transformé en une mare de boue puante et où les Everglades avaient brûlé pendant trois semaines d'affilée.

Mais tous les parents n'arrêtaient pas de geindre pour des trucs du même genre. *Tu te rappelles quand on pouvait circuler partout en voiture ? Tu te rappelles quand tout le monde vivait dans les plèbezones ? Tu te rappelles quand on pouvait sauter dans un avion pour aller n'importe où sans avoir peur ? Tu te rappelles les chaînes de hamburgers, toujours du vrai bœuf, tu te rappelles les baraques de hot-dogs ? Tu te rappelles l'époque où New York n'était pas* New New York *? Tu te rappelles le temps où nos votes comptaient ?* Tout ça, c'était les grands classiques des marionnettes à l'heure du déjeuner. *Oh, tout était tellement génial avant. Ouin ouin. Bon, là, je réintègre le paquet de Twinkies. Ce soir, pas de radada !*

Sa mère était une mère, un point c'est tout, expliqua Jimmy au type du CorpSeCorps. Elle faisait ce que faisaient toutes les mères. Elle fumait beaucoup.

« Elle appartient à une... tu vois... à des organisations ? Pas d'inconnu bizarroïde qui soit venu à la maison ? Elle passe beaucoup de temps sur son mobile ?

— Si tu nous disais n'importe quoi susceptible de nous aider, on te serait reconnaissants, fiston », ajouta l'autre gars du CorpSe.

Ce fut le *fiston* qui fit pencher la balance. Jimmy répondit qu'il ne voyait pas.

La mère de Jimmy avait laissé quelques vêtements neufs pour lui qui, selon elle, seraient bientôt à sa taille. Ils étaient moches, comme tous les vêtements qu'elle achetait. Et en plus trop petits. Il les rangea dans un tiroir.

Son père était secoué, ça se voyait ; il avait peur. Sa femme avait transgressé tous les règlements, elle avait dû avoir une autre vie sans qu'il en sache rien. Ce genre de choses nuisait salement à votre réputation. Il affirma ne pas avoir stocké d'information capitale sur l'ordinateur personnel qu'elle avait démoli, mais il ne pouvait pas dire autre chose, forcément, et il n'y avait pas moyen de prouver le contraire. Puis on l'avait emmené pour l'interroger, ailleurs, pendant assez longtemps. Peut-être le torturait-on, comme dans les vieux films ou sur certains sites Web assez craignos, avec des électrodes, des matraques et des clous portés au rouge, et Jimmy se tracassait et se sentait rongé de remords. Pourquoi n'avait-il pas vu venir tout ça au lieu de s'amuser à des bêtises de ventriloque mesquines ?

En l'absence du père de Jimmy, deux bonnes femmes du CorpSeCorps en fonte massive s'installèrent à la maison pour veiller sur Jimmy ou, du moins, ce fut le prétexte avancé. Une souriante et une sans expression. Elles passaient beaucoup de coups de fil avec leur portable à l'éther ; elles fouillèrent les albums photos et les placards de sa mère et tentèrent de faire parler Jimmy. *Elle a l'air vraiment jolie. Tu crois qu'elle a un copain ? Est-ce qu'elle allait souvent dans les plèbezones ?* Pourquoi y serait-elle allée, riposta Jimmy et elles dirent que ça plaisait à certaines personnes. Pourquoi ? redemanda Jimmy, et la bonne femme au visage fermé expliqua qu'il y avait des gens tordus et la souriante éclata de rire et expliqua en rougissant que, là-bas, on trouvait des trucs qu'on n'avait pas ici. Quel genre de trucs, voulut demander Jimmy, mais il se retint parce que la réponse risquait de l'embringuer dans de nouvelles questions sur ce que sa mère aimait ou recherchait éventuellementr. Il l'avait suffisamment trahie à la cafétéria du lycée de SentéGénic, il n'allait pas en rajouter.

Histoire d'apaiser sa méfiance, les deux bonnes femmes lui firent à manger et lui préparèrent des omelettes horriblement trop cuites. Voyant que ça ne marchait pas, elles lui réchauffèrent des repas surgelés au micro-onde et commandèrent des pizzas. *Alors, ta mère allait souvent au centre commercial ? Est-ce qu'elle allait danser ? Je te parie que oui.* Jimmy mourait d'envie de leur coller des gnons. S'il avait été une fille, il aurait fondu en larmes, les aurait obligées à s'apitoyer sur son sort et leur aurait cloué le bec.

De retour de l'endroit où on l'avait embarqué, le père de Jimmy était allé voir un psy. C'était apparemment nécessaire, il était verdâtre et avait les yeux rouges et bouffis. Jimmy alla consulter lui aussi, mais ce fut une perte de temps.

Tu dois être malheureux que ta mère soit partie.

Ouais, c'est vrai.

Ne te reproche rien, mon garçon. Ce n'est pas ta faute si elle est partie.

Comment ça ?

Tu peux exprimer tes émotions, tu sais.

Lesquelles voulez-vous que j'exprime ?

Pas la peine de te montrer hostile, Jimmy, je sais ce que tu ressens.

Alors, si vous savez déjà ce que je ressens, pourquoi me le demander ?

Et cetera, et cetera.

Le père de Jimmy lui dit qu'ils allaient devoir aller de l'avant, hein, mon pote ? du mieux possible. Donc, ils allèrent de l'avant. Ils allèrent de l'avant tant et plus, se servirent leur verre de jus d'orange le matin et rangèrent leurs assiettes dans le lave-vaisselle quand ils y pensaient. Au bout de quelques semaines de ce régime, le père de Jimmy perdit sa couleur verdâtre et se remit à jouer au golf.

Derrière la façade, on voyait nettement qu'il ne se sentait pas trop mal maintenant que le pire était passé. Il recommençait à siffloter en se rasant. Il se rasait plus souvent. Après un laps de temps décent, Ramona vint s'installer à la maison. Leur vie changea de style, c'est-à-dire qu'elle se mit à comporter des parties de jambes en l'air assorties de gloussements et de grognements derrière des portes fermées mais pas insonorisées, tandis que Jimmy collait sa musique à plein volume pour essayer de ne rien entendre. Il aurait pu installer un micro dans leur chambre, suivre le show dans sa globalité, mais ce procédé lui inspirait une vive aversion. À vrai dire, cette situation le gênait. Il y eut un jour une rencontre pénible dans le couloir de l'étage, le père de Jimmy enroulé dans une serviette de bain, les oreilles bien dégagées, les joues écarlates après une énergique troussée, Jimmy rouge de honte et faisant mine de ne rien remarquer. Les deux tourtereaux aux hormones en effervescence auraient peut-être pu avoir la décence de faire ça dans le garage, au lieu de passer leur temps à se rappeler au bon souvenir de Jimmy. Ils lui donnaient la sensation d'être invisible. Encore qu'il n'eût aucune envie d'éprouver une autre sensation.

Depuis combien de temps étaient-ils ensemble ? se demande à présent Snowman. S'étaient-ils envoyés en l'air derrière les enclos à porcons, vêtus de leur biocombinaison et protégés par leur masque antimicrobien ? Il ne le pense pas : son père était un abruti, pas un salaud. Bien entendu, on pouvait être les deux, un abruti salaud ou un salaud abruti. Mais son père (du moins le croit-il) était trop maladroit et trop nul quand il s'agissait de mentir pour avoir vraiment donné dans l'infidélité et la déloyauté sans que sa mère s'en soit aperçue.

Cela étant, peut-être s'en était-elle aperçue ? Peut-être était-ce pour cela, ou en partie pour cela, qu'elle avait fui ? On ne démolit pas l'ordinateur d'un mec au marteau – ou même au tournevis électrique et à la clé à mollette – si on n'est pas très en colère.

Mais elle était fondamentalement en colère, colère qui allait bien au-delà d'un motif unique.

Plus Snowman y pense, plus il est convaincu que son père et Ramona s'étaient retenus. Ils avaient attendu que la mère de Jimmy ait levé le pied dans une projection de pixels pour tomber dans les bras l'un de l'autre. Sinon, ils ne se seraient pas autant couvés d'un œil ardent et chaste dans le Bistro d'André chez BioIncs. S'ils avaient déjà été ensemble, ils se seraient montrés brusques et sérieux en public ou se seraient évités ; ils auraient eu de brefs rendez-vous obscènes dans des coins minables, se seraient vautrés sur la moquette du bureau au milieu de leurs boutons défaits et de leurs fermetures Éclair coincées, et mâchouillé les oreilles dans des parkings. Ils ne se seraient pas infligés ces repas antiseptiques pendant lesquels son père fixait le plateau de la table tandis que Ramona liquéfiait ses carottes crues. Ils n'auraient pas bavé l'un devant l'autre au-dessus de leurs salades et de leurs chaussons au porc en utilisant le petit Jimmy comme bouclier humain.

Cela étant, Jimmy ne porte pas de jugement sur la question. Il sait comment ces choses se passent ou se passaient. Il est adulte aujourd'hui et a des trucs autrement plus graves sur la conscience. Qui est-il donc pour les condamner ?

(Il les condamne.)

Ramona fit asseoir Jimmy, le regarda de ses grands yeux sincères et tout bordés de khôl et lui dit qu'elle savait que cette situation était très dure pour lui, que c'était un traumatisme pour chacun d'entre eux, que c'était dur pour elle aussi même si éventuellement, tu sais, il ne le pensait peut-être pas, et elle se rendait bien compte qu'elle ne pouvait pas remplacer sa vraie maman mais elle espérait que peut-être ils pourraient être copains ? Jimmy répondit : *Bien sûr, pourquoi pas*, parce que, indépendamment des liens qu'elle avait avec son père, il avait pas mal d'affection pour elle et avait envie de lui faire plaisir.

Elle fit vraiment des efforts. Elle riait de ses blagues, un peu tard parfois – ce n'était pas une littéraire, se redit-il – et de temps à autre, quand le père de Jimmy était absent, elle préparait un dîner au micro-onde rien que pour Jimmy et elle ; lasagnes et salade César constituaient ses plats de base. Parfois, elle s'asseyait à ses côtés et regardait un DVD avec lui en dégustant un bol de pop-corn sur lequel elle avait versé un succédané de beurre fondu et dans lequel elle plongeait des doigts tout graisseux qu'elle léchait pendant les passages effrayants tandis que Jimmy essayait de ne pas lorgner sur ses seins. Elle lui demanda s'il souhaitait lui poser des questions sur, bon, tu sais. Son père et elle, et ce qui était arrivé au mariage. Il répondit que non.

En secret, la nuit, il se languissait de Killer. Et aussi – dans un recoin de lui-même qu'il ne pouvait pas vraiment prendre en compte – de sa vraie mère, bizarre, défaillante, malheureuse. Où était-elle partie, quel danger courait-elle ? Qu'elle pût courir un danger était évident. Ils devaient la traquer, il le savait, et, à sa place, il n'aurait pas aimé qu'on le retrouve.

Mais elle avait dit qu'elle le contacterait, alors pourquoi ne se manifestait-elle pas ? Au bout de quelque temps, il reçut effectivement deux cartes postales portant l'une un timbre d'Angleterre, l'autre d'Argentine. Elles étaient signées tante Monique, mais il comprit qu'elles venaient d'elle. *Espère que tu vas bien*, disaient-elles seulement. Elle devait se douter qu'elles seraient lues par une centaine de mouchards avant de lui parvenir, et ce fut le cas : les deux fois, les mecs du CorpSe déboulèrent pour demander qui était tante Monique. Jimmy répondit qu'il ne savait pas. Pour lui, sa mère ne se trouvait dans aucun des pays d'où provenaient les timbres, parce qu'elle était autrement plus maligne que ça. Elle avait dû se débrouiller pour les faire poster.

N'avait-elle pas confiance en lui ? Bien sûr que non. Il avait le sentiment qu'il l'avait trahie, qu'il l'avait déçue de manière fondamentale. Il n'avait jamais compris ce qu'on attendait de lui. Il aurait aimé avoir encore une chance de la rendre heureuse.

« Je ne suis pas mon enfance », déclare Snowman à voix haute. Il déteste ces retours en arrière. Il ne peut les arrêter, il ne peut changer de sujet, il ne peut quitter la pièce. Ce qu'il lui faut, c'est davantage de discipline personnelle ou bien une syllabe mystique qu'il pourrait répéter à l'envi, histoire de déconnecter. Comment ça s'appelait, ces trucs ? Des mantras. Ils avaient fait ça à l'école primaire. Religion de la Semaine. *Très bien, les enfants, maintenant, on n'entend plus une mouche voler, compris, Jimmy ? Aujourd'hui, nous allons faire comme si nous vivions en Inde et nous allons réciter un mantra. N'est-ce pas que ça va être amusant ? Alors, nous allons tous choisir un mot, un mot différent, comme ça, chacun d'entre nous aura son mantra spécial.*

« Accroche-toi aux mots », se dit-il.

Aux mots bizarres, aux mots anciens, aux mots rares. *Lambrequin. Nornes. Alacrité. Pibrock. Libidineux.* Lorsqu'ils lui seront sortis de l'esprit, ces mots, ils se disperseront un peu partout, pour toujours. Comme s'ils n'avaient jamais existé.

Crake

Quelques mois avant la disparition de la mère de Jimmy, Crake fit son apparition. Les deux événements se produisirent la même année. Quel était le rapport ? Il n'y en avait aucun, sinon que Crake et sa mère donnaient l'impression de bien s'entendre. Crake faisait partie des rares amis de Jimmy qui plaisaient à sa mère. Dans l'ensemble, elle trouvait que les copains de Jimmy étaient des gamins et ses copines des nunuches ou des salopes. Elle n'utilisait jamais ces termes-là, mais on devinait ce qu'elle pensait.

Crake, lui, était différent. Selon elle, il ressemblait plus à un adulte ; en fait, il était plus adulte que des tas d'adultes. On pouvait avoir une discussion objective avec lui, une discussion dans laquelle on suivait les situations et les hypothèses jusqu'à leur conclusion logique. Non que Jimmy les ait jamais vus engagés dans pareille discussion, mais cela avait dû se produire, car sinon cette remarque ne lui serait pas venue. Quand et comment ces échanges adultes, logiques, s'étaient-ils déroulés ? Il se l'est souvent demandé.

« Ton ami est intellectuellement honorable, déclarait la mère de Jimmy. Il ne se ment pas. »

Là-dessus, elle regardait Jimmy de ses yeux bleus où se lisait ce je-suis-blessée-par-ta-faute qu'il connaissait si bien. Si seulement il avait pu être comme ça, lui aussi : intellectuellement honorable. Encore une matière décevante sur le bulletin secret que sa mère trimballait, rangé quelque part dans une poche mentale, ce fameux bulletin où il était perpétuellement tout juste passable. *S'il voulait bien s'en donner la peine, Jimmy obtiendrait de meilleurs résultats en honorabilité intellectuelle.* Et si seulement il avait une putain d'idée de ce que ça signifiait au juste, bordel.

« Je n'ai pas besoin de dîner, lui répétait-il pour la énième fois. Je prendrai juste un snack. »

Si elle voulait afficher cet air blessé, autant qu'elle aille se planter devant la pendule de la cuisine. Il l'avait bricolée pour que le merle fasse *hou hou* et la chouette *croa croa*. Pour une fois, ce serait eux qui la décevraient.

Personnellement, il avait des doutes quant à l'honorabilité, intellectuelle ou autre, de Crake. Il le connaissait un peu plus que sa mère.

Lorsque la mère de Jimmy eut levé le pied comme ça, après s'être déchaînée au marteau, Crake ne fit pas trop de commentaires. Il ne parut ni surpris ni choqué. Tout ce qu'il dit, c'est que certaines personnes avaient besoin de changer, et que ça passait par un changement d'environnement. Il dit que quelqu'un pouvait faire partie de votre vie, puis plus du tout. Il dit que Jimmy ferait bien de potasser les stoïciens. Cette dernière remarque déclencha une légère exaspération : Crake se montrait parfois un peu trop doctoral et un peu trop généreux en *tu ferais bien*. Cela étant, Jimmy appréciait son flegme et sa discrétion.

Bien entendu, à l'époque, Crake n'était pas encore Crake : il s'appelait Glenn. Pourquoi avec deux *n* au lieu de l'orthographe habituelle ?

« Mon père aimait la musique, expliqua Crake lorsque Jimmy se résolut enfin à lui poser la question, après pas mal de temps. Il m'a donné le prénom d'un pianiste décédé, un mec génial avec deux *n*.

— Il t'a fait prendre des leçons de musique, alors ?

— Non. Il ne m'a jamais fait faire grand-chose.

— Dans ce cas, quelle utilité ?

— Quoi ?

— Ton nom. Les deux *n*.

— Jimmy, Jimmy, répondit Crake. Tout n'est pas forcément utile. »

Snowman a du mal à repenser à Crake en tant que Glenn, tant le personnage ultérieur de Crake a complètement gommé le précédent. Son côté Crake devait être là depuis le début, songe Snowman : il n'y a jamais eu de véritable Glenn, Glenn n'était qu'un déguisement. Si bien que lorsque Snowman se repasse l'histoire, Crake n'est jamais Glenn ni *Glenn-alias-Crake* ni même *Crake/Glenn,* voire *Glenn, plus tard Crake.* Il est toujours Crake, purement et simplement.

De toute façon, *Crake* est plus court, songe Snowman. Pourquoi mettre un tiret, des parenthèses, si ce n'est pas absolument nécessaire ?

Crake intégra le lycée de SentéGénic en septembre ou octobre, un de ces mois qu'on appelait alors l'*automne.* C'était une belle et chaude journée ensoleillée, mais sinon sans rien à signaler. Crake était un transfert, car ses parents avaient été recrutés par des chasseurs de têtes, ce qui se produisait fréquemment dans les Compounds. Les élèves arrivaient et partaient, occupaient certains bureaux et en quittaient d'autres, l'amitié était toujours subordonnée à des déménagements.

Jimmy n'était pas très attentif lorsque Melons Riley, le professeur d'Ultratextes qui assurait aussi la surveillance du foyer des élèves, présenta Crake. Elle ne s'appelait pas Melons – c'était le surnom que les garçons de la classe lui avaient donné – mais Snowman ne retrouve plus son vrai nom. Elle n'aurait pas dû se pencher autant sur l'écran de lecture de Jimmy, ses gros seins ronds lui touchaient presque l'épaule. Elle n'aurait pas dû rentrer son T-shirt PoNeuv super-moulant dans son short zippé sur les cuisses : ça empêchait vraiment de se concentrer. Si bien que lorsque Melons annonça que Jimmy allait faire visiter l'établissement à Glenn, leur nouveau camarade, il s'ensuivit un moment de silence, le temps que Jimmy décrypte ce qu'elle venait de dire.

« Jimmy, je t'ai demandé quelque chose, déclara Melons.

— Bien sûr, tout ce que vous voudrez », répondit Jimmy en lui lançant un regard aguicheur mais sans pousser trop loin.

Quelques rires fusèrent dans la classe ; même Mlle Riley lui adressa, à contrecœur, un sourire distant. Il réussissait en général à l'embobiner avec son numéro d'enfant charmeur. Il aimait imaginer que, s'il n'avait pas été mineur et elle son prof et, de ce fait, passible d'abus d'autorité morale, elle aurait foré les murs de sa chambre à coucher pour pouvoir planter ses doigts avides dans sa chair tendre.

Jimmy était drôlement imbu de lui-même en ce temps-là, songe Snowman avec indulgence et envie. Il était malheureux aussi, bien entendu. Ça allait sans dire, ce malheur. Jimmy y consacrait beaucoup d'énergie.

Lorsque Jimmy finit par se concentrer sur Crake, il ne sauta pas vraiment de joie. Crake était plus grand que lui de près de cinq centimètres et plus mince aussi. Des cheveux châtain foncé et raides, le teint bronzé, les yeux verts, un demi-sourire, le regard détaché. Il portait des vêtements sombres, sans logos, sans motifs et sans slogans – un look anonyme. Il était vraisemblablement plus âgé que le reste de la classe ou essayait de le paraître. Jimmy se demanda quel genre de sports il pratiquait. Pas le football américain, rien de trop brutal. Pas assez grand pour le basket. De l'avis de Jimmy, ce n'était pas du tout le mec à l'esprit d'équipe ni même le mec flirtant bêtement avec le danger. Le tennis, éventuellement. (Jimmy jouait au tennis.)

À midi, Jimmy embarqua Crake et tous deux déjeunèrent vite fait – Crake engloutit deux dogs géants aux sojasaucisses et une grosse part de gâteau fourré à la noix de coco, peut-être cherchait-il à s'étoffer –, puis ils se traînèrent de couloir en salle de classe et en labo, Jimmy se chargeant des commentaires. *Ça, c'est le gymnase, ça, c'est la bibli, là, tu as les lecteurs de micro-fiches, il faut t'inscrire avant midi, là, tu as les douches des filles, il paraît qu'il y a un trou dans le mur, mais je ne l'ai jamais trouvé. Si tu veux fumer de la dope, va pas dans les chiottes, c'est surveillé ; la sécurité a collé un micro-objectif, là, dans ce conduit d'aération, regarde pas, sinon ils sauront que tu es au courant.*

Crake observa tout sans rien dire. Il ne fournit aucune information sur son compte. Il se contenta de remarquer que le labo de chimie était minable.

Eh bien, qu'il aille se faire foutre, songeait Jimmy. S'il veut jouer au con, il est libre. Des millions de mecs avant lui ont fait le même choix de vie. Il s'en voulait de jacasser et de blaguer alors que Crake lui lançait de brefs coups d'œil indifférents et son fameux demi-sourire tordu. Pourtant, ce mec avait quelque chose. Le genre d'indolence cool qui impressionnait toujours

Jimmy quand il y était confronté : il croyait percevoir des forces contenues, gardées en réserve pour plus important que la personne qui l'accompagnait.

À sa grande surprise, Jimmy se sentit l'envie d'entamer cette façade, d'obtenir une réaction ; c'était une de ses faiblesses, il se souciait de ce qu'on pouvait penser de lui. Donc, après les cours, il demanda à Crake s'il aimerait aller faire un tour avec lui dans un des centres commerciaux, traîner, regarder les trucs à voir, peut-être qu'il y aurait des nanas, et Crake répondit pourquoi pas. Après le lycée, il n'y avait pas grand-chose d'autre à faire dans le Compound de SentéGénic, ni dans aucun autre Compound, pas pour des garçons de leur âge, ni pour des groupes en général. Ce n'était pas comme dans les plèbezones. Là-bas, à ce qui se racontait, les mômes circulaient en bandes, en hordes. Ils attendaient que les parents aient pris du champ pour passer direct aux choses sérieuses – ils envahissaient les baraques, se lâchaient sur fond de musique bruyante, drogues et alcools, baisaient tout ce qui bougeait y compris le chat de la maison, bousillaient les meubles, se shootaient, avec overdoses à la clé. Génial, songeait Jimmy. Mais, dans les Compounds, on vous serrait sacrément la vis. Patrouilles de nuit, heure de coucher réglementée pour cerveaux en pleine croissance, chiens renifleurs pour pister les drogues dures. Un jour, les autorités s'étaient montrées plus coulantes et avaient laissé entrer un vrai groupe – les Truffes des plèbezones, il s'appelait –, mais il avait déclenché une quasi-émeute et elles n'avaient donc pas recommencé. Cela dit, pas la peine d'être gêné devant Crake. C'était un petit privilégié des Compounds lui aussi, il savait à quoi s'en tenir.

Jimmy espérait apercevoir Wakulla Price au centre commercial ; il était encore vaguement amoureux d'elle, mais après le couplet Je-t'aime-beaucoup-comme-ami qu'elle lui avait servi, il était sorti avec une fille, puis avec une autre et avait fini – pour le moment – avec la blonde LyndaLee. LyndaLee, qui faisait partie de l'équipe de rameurs et avait des cuisses musclées et des pectoraux impressionnants, l'avait fait monter dans sa chambre plus d'une fois. Elle avait un vocabulaire ordurier et plus d'expérience que Jimmy et chaque fois qu'il allait avec elle il avait l'impression d'être aspiré par un flipper Pachinko, avec lumières clignotantes, culbutes et cascades de roulements à bille erratiques. Elle ne lui plaisait pas trop, mais il avait besoin de garder le contact avec elle, de s'assurer qu'il restait sur sa liste. Peut-être parviendrait-il à caser Crake dans la file d'attente – à lui faire une faveur, à édifier un fonds de gratitude. Il se demandait quel genre de filles Crake préférait. Jusqu'à présent, il y avait eu zéro indice.

Dans le centre commercial, ils ne virent pas trace de Wakulla ni de LyndaLee. Jimmy essaya d'appeler cette dernière sur son mobile, mais il était déconnecté. Les deux garçons firent donc quelques parties de Waco en 3D dans la galerie de jeux et se tapèrent deux burgers au soja – pas de bœuf, ce mois-ci, annonçait le menu sur l'ardoise –, des SojaBaba, et un Capuccimpa ainsi qu'une demi-Voltbar chacun, histoire de se donner un coup de fouet et d'engranger quelques stéroïdes. Puis ils se baladèrent dans le passage aux fontaines et fougères en plastique où de la musique sirupeuse passait toujours en boucle. Crake n'était pas précisément volubile et Jimmy s'apprêtait à lui dire qu'il fallait qu'il rentre s'occuper de ses devoirs quand une scène digne d'attention s'offrit à leurs yeux : juste devant eux, Melons Riley, accompagnée d'un homme, se dirigeait vers un des dancings réservés aux adultes. Elle avait troqué sa tenue de classe pour une robe noire moulante et une ample veste rouge sous laquelle son compagnon avait glissé un bras.

Jimmy fila un coup de coude à Crake.

« Tu crois qu'il a la main sur son cul ? s'écria-t-il.

— C'est un problème géométrique, répondit Crake. Il faudrait le résoudre.

— Hein ? » fit Jimmy.

Puis :

« Comment ?

— Sers-toi de tes neurones, lui conseilla Crake. Premièrement, on calcule la longueur du bras du bonhomme, en prenant le bras visible pour référence. Présupposition : les deux bras ont approximativement la même longueur. Deuxièmement : on calcule l'angle formé par le coude plié. Troisièmement : on calcule la courbure du cul. Là, une approximation sera peut-être nécessaire, faute de données vérifiables. Quatrièmement, on calcule la taille de la main, en se référant comme auparavant à la main visible.

— Je ne suis pas un scientifique », lui avoua Jimmy en rigolant.

Mais Crake poursuivit :

« Toutes les positions possibles de la main doivent maintenant être envisagées. Taille, on élimine. Fesse supérieure gauche, on élimine. Par déduction, la fesse inférieure droite ou le haut de la cuisse paraissent les plus vraisemblables. La main entre le haut des deux cuisses serait une possibilité, mais cette position gênerait la marche du sujet, or on ne décèle ni boiterie ni trébuchement. »

Il faisait une interprétation assez réussie du prof du labo de chimie – le sers-toi-de-tes-neurones et le discours sec et guindé qui avait tout de l'aboiement. Plus qu'assez réussie, réussie tout court.

Déjà Jimmy appréciait mieux Crake. Finalement, ils avaient peut-être quelque chose en commun, ce mec avait le sens de l'humour, au moins. Mais il se sentait aussi un peu menacé. Lui-même était un bon imitateur, il pouvait imiter pratiquement tous les profs. Et si Crake se révélait meilleur que lui ? Il sentait qu'il le détestait mais aussi qu'il avait de l'affection pour lui.

Au cours des jours qui suivirent, cependant, Crake ne fit aucun numéro.

Même à l'époque, Crake avait quelque chose de spécial, songe Snowman. Il ne jouissait pas d'une grande popularité, ce n'était pas ça, mais les gens se sentaient flattés d'avoir son attention. Pas seulement les élèves, les profs aussi. Il les regardait comme s'il les écoutait, comme si ce dont ils parlaient méritait tout son intérêt, alors qu'il n'aurait jamais dit ça en ces termes. Il suscitait un respect tissé de crainte – rien de formidable mais suffisamment. Il donnait la sensation d'avoir du potentiel, mais du potentiel pour quoi ? Personne ne le savait et donc les gens se méfiaient de lui. Tout ça dans sa tenue sombre et muette.

Topfriteuse

Wakulla Price faisait équipe avec Jimmy dans le labo de Technologies nanobiochimiques, mais, son père ayant été chassé par un Compound à l'autre bout du continent, elle prit le train à grande vitesse, et on ne la revit plus jamais. Après son départ, Jimmy broya du noir pendant une semaine et même les cochonneries paroxystiques de LyndaLee ne purent le consoler.

Crake qui, en sa qualité de nouveau, avait occupé un siège tout seul au fond de la classe, hérita de la place que Wakulla avait laissée vacante à la table du labo. Crake était très intelligent – même dans le cercle du lycée de SentéGénic avec son superstock de génies tangents et d'esprits universels, il n'eut aucun problème pour se placer largement au-dessus des meilleurs. Il se révéla excellent en Technologies nanobiochimiques et Jimmy et lui bossèrent sur un projet de recombinaison de couches monomoléculaires et réussirent à produire le nématode mauve requis – grâce au gène couleur d'une algue primitive – avant le délai imparti et sans variations alarmantes.

Jimmy et Crake se mirent à traîner ensemble pendant la coupure du déjeuner, puis – pas tous les jours, ils n'étaient ni gays ni quoi que ce soit, mais au moins deux fois par semaine – après les cours. Ils commencèrent par jouer au tennis sur le court en terre battue derrière chez Crake, mais ce dernier associait méthode et pensée latérale et détestait perdre tandis que Jimmy était impétueux et manquait de finesse, de sorte que leurs parties se révélèrent assez stériles et qu'ils arrêtèrent. Sinon, sous prétexte de faire leurs devoirs, ce qui leur arrivait parfois, ils s'enfermaient dans la chambre de Crake et s'installaient à l'ordinateur pour jouer aux échecs, au 3D ou à Osama Minute en tirant à pile ou face pour savoir qui aurait les Infidèles. Crake avait deux bécanes, si bien qu'ils pouvaient s'asseoir, dos à dos, chacun devant un poste.

« Pourquoi on prend pas un vrai jeu ? demanda Jimmy un jour qu'ils faisaient une partie d'échecs. Un modèle à l'ancienne. Avec des pièces en plastique. »

Cela faisait vraiment bizarre d'être là dans la même pièce, dos à dos, à jouer chacun sur son ordi.

« Pourquoi ? s'écria Crake. De toute façon, ça, c'est un vrai jeu.

— Non.

— Bon, accepté, mais les pièces en plastique non plus.

— Quoi ?

— Le vrai jeu est dans ta tête.

— Bidon ! » brailla Jimmy.

C'était un bon mot, il l'avait déniché dans un vieux DVD ; ils avaient pris l'habitude de se le jeter à la tête, quand l'autre était trop pédant, histoire de lui rabattre le caquet.

« C'est vraiment trop bidon ! »

Crake éclata de rire.

Crake se focalisait sur un jeu et n'avait de cesse de parfaire son attaque pour gagner à coup sûr ou, en tout cas, neuf fois sur dix. Un mois durant, il leur fallut se taper l'Anéantissement des barbares. (Voyez donc si vous pouvez changer le cours de l'Histoire !) L'un des adversaires avait les villes et les richesses, l'autre les hordes et – le plus souvent mais pas toujours – la plus grande sauvagerie. Soit les barbares anéantissaient les villes, soit ils se faisaient anéantir, mais on était obligé de démarrer avec le rapport de forces voulu par l'histoire et, de là, on continuait. Rome contre les Visigoths, l'Égypte ancienne contre les Hyksos, les Aztèques contre les Espagnols. Ça, c'était sympa, parce que c'était les Aztèques qui incarnaient la civilisation et les Espagnols les hordes barbares. On pouvait adapter la partie comme on voulait pourvu qu'on utilise de vraies communautés et de vraies tribus ; pendant un moment, Crake et Jimmy rivalisèrent pour voir qui allait dénicher le tandem le plus abscons.

« Petchenègues contre Byzantins, annonça Jimmy un jour mémorable.

— C'est qui les Petchenègues, bordel ? Tu as inventé ça ? » répliqua Crake.

Mais Jimmy avait trouvé cet article dans l'édition 1957 de l'*Encylopaedia Britannica*, stockée sur CD-Rom – pour une raison totalement oubliée – dans la bibliothèque du lycée. Il avait le chapitre et le paragraphe.

« Mathieu d'Édesse les décrit comme des brutes assoiffées de sang, put-il répondre avec autorité. Ils étaient impitoyables et n'avaient rien pour les racheter. »

Ils tirèrent donc au sort pour savoir qui aurait qui. Jimmy obtint les Petchenègues et l'emporta. Les Byzantins furent massacrés, parce que c'était la coutume petchenègue, expliqua Jimmy. Ils massacraient toujours tout le monde sur-le-champ. Au mieux, ils massacraient juste les hommes. Puis les femmes au bout d'un moment.

Crake vécut très mal sa défaite et bouda un peu. Après cela, il reporta sa passion sur Du Sang et des Roses. C'était plus universel, décréta-t-il : le champ de bataille se déployait davantage, dans le temps comme dans l'espace.

Du Sang et des Roses était un jeu de transactions, dans l'esprit du Monopoly. Le joueur qui tirait le Sang avait les atrocités humaines, des atrocités à grande échelle : les viols et les meurtres individuels ne comptaient pas, ce qu'il fallait, c'était éliminer un grand nombre de personnes. Des massacres, des génocides, ce genre de trucs. Celui qui avait les Roses jouait avec les hauts faits de l'humanité. Œuvres d'art, percées scientifiques, merveilles architecturales, inventions utiles. *Monuments élevés à la magnificence de l'âme,* pour reprendre les termes du jeu. Il y avait des barres d'outils, de sorte que si on n'avait pas idée de ce qu'étaient *Crime et Châtiment*, la théorie de la relativité, le Sentier des larmes, *Madame Bovary*, la guerre de Cent Ans ou la fuite en Égypte, on pouvait d'un double clic choisir entre deux résumés illustrés : le R pour Enfants, et le PON pour Profanations, Obscénités et Nudité. C'était la nature de l'Histoire, remarqua Crake : on y trouvait les trois éléments en abondance.

Après qu'on avait jeté les dés virtuels, un élément Rose ou un élément Sang apparaissait. Si c'était un élément Sang, les Roses avaient une possibilité d'arrêter les atrocités, mais, pour ça, il fallait qu'elles se défaussent d'un élément Rose. Les atrocités disparaissaient alors de l'Histoire ou au moins l'Histoire s'inscrivait sur l'écran. Le Sang pouvait prendre un élément Rose à la condition expresse qu'il se défausse d'une atrocité, ce qui faisait moins de munitions pour lui et plus pour les Roses. Si c'était un bon joueur, il pouvait attaquer son adversaire avec les atrocités en sa possession, mettre à sac les hauts faits de l'humanité et les transférer sur son côté de l'écran. Le joueur qui avait réussi à accumuler le plus de hauts faits à la fin du Temps Imparti l'emportait. Avec des points en moins, naturellement, pour ceux que ses erreurs personnelles, ses folies et sa stratégie imbécile avaient anéantis.

Des taux d'échange vous étaient suggérés – une Mona Lisa équivalait à Bergen-Belsen, un génocide arménien à la *Neuvième Symphonie* plus trois grandes pyramides – mais il n'était pas interdit de négocier. Pour cela, il fallait avoir certains nombres en tête : le nombre total des corps pour les atrocités, les derniers prix du marché pour les œuvres d'art ; ou bien, si les œuvres d'art avaient été volées, la somme remboursée par la police d'assurance. C'était un jeu tordu.

« Homère, énonce Snowman en se frayant un chemin à travers la végétation ruisselante d'eau. *La Divine Comédie*. La statuaire grecque. Les aqueducs. *Le Paradis perdu*. La musique de Mozart. Shakespeare, ses œuvres complètes. Les sœurs Brontë. Tolstoï. La mosquée de la perle. La cathédrale de Chartres. Bach. Rembrandt. Verdi. Joyce. La pénicilline. Keats. Turner. Les transplantations cardiaques. Le vaccin contre la polio. Berlioz. Baudelaire. Bartok. Yeats. Woolf. »

Il avait dû y en avoir d'autres. Il y en avait d'autres.

Le sac de Troie, ajoute une voix à son oreille. *La destruction de Carthage. Les Vikings. Les croisades. Gengis Khan. Attila le Hun. Le massacre des cathares. Les sorcières envoyées au bûcher. La destruction des Aztèques. Idem pour les Mayas. Idem pour les Incas. L'Inquisition. Vlad l'empaleur. La Saint-Barthélemy. Cromwell en Irlande. La Révolution française. Les guerres napoléoniennes. La famine en Irlande. L'esclavage dans le sud des États-Unis. Le roi Léopold au Congo. La révolution russe. Staline. Hitler. Hiroshima. Mao. Pol Pot. Idi Amin. Sri Lanka. Le Timor-Oriental. Saddam Hussein. »*

« Arrête », s'exclame Snowman.

Désolée, chéri. J'essayais juste de me rendre utile.

C'était le problème avec Du Sang et des Roses : on retenait plus facilement la partie Sang. L'autre problème était que, le plus souvent, c'était le Sang qui gagnait, mais gagner signifiait qu'on héritait d'un désert. C'est tout l'intérêt du jeu, rétorqua Crake quand Jimmy se plaignit. Jimmy lui fit remarquer que si c'était l'intérêt, c'était plutôt inintéressant. Il n'avait pas envie de confier à Crake qu'il faisait de sérieux cauchemars : celui où le Parthénon se retrouvait décoré de têtes coupées étant, allez savoir pourquoi, le plus horrible.

D'un accord tacite, ils abandonnèrent Du Sang et des Roses, ce qui convenait très bien à Crake qui s'était lancé dans un nouveau truc qu'il avait déniché sur le Web : l'Extinctathon, un jeu de rôles sur des mutations bizarres. *EXTINCTATHON, supervisé par MaddAddam. Adam a donné un nom aux animaux vivants, MaddAddam donne un nom à ceux qui n'existent plus. Veux-tu jouer ?* Voilà ce qui s'affichait quand on se connectait. Il fallait alors cliquer sur oui, taper son nom de code et choisir une des deux *chat-rooms* – Règne Animal, Règne Végétal. Puis un adversaire se présentait en ligne, sous son nom de code personnel – Komodo, Rino, Manatee, Hippocampe Ramulosus – et vous proposait une partie. *On commence par le nombre de pattes, de quoi s'agit-il ?* Le *il* renvoyait à une bioforme disparue au cours des cinquante dernières années – pas de T-Rex, pas de roc, pas de dodo, et des points en moins quand on se trompait sur la période concernée. Puis on réduisait la recherche, phylum, classe, ordre, famille, genre, espèce, puis l'habitat et la date à laquelle ladite bioforme avait été vue pour la dernière fois et les raisons à l'origine de son élimination. (Pollution, destruction de l'habitat, crétins naïfs persuadés que l'ingestion de sa corne les ferait bander.) Plus l'adversaire tenait, plus il avait de points, mais la rapidité pouvait vous valoir un sacré bonus. Il était utile d'avoir le tirage papier sur lequel MaddAddam répertoriait toutes les espèces éteintes, mais il ne vous donnait que les noms latins et représentait en plus deux cents pages en petits caractères d'imprimerie truffées d'obscurs noms d'insectes, d'herbes et de batraciens dont personne n'avait jamais entendu parler. Personne sauf, apparemment, les Grands Maîtres de l'Extinctathon qui avaient un cerveau de moteur de recherche.

On savait toujours quand on en affrontait un, parce qu'un petit symbole de cœlacanthe apparaissait sur l'écran. *Cœlacanthe. Poisson préhistorique des grandes profondeurs marines, longtemps supposé éteint jusqu'à ce qu'on découvre des spécimens vers le milieu du vingtième siècle. Représentation actuelle inconnue.* L'Extinctathon était avant tout instructif. De l'avis de Jimmy, il s'apparentait à un pédant assommant qu'on aurait été obligé de subir dans le bus scolaire. L'Extinctathon ne la fermait jamais.

« Pourquoi il te plaît autant, ce jeu ? demanda un jour Jimmy au dos voûté de Crake.

— Parce que j'y suis bon », répondit Crake.

Jimmy le soupçonnait de vouloir passer Grand Maître, pas parce qu'il y attachait la moindre importance, juste comme ça.

C'était Crake qui avait choisi leurs noms de code. Jimmy s'appelait Thickney d'après un oiseau désarticulé d'Australie à présent disparu qui traînait avant dans les cimetières et – à ce que supposait Jimmy – parce que Crake trouvait que ces sonorités lui allaient bien. Le nom de code de Crake était Crake, du Red-necked Crake, nom anglais du râle tricolore, un autre oiseau australien – dont il n'y avait jamais eu beaucoup de représentants, déclara Crake. Pendant un moment, ils s'appelèrent Crake et Thickney, comme s'il s'agissait d'une plaisanterie pour initiés. Lorsque Crake se rendit compte que Jimmy ne participait pas vraiment de bon cœur et qu'ils arrêtèrent l'Extinctathon, Thickney tomba complètement dans l'oubli. Mais Crake avait pris.

Quand ils ne jouaient pas, ils surfaient sur le Net – consultaient leurs pages favorites, voyaient ce qu'il y avait de nouveau. Ils regardaient des opérations à cœur ouvert en direct, ou sinon Nudi News, ce qui était marrant un moment parce que, sur cette chaîne, les gens se comportaient comme si de rien n'était et évitaient soigneusement de loucher sur leurs berlingots respectifs.

Sinon ils regardaient des sites d'animaux crevés, Purée de grenouilles à la Félicia et d'autres dans la même veine, encore que ces machins-là devenaient vite répétitifs : qu'est-ce qui ressemble plus à une grenouille aplatie qu'une autre grenouille aplatie et à un chat déchiqueté à main nue qu'un autre chat déchiqueté à main nue ? Sinon ils regardaient guignolspudespieds.com, une émission d'actualités sur les dirigeants politiques de la planète. Selon Crake, avec les génaltérations numériques, on ne pouvait pas savoir si ces généraux et autres étaient encore en vie et, si oui, s'ils avaient vraiment dit ce qu'on avait entendu. Cela étant, ils étaient renversés et remplacés tellement vite que ça n'avait pratiquement pas d'importance.

Sinon ils regardaient éventuellement decap.com qui assurait la diffusion en direct d'exécutions en Asie. Là, dans un endroit qui ressemblait à la Chine, ils voyaient des ennemis du peuple se faire décapiter au sabre sous les applaudissements de milliers de spectateurs. Sinon ils regardaient alibavures.com où, dans des enclaves poussiéreuses présentées comme des pays fondamentalistes du Moyen-Orient, divers voleurs présumés se faisaient couper les mains pendant que des femmes adultères ou coupables d'avoir mis du rouge à lèvres étaient lapidées par des foules vociférantes. Sur ce site, la couverture était généralement très médiocre : il était apparemment interdit de filmer, donc, il y avait juste un pauvre désespéré équipé d'une minicaméra vidéo qui risquait sa vie pour d'infâmes devises occidentales. On voyait surtout les dos et les têtes des spectateurs, si bien qu'on avait l'impression d'être coincé au milieu d'un énorme portehabits, sauf si le gars à la caméra se faisait pincer, auquel cas c'était un délire de mains et de tissu avant que l'image ne décroche. D'après Crake, ces kermesses sanguinaires se déroulaient probablement dans un studio, en Californie, avec une bande de figurants ramassés dans les rues.

Plus intéressants étaient les sites américains avec leurs commentaires du genre sportif – « Le voici qui arrive maintenant ! Oui ! C'est Joe Ricardo, dit le Pilori, que vous avez élu comme champion, chers spectateurs ! » Suivait un résumé des crimes commis et des photos macabres des victimes. Sur ces sites, il y avait de la pub pour différents articles, batteries automobiles et tranquillisants, et des logos peints en jaune vif sur des murs à l'arrière-plan. Au moins, les Américains faisaient les choses de manière sympa, disait Crake.

Les meilleurs étaient courtcircuit.com, topfriteuse.com et

couloirdelamortlive.com ; ils montraient des électrocutions et des exécutions par injection. Dès la légalisation des reportages en temps réel, les condamnés à mort s'étaient mis à caboriner devant les caméras. En général, c'était des hommes, et une femme à l'occasion, mais Jimmy n'aimait pas suivre ces diffusions-là : une femme qui se faisait estourbir donnait lieu à une affaire larmoyante, solennelle, où les gens avaient tendance à se rassembler avec des bougies allumées et des photos des gamins quand ils ne se pointaient pas avec des poèmes de leur cru. Mais les mecs pouvaient être tordants. Ils faisaient des grimaces, adressaient des bras d'honneur aux gardiens, balançaient des blagues et réussissaient, de temps à autre, à se carapater, traînant leurs sangles derrière eux et braillant de méchantes injures, pendant qu'on les pourchassait tout autour de la pièce.

D'après Crake, ces incidents étaient bidon. Selon lui, ces types recevaient de l'argent pour faire ça, ou sinon leurs familles. Les sponsors leur demandaient de réaliser un bon numéro de crainte que les gens ne s'ennuient et n'éteignent. Les spectateurs voulaient voir des exécutions, d'accord, mais comme, à la longue, elles risquaient de devenir monotones, il fallait ajouter un ultime espoir d'évasion, même minime, ou, à défaut, un élément de surprise. À deux contre un, tout était orchestré.

Jimmy déclara que c'était une théorie hallucinante. *Hallucinant* était un autre vieux mot, comme *bidon*, qu'il avait exhumé des archives sur DVD.

« Tu crois qu'ils sont vraiment exécutés ? demanda-t-il. Souvent, on dirait des simulations.

— On ne sait jamais, répondit Crake.

— On ne sait jamais quoi ?

— C'est quoi, la réalité ?

— Bidon ! »

Il y avait également un site de suicides assistés – il s'appelait bye-bye.com – avec flash-back-sur-votre-vie : albums de famille, interviews des proches, groupes d'amis suivant courageusement l'événement avec musique d'orgue en fond sonore. Après que le docteur au regard triste avait déclaré que la vie s'était éteinte, on passait des témoignages enregistrés par les participants eux-mêmes, expliquant pourquoi ils avaient choisi de s'en aller. Dès le lancement de cette émission, les statistiques sur les suicides assistés avaient grimpé en flèche. Il y avait apparemment une longue file de gens prêts à payer une somme rondelette pour avoir la chance d'y participer et de se liquider dans la gloire : les heureux élus étaient tirés au sort.

Crake affichait un grand sourire quand il regardait ce site. Allez savoir pourquoi, il le trouvait désopilant alors que Jimmy non. Contrairement à Crake qui affirmait que c'était une preuve de perspicacité que de savoir quand on en avait ras la caisse, il ne se voyait pas faire un truc pareil. Mais la réticence de Jimmy signifiait-il qu'il était lâche ou était-ce simplement que l'orgue le faisait chier ?

Ces départs calculés le mettaient mal à l'aise : ils lui rappelaient Alex le perroquet lorsqu'il disait : *Maintenant, je m'en vais.* Il y avait trop peu de marge entre Alex le perroquet, les suicides assistés et sa mère avec le billet laissé à son attention. Dans les trois cas, chacun annonçait ses intentions ; puis chacun disparaissait.

Sinon ils regardaient Dans l'intimité d'Anna K. Anna K., une artiste en installation abstraite – pour reprendre ses termes – avec de grosses loloches, avait truffé son appartement de caméras afin de faire profiter en direct des millions de voyeurs de chaque instant de sa vie. Dès qu'on se connectait, on était accueilli par la formule « Ici Anna K., perpétuellement obsédée par mon bonheur et mon malheur ». Là-dessus, on la voyait en train de s'épiler les sourcils, de se faire le maillot, de laver sa culotte. Parfois, elle lisait à haute voix des passages tirés de vieilles pièces de théâtre et disait tous les rôles, assise sur les chiottes, le jean – un patte d'éléphant rétro – tire-bouchonné autour des chevilles. C'était ainsi que Jimmy était tombé pour la première fois sur Shakespeare : à travers l'interprétation de *Macbeth* par Anna K.

> Demain, et puis demain, et puis demain encore,
> À pas menus avancent, coulant de jour en jour
> Vers l'ultime syllabe des annales du temps,
> Et nos hiers n'ont tous éclairé que des sots
> Sur le chemin qui mène à la mort poussiéreuse[1].

---

1. Traduction de J.-C. Sallé, publiée par « Bouquins », Robert Laffont, 1995.

lisait Anna K. Elle lisait horriblement mal, mais Snowman lui
en a toujours été très reconnaissant, car elle lui a ouvert une
porte, si l'on peut dire. Pense à tout ce à quoi il n'aurait pas eu
accès, sans elle. Pense aux mots. *Étiolé*, par exemple. *Incar-
nadin.*

« C'est quoi, cette merde ? s'écria Crake. Zappe !

— Non, attends, attends », répliqua Jimmy, totalement pris
par... par quoi ?

Par un truc qu'il avait envie d'entendre. Et Crake attendit,
parce qu'il lui arrivait de faire plaisir à Jimmy.

Sinon ils regardaient le Fissa Fada Show qui proposait des
concours chronométrés d'ingestion d'animaux et d'oiseaux
vivants avec, pour récompenses, des denrées alimentaires quasiment introuvables. C'était ahurissant de voir jusqu'où les gens
pouvaient aller pour deux côtelettes d'agneau ou une part de
vrai brie.

Sinon ils regardaient des émissions porno. Il y en avait beaucoup.

Quand donc le corps s'est-il lancé dans ses propres aventures ?
se demande Snowman ; après avoir laissé tomber ses vieux
compagnons de route, l'âme et l'esprit, lesquels le considéraient
avant comme un simple réceptacle corrompu, un pantin chargé
de mimer leurs drames personnels ou même une mauvaise
fréquentation les écartant du droit chemin. Il avait dû se lasser
des récriminations et des gémissements constants de l'âme ainsi
que des circonvolutions neurono-torturées de l'esprit pressuré
par l'angoisse qu'il distrayait chaque fois qu'il plantait les dents
dans quelque chose de savoureux ou les doigts dans quelque
chose d'agréable. Il avait lâché les deux autres, les avait largués
quelque part dans un sanctuaire humide et froid ou dans un
amphithéâtre étouffant et s'était rué vers des bars offrant des
serveuses aux seins nus où il avait lâché la culture par la même
occasion : musique, peinture, poésie et théâtre. Sublimation, le
tout ; rien sinon de la sublimation, à en croire le corps. Pourquoi
ne pas se concentrer sur l'essentiel ?

Mais le corps avait ses formes culturelles propres. Il avait son
art propre. Les exécutions incarnaient ses tragédies, la porno-
graphie ses histoires d'amour.

Pour accéder aux sites interdits, les plus dégueulasses – ceux pour lesquels il fallait avoir dix-huit ans et un mot de passe spécial –, Crake utilisait le code personnel de son oncle Pete, via un processus compliqué qu'il qualifiait de labyrinthe en feuilles de nénuphar. Il avait mis au point une méthode compliquée pour s'introduire au hasard dans des sociétés commerciales mal protégées, ensuite de quoi il passait de feuille de nénuphar en feuille de nénuphar en effaçant ses empreintes chaque fois qu'il quittait un site. Ainsi, en recevant sa facture, l'oncle Pete ne pouvait savoir qui la lui avait gonflée.

Crake avait également déniché la planque de Vancouver, une marijuana super-forte en THC, que l'oncle Pete conservait au congélateur dans des boîtes de jus d'orange ; il ponctionnait à peu près un quart de la boîte dans laquelle il remettait ensuite un foin de mauvaise qualité qu'on pouvait acheter à l'annexe de la cafétéria du lycée pour cinquante dollars le sachet. D'après lui, l'oncle Pete ne s'en apercevrait jamais, parce qu'il ne fumait pas, sauf quand il voulait faire l'amour avec la mère de Crake, ce qui – à en juger par le nombre de boîtes de jus d'orange et la vitesse à laquelle elles descendaient – n'était pas fréquent. Selon Crake, c'était au bureau que l'oncle Pete prenait son pied, quand il menait le personnel à la baguette, qu'il tannait les sous-fifres. Il avait bossé comme chercheur, mais à présent c'était une superhuile de la direction de SentéGénic, dans la branche finances.

Jimmy et Crake se roulaient donc quelques joints qu'ils fumaient en regardant les exécutions et du porno – les différentes parties du corps évoluaient au ralenti sur l'écran, ballet sous-marin de chair et de sang, gémissements sous tension, ferme et tendre, se joignant et se séparant brutalement, doucement, hurlements, gros plans sur des yeux bien fermés et des dents bien serrées, giclements d'un genre ou d'un autre. Si on passait très vite d'un site à l'autre, l'ensemble donnait l'impression de ne constituer qu'un seul et même événement. Parfois, ils suivaient les deux trucs en même temps, chacun sur un écran.

Exception faite des bruits émis par les ordinateurs, ces sessions se déroulaient généralement en silence. C'était Crake qui décidait de ce qu'ils allaient regarder et de quand ils allaient s'arrêter. Pas de problème, c'était ses machines. Parfois, il demandait : « C'est fini, ça ? » avant de passer à autre chose.

Rien de ce qu'il voyait ne paraissait l'affecter d'une manière ou d'une autre, sauf ce qui le faisait rire. Il donnait aussi l'impression de n'être jamais défoncé. Jimmy le soupçonnait de ne pas inhaler vraiment.

Jimmy, en revanche, rentrait chez lui d'un pas mal assuré, encore tout étourdi par la dope et avec la sensation d'avoir participé à une orgie où il n'avait absolument rien pu contrôler de ce qui lui arrivait. De ce qu'il avait subi. Il se sentait aussi très léger, comme s'il était fait d'air ; de cet air raréfié, grisant, qu'on trouve au sommet d'un mont Everest jonché de détritus. Une fois chez lui, ses parents – à supposer qu'ils soient là et au rez-de-chaussée – semblaient ne jamais rien remarquer.

« Tu as eu assez à manger ? » lui demandait éventuellement Ramona.

Elle interprétait son marmonnement comme un oui.

Pornnmomms

Chez Crake, c'était les fins d'après-midi qui se prêtaient le mieux à ce genre d'activités. Sa mère était souvent sortie, ou sinon pressée ; elle bossait comme diagnostiqueur dans le complexe hospitalier. C'était une brune exaltée, à la mâchoire carrée et à la poitrine plate. Lors des rares occasions où Jimmy s'était trouvé là en même temps qu'elle, elle n'avait pas dit grand-chose. Elle fouillait les placards de la cuisine à la recherche d'un truc susceptible de faire office de snack pour « vous, les garçons », comme elle les appelait. Parfois, elle s'interrompait au beau milieu de ses préparations – pendant qu'elle flanquait quelques crackers ramollis sur une assiette ou découpait des parts caoutchouteuses d'un succédané de fromage marbré d'orange et de blanc – et s'immobilisait, comme si quelqu'un venait d'entrer dans la pièce. Jimmy avait l'impression qu'elle n'arrivait pas à retenir son nom ni même celui de Crake. Parfois elle demandait à son fils si sa chambre était rangée alors qu'elle-même n'y mettait jamais les pieds.

« Elle estime qu'il faut respecter l'intimité de l'enfant, expliqua Crake d'un air impassible.

— Je parie que ce sont tes chaussettes puantes, répliqua Jimmy. Tous les parfums de l'Arabie ne purifieront pas ces petites chaussettes. »

Il venait de découvrir les joies de la citation.

« Pour cela, il existe des purificateurs d'ambiance », rétorqua Crake.

Quant à l'oncle Pete, il rentrait rarement avant dix-neuf heures. SentéGénic se développait à vitesse grand V et il avait donc beaucoup de responsabilités nouvelles. Ce n'était pas le véritable oncle de Crake, juste le second mari de sa mère. Il avait endossé ce titre à l'époque où Crake avait douze ans, soit l'âge où on était deux ans trop vieux pour voir dans l'étiquette de « tonton » autre chose qu'un qualificatif absolument odieux. Crake avait cependant accepté le statu quo, du moins en apparence. Il souriait, disait *Bien sûr, oncle Pete* et *Entendu, oncle Pete* quand le bonhomme se trouvait dans les parages, même si Jimmy savait pertinemment que Crake ne l'aimait pas.

Un après-midi du mois de – quoi ? ce devait être en mars, parce qu'il faisait déjà une chaleur infernale dehors –, ils regardaient du porno dans la chambre de Crake. Déjà, ce rituel semblait relever du bon vieux temps, déjà, ce rituel semblait empreint de nostalgie – comme s'ils étaient trop vieux pour ce genre de truc, tels des mecs d'âge moyen draguant dans les clubs ados des plèbezones. Pourtant, ils allumèrent consciencieusement un joint, piratèrent la carte de paiement numérique de l'oncle Pete via un nouveau labyrinthe et se mirent à surfer. Ils consultèrent La Boulangère qui proposait des pâtisseries raffinées dans les orifices habituels, puis passèrent sur Superpipeuses ; puis sur un site russe qui employait d'ex-acrobates, des ballerines et des contorsionnistes.

« Qui a dit qu'un mec était infichu de se tailler une pipe lui-même ? » remarqua Crake en guise de commentaire. Le numéro sur la corde raide avec six torches enflammées était pas mal, mais ils avaient déjà vu des trucs comme ça.

Puis ils allèrent sur Pornnmomms, un site universel pour sexe-trotters. « Presque aussi bien que si vous y étiez », était-il affiché. Ce site affirmait montrer de vrais touristes sexuels, filmés en train de faire des choses qui leur auraient valu la prison dans leur pays d'origine. On ne voyait pas leur visage, on ne donnait pas leur identité, mais les possibilités de chantage devaient être, Snowman s'en rend compte à présent, formidables. Ça se passait en principe dans des pays où la vie n'était pas chère et les gamins nombreux, et où on pouvait acheter tout ce qu'on voulait.

C'est comme ça que tous deux virent Oryx pour la première fois. Elle n'avait que huit ans ou à peu près, ou les paraissait. Ils ne surent jamais avec certitude quel âge elle avait à l'époque.

Elle ne s'appelait pas Oryx, elle n'avait pas de nom. Ce n'était qu'une petite fille de plus sur un site porno.

Pas une seule de ces gamines n'avait jamais paru réelle à Jimmy – elles lui avaient toujours fait l'effet de clones numériques – mais, allez savoir pourquoi, il appréhenda les trois dimensions d'Oryx dès le début. Menue et exquise, elle était nue comme les autres, sans rien d'autre qu'une guirlande de fleurs et un ruban rose dans les cheveux, accessoires qu'on retrouvait fréquemment sur les sites porno avec enfants. Flanquée de deux autres petites filles, elle était à genoux devant le torse mâle classique, gargantuesque Gulliver-à-Lilliput – homme grandeur nature, naufragé sur une île peuplée de naines adorables ou bien kidnappé, séduit et contraint de subir ces plaisirs atroces que lui infligeait un trio de chipies impitoyables. Les caractères distinctifs du mec étaient cachés – sac sur la tête, troué à la place des yeux, pansements adhésifs sur les tatouages et les cicatrices : peu de types avaient envie de se faire repérer au pays, même si le risque d'être reconnu devait ajouter aux sensations.

Le numéro comportait de la crème fouettée et beaucoup de léchages. L'effet produit était à la fois innocent et obscène : toutes trois travaillaient le gars de leurs langues mutines et de leurs tout petits doigts, lui offrant une séance complète avec, en fond sonore, gémissements et rires étouffés. Les rires devaient avoir été enregistrés, parce qu'ils ne venaient pas des trois fillettes : elles semblaient toutes effrayées et l'une d'elles pleurait.

Jimmy connaissait le rituel. C'était l'air qu'elles étaient censées avoir, songea-t-il ; si elles s'interrompaient, une canne hors champ se chargeait de les piquer. C'était une caractéristique du site. Il y avait au moins trois niveaux de fantasmes contradictoires, superposés. *Je veux, je ne veux pas, je veux.*

Oryx s'interrompit. Elle sourit d'un petit sourire dur qui la fit paraître beaucoup plus âgée et essuya sa bouche pleine de crème fouettée. Puis elle jeta un coup d'œil par-dessus son épaule et regarda le spectateur droit dans les yeux – droit dans les yeux de Jimmy, dans la personne secrète qu'il abritait. *Je te vois*, disait ce regard. *Je te vois en train de m'observer. Je sais qui tu es. Je sais ce que tu veux.*

Crake appuya sur retour en arrière, puis sur pause, puis sur télécharger. Il lui arrivait de faire des arrêts sur image et d'en sauvegarder certaines, si bien qu'il possédait à présent de véritables petites archives. Parfois, il les imprimait et en donnait une copie à Jimmy. C'était risqué – cela pouvait laisser des traces pour toute personne susceptible de se frayer un chemin à travers le labyrinthe – mais Crake le faisait quand même. Donc, il sauvegarda ce moment-là, le moment où Oryx avait regardé.

Jimmy se sentit brûlé par ce regard – rongé, comme par de l'acide. Quel mépris elle lui avait montré ! À tous les coups, il n'y avait que du gazon dans le joint qu'il venait de fumer : s'il avait été plus corsé, peut-être que Jimmy aurait pu éluder sa culpabilité. Mais, pour la première fois, il avait senti que ce qu'ils faisaient n'était pas bien. Avant, c'était toujours une distraction ou bien un truc vraiment indépendant de sa volonté, mais maintenant il se sentait coupable. Et en même temps, il était pris corps et âme : si on lui avait offert d'être téléporté sur-le-champ jusqu'à l'endroit où se trouvait Oryx, il aurait accepté sans discuter. Il aurait été prêt à supplier pour y aller. Tout cela était trop compliqué.

« On garde ça ? lança Crake. Tu le veux ?

— Ouais », fit Jimmy.

Il eut du mal à articuler le mot. Il espérait avoir répondu d'une voix normale.

Donc, Crake l'avait imprimée, cette photo d'Oryx en train de regarder, et Jimmy l'avait conservée très très longtemps. Il l'avait montrée à Oryx bien des années après.

« Je crois pas que c'est moi, avait-elle commencé par dire.

— Bien sûr que si, répliqua Jimmy. Regarde ! Ce sont tes yeux.

— Beaucoup de filles ont ces yeux. Beaucoup de filles faisaient ces choses-là. Des masses. Puis, voyant sa déception, elle ajouta : C'était peut-être moi. C'est peut-être moi. Est-ce que cela te rendrait heureux, Jimmy ?

— Non. »

Était-ce un mensonge ?

« Pourquoi tu l'as gardée ?

— À quoi pensais-tu ? » dit Jimmy au lieu de répondre.

À sa place, une autre femme aurait chiffonné l'image, aurait pleuré, l'aurait traité de criminel, lui aurait dit qu'il ne comprenait rien à sa vie, aurait fait une scène tous azimuts. Au lieu de cela,

Oryx lissa le papier, passa les doigts gentiment sur le doux et méprisant visage d'enfant qui – sûrement – avait autrefois été le sien.

« Tu penses que je pensais ? Oh, Jimmy ! Tu penses toujours que tout le monde pense. Peut-être que je ne pensais à rien.

— Je sais que si.

— Tu veux que je te raconte une histoire ? Tu veux que j'invente quelque chose ?

— Non. Dis-moi et c'est tout.

— Pourquoi ? »

Jimmy dut réfléchir à sa remarque. Il se revit en train de regarder. Comment avait-il pu lui faire ça ? Et pourtant, elle n'en avait pas souffert, pas vrai ?

« Parce que j'en ai besoin. »

Ce n'était pas grand-chose, comme raison, mais ce fut tout ce qu'il put trouver.

Elle soupira.

« Je pensais, dit-elle en traçant, du bout de l'ongle, un petit cercle sur sa peau, que si jamais j'en avais eu la possibilité, ce n'est pas moi qui aurais été à genoux.

— Ç'aurait été quelqu'un d'autre ? insista Jimmy. Qui ? Quelle personne ?

— Tu veux tout savoir », riposta Oryx.

5.

Pain sec

Enveloppé dans son drap en lambeaux, Snowman est assis, le dos voûté, à la lisière des arbres, là où les herbes, les vesces et les sargasses se fondent dans le sable. Maintenant qu'il fait plus frais, il se sent moins abattu. Et puis il a faim. C'est un truc qui a du bon : ça permet au moins de savoir qu'on est encore vivant.

Une brise agite les feuilles au-dessus de sa tête ; des insectes crissent et stridulent ; la lumière rouge du soleil couchant frappe les tours offshore, illumine un carreau intact ici et là, on dirait que des lampes s'allument un peu partout. Plusieurs immeubles qui avaient autrefois des jardins sur leur toit croulaient désormais sous le poids des arbustes envahissants. Dans le ciel, des centaines d'oiseaux qui regagnent leurs perchoirs foncent sur eux. Des ibis ? Des hérons ? Les noirs sont des cormorans, ça, il en est sûr. Ils s'installent dans le feuillage de plus en plus obscurci, criaillent et se chamaillent. Si jamais un jour il a besoin de guano, il saura où en trouver.

À l'autre bout de l'espace dégagé, au sud, surgit un lapin, il sautille, tend l'oreille, s'arrête pour grignoter un brin d'herbe entre ses dents gigantesques. Au crépuscule, il luit d'une lueur verdâtre chipée, dans le cadre d'une lointaine expérience scientifique, aux iridocytes d'une méduse des grandes profondeurs. Dans la pénombre, le lapin a l'aspect mou et translucide d'un loukoum et sa fourrure celui d'un sucre d'orge. Déjà, à l'époque où Snowman était gamin, il y avait ces lapins vert luminescent, mais ils n'étaient pas aussi gros, n'avaient pas encore déserté leurs cages et ne s'étaient pas accouplés à la population sauvage pour devenir le fléau qu'ils représentent aujourd'hui.

Celui-ci n'a pas peur de lui, et pourtant il déchaîne les désirs carnivores de Snowman : il rêve de lui coller un coup de caillou, de l'éventrer à mains nues, puis de l'enfourner dans sa bouche, avec ses poils et tout le tintouin. Mais les lapins font partie des Enfants d'Oryx et sont sacrés pour Oryx elle-même, ce serait une mauvaise idée que de choquer les femmes.

C'est sa faute. Il devait être abruti par l'alcool le jour où il a édicté les lois. Il aurait dû décréter qu'on pouvait manger les lapins, lui en tout cas, mais il ne peut plus revenir là-dessus. C'est tout juste s'il n'entend pas Oryx se moquer de lui avec une indulgence joyeuse et un brin de malice.

Les Enfants d'Oryx, les Enfants de Crake. Il lui avait fallu penser à quelque chose. Racontez votre histoire sans détours, respectez une trame simple, n'hésitez pas : tels étaient les conseils avisés que les avocats donnaient aux criminels sur le banc des accusés. *Crake a fait les os des Enfants de Crake avec le corail sur la plage, puis leur chair avec une mangue. En revanche, les enfants d'Oryx sont nés d'un œuf, d'un œuf géant pondu par Oryx en personne. En fait, elle a pondu deux œufs : le premier plein d'animaux, d'oiseaux et de poissons et l'autre de mots. Mais l'œuf plein de mots a éclos le premier alors que les Enfants de Crake étaient déjà créés et ils ont mangé tous les mots parce qu'ils avaient faim si bien qu'il ne restait plus rien quand le second œuf a éclos. C'est pour cela que les animaux ne parlent pas.*

La cohérence intrinsèque est préférable. Snowman l'a appris très tôt, à une époque où le mensonge représentait pour lui un défi autrement plus important. À présent, même s'il s'empêtre dans une contradiction mineure, il réussit à recoller les morceaux, parce que ces gens ont confiance en lui. Il n'y a plus que lui qui ait réellement connu Crake, il peut donc revendiquer une place de choix. Au-dessus de sa tête flotte l'invisible bannière de la Crakocratie, de la Crakopathie, de la Crakitude, laquelle sanctifie tous ses faits et gestes.

La première étoile apparaît. « Étoile du soir, étoile de l'espoir », dit-il. Une institutrice du primaire. Sally au gros cul. *Maintenant, fermez les yeux très très fort. Plus fort ! Vraiment fort ! Voilà ! Vous voyez l'étoile des vœux ? Maintenant, nous allons tous faire un vœu pour avoir ce que nous désirons plus*

que tout au monde. Mais, chut... il ne faut rien dire à personne,
sinon votre vœu ne se réalisera pas !

Snowman ferme les yeux de toutes ses forces, se colle les poings dessus, le visage totalement déformé par l'effort. Voilà qu'apparaît l'étoile des vœux : elle est bleue.

« J'espère que je peux, j'espère que je pourrai, murmure-t-il. Voir se réaliser *mon* vœu *de* ce soir. »

Tu parles, Charles.

« Dis, Snowman, pourquoi tu parles tout seul ? » demande une voix.

Snowman ouvre les yeux : tout près, mais suffisamment loin pour qu'il ne puisse les atteindre, trois des enfants les plus grands le considèrent avec intérêt. Ils ont dû s'approcher sans bruit dans le crépuscule.

« Je parle à Crake.

— Mais c'est dans le truc qui brille que tu parles à Crake ! Il est cassé ? »

Snowman lève son bras gauche, leur présente sa montre.

« Ça, c'est pour écouter Crake. Quand je lui parle, c'est différent.

— Pourquoi tu lui parles des étoiles ? Qu'est-ce que tu racontes à Crake, dis, Snowman ? »

Oui, quoi ? songe Snowman. *Dans vos relations avec les indigènes*, énonce le livre dans sa tête – un livre plus moderne, cette fois-ci, fin vingtième siècle, et la voix est celle d'une femme sûre d'elle-même –, *vous devez essayer de respecter leurs traditions et limiter vos explications à des concepts simples pouvant être compris dans le contexte de leurs systèmes de croyances.* Une scrupuleuse employée de l'humanitaire vêtue d'une tenue de jungle kaki avec filet sous les bras et une tripotée de poches. Peau de vache hautaine et contente d'elle-même, elle croit posséder toutes les réponses. Il a rencontré des nanas comme ça à l'université. Si elle était ici, il lui faudrait dépoussiérer toutes ses idées sur le terme *indigène*.

« Je lui disais, explique Snowman, que vous posiez trop de questions. »

Il approche la montre de son oreille.

« Et il me dit que si vous n'arrêtez pas, on vous mettra au pain sec.

— S'il te plaît, Snowman, c'est quoi le pain sec ? »

Encore une erreur, pense Snowman. Il devrait éviter les métaphores ésotériques.

« Le pain sec, déclare-t-il, c'est quelque chose de très très mauvais. C'est tellement mauvais que je ne peux même pas le décrire. Maintenant, c'est l'heure d'aller vous coucher. Au lit. »

« C'est quoi le pain sec ? » répète Snowman à voix haute une fois qu'ils ont déguerpi. *Le pain sec, c'est quand on prend un morceau de pain... C'est quoi le pain ? Le pain, c'est quand on prend de la farine... C'est quoi la farine ? On va sauter cette partie-là, c'est trop compliqué. Le pain, ça se mange, ça se prépare à partir d'une plante qu'on broie et à laquelle on donne une forme de pierre. On lui donne la forme d'une pierre. On le fait cuire... S'il te plaît, pourquoi tu le fais cuire ? Pourquoi tu ne manges pas juste la plante ? Peu importe ce passage-là – écoutez-moi bien. Vous le faites cuire, puis vous le coupez en morceaux qui sèchent ou en tranches que vous mettez dans un toasteur qui est une boîte métallique chauffant à l'électricité... C'est quoi l'électricité ? Ne vous tracassez pas pour ça. Pendant que les tranches sont dans le toasteur, vous sortez le beurre... le beurre est une matière grasse jaune, faite à partir des glandes mammaires de... passons le beurre. Donc, le toasteur vous rend la tranche de pain noire des deux côtés et de la fumée en sort, puis le toasteur projette la tranche en l'air et elle retombe par terre...*

Laisse tomber, dit Snowman. Réessayons. *Le pain sec était une invention inutile de l'ère des Ténèbres. Le pain sec était un instrument de torture en vertu duquel tous les individus s'y trouvant soumis devaient régurgiter sous forme verbale les crimes et les péchés de leurs vies antérieures. Le pain sec était un élément rituel que dévoraient les fétichistes convaincus qu'il stimulerait leur pouvoir sexuel et leurs énergies. Il est impossible d'expliquer le pain sec de manière rationnelle.*

Le pain sec, c'est moi.

Me voilà au pain sec.

Poisson

Le ciel outremer s'obscurcit, vire à l'indigo. Que Dieu bénisse les nomenclateurs de peintures à l'huile et de sous-vêtements de femmes du monde, songe Snowman. Rose Pétale Diaphane, Lac Cramoisi, Brume Grisée, Ambre Brûlée, Zinzolin Serein, Indigo, Outremer – ce sont des fantasmes en eux-mêmes, ces mots et ces expressions. Quel réconfort que de se rappeler que l'*Homo sapiens sapiens* était autrefois si ingénieux dans le domaine du langage et pas seulement dans ce domaine-là. Ingénieux à tous égards.

Un cerveau de primate, de l'avis de Crake. Des pattes de primate, une curiosité de primate, et le désir de démonter, de retourner, de sentir, de tripoter, de jauger, d'améliorer, de saccager, de mettre au rebut – le tout connecté au cerveau de primate, à un modèle avancé dudit cerveau, mais un cerveau de primate quand même. Crake n'avait pas une très haute opinion de l'ingéniosité humaine, alors que, pour sa part, il était loin d'en manquer.

Des murmures s'élèvent du village ou de ce qui serait un village s'il y avait la moindre maison. À l'heure convenue, voici qu'arrivent les hommes, ils brandissent leurs torches, et, derrière eux, viennent les femmes.

Chaque fois qu'il voit les femmes, Snowman éprouve la même surprise. Elles sont de toutes les couleurs possibles, du noir le plus sombre au blanc le plus blanc, de tailles variées, et toutes admirablement proportionnées. Elles ont toutes des dents saines, la peau lisse. Pas de bourrelets de graisse autour de la taille, pas de gros ventre, pas de peau d'orange sur les cuisses. Pas de poils, pas de barbouzin. On jurerait des photos de mode retouchées ou des pubs pour un programme d'entraînement sportif coûteux.

Peut-être est-ce pour cette raison que ces femmes ne suscitent pas le moindre soupçon de désir chez Snowman ? C'étaient les stigmates discrets de l'imperfection humaine qui le touchaient autrefois : le sourire tordu, la verrue à côté du nombril, le grain de beauté, la meurtrissure. Ces endroits, il les distinguait, y appliquait sa bouche. Qu'avait-il en tête quand il embrassait la blessure pour la guérir ? La consolation ? Il y avait toujours un élément de mélancolie dans le sexe. Après une adolescence dénuée de toute discrimination, sa préférence était allée aux femmes tristes, délicates et fragiles, aux femmes blessées qui avaient besoin de lui. Il avait aimé les réconforter, les caresser doucement au début, les rassurer. Les rendre plus heureuses, ne fût-ce qu'un moment. Lui aussi, bien entendu ; c'était la récompense. Une femme reconnaissante en faisait volontiers un peu plus.

Mais ces femmes nouvelles ne sont ni tordues ni tristes : elles sont placides, on dirait des statues animées. Elles le laissent de glace.

Ce sont les femmes qui portent son poisson hebdomadaire, grillé comme il le leur a appris et enveloppé dans des feuilles. À peine le sent-il qu'il se met à baver. Elles le lui présentent, le déposent par terre à ses pieds. À tous les coups, c'est un poisson du littoral, une espèce trop banale et trop fade pour avoir été convoitée, vendue et exterminée, ou encore un poisson se nourrissant sur le fond et couvert de boutons à cause des toxines qu'il renferme, mais Snowman s'en moque complètement, il mangerait n'importe quoi.

« Voici ton poisson, Snowman », déclare l'un des hommes, celui qui s'appelle Abraham.

Abraham comme pour Lincoln : cela amusait Crake de donner à ses Crakers un nom emprunté à de grands personnages historiques. Tout cela semblait bien innocent à l'époque.

« Voici le poisson choisi pour toi ce soir », annonce la femme qui l'a apporté.

Il s'agit de l'impératrice Joséphine ou bien de Marie Curie, voire de Sojourner Truth, elle se tient dans l'ombre, de sorte qu'il ne voit pas qui c'est.

« Voici le poisson qu'Oryx t'offre. »

Oh, bien, songe Snowman. Le poisson du jour.

Toutes les semaines, selon les phases de la lune – nouvelle, premier quartier, pleine lune, dernier quartier –, les femmes se plantent dans les flaques d'eau laissées par la marée et appellent le malchanceux poisson par son nom – *poisson*, sans plus de précision. Puis elles le désignent et les hommes le tuent à coups de pierre et de bâton. Tous partagent ainsi la vilenie du sang versé et il n'y a pas un coupable.

Si les choses s'étaient passées conformément aux désirs de Crake, ces tueries n'existeraient plus – c'en serait fini des prédations humaines – mais il avait compté sans Snowman et ses appétits bestiaux. Snowman ne peut vivre d'herbe verte. Ces gens, en revanche, ne mangeraient jamais un poisson, mais ils doivent lui en fournir un par semaine parce qu'il leur a dit que Crake en avait décidé ainsi. Ils acceptent la monstruosité de Snowman, ils ont compris dès le début qu'il appartenait à un ordre différent, ils n'en ont donc pas été surpris.

Stupide, se dit-il. J'aurais dû fixer ça à trois par jour. Il déploie les feuilles qui enveloppent le poisson chaud en essayant de maîtriser le tremblement de ses mains. Il ne devrait pas s'exciter ainsi. Mais c'est toujours pareil.

Les gens se tiennent à distance et détournent la tête pendant qu'il enfourne des poignées de poissonnaille, qu'il aspire les yeux et les joues avec des grognements de plaisir. C'est peut-être comme entendre un lion se repaître, au zoo, du temps où il y avait des zoos, du temps où il y avait des lions – lacération et broiement, horribles ingurgitation et déglutition – et, pareils aux visiteurs de zoos depuis longtemps disparus, les Crakers ne peuvent s'empêcher de regarder en douce. On dirait que le spectacle de la dépravation présente de l'intérêt, même pour eux, aussi purifiés soient-ils par la chlorophylle.

Lorsque Snowman a terminé, il se lèche les doigts, les essuie sur son drap, puis remet les arêtes sur leur papillote en feuille pour les rendre à la mer. Il leur a dit que c'était la volonté d'Oryx – elle a besoin des arêtes de ses enfants afin d'en faire de nouveaux. Ils ont accepté cette déclaration sans discuter, comme tout ce qu'il dit sur Oryx. En réalité, c'est un de ses stratagèmes les plus malins : inutile de laisser traîner les déchets alentour et d'attirer rasconses, louchiens, porcons et autres charognards.

Les gens approchent, hommes et femmes, se rassemblent autour de lui et leurs yeux verts luisent dans la pénombre, exactement comme le lapin : même gène de méduse. Assis comme ça tous ensemble, ils sentent aussi fort qu'une pleine caisse d'agrumes – caractéristique que Crake a ajoutée, parce qu'il avait la conviction que ces substances chimiques serviraient de répulsifs à moustiques. Il n'avait peut-être pas tort, parce que apparemment c'est Snowman qui se fait piquer par tous les moustiques à des kilomètres à la ronde. Il résiste à l'envie de les écraser : son sang frais ne fait que les exciter. Il esquisse quelques pas sur la gauche afin de se placer davantage dans la fumée des torches.

« Snowman, s'il te plaît, raconte-nous des choses sur Crake. »

Une histoire, voilà ce qu'ils veulent en échange de tout poisson attrapé. Bon, je leur dois bien ça, songe Snowman. Dieu du Baratin, ne me lâche pas.

« Quelle partie aimeriez-vous entendre ce soir ? demande-t-il.

— Au commencement », avance une voix.

Ils adorent la répétition, ils apprennent les choses par cœur.

« Au commencement était le chaos, dit-il.

— Montre-nous le chaos, s'il te plaît, Snowman !

— Montre-nous une image du chaos ! »

Au début, les images leur ont posé problème – celles de fleurs sur des bouteilles de lotion qui souillaient la plage, ou de fruits sur des boîtes de conserve. *C'est réel ? Non, ce n'est pas réel. Qu'est-ce que c'est le pas réel ? Le pas réel peut nous apprendre des choses sur le réel.* Et ainsi de suite. Mais à présent ils semblent avoir appréhendé le concept.

« Oui ! Oui ! Une image du chaos ! » insistent-ils.

Snowman s'attendait à cette requête – toutes les histoires commencent par le chaos – et il est donc prêt. De derrière les dalles de béton qui lui servent de cachette, il sort une de ses trouvailles – un seau en plastique qui a perdu sa couleur orange et viré au rose, mais à part ça intact. Il essaie de ne pas penser au sort du gamin à qui il devait appartenir.

« Apportez-moi de l'eau ! » ordonne-t-il en brandissant le seau.

Il s'ensuit une bousculade autour du cercle de torches : des mains se tendent, des pieds détalent dans l'obscurité.

« À l'époque du chaos, tout se mélangeait, déclare-t-il. Il y avait trop de monde, et donc les gens étaient tous mélangés à de la boue. »

Le seau revient, débordant d'eau, et atterrit dans le cercle de lumière. Snowman jette une poignée de terre dedans, remue avec un bâton.

« Voilà, dit-il. Le chaos. On ne peut pas le boire...

— Non ! »

En chœur.

« On ne peut pas le manger...

— Non, on ne peut pas le manger ! »

Éclats de rire.

« On ne peut pas nager dedans, on ne peut pas tenir debout dessus...

— Non ! Non ! »

Ils adorent ce passage.

« Les gens de l'époque du chaos étaient eux-mêmes pris dans le tourbillon du chaos, ce qui les poussait à commettre de vilaines choses. Ils passaient leur temps à tuer d'autres gens. Et, contrairement aux désirs d'Oryx et de Crake, ils mangeaient tous les enfants d'Oryx. Tous les jours, ils les mangeaient. Ils n'arrêtaient pas de les tuer et de les manger. Même quand ils n'avaient pas faim, ils les mangeaient. »

Là, ils ont le souffle coupé, les yeux écarquillés : c'est toujours un moment dramatique. Quelle cruauté ! Il continue :

« Oryx n'avait qu'un seul désir : elle voulait que les gens soient heureux, qu'ils soient en paix et qu'ils cessent de manger ses enfants. Mais les gens ne pouvaient pas être heureux, à cause du chaos. Alors, Oryx dit à Crake : *Débarrassons-nous du chaos.* Et donc Crake attrapa le chaos et fit le vide. »

Snowman effectue une démonstration, renverse l'eau, puis retourne le seau.

« Là. Vide. Voilà comment Crake a procédé au Grand Réarrangement et créé le Grand Vide. Il a éliminé la boue, il a ménagé de la place...

— Pour ses enfants ! Pour les Enfants de Crake ! »

— C'est cela. Ainsi que pour...

— Ainsi que pour les Enfants d'Oryx !

— C'est cela. »

Ses inventions éhontées ne s'arrêteront-elles jamais ? Snowman se sent une envie de pleurer.

« Crake a créé le Grand Vide..., commencent les hommes.

— Pour nous ! Pour nous ! » poursuivent les femmes.

C'est en train de devenir une liturgie.

« Le bon, le bienveillant Crake ! »

Leur adulation pour Crake fait enrager Snowman, alors qu'il en est l'instigateur. Le Crake qu'ils encensent relève de sa fabrication, fabrication non dénuée de malveillance : Crake était contre la notion de Dieu, ou même de divinités quelles qu'elles soient, et serait sûrement écœuré de sa déification progressive.

S'il était là. Mais il n'est pas là, et toutes ces flatteries mal placées exaspèrent Snowman chaque fois qu'il les entend. Pourquoi ne glorifient-ils pas plutôt Snowman ? Le bon, le bienveillant Snowman qui mérite davantage – c'est indéniable – d'être glorifié : qui les a fait sortir, qui les a conduits ici, qui les a protégés durant tout ce temps ? Enfin, protégés d'une certaine façon. Ce qui est sûr, bordel, c'est que ce n'est pas Crake. Pourquoi Snowman ne peut-il pas revoir la mythologie ? *C'est moi qu'il faut remercier, pas lui ! C'est plutôt mon ego à moi qu'il faut lécher !*

Mais, pour l'instant, il doit ravaler son amertume.

« Oui, dit-il. Le bon, le bienveillant Crake. »

Il se tord la bouche pour afficher un sourire qu'il espère gracieux et affable.

Au début, il avait improvisé, mais maintenant ils veulent du dogme : s'il déviait de l'orthodoxie, ce serait à ses risques et périls. Il ne perdrait peut-être pas la vie – ces gens ne sont ni violents ni portés à des actes de vengeance sanguinaires, ou du moins pas encore –, mais il perdrait son public. Ils lui tourneraient le dos, ils s'éloigneraient tranquillement. Il est le prophète de Crake désormais, que cela lui plaise ou non ; et le prophète d'Oryx aussi. C'est ça ou rien. Et il ne supporterait pas de n'être rien, de savoir qu'il n'est rien. Il a besoin d'être écouté, il a besoin d'être entendu. Il a besoin d'avoir au moins l'illusion d'être compris.

« Snowman, raconte-nous la naissance de Crake », l'implore une des femmes.

Voilà une requête nouvelle. Il n'y est pas préparé, alors qu'il aurait dû s'y attendre : les enfants intéressent énormément ces femmes. Fais attention, se dit-il. Une fois qu'il leur aura fourni une mère, une nativité et un bébé Crake, ils voudront des détails. Ils voudront savoir quand Crake a percé sa première dent, dit son premier mot, mangé sa première racine et autres banalités du même tonneau.

« Crake n'est jamais né, déclare Snowman. Il est descendu du ciel, comme le tonnerre. Maintenant, allez-vous-en, s'il vous plaît, je suis fatigué. »

Il étoffera cette fable plus tard. Éventuellement, il dotera Crake d'une paire de cornes et d'ailes de feu, et il lui attribuera une queue pour faire bonne mesure.

Bouteille

Après que les Enfants de Crake se sont éloignés à la queue leu leu, en emportant leurs torches, Snowman se hisse péniblement dans son arbre et essaie de trouver le sommeil. Il est entouré de bruits : fracas chuinté des vagues, stridulations et bruissements des insectes, sifflements des oiseaux, coassements des amphibiens, froissements des feuilles. Son ouïe l'abuse : il croit entendre un saxophone et, derrière, un rythme de percussions, comme provenant d'une boîte de nuit insonorisée. D'un peu plus loin sur la plage s'élève un grondement tonitruant : de quoi s'agit-il encore ? Il ne voit absolument pas quel animal peut produire un son pareil. C'est peut-être un crocodile échappé d'une de ces anciennes fermes cubaines où on fabriquait des sacs à main, qui remonte la grève en direction du nord. Ce serait dur pour les enfants qui se baignent. Il tend de nouveau l'oreille, mais le bruit ne se répète pas.

Du village lui parvient un murmure paisible, distant : des voix humaines. Si on peut les qualifier d'humaines. Tant qu'ils ne se mettent pas à chanter. Leur chant ne ressemble à rien de ce qu'il a jamais pu entendre dans sa vie disparue : c'est au-delà de l'humain, ou bien en deçà. On croirait du cristal ; mais ce n'est pas ça non plus. Ça évoque davantage des fougères qui se déroulent – un truc bizarre, carbonifère, mais en même temps à peine né, fragrant, verdoyant. Pour lui, c'est réducteur, ça lui impose trop d'émotions indésirables. Il se sent comme exclu d'une fête à laquelle il ne sera jamais invité. Il suffirait qu'il s'avance dans la lumière du feu pour qu'on lui oppose un cercle de visages soudainement vides d'expression. Le silence se ferait, comme dans les tragédies d'il y a bien longtemps quand le protagoniste marqué du sceau du malheur faisait son entrée, drapé dans sa toge de mauvaises nouvelles contagieuses. Inconsciemment, Snowman doit rappeler quelque chose à ces gens, et quelque chose de pas plaisant : il est ce qu'ils auraient pu être autrefois. *Je suis votre passé*, pourrait-il entonner. *Je suis votre ancêtre, venu du pays des morts. À présent, je suis perdu, je ne peux faire marche arrière, je suis piégé ici, tout seul. Laissez-moi entrer !*

Dis, Snowman, comment on peut t'être utiles ? Demi-sourires, surprise polie, bonne volonté perplexe.

Laissez tomber, dirait-il. Ils ne peuvent absolument pas l'aider, pas vraiment.

Il souffle une brise froide ; le drap est humide ; Snowman frissonne. Si seulement il y avait un thermostat ! Peut-être pourrait-il trouver un moyen de faire un petit feu, là-haut dans son arbre.

« Dors », s'ordonne-t-il. Peine perdue. Après un long moment passé à se tourner et se retourner et à se gratter, il redescend pour aller chercher la bouteille de scotch dans sa cachette. Les étoiles brillent suffisamment pour qu'il puisse s'orienter, grosso modo. Il a fait ce trajet à maintes reprises : durant les premières six semaines, quand il a eu la quasi-certitude qu'il pouvait relâcher sa vigilance, il s'était bourré la gueule un maximum tous les soirs. Ce n'était ni très sage ni très mature, on est d'accord, mais à quoi peuvent lui servir sagesse et maturité aujourd'hui ?

Donc, toutes les nuits avaient été des nuits de nouba, de nouba solitaire. Ou du moins toutes les nuits où il avait eu des munitions, lorsqu'il avait réussi à repérer une nouvelle réserve d'alcool dans des bâtiments abandonnés d'une plèbezone accessible. Au départ, il avait prospecté les bars proches, puis les restaurants, puis les maisons et les caravanes. Il s'était tapé du sirop contre la toux, de la lotion pour rasage, de l'alcool à quatre-vingt-dix degrés ; là, derrière l'arbre, il a accumulé un impressionnant tas de bouteilles vides. De temps à autre, il avait déniché une planque d'herbe qu'il s'était tapé aussi, sauf que, très souvent, elle était moisie ; cela étant, il lui était quand même arrivé de s'éclater. Ou bien il avait mis la main sur des pilules.

Pas de coke, ni de crack ni d'héroïne – ces trucs-là devaient avoir été liquidés au tout début, injectés ou fourrés dans quelque narine en une ultime expression de *carpe diem* ; n'importe quoi pour prendre congé de la réalité, vu les circonstances. Il traînait partout des flacons vides de JouissePluss, le must pour une orgie non-stop. Les fêtards n'avaient pas réussi à terminer tous les spiritueux, même s'il avait souvent remarqué, durant ses expéditions de chasseur-cueilleur, que d'autres l'avaient précédé et qu'il ne restait plus que du verre brisé. Il devait s'être produit toutes sortes de dérèglements possibles et imaginables tant qu'il y avait eu des gens pour s'écarter des règles.

À terre, il fait noir comme dans un four. Une lampe torche lui rendrait drôlement service, une du genre qui se visse. Il serait bien avisé de faire attention. Il trébuche et avance à tâtons dans la bonne direction en scrutant le sol pour tenter de repérer la lueur blanche d'un de ces méchants crabes de terre qui sortent de leur trou à la nuit tombée et se carapatent un peu partout – ces saletés sont capables de vous pincer méchamment – et, après un bref détour par un massif d'arbustes, il localise sa planque en béton dès l'instant qu'il la cogne du doigt de pied. Il se retient de jurer : comment savoir ce qui peut rôder encore dans la nuit. Il ouvre la cache, farfouille dedans à l'aveuglette et récupère son tiers de scotch.

Il l'a épargné jusqu'ici, a résisté à l'envie pressante de le vider goulûment, l'a gardé comme une sorte de fétiche – tant qu'il a su qu'il en restait encore, il lui a été plus facile d'affronter les jours. Si ça se trouve, il n'y en aura pas d'autre. Il a la certitude d'avoir exploré tous les endroits possibles dans un rayon d'une journée de marche aller et retour autour de son arbre. Mais il se sent d'humeur insouciante. Pourquoi stocker cette camelote ? Pourquoi attendre ? De toute façon, que vaut sa vie, et qui s'en soucie ? Éteins-toi donc, brève chandelle ! Il a accompli la mission que l'évolution lui avait fixée, conformément à ce qu'avait prévu ce crétin de Crake. Il a sauvé les enfants.

« *Crétin* de Crake ! » ne peut-il s'empêcher de beugler.

Cramponnant la bouteille d'une main et cherchant son chemin de l'autre, il regagne son arbre. Il a besoin de ses deux mains pour grimper, donc il attache solidement la bouteille dans son drap. Une fois en haut, il s'assied sur sa plate-forme, puis lampe le scotch et hurle aux étoiles – Ouaou ! Ouaou ! – jusqu'à ce qu'un chœur de réponses, à deux pas, le fasse sursauter.

Est-ce que ce sont des yeux qui luisent ? Il entend des halètements.

« Salut, mes copains à poils, leur lance-t-il. Qui c'est qui a envie d'être le meilleur ami de l'homme ? »

Un gémissement implorant lui fait écho. C'est ce qu'il y a de pire avec les louchiens : ils ressemblent encore à des chiens, se comportent encore comme des chiens, dressent les oreilles, sautent et font des bonds de chiots joyeux, en remuant la queue. Ils vous entubent en déjouant votre méfiance, puis vous attaquent. Il n'a pas fallu grand-chose pour laminer cinquante mille ans d'interaction hommes-canidés. Quant aux véritables chiens, ils n'ont pas eu l'ombre d'une chance : les louchiens ont tout bonnement tué et dévoré tous ceux qui présentaient de vagues traces de domestication. Il a vu un louchien avancer gentiment vers un pékinois qui aboyait, lui renifler le derrière, puis lui sauter à la gorge et le secouer comme une serpillière avant de s'éloigner avec le corps flasque.

À un moment donné, quelques toutous accablés, maigres, boiteux, les poils ternes et emmêlés, erraient encore en quête de nourriture et imploraient, le regard perdu, le secours d'un être humain, quel qu'il soit. Mais les Enfants de Crake ne répondaient pas à leurs attentes – leur odeur devait leur paraître bizarre, ils devaient les prendre pour des fruits à pattes, surtout au crépuscule quand le répulsif à insectes diffusait son parfum de citronnelle – et, de toute façon, les Enfants de Crake ne manifestaient aucun intérêt à l'égard des chiots en tant que concept, si bien que les chiens errants s'étaient focalisés sur Snowman. Il avait failli céder à deux reprises, avait eu du mal à résister à leurs frétillements insistants, à leurs gémissements pitoyables, mais, de toute façon, il n'avait pas les moyens de les nourrir ; et ils ne pouvaient lui être d'aucune utilité. « Chacun pour soi », leur avait-il dit. « Désolé, mon vieux. » Il les avait chassés à coups de pierre, s'était fait l'effet d'être un parfait salaud et n'en avait plus vu un seul, ces derniers temps.

Quel idiot ! Quel gâchis ! Il aurait dû les manger. Ou en prendre un et le dresser à attraper des lapins. Ou à le défendre. Ou n'importe quoi.

Les louchiens ne peuvent pas grimper aux arbres, ce qui est

une bonne chose. S'ils deviennent trop nombreux et trop insistants, il faudra qu'il se mette à sauter de liane en liane, comme Tarzan. L'idée est marrante, donc, il éclate de rire.

« Il n'y a que mon corps qui vous intéresse ! » leur crie-t-il.

Là-dessus, il termine la bouteille et la balance vers le sol. Un jappement retentit, une débandade : ils respectent encore les missiles. Mais combien de temps cela va-t-il durer ? Ils sont malins ; ils ne tarderont pas à deviner sa vulnérabilité et se mettront à le traquer. Ce jour-là, il ne pourra plus aller nulle part, du moins nulle part où il n'y aura pas d'arbres. Il leur suffira de le pousser vers un terrain à découvert, de l'encercler, puis de fondre sur lui pour la mise à mort. Avec des pierres et des bâtons pointus, on a une marge de manœuvre réduite. Il faut vraiment qu'il se procure un autre aérodésintégreur.

Une fois les louchiens partis, il se couche de tout son long sur la plate-forme et contemple les étoiles à travers les feuilles qui bougent doucement. Elles paraissent proches, les étoiles, mais elles sont loin. Leur lumière s'est éteinte il y a des millions, des milliards d'années. Messages sans expéditeur.

Le temps passe. Il a envie de chanter une chanson, mais rien ne lui vient à l'esprit. De vieilles mélodies s'élèvent en lui, se dissipent ; il n'entend que les percussions. Peut-être pourrait-il se fabriquer une flûte dans une branche, une tige ou quelque chose, si seulement il réussissait à dénicher un couteau.

« Étoile du soir, étoile de l'espoir », dit-il. C'est quoi la suite ? Ça lui échappe complètement.

Pas de lune, ce soir, c'est la nouvelle lune, on ne la voit pas alors qu'elle est là quand même et qu'elle doit être en train de se lever à l'heure qu'il est, énorme boule de pierre, invisible, gigantesque masse de gravité, morte et néanmoins puissante, dotée d'un pouvoir d'attraction sur les mers. Qui attire tous les fluides. *Le corps humain est constitué d'eau à quatre-vingt-dix-huit pour cent*, déclare le livre dans sa tête. Cette fois-ci, c'est une voix d'homme, une voix d'encyclopédie ; personne qu'il connaisse ou qu'il ait connu. *Les deux pour cent restants comptent des minéraux, du fer, principalement, dans le sang et du calcium dans le squelette et les dents.*

« On n'en a rien à cirer ! » marmonne Snowman. Il se

contrefout du fer qu'il a dans le sang et du calcium de son squelette ; il en a marre d'être lui-même, il a envie d'être quelqu'un
d'autre. De rendre toutes ses cellules, de se faire faire une transplantation chromosomique, d'échanger sa tête pour une autre qui
renfermerait des trucs plus chouettes. Des doigts qui le cares-
seraient, par exemple, de petits doigts avec des ongles ovales
vernis Zinzolin Serein ou Lac Cramoisi ou Rose Pétale
Diaphane. *J'espère que je peux, j'espère que je pourrai voir se
réaliser mon vœu de ce soir.* Des doigts, une bouche. Une
douleur accablante, sourde, l'attrape à la base de la colonne
vertébrale.

« Oryx, dit-il, je sais que tu es là. »

Il répète son nom. Ce n'est même pas son vrai nom, d'ailleurs,
il ne l'a jamais su ; ce n'est qu'un mot. Un mantra.

Parfois, il réussit à la faire apparaître. Au début, elle est pâle
et indistincte, mais s'il parvient à répéter inlassablement son
nom, il arrive alors qu'elle se glisse dans son corps et dans sa
chair et que sa propre main sur lui devienne sa main à elle. Mais
elle a toujours été évasive, on ne peut jamais l'obliger à rester
en place. Ce soir, elle ne se matérialise pas et il demeure seul, à
gémir ridiculement en se branlant tout seul dans le noir.

6.

Oryx

Snowman se réveille en sursaut. Quelqu'un l'a-t-il touché ? Mais il n'y a personne alentour, rien.

Il fait totalement noir, pas d'étoiles. Le ciel a dû se couvrir.

Il se retourne, se serre dans son drap. Des frissons le secouent : c'est le vent de la nuit. Il est probablement encore soûl ; c'est parfois difficile à dire. Il scrute l'obscurité, se demande si l'aube va beaucoup tarder, espère pouvoir se rendormir.

Une chouette hulule quelque part. Quelle vibration intense, à la fois très proche et très lointaine, pareille à la note la plus grave d'une flûte péruvienne. Peut-être est-elle en train de chasser ? Mais de chasser quoi ?

À présent il devine Oryx qui l'approche, elle fend l'air, comme si elle avait des ailes duveteuses. Elle se pose, s'installe ; allongée sur le côté, à une épaisseur de peau de lui, elle est très proche. C'est un miracle qu'elle tienne sur la plate-forme avec lui, elle n'est pas large, cette plate-forme. S'il avait une bougie ou une lampe torche, il pourrait voir Oryx et sa mince silhouette, pâle lueur se détachant sur les ténèbres. S'il tendait la main, il pourrait la toucher ; mais ça la ferait disparaître.

« Ce n'était pas le sexe », lui dit-il.

Elle ne répond pas, mais il perçoit ses doutes. Il l'attriste en lui ôtant une part de son savoir, de son pouvoir.

« Ce n'était pas seulement le sexe. »

Sourire sombre d'Oryx : c'est mieux.

« Tu sais que je t'aime. Tu es la seule. »

Elle n'est pas la première femme à qui il ait fait cet aveu. Il n'aurait pas dû autant galvauder ces mots dans sa jeunesse, il n'aurait pas dû s'en servir comme d'un outil, d'un instrument, d'une clé pour ouvrir les femmes. Et quand il avait fini par les penser vraiment, ils lui avaient paru malhonnêtes et il avait eu honte de les prononcer.

« Non, je t'assure », ajoute-t-il.

Pas de réponse, pas de réaction. Oryx n'a jamais été très communicative, même dans des circonstances plus favorables.

« Dis-moi juste un truc, lui demandait-il du temps où il était encore Jimmy.

— Pose-moi une question », répondait-elle.

Il s'exécutait et, là-dessus, elle lui disait éventuellement : « Je ne sais pas. J'ai oublié. » Ou bien : « Je n'ai pas envie de te parler de ça. » Ou : « Jimmy, ce n'est pas bien de ta part, ça ne te regarde pas. » Un jour, elle lui avait dit : « Tu as beaucoup d'images dans la tête, Jimmy. Où as-tu été les chercher ? Pourquoi tu penses que ce sont des images de moi ? »

Il croyait comprendre son imprécision, ses manières évasives.

« Il n'y a pas de problème, avait-il décrété en lui caressant les cheveux. Rien de tout cela n'était ta faute.

— Rien de tout quoi, Jimmy ? »

Combien de temps lui avait-il fallu pour reconstituer Oryx à partir des éléments qu'il avait recueillis et si soigneusement conservés ? Il y avait l'histoire de Crake sur elle, celle de Jimmy aussi, version plus romantique ; et puis son histoire à elle, qui différait des deux autres et n'avait absolument rien de romantique. Snowman feuillette ces trois histoires dans sa tête. Il avait dû circuler d'autres versions encore : l'histoire de sa mère, l'histoire de l'homme qui l'avait achetée, l'histoire de l'homme qui l'avait achetée après, puis l'histoire du troisième homme – le pire d'entre tous, celui de San Francisco, le baratineur pur jus ; mais, celles-là, Jimmy ne les a jamais entendues.

Oryx était tellement délicate. Un filigrane, songeait-il en imaginant ses os à l'intérieur de son corps menu. Elle avait un visage triangulaire – de grands yeux, une petite mâchoire – un visage d'hyménoptère, un visage de mante, le visage d'un chat siamois. Une peau d'un jaune extrêmement pâle, lisse et opalescente, comme une coûteuse porcelaine d'époque. En la regardant, on devinait qu'une femme aussi belle, aussi fragile et confrontée un temps à la pauvreté, devait avoir mené une existence difficile, laquelle, malgré tout, ne l'avait vraisemblablement pas obligée à briquer les planchers.

« As-tu jamais briqué des planchers ? lui demanda un jour Jimmy.

— Des planchers ? »

Elle réfléchit une minute.

« On n'en avait pas. Le jour où j'en suis arrivée à avoir des planchers, ce n'était pas moi qui les briquais. »

Un détail à propos de cette époque lointaine, ajouta-t-elle, l'époque sans planchers : les sols en terre battue étaient balayés quotidiennement. On s'asseyait dessus pour manger et on dormait dessus aussi, c'était donc important. Personne n'avait envie d'avoir des restes de nourriture sur soi. Personne n'avait envie d'attraper des puces.

Jimmy avait sept ou huit ans à la naissance d'Oryx. Où exactement ? Difficile à dire. Dans un pays éloigné, à l'étranger.

Pourtant, c'était un village, déclara Oryx. Un village avec des arbres tout autour, des champs pas loin ou peut-être des rizières. Un genre de chaume – des palmes ? – recouvrait les toits des huttes, mais les plus cossues avaient des toits en métal. Un village en Indonésie, ou sinon au Myanmar ? Non non, répondit Oryx, même si elle n'en savait trop rien. Pourtant, ce n'était pas l'Inde. Le Vietnam ? suggéra Jimmy. Le Cambodge ? Oryx baissa les yeux vers ses doigts, examina ses ongles. Ça n'avait pas d'importance.

Elle ne se rappelait pas la langue qu'elle parlait enfant. Elle était trop petite pour l'avoir retenue, cette langue des premières années : on lui avait retiré tous ces mots de la tête. Mais ce n'était pas la même que celle de la ville où on l'avait d'abord emmenée, ou pas le même dialecte, parce qu'elle avait été forcée d'apprendre une nouvelle façon de s'exprimer. Elle se souvenait bien de ça : l'étrangeté des mots dans sa bouche, la sensation d'avoir été rendue muette.

Ce village était un endroit où tout le monde était pauvre et où il y avait beaucoup d'enfants, poursuivit Oryx. Elle-même était très petite quand on l'avait vendue. Sa mère avait plusieurs enfants, dont deux fils aînés qui allaient bientôt pouvoir travailler aux champs, ce qui était une bonne chose, étant donné que le père était malade. Il n'arrêtait pas de tousser ; cette toux ponctuait les souvenirs les plus lointains d'Oryx.

Un problème de poumons, songea Jimmy. Bien entendu, ils fumaient probablement tous comme des dingues chaque fois qu'ils parvenaient à se procurer des cigarettes : fumer émoussait le tranchant de la réalité. (Il se félicita de sa perspicacité.) Les villageois mettaient la maladie du père sur le compte d'une mauvaise eau, d'un mauvais destin, de mauvais esprits. Il y avait une part de honte dans la maladie ; personne ne voulait être contaminé par la maladie d'un autre. Le père d'Oryx suscitait donc la pitié, mais les critiques aussi et on l'évitait. Sa femme le soignait avec un ressentiment muet.

On sonnait les cloches, pourtant. On disait des prières. On brûlait de petites images. Néanmoins, tout cela ne servit à rien, parce que le père mourut. Tout le monde dans le village savait ce qui allait suivre, parce que, sans homme pour travailler aux champs ou dans les rizières, il fallait chercher ailleurs les choses indispensables de la vie.

Oryx, en tant que toute-petite, avait eu tendance à être tenue à l'écart, mais voilà qu'on se mit à faire grand cas d'elle, à mieux la nourrir ; elle reçut même une veste bleue spéciale, parce que les autres femmes du village apportaient leur contribution et voulaient qu'elle ait l'air jolie et en bonne santé. Les enfants laids, difformes, pas futés ou affligés d'un défaut d'élocution se vendaient moins cher, ou pas du tout. Les femmes du village risquaient d'avoir besoin de vendre leurs enfants un jour et, si elles donnaient un coup de main, elles pourraient compter sur une aide analogue en retour.

Dans le village, ça ne s'appelait pas « vente », cette transaction. D'après ce qui se racontait, on pouvait croire à un apprentissage. Les enfants apprenaient à gagner leur vie dans le vaste monde : tel était le vernis qu'on mettait dessus. Et puis, s'ils restaient là où ils étaient, que trouveraient-ils à faire ? Surtout les filles, dit Oryx. Elles se marieraient, un point c'est tout, et mettraient au monde davantage d'enfants qui seraient forcément vendus à leur tour. Vendus ou balancés dans la rivière où ils dériveraient jusqu'à l'océan : il n'y avait pas assez à manger pour tout le monde.

Un jour, un homme débarqua dans le village. C'était toujours le même qui venait. En général, il arrivait dans une voiture qui brimbalait sur la piste en terre, mais, cette fois-ci, il avait beaucoup plu et la route était trop boueuse. Tous les villages avaient un bonhomme dans ce genre qui quittait la ville à intervalles irréguliers – même si on savait toujours à l'avance qu'il était en route – pour entreprendre ce dangereux voyage.

« Quelle ville ? » demanda Jimmy.

Oryx se contenta de sourire. Parler de ce sujet lui donnait faim, déclara-t-elle. Pourquoi Jimmy chéri ne commandait-il pas une pizza par téléphone ? Champignons, cœurs d'artichaut, anchois, pas de saucisson.

« Tu en veux une aussi ?

— Non, répondit Jimmy. Pourquoi tu ne veux pas me raconter ?

— Qu'est-ce que ça peut te faire ? Moi, je m'en moque. Je n'y pense jamais. Ça fait tellement longtemps maintenant. »

Cet homme – poursuivit Oryx, examinant sa pizza comme s'il s'agissait d'un puzzle puis se saisissant des champignons qu'elle aimait manger en premier – était toujours accompagné de deux autres bonshommes, ses domestiques, qui étaient armés de fusils pour repousser les bandits. Il portait des vêtements coûteux et, mis à part la boue et la poussière – tout le monde arrivait crotté et poussiéreux au village –, il était propre et soigné. Il avait une montre, une montre dorée et brillante qu'il consultait fréquemment en remontant sa manche pour qu'on la voie bien ; cette montre rassurait, elle était un symbole de qualité. Peut-être qu'elle était vraiment en or. Certaines personnes l'affirmaient.

Cet homme n'était absolument pas considéré comme un criminel, mais comme un honorable homme d'affaires qui n'escroquait pas les gens, ou pas beaucoup, et qui payait comptant. On le traitait donc avec respect et on lui offrait l'hospitalité, parce que personne dans le village n'avait envie de se mettre mal avec lui. Et s'il ne venait plus ? Et si une famille était obligée de vendre un enfant et qu'il refuse parce qu'on l'avait offensé lors d'une précédente visite ? Il représentait la banque des villageois, leur police d'assurance, leur tonton riche et bienveillant, leur seul talisman contre la malchance. Et ils avaient eu de plus en plus souvent besoin de lui, parce que le temps était vraiment détraqué, on ne parvenait plus à le prévoir – trop de pluie ou pas assez, trop de vent, trop de chaleur – et les récoltes en pâtissaient.

Cet homme souriait beaucoup, saluait un grand nombre des hommes du village par leur nom. Il faisait toujours un petit discours, le même chaque fois. Il voulait que tout le monde soit content, disait-il. Il voulait que les deux parties soient satisfaites. Il ne voulait pas de rancœurs. Ne s'était-il pas plié en quatre pour eux en prenant des enfants moches et stupides qui constituaient un fardeau pour lui, rien que pour leur rendre service ? S'ils avaient la moindre critique sur la manière dont il gérait ces affaires, il fallait qu'ils le disent. Mais il n'y avait jamais de critique alors qu'ils rouspétaient derrière son dos ; on racontait qu'il ne donnait jamais un sou de plus que ce qu'il devait. Pourtant, on l'admirait pour ça : cela prouvait qu'il menait bien sa barque et que les enfants seraient dans de bonnes mains.

Chaque fois que l'homme à la montre en or venait au village, il emmenait plusieurs enfants, pour qu'ils vendent des fleurs aux touristes dans les rues de la ville. Il assurait aux mères que c'était un travail facile et que les enfants seraient bien traités : ce n'était ni une méchante brute ni un menteur, ce n'était pas un maquereau. Ils seraient nourris convenablement et dormiraient dans un endroit sûr, ils seraient bien protégés et recevraient une somme d'argent qu'ils pourraient envoyer à leur famille, ou pas, selon ce qu'ils décideraient. Cette somme correspondait à un pourcentage de leurs gains défalqués de leurs frais de logement et de nourriture. (Le village n'avait jamais reçu un sou. Tout le monde savait que rien n'arriverait jamais.) En échange de l'apprentissage du gamin, il donnait aux pères, ou sinon aux mères veuves, un bon prix ou ce qu'il disait être un bon prix ; c'était une somme relativement correcte, compte tenu de ce à quoi les gens étaient habitués. Avec cet argent, les mères qui vendaient leurs enfants pouvaient offrir une meilleure chance dans la vie à ceux qui restaient. C'était ce qu'elles se racontaient entre elles.

La première fois qu'il entendit ça, Jimmy en fut révolté. C'était du temps où il se révoltait. Du temps aussi où il se ridiculisait à propos de tout ce qui concernait Oryx.

« Tu ne comprends pas », lui dit-elle.

Assise sur son lit, elle continua à manger sa pizza ; avec, elle avait pris un Coca et un cornet de frites. Elle en avait terminé avec les champignons et s'attaquait aux cœurs d'artichaut. Elle ne mangeait jamais la croûte de la pizza, disait que jeter de la nourriture lui donnait la sensation d'être riche.

« Des tas de gens faisaient ça. C'était une pratique courante.

— Une pratique de merde », répliqua Jimmy.

Assis sur un siège à côté du lit, il la regardait se lécher les doigts de sa langue de chat toute rose.

« Jimmy, ce n'est pas bien, ne jure pas. Tu veux une rondelle de saucisson ? Tu n'en as pas commandé, mais ils en ont mis quand même. Je pense qu'ils t'ont mal compris.

— *Merde* n'a rien d'un juron, ce n'est qu'une description imagée.

— Eh bien, à mon avis, tu ne devrais pas dire ça. »

Elle mangeait les anchois à présent : elle les gardait toujours pour la fin.

« J'aimerais zigouiller ce mec.

— Quel mec ? Tu veux le Coca ? Je ne peux pas le finir.

— Le mec dont tu viens de me parler.

— Oh, Jimmy, tu aurais peut-être préféré qu'on meure tous de faim ? » demanda Oryx avec son petit rire en cascade.

C'était le rire qu'il craignait le plus chez elle, parce qu'il masquait un mépris amusé. Brise froide sur un lac au clair de lune : il le glaçait.

Bien entendu, il avait foncé chez Crake pour lui soumettre son indignation. Il avait collé de grands coups de poing contre les meubles : c'était sa phase de grands coups de poing dans les meubles. Crake eut la réaction suivante :

« Jimmy, considère les choses de manière réaliste. Tu ne peux pas coupler indéfiniment une accessibilité minimale à l'alimentation et une population en expansion. L'*Homo sapiens* a l'air de ne pas être fichu de réfréner ses appétits. Il appartient à l'une des rares espèces qui ne limite pas sa reproduction quand les ressources s'amenuisent. En d'autres termes – et ce jusqu'à un certain point, bien sûr –, moins on bouffe, plus on baise.

— Comment t'expliques ça ?

— L'imagination. Les hommes ont la faculté d'imaginer leur

propre mort, ils la voient venir et la simple perspective de l'imminence de la chose leur fait l'effet d'un aphrodisiaque. Un chien ou un lapin ne se comporte pas comme ça. Prends les oiseaux – en période de disette, ils pondent moins ou ne s'accouplent pas du tout. Ils mettent toute leur énergie dans leur survie et attendent des jours meilleurs alors que les humains espèrent pouvoir coller leur âme dans une autre personne, une nouvelle version d'eux-mêmes, et vivre éternellement.

— En tant qu'espèce, nous sommes condamnés par l'espoir, alors ?

— Tu pourrais qualifier ça d'espoir. Ou de désespoir.

— Mais, sans espoir, on est condamnés aussi, remarqua Jimmy.

— Uniquement en tant qu'individus, rétorqua Crake d'un ton joyeux.

— Eh bien, ça craint.

— Jimmy, grandis. »

Crake n'était pas le premier à faire cette réflexion à Jimmy.

L'homme à la montre passait la nuit au village avec ses deux domestiques et leurs armes et il mangeait, puis buvait avec les hommes. Il offrait des cigarettes, des cartouches entières, dans des boîtes en carton doré et argenté, encore sous cellophane. Au matin, il examinait attentivement les enfants qu'on lui proposait et posait quelques questions à leur sujet – est-ce qu'ils avaient été malades, est-ce qu'ils étaient obéissants ? Puis il contrôlait leurs dents. Il fallait qu'ils aient de bonnes dents, expliquait-il, parce qu'ils auraient besoin de sourire beaucoup. Puis il les sélectionnait, l'argent changeait de mains, il prenait congé et, partout alentour, il y avait de petits signes de tête et des courbettes polies. Il emmenait trois ou quatre enfants, jamais plus ; c'était un nombre qu'il pouvait gérer. Cela voulait dire qu'il pouvait choisir la fleur des pois. Il faisait pareil dans les autres villages de son territoire. Il était connu pour son goût et son discernement.

D'après Oryx, l'enfant refusé devait traverser des moments extrêmement durs. À tous les coups, sa situation au village se dégradait, il perdait de sa valeur, on lui donnait moins à manger. Elle, elle avait été choisie en premier.

Parfois, les mères pleuraient, et les enfants aussi, mais les mères leur disaient que ce qu'ils faisaient était bien, qu'ils aidaient leur famille et qu'il fallait qu'ils suivent l'homme et lui obéissent en tout. Les mères ajoutaient que, quand les enfants auraient travaillé un moment en ville, que les choses se seraient améliorées, ils pourraient revenir. (Aucun n'était jamais revenu.)

Tout cela était sous-entendu et, à défaut d'être pardonné, excusé. Pourtant, après le départ de l'homme, les mères qui avaient vendu leurs enfants se sentaient vides et tristes. Elles avaient le sentiment que cet acte, librement accompli (personne ne les avait forcées, personne ne les avait menacées), s'était déroulé indépendamment de leur volonté. Et puis, elles se sentaient flouées, comme si le prix était trop bas. Pourquoi n'avaient-elles pas exigé davantage ? Et pourtant, se disaient les mères, elles n'avaient pas eu le choix.

La mère d'Oryx avait vendu deux de ses enfants en même temps, pas seulement parce qu'elle était dans la gêne. Elle avait pensé qu'ils pourraient se tenir compagnie, tous les deux, veiller l'un sur l'autre. L'autre enfant était un garçon, d'un an plus âgé qu'Oryx. On vendait moins de garçons que de filles, mais ils n'avaient pas plus de valeur pour autant.

(Oryx voyait dans cette double vente la preuve que sa mère l'avait aimée. Elle n'avait pas d'images de cet amour. Elle n'avait aucune anecdote à offrir. C'était une conviction plutôt qu'un souvenir.)

L'homme déclara qu'il faisait une faveur spéciale à la mère d'Oryx, parce que les garçons posaient plus de problèmes, qu'ils n'obéissaient pas et se sauvaient plus souvent, et qui le dédommagerait alors ? Et puis ce garçon n'avait pas la mentalité qu'il fallait, ça se voyait au premier coup d'œil, et il avait une dent noire sur le devant qui lui donnait un air de brigand. Mais il savait qu'elle avait besoin de l'argent, il se montrerait donc généreux et la débarrasserait du petit.

Cri d'oiseau

Oryx disait ne pas se souvenir du trajet du village à la ville, mais se rappeler en revanche certaines choses qui s'étaient passées. C'était comme des tableaux accrochés à un mur, avec le plâtre blanc tout autour. C'était comme regarder par les fenêtres d'une autre personne. C'était comme des rêves.

L'homme à la montre déclara que son nom était oncle Enn et qu'ils avaient intérêt à l'appeler ainsi s'ils ne voulaient pas s'attirer de gros ennuis.

« C'était le nom Enn ou bien l'initiale N ? demanda Jimmy.

— Je ne sais pas, répondit Oryx.

— Tu l'as vu écrit ?

— Dans notre village, personne ne savait lire. Tiens, Jimmy. Ouvre la bouche. Je te donne le dernier morceau. »

En évoquant cette scène, Snowman retrouve presque ce goût. Celui de la pizza, puis celui des doigts d'Oryx dans sa bouche.

Ensuite, la canette de Coca roule par terre. Puis le plaisir étreint tout son corps dans son étau de boa constricteur.

Ô pique-niques secrets, ô pique-niques volés. Ô douce volupté. Ô clair souvenir, ô pure souffrance. Ô nuit sans fin.

Cet homme – poursuivit Oryx plus tard cette nuit-là ou bien une autre nuit –, cet homme déclara qu'à partir de maintenant il était leur oncle. À présent que le village était loin, il ne souriait plus autant. Ils devaient avancer très vite, leur expliqua-t-il, parce que la forêt alentour fourmillait d'animaux sauvages aux yeux rouges et aux longues dents pointues, et s'ils couraient entre les arbres ou marchaient trop lentement, ces animaux les mettraient en pièces. Oryx, effrayée, avait envie de serrer la main de son frère, mais ce n'était pas possible.

« Il y avait des tigres ? » demanda Jimmy.

Oryx fit non de la tête. Pas de tigres.

« C'était quoi ces animaux, alors ? »

Jimmy voulait savoir. Il pensait pouvoir glaner ainsi des indices sur les lieux. Il pouvait consulter la liste des habitats, ça l'aiderait peut-être.

« Ils n'avaient pas de nom, répondit Oryx, mais je les connaissais. »

Au début, ils avancèrent à la queue leu leu sur le bord le plus haut de la piste boueuse, en faisant attention aux serpents. Un homme armé d'un fusil ouvrait la marche, puis venait l'oncle Enn, puis le frère, puis les deux autres enfants qui avaient également été vendus – des filles toutes les deux, plus âgées toutes les deux –, puis Oryx. L'autre homme armé d'un fusil fermait la colonne. Ils firent halte pour déjeuner – du riz froid que les villageois leur avaient emballé –, puis poursuivirent leur progression. Lorsqu'ils arrivèrent à un fleuve, un des hommes aux fusils fit traverser Oryx. Il lui dit qu'elle était tellement lourde qu'il allait être obligé de la lâcher dans l'eau et que les poissons allaient la manger, mais il blaguait. Il sentait le linge imprégné de sueur, la fumée et une sorte de parfum ou de pommade qu'il s'était collé dans les cheveux. L'eau lui montait aux genoux.

Après cela, le soleil à l'oblique l'éblouit – ils devaient donc se diriger vers l'ouest, songea Jimmy – et elle se sentit très fatiguée.

Comme le soleil déclinait de plus en plus, les oiseaux, cachés, invisibles, dans les branches et les lianes de la forêt, se mirent à chanter et à pousser des cris : croassements rauques et sifflements ainsi que quatre notes claires qui se succédaient comme des tintements de cloche. Ces oiseaux étaient les mêmes que ceux qui criaient toujours comme ça à l'approche du crépuscule et à l'aube, juste avant le lever du soleil, et leurs bruits consolèrent Oryx. Les cris d'oiseaux lui étaient familiers, ils faisaient partie de ce qu'elle connaissait. Elle imagina que l'un d'entre eux – celui qui faisait penser à une cloche – était l'esprit de sa mère venu veiller sur elle, sous la forme d'un oiseau, et qu'il lui disait : *Tu reviendras.*

Dans ce village, confia-t-elle à Jimmy, il y avait des gens qui avaient la faculté d'envoyer leur esprit comme ça, même avant d'être morts. C'était connu. Il était possible d'apprendre à le faire, les vieilles bonnes femmes pouvaient vous l'enseigner et, après, on savait voler et on pouvait aller partout, voir ce que l'avenir vous réservait, envoyer des messages et apparaître dans les rêves d'autrui.

L'oiseau poussa ses cris pendant un bon moment, puis se tut. Ensuite, le soleil disparut subitement et il fit noir. Cette nuit-là, ils dormirent dans un abri. Il s'agissait peut-être d'un abri pour le bétail ; ça sentait comme ça. Ils durent faire pipi dans les buissons, les uns à côté des autres, pendant qu'un des hommes armés montait la garde. Les hommes, qui avaient allumé un feu dehors, riaient et bavardaient, et la fumée entrait dans l'abri, mais Oryx n'y fit pas attention parce qu'elle s'endormit. Ils avaient dormi par terre, dans des hamacs ou sur des lits de camp, demanda Jimmy, mais elle répliqua que ça n'avait pas importance. Son frère était là, à côté. Il ne s'était jamais trop préoccupé d'elle avant, mais maintenant il ne voulait pas la lâcher d'un pas.

Le lendemain matin, ils marchèrent encore un peu et parvinrent à l'endroit où l'oncle Enn avait laissé sa voiture, sous la protection de plusieurs hommes d'un petit village : plus petit que le village d'Oryx, et plus sale. Des femmes et des enfants les regardèrent passer, du seuil de leur maison, mais ils ne souriaient pas. L'une des femmes esquissa un signe pour se protéger du Malin.

Avant de payer les hommes, l'oncle Enn vérifia que rien ne manquait dans sa voiture, puis les enfants reçurent l'ordre de monter dedans. Oryx n'avait jamais mis les pieds dans une automobile et l'odeur lui déplut. Ce n'était pas un véhicule solaire, mais un modèle à essence et pas neuf. L'un des hommes prit le volant, l'Oncle Enn s'installa à côté de lui ; l'autre homme s'assit à l'arrière avec les quatre enfants tassés contre lui. L'oncle Enn, de méchante humeur, conseilla aux enfants de ne pas poser de question. La route était cahoteuse et il faisait chaud à l'intérieur. Oryx, qui avait des haut-le-cœur, crut qu'elle allait vomir, mais elle finit par s'endormir.

Ils durent rouler longtemps ; ils s'arrêtèrent quand il fit de nouveau nuit. L'oncle Enn et le bonhomme de devant disparurent dans un bâtiment de petite taille, une sorte d'auberge peut-être ;

l'autre bonhomme se coucha de tout son long sur le siège avant et ne tarda pas à ronfler. Les enfants dormirent à l'arrière, du mieux qu'ils purent. Les portes de derrière étaient verrouillées : ils ne pouvaient pas sortir sans enjamber le bonhomme et ça leur faisait peur parce qu'il risquait de penser qu'ils cherchaient à se sauver. Quelqu'un mouilla son pantalon pendant la nuit, Oryx le sentit, mais ce n'était pas elle. Au matin, on les poussa en troupeau vers l'arrière de l'habitation où se trouvaient des latrines à ciel ouvert. Du côté opposé, un cochon les regarda s'accroupir.

Après encore plusieurs heures de piste cahoteuse, ils s'arrêtèrent à une barrière, gardée par deux soldats, qui leur fermait la route. L'oncle Enn leur expliqua que les enfants étaient ses nièces et son neveu : leur mère était morte et il les emmenait vivre chez lui, avec sa famille. Il avait retrouvé le sourire.

« Vous avez beaucoup de nièces et de neveux, remarqua l'un des soldats avec un grand sourire.

— Pour mon malheur, répliqua l'oncle Enn.

— Et toutes leurs mères meurent.

— C'est la triste vérité.

— On ne sait pas trop si on doit vous croire, lança l'autre soldat, avec un grand sourire lui aussi.

— Attendez », s'écria l'oncle Enn.

Il fit sortir Oryx de la voiture.

« Comment je m'appelle ? lui demanda-t-il en approchant son visage souriant tout près du sien.

— Oncle Enn », répondit-elle.

Les deux soldats éclatèrent de rire et l'oncle Enn fit pareil. Il tapota Oryx sur l'épaule et lui dit de remonter en voiture, puis serra les mains des soldats après avoir fouillé dans une de ses poches et ils lui ouvrirent la barrière. Lorsqu'ils eurent repris la route, l'oncle Enn donna à Oryx un bonbon dur en forme de minuscule citron. Elle le suça un moment, puis l'ôta de sa bouche pour l'économiser. N'ayant pas de poche, elle le garda entre ses doigts poisseux. Cette nuit-là, elle se lécha la main pour se consoler.

Les enfants pleuraient la nuit, pas fort. Ils pleuraient en silence. Ils avaient peur : on les avait arrachés à ce qu'ils connaissaient et ils ne savaient pas où ils allaient. Et puis, ajouta Oryx, ils ne recevaient plus d'amour, à supposer qu'ils en aient reçu avant. Cependant, ils avaient une valeur monétaire : ils représentaient un gain en espèces pour d'autres. Ça, ils devaient l'avoir senti – senti qu'ils valaient quelque chose.

Bien sûr (dit Oryx), avoir une valeur monétaire ne remplaçait pas l'amour. Tous les enfants devraient avoir de l'amour, tout le monde devrait en avoir. Elle-même aurait préféré avoir l'amour de sa mère – l'amour dans lequel elle continuait à croire, l'amour qui l'avait suivie sous forme d'oiseau à travers la jungle pour qu'elle ne soit ni trop effrayée ni trop seule – mais on ne pouvait pas compter sur l'amour, l'amour, ça va, ça vient, donc il était bon d'avoir une valeur monétaire, parce que, du coup, les gens qui voulaient que vous leur rapportiez de l'argent veillaient à ce que vous soyez suffisamment nourri et pas trop maltraité. Et puis il y en avait beaucoup qui n'avaient ni amour ni valeur monétaire, et il valait mieux avoir un de ces trucs plutôt que rien du tout.

Roses

La ville, avec ses habitants, ses véhicules, ses bruits, ses mauvaises odeurs et une langue difficile à comprendre, était un vrai fourbi. En la découvrant, les quatre nouveaux enfants furent d'abord sous le choc, comme si on les avait plongés dans un chaudron d'eau chaude – comme si la ville leur nuisait physiquement. Cependant, l'oncle Enn savait s'y prendre : il traita les nouveaux comme on traite des chats, leur laissa le temps de s'habituer. Il les installa au deuxième et dernier étage d'un immeuble, dans une petite pièce dotée d'une fenêtre à barreaux par laquelle ils pouvaient regarder à l'extérieur mais pas s'échapper, puis il les emmena dehors, dans un périmètre d'abord limité et une heure chaque fois. Cinq autres enfants vivaient déjà dans les lieux, lesquels étaient donc encombrés, mais il y avait suffisamment de place pour que chacun puisse dormir sur un mince matelas de sorte que, la nuit, le sol était complètement recouvert par les enfants et les matelas, lesquels étaient roulés dans la journée. Ils étaient usés et tachés, ils sentaient l'urine ; mais il fallait les rouler correctement, c'était la première chose que les nouveaux devaient apprendre.

Auprès des autres gamins, plus aguerris, ils apprirent d'autres choses encore et, déjà, que l'oncle Enn les surveillerait constamment, même si en apparence on les laissait se débrouiller tout seuls dans la ville ; qu'il saurait toujours les retrouver : il lui suffirait de porter sa montre brillante à son oreille et elle le lui dirait, parce que, dedans, il y avait une petite voix qui savait tout. C'était rassurant parce que personne d'autre n'aurait la possibilité de leur faire du mal. Cela étant, si tu ne travaillais pas assez, si tu cherchais à t'enfuir ou à garder une partie de l'argent que tu recevais des touristes, l'oncle Enn s'en apercevrait. Et, là, tu serais puni. L'oncle Enn te battrait et tu aurais des bleus. Éventuellement, tu serais brûlé aussi. Certains enfants prétendaient avoir subi ces punitions et en étaient fiers : ils avaient des cicatrices. Si tu faisais un peu trop de trucs défendus – paresse, vol, fugue – tu serais vendu à quelqu'un de bien pire – à ce qui se disait – que l'oncle Enn. Ou bien tu serais tué et jeté sur un tas d'ordures et personne ne le remarquerait parce que personne ne savait qui tu étais.

D'après Oryx, l'oncle Enn connaissait vraiment bien son affaire, parce que, en matière de punitions, les enfants croyaient plus volontiers les autres enfants que des adultes. Les adultes menaçaient de faire des trucs qu'ils ne faisaient jamais, mais les enfants te racontaient ce qui allait arriver. Ou bien ce qu'ils avaient peur de voir arriver. Ou encore ce qui leur était déjà arrivé, à eux ou à d'autres qu'ils avaient connus.

Dans la semaine qui suivit l'arrivée d'Oryx et de son frère dans la pièce aux matelas, trois des plus grands furent emmenés. Ils allaient dans un autre pays, expliqua l'oncle Enn. Ce pays s'appelait San Francisco. C'était parce qu'ils avaient été méchants ? Non, répondit l'oncle Enn, c'était une récompense pour avoir été sages. Tous ceux qui obéissaient et travaillaient bien avaient des chances d'y aller un jour. À part chez elle, il n'y avait pas un seul endroit où Oryx avait envie d'aller, mais son « chez-elle » devenait flou dans sa tête. Elle arrivait encore à entendre l'esprit de sa mère lui dire : *Tu reviendras*, mais cette voix se faisait de plus en plus ténue et indistincte. Elle ne ressemblait plus à une clochette, elle ressemblait à un murmure. Maintenant, c'était une question, plus qu'une affirmation ; une question sans réponse.

Oryx, son frère et les deux autres nouvelles durent observer la manière dont les enfants les plus expérimentés vendaient leurs fleurs. C'était des roses, rouges, blanches et roses ; on les achetait au marché tôt le matin. Les épines étaient retirées afin que les tiges puissent passer de main en main sans piquer qui que ce soit. Il fallait traîner autour de l'entrée des hôtels les plus luxueux – les banques où on changeait des devises et les

magasins de luxe constituaient également de bons emplace-
ments – et faire attention aux policiers. Si un policier s'avançait
et te regardait attentivement, il fallait que tu prennes vite la
direction opposée. Il était interdit de vendre des fleurs aux
touristes à moins d'avoir un permis, ce qui coûtait trop cher.
Mais inutile de se tracasser, annonça l'oncle Enn : les flics
étaient au courant de tout, seulement ils devaient faire ceux qui
ne savaient rien.

Quand tu voyais un étranger, surtout s'il était accompagné
d'une dame étrangère, il fallait que tu t'approches, que tu
montres les roses et que tu souries. Il ne fallait pas fixer leurs
drôles de cheveux et leurs yeux couleur d'eau ni pouffer de rire.
S'ils prenaient une fleur en demandant combien c'était, il fallait
que tu souries encore plus et que tu tendes la main. S'ils te
parlaient, qu'ils te posent des questions, il fallait que tu aies l'air
de ne pas comprendre. Ça, c'était assez simple. Ils te donnaient
toujours plus – parfois beaucoup plus – que la valeur de la fleur.

L'argent devait être rangé dans une pochette cachée sous tes
vêtements ; c'était pour te protéger des pickpockets et d'un
éventuel vol à l'arraché des gamins des rues, ces malheureux qui
n'avaient même pas d'oncle Enn pour veiller sur eux. Si quelqu'un – un homme surtout – cherchait à te prendre par la main
pour t'emmener quelque part, il fallait que tu retires ta main. S'il
t'agrippait trop, il fallait que tu t'asseyes par terre. Ce serait un
signal et l'un des hommes de l'oncle Enn, ou l'oncle Enn en
personne, se manifesterait. Il ne fallait jamais que tu montes dans
une voiture ni que tu entres dans un hôtel. Si un homme te le
proposait, il fallait que tu avertisses l'oncle Enn le plus vite
possible.

L'oncle Enn avait donné un nouveau nom à Oryx. Il donnait
un nouveau nom à tous les enfants. On leur demandait d'oublier
leur ancien nom, ce qui ne tardait pas. Oryx était devenue SuSu.
Elle se débrouillait bien dans la vente des roses. Elle était si
petite et si fragile et avait un teint si clair et si pur. On lui avait
fourni une robe trop grande pour elle et, dedans, elle avait l'air
d'un ange. Les autres enfants la chouchoutaient, parce que c'était
la plus bébé. Ils se relayaient pour dormir à côté d'elle la nuit ;
elle passait de bras en bras.

Qui pouvait lui résister ? Peu d'étrangers. Son sourire était
parfait – ni suffisant ni agressif, mais hésitant, timide, ne prenant

rien pour acquis. C'était un sourire dénué d'animosité : il ne recelait ni ressentiment ni envie, juste la promesse d'une gratitude sincère. « Adorable », murmuraient les dames étrangères et les hommes qui les accompagnaient achetaient une rose et la tendaient à la dame de sorte qu'ils devenaient adorables eux aussi ; quant à Oryx, elle glissait les pièces dans la pochette sur le devant de sa robe et se sentait en sécurité une journée de plus, parce qu'elle avait vendu son quota de roses.

Il n'en allait pas de même pour son frère. Il n'avait pas de chance. Il ne voulait pas vendre des fleurs comme une fille et détestait sourire ; et lorsqu'il finissait par sourire, ça ne faisait pas bon effet à cause de sa dent noire. Oryx prenait donc une partie des fleurs qui lui restaient et s'efforçait de les vendre à sa place. Au début, l'oncle Enn n'y vit pas d'inconvénient – peu importait d'où venait l'argent – mais ensuite il décréta qu'il ne fallait pas qu'on voie Oryx trop souvent aux mêmes endroits, il n'était pas souhaitable que les gens se lassent d'elle.

Il allait falloir trouver autre chose pour le frère – d'autres occupations. Il allait falloir le vendre ailleurs. Les plus âgés des enfants présents dans la pièce hochèrent la tête : le frère allait être vendu à un souteneur, dirent-ils ; un souteneur pour Blancs poilus ou pour Noirs barbus ou pour Jaunes pansus, n'importe quel type d'hommes amateurs de petits garçons. Ils décrivirent en détail ce que ces hommes lui feraient, en ricanèrent. Ce serait un cul de melon, clamèrent-ils : c'était la manière dont on appelait les garçons comme lui. Ferme et rond à l'extérieur, tendre et doux à l'intérieur ; un joli cul de melon pour tous ceux qui paieraient. Soit ça, soit on le ferait bosser comme garçon de courses, il serait envoyé d'une rue à l'autre faire des commissions pour des parieurs, c'était un boulot dur et très dangereux parce que les parieurs des bandes rivales vous descendaient. Ou bien il serait les deux : garçon de courses et cul de melon. C'était le plus vraisemblable.

Oryx vit le visage de son frère s'assombrir et se durcir et n'éprouva aucune surprise lorsqu'il s'enfuit ; elle ne sut jamais si on l'avait repris et puni, mais elle ne posa pas de questions, parce que les questions – elle l'avait découvert maintenant – ne vous avançaient à rien.

Un jour, un homme prit bel et bien Oryx par la main et lui proposa de le suivre à son hôtel. Elle lui décocha son sourire timide, jeta un coup d'œil alentour sans rien répondre, puis dégagea sa main et alerta l'oncle Enn. L'oncle Enn lui dit alors un truc surprenant. Si cet homme lui redemandait la même chose, lui dit-il, elle devrait aller à l'hôtel avec lui. Il insisterait pour l'emmener à sa chambre et il faudrait qu'elle l'accompagne. Elle devrait faire tout ce qu'il désirait, mais inutile de s'inquiéter parce l'oncle Enn surveillerait la scène et viendrait la rechercher. Il ne lui arriverait rien de mal.

« Je vais être une melon ? Une cul de melon ? »

L'oncle Enn éclata de rire et dit où as-tu pêché cette expression-là. Mais non, ajouta-t-il. Ça ne se passerait pas ainsi.

Le lendemain, l'homme apparut et demanda à Oryx si elle aimerait avoir de l'argent, beaucoup plus d'argent qu'elle n'en gagnerait en vendant des roses. C'était un grand Blanc poilu avec un accent marqué, mais elle devina les mots. Cette fois-ci, Oryx le suivit. Il la prit par la main et ils montèrent dans un ascenseur – ce fut le moment effrayant, dans cette pièce minuscule avec ces portes qui se refermaient et, quand elles se rouvraient, vous étiez dans un autre endroit, alors que l'oncle Enn ne lui avait rien expliqué là-dessus. Elle sentit son cœur se mettre à battre fort. « N'aie pas peur », murmura le bonhomme, pensant qu'elle avait peur de lui. En fait, c'était le contraire, il avait peur d'elle, sa main tremblait. Il ouvrit la porte à l'aide d'une clé et ils entrèrent dans une chambre mauve et or avec un lit géant, un lit pour géants, et l'homme demanda à Oryx d'enlever sa robe.

Oryx était obéissante, elle fit ce qu'on lui ordonnait. Elle avait une vague idée de ce que ce bonhomme pouvait vouloir encore – les autres enfants étaient déjà au courant de ces choses, ils en discutaient librement et en rigolaient. Les choses que cet homme désirait se monnayaient très cher et il y avait en ville des endroits spéciaux pour des types comme lui ; mais certains ne voulaient pas y aller parce que c'était trop connu et qu'ils avaient honte et, bêtement, ils cherchaient à organiser des trucs eux-mêmes ; cet homme était de ceux-là. Oryx savait donc qu'il allait maintenant ôter ses habits ou une partie de ses habits, ce qu'il fit, et il eut l'air content quand elle écarquilla les yeux devant son pénis, long et poilu comme lui, avec une bosse qui faisait une sorte de petit coude. Puis il se mit à genoux et se retrouva donc à sa hauteur, le visage juste à hauteur de celui d'Oryx.

À quoi ce visage ressemblait-il ? Oryx ne s'en souvenait pas. Elle se souvenait de ce que son pénis avait de particulier, mais pas de ce que son visage avait de particulier.

« Il ne ressemblait à rien, expliqua-t-elle. Il était tout mou comme une boulette de pâte. Il y avait un gros nez dessus, un nez carotte. Un long pénis blanc en guise de nez. »

Les deux mains sur la bouche, elle éclata de rire.

« Pas comme ton nez, Jimmy, ajouta-t-elle au cas où il aurait pris ça pour lui. Ton nez est beau. C'est un nez mignon, crois-moi. »

« Je ne te ferai pas de mal », dit l'homme.

Son accent était tellement ridicule qu'Oryx eut envie de pouffer, mais elle avait conscience que ce serait une erreur. Elle sourit de son sourire timide et l'homme s'empara d'une de ses mains et la posa sur lui. Il exécuta ce geste assez gentiment alors qu'il paraissait fâché. Fâché et pressé.

C'est à ce moment précis que l'oncle Enn fit irruption dans la chambre. Comment ? Il devait s'être procuré une clé, quelqu'un de l'hôtel avait dû lui en fournir une. Il souleva Oryx, la serra contre lui et l'appela son petit trésor et hurla après le bonhomme qui semblait très effrayé et essayait de se rhabiller tant bien que mal. Empêtré dans son pantalon, il fit le tour de la pièce à cloche-pied tout en s'efforçant d'expliquer quelque chose dans son mauvais accent et Oryx se sentit désolée pour lui. Puis l'homme donna de l'argent à l'oncle Enn, beaucoup d'argent, tout l'argent qu'il avait dans son portefeuille, et l'oncle Enn, toujours marmonnant et l'air renfrogné, sortit en portant Oryx comme un vase précieux. Mais, une fois dans la rue, il éclata de rire et se moqua du bonhomme en train de sautiller avec son pantalon tire-bouchonné autour des chevilles et dit à Oryx que c'était une gentille petite et est-ce qu'elle n'aimerait pas rejouer à ce jeu ?

Donc, ce devint son jeu. Elle plaignait un peu ces bonshommes : même si l'oncle Enn lui avait dit qu'ils méritaient ce qui leur arrivait et qu'ils avaient de la chance qu'il n'appelle pas la police, elle se reprochait un peu son rôle. En même temps, ça l'amusait. Savoir que ces hommes la croyaient sans défense alors que ce n'était pas le cas lui donnait une sensation de puissance.

C'était eux qui étaient sans défense, eux qui allaient bientôt devoir bredouiller des excuses dans leur accent idiot et sautiller à cloche-pied au milieu de leur luxueuse chambre d'hôtel, entravés par les jambes de leur pantalon, les fesses à l'air, fesses lisses, fesses poilues, fesses de toutes tailles et de toutes couleurs, pendant que l'oncle Enn les houspillait. De temps en temps, ils pleuraient. Et pour ce qui était de l'argent, ils vidaient leurs poches, lançaient tout ce qu'ils possédaient à la tête de l'oncle Enn, en le remerçiant d'accepter. Ils ne voulaient pas se retrouver en prison, pas dans cette ville où les prisons n'étaient pas des hôtels et où il fallait énormément de temps pour établir les chefs d'accusation, puis passer en jugement. Ils voulaient sauter dans un taxi, le plus vite possible, grimper dans un énorme avion et s'envoler à travers le ciel.

« Petite SuSu, disait l'oncle Enn en reposant Oryx sur le trottoir, une fois qu'ils étaient sortis de l'hôtel. Tu es une maligne ! J'aimerais pouvoir t'épouser. Ça te plairait ? »

Pour Oryx, c'était à l'époque ce qui se rapprochait le plus d'une marque d'affection, et donc ça lui faisait plaisir. Mais que fallait-il répondre, oui ou non ? Elle savait que ce n'était pas une question sérieuse mais une plaisanterie : elle n'avait que cinq ou six ou sept ans, elle ne pouvait pas se marier. De toute façon, selon les autres enfants, l'oncle Enn avait une femme, une adulte, qui vivait dans une maison ailleurs et il avait d'autres enfants aussi. Ses vrais enfants. Ils allaient à l'école.

« Je peux écouter ta montre ? » demandait Oryx avec son sourire timide.

Plutôt que, voilà ce qu'elle voulait dire. *Plutôt que de t'épouser, plutôt que de répondre à ta question, plutôt que d'être ta vraie enfant.* Et il riait un peu plus et la laissait écouter sa montre, mais elle n'entendait pas de petite voix à l'intérieur.

Chipieland Jazz

Un jour, un autre homme se présenta, quelqu'un qu'ils n'avaient encore jamais vu – un grand mince, plus grand que l'oncle Enn, mal attifé et le visage grêlé –, et leur annonça qu'ils allaient tous devoir le suivre. L'oncle Enn avait vendu son commerce de fleurs, dit cet homme ; les fleurs, les vendeurs et les vendeuses de fleurs et tout le reste. Il était parti, s'était installé dans une autre ville. Donc, ce grand bonhomme était le boss maintenant.

Un an plus tard environ, Oryx apprit – par une fille qu'elle avait connue au cours des premières semaines dans la chambre aux matelas et qui avait réapparu dans sa nouvelle vie, sa vie à faire des films – que cette fable n'avait rien à voir avec la véritable histoire. La véritable histoire était que l'oncle Enn avait été retrouvé, flottant dans l'un des canaux de la ville, la gorge tranchée.

Cette fille l'avait vu. Non, ce n'était pas vrai – elle ne l'avait pas vu, mais connaissait quelqu'un qui l'avait vu. Il n'y avait aucun doute sur son identité. Il avait le ventre gonflé comme un oreiller et le visage bouffi, mais c'était bien l'oncle Enn. Il ne portait pas de vêtements – quelqu'un avait dû les lui piquer. Peut-être une autre personne, pas celle qui lui avait tranché la gorge, mais peut-être que si, qu'est-ce qu'un cadavre aurait pu faire de ces beaux habits ? Et il ne portait pas de montre non plus.

« Pas d'argent, avait ajouté la fille. Puis elle avait éclaté de rire. Pas de poches, pas d'argent ! »

148

« Il y avait des canaux dans cette ville ? » demanda Jimmy.

Il se disait que ça pourrait éventuellement lui fournir des indices sur la ville en question. À l'époque, il voulait savoir tout ce qu'il était possible de savoir sur Oryx, sur tous les lieux où elle avait vécu. Il voulait retrouver tous ceux qui avaient pu lui faire du mal ou la rendre malheureuse et la venger personnellement. Il se torturait avec des informations douloureuses : il thésaurisait le moindre factoïde chauffé à blanc qui pouvait le torturer. Plus cela lui faisait mal, plus – il en était convaincu – il l'aimait.

« Oh oui, il y avait des canaux, confirma Oryx. Les fermiers les empruntaient, et les horticulteurs aussi, pour accéder aux marchés. Ils amarraient leur embarcation et vendaient leurs produits juste là, juste sur les quais. C'était joli à voir, de loin. Tant de fleurs. »

Elle le regarda : elle devinait souvent ce à quoi il pensait.

« Mais des tas de villes ont des canaux, poursuivit-elle. Et des rivières. Les rivières sont très utiles pour les ordures, les morts et les bébés qu'on jette dedans, et la merde. »

Même si elle n'aimait pas entendre Jimmy jurer, il lui plaisait parfois de lâcher des gros mots, comme elle disait, parce que ça le choquait. Elle avait tout un répertoire de gros mots une fois qu'elle était lancée.

« Ne t'inquiète pas tant, Jimmy, ajouta-t-elle plus gentiment. C'était il y a longtemps. »

La plupart du temps, elle se comportait comme si elle cherchait à le protéger, lui, de son image à elle – de ce qu'elle avait été dans le passé. Elle aimait ne lui montrer que son bon côté. Elle aimait briller.

Donc, l'oncle Enn avait fini dans le canal. Il n'avait pas eu de chance. Il n'avait pas payé les gens qu'il aurait fallu payer ou bien il ne les avait pas payés assez cher. Ou peut-être avaient-ils essayé de lui racheter son affaire à trop bas prix et il avait refusé. Ou bien ses hommes l'avaient trahi. Des tas de choses avaient pu lui arriver. Mais peut-être que rien n'avait été prémédité – que c'était juste un accident, un crime fortuit, ou un voleur. L'oncle Enn s'était montré imprudent, il était allé se promener seul. Pourtant, ce n'était pas quelqu'un d'imprudent.

« J'ai pleuré quand j'ai appris la nouvelle, avoua Oryx. Pauvre oncle Enn.

— Pourquoi tu le défends ? demanda Jimmy. C'était une vermine, un cancrelat.

— Il m'aimait.

— Il aimait l'argent !

— Naturellement, Jimmy. Tout le monde aime l'argent. Mais il aurait pu me faire bien pire, et il ne l'a pas fait. J'ai pleuré quand j'ai appris sa mort. J'ai pleuré, j'ai pleuré.

— Comment ça pire ? Comment ça bien pire ?

— Jimmy, tu te fais trop de mouron. »

La troupe d'enfants dut évacuer la chambre aux matelas grisâtres et Oryx ne la revit plus jamais. Elle ne revit jamais non plus la plupart des autres enfants. Ils furent séparés et chacun s'en alla d'un côté ou d'un autre. Oryx fut vendue à un homme qui faisait des films. Ce fut la seule à partir avec le monsieur des films. Il lui dit qu'elle était très jolie et lui demanda son âge, mais elle ne connaissait pas la réponse à sa question. Il lui demanda si ça ne lui plairait pas de jouer dans un film. Elle n'en avait jamais vu et ne savait donc pas du tout si ça lui plairait ou pas ; mais ça ressemblait à la promesse d'une bonne surprise, alors, elle répondit oui. Elle devinait désormais très bien quand il fallait qu'elle dise *oui*.

L'homme l'emmena en voiture avec d'autres petites filles, trois ou quatre, des petites filles qu'elle ne connaissait pas. Ils passèrent la nuit dans une maison, une grande maison. C'était une maison de riches ; elle était entourée d'un grand mur hérissé de bouts de verre et de fils barbelés et ils franchirent un portail. À l'intérieur, il flottait une odeur riche.

« Comment ça, une odeur riche ? » s'écria Jimmy.

Oryx ne put répondre. *Riche* était un truc qu'on apprenait à remarquer, un point c'est tout. La maison sentait comme les plus beaux hôtels dans lesquels elle était entrée : beaucoup de plats différents en train de mijoter, des meubles en bois, de l'encaustique et des savons, le tout intimement mêlé. Et il devait y avoir des fleurs à proximité, des arbres ou des arbustes en fleurs, parce que c'était une composante de l'odeur. Il y avait des tapis par terre mais les enfants ne marchèrent pas dessus ; les tapis étaient dans une pièce spacieuse et, en passant devant la porte ouverte, ils jetèrent un coup d'œil à l'intérieur et les aperçurent. Ils étaient bleus, roses et rouges. Quelles beautés !

L'endroit où on les installa jouxtait la cuisine. Peut-être s'agissait-il d'une réserve, ou bien ça l'avait été avant : elle décela l'odeur du riz et des sacs dans lesquels il était stocké, alors qu'il n'y avait plus de riz à cet endroit-là. On leur donna à manger – c'était meilleur que d'habitude, précisa Oryx, il y avait du poulet – et on les pria de ne pas faire le moindre bruit. Puis on les enferma à clé. Il y avait des chiens dans cette maison : on les entendait aboyer dehors, dans la cour.

Le lendemain, un certain nombre d'entre eux partirent en camion, dans la benne d'un camion. Il y avait deux autres enfants, des petites filles, aussi petites qu'Oryx, l'une comme l'autre. La première venait d'arriver de son village et pleurait beaucoup, silencieusement, en se cachant la figure, parce que sa famille lui manquait. On les souleva de terre pour les déposer dans la benne du camion où on les enferma : il faisait sombre et chaud et elles avaient soif et quand elles eurent envie de faire pipi, il leur fallut faire dans le camion, parce qu'il ne s'arrêtait pas. Il y avait malgré tout une petite vitre, tout en haut, de sorte qu'un peu d'air entrait.

Le trajet ne dura que deux heures, mais ça leur parut plus long à cause de la chaleur et de l'obscurité. Lorsqu'elles furent arrivées à destination, on les remit à un autre homme, différent, et le camion repartit.

« Il y avait des trucs écrits dessus ? Sur le camion ? demanda Jimmy, à l'affût.

— Oui. Des trucs rouges.

— Qu'est-ce qu'ils disaient ?

— Comment j'aurais pu le savoir ? » riposta Oryx d'un ton de reproche.

Jimmy se sentit bête.

« Il y avait quelque chose de peint dessus alors ?

— Oui. Il y avait quelque chose de peint, répondit Oryx au bout d'un moment.

— Quoi ? »

Oryx réfléchit.

« Un perroquet. Un perroquet rouge.

— Il volait ou il se tenait droit ?

— Jimmy, tu es trop bizarre ! »

Jimmy se raccrocha à ce perroquet rouge, le garda présent à l'esprit. Il surgissait parfois dans ses rêveries, chargé de mystère et de signification secrète, symbole dégagé de tout contexte. Ce devait être un nom de marque, un logo. Sur Internet, il chercha Perroquet, marque Perroquet, Perroquet Inc., Perroquet Rouge. Il trouva Alex, le perroquet *cork-nut* qui disait : *Maintenant, je m'en vais*, mais cela ne l'aida pas parce que Alex n'était pas de la bonne couleur. Il voulait que le perroquet rouge constitue un lien entre l'histoire qu'Oryx lui avait racontée et le monde prétendument réel. Il voulait remonter une rue ou circuler sur le Web et, eurêka, tomber sur ce perroquet rouge, le code, le mot de passe et que, du coup, une foule de choses deviennent limpides.

L'immeuble où étaient tournés les films se trouvait dans une autre ville, à moins peut-être qu'il n'ait été situé dans un autre quartier de la même ville, parce qu'elle était très étendue, poursuivit Oryx. La chambre qu'elle occupait avec les autres filles se trouvait elle aussi dans cet immeuble. Elles ne sortaient pratiquement jamais, sauf pour aller sur le toit plat quand c'était là qu'on devait tourner. Certains des hommes qui venaient dans cet immeuble voulaient être dehors pendant le tournage. Ils voulaient être vus et, en même temps, ils voulaient se cacher : un mur entourait le toit.

« Peut-être qu'ils voulaient que Dieu les voie, déclara Oryx. Qu'en penses-tu, Jimmy ? Ils faisaient les intéressants devant Dieu ? Moi, je pense que oui. »

Tous ces hommes avaient leurs idées à eux sur ce qui devait figurer dans leur film. Ils voulaient des trucs en arrière-plan, des sièges ou des arbres, ou bien ils voulaient des cordes ou des cris ou des chaussures. Parfois, ils disaient : *Fais ce que je te demande et c'est tout, je paye pour* ou des choses approchantes, parce que tout, dans ces films, avait un prix. Le moindre ruban dans les cheveux, la moindre fleur, le moindre objet, le moindre geste. Si ces hommes envisageaient un truc nouveau, il y avait obligatoirement une discussion sur le prix que chaque nouveauté devait coûter.

« C'est comme ça que j'ai appris à vivre, déclara Oryx.

— Qu'est-ce que tu as appris ? » s'écria Jimmy.

Il n'aurait pas dû se taper la pizza, et fumer de l'herbe par-dessus le marché. Il se sentait légèrement nauséeux.

« Que tout a un prix.

— Pas tout. Ce n'est pas possible que ce soit vrai. Tu ne peux pas acheter du temps, comme on dit en anglais. Tu ne peux pas acheter... »

Il avait envie de dire *l'amour*, mais hésita. C'était trop gnangnan.

« Tu ne peux pas acheter du temps, mais tu peux en gagner et il a un prix, rétorqua Oryx. Tout a un prix.

— Pas moi, riposta Jimmy en s'efforçant de blaguer. Je n'ai pas de prix. »

Faux, comme d'habitude.

Jouer dans un film, continua Oryx, c'était faire ce qu'on te demandait. Si on voulait que tu souries, il fallait que tu souries, si on voulait que tu pleures, il fallait que tu le fasses aussi. Quoi que ça puisse être, il fallait que tu le fasses et tu le faisais parce que sinon tu avais peur. Tu faisais ce qu'on te disait de faire aux hommes qui venaient et puis, des fois, ces hommes te faisaient des choses. C'était ça, les films.

« Quel genre de choses ? demanda Jimmy.

— Tu le sais. Tu as vu. Tu as une image.

— Je n'ai vu que celle-là. Juste celle-là, avec toi dessus.

— Je parie que tu en as vu davantage où je suis dessus. Tu ne te souviens pas. Je pouvais avoir l'air différente, je pouvais porter d'autres vêtements et des perruques, je pouvais être quelqu'un d'autre, faire d'autres trucs.

— Quoi d'autre, par exemple ? Qu'est-ce qu'on t'obligeait à faire d'autre ?

— Ils étaient tous pareils, ces films », décréta Oryx.

Après s'être lavé les mains, elle se peignait les ongles, ses ongles ovales et délicats, à la forme si parfaite. Couleur pêche assortie à son peignoir à fleurs. Pas l'ombre d'une tache sur elle. Plus tard, elle se ferait les orteils.

Les enfants s'ennuyaient moins à tourner qu'à faire ce qu'ils faisaient le reste du temps, c'est-à-dire pas grand-chose. Ils regardaient des dessins animés sur le vieux lecteur de DVD dans une des chambres, des souris et des oiseaux pourchassés par d'autres animaux qui n'arrivaient jamais à les attraper ; sinon ils se brossaient les cheveux les uns les autres, se les tressaient ou bien mangeaient et dormaient. D'autres personnes utilisaient parfois l'espace, pour faire d'autres types de films ; des femmes adultes, des femmes avec des seins, et des hommes adultes – des acteurs. Les enfants pouvaient les regarder pendant le tournage s'ils ne dérangeaient pas. Mais parfois les acteurs protestaient parce que les petites filles pouffaient de rire devant leur pénis – tellement grand et parfois tout riquiqui – et, dans ce cas, les enfants étaient obligés de réintégrer leur chambre.

Ils se lavaient beaucoup – c'était important. Ils se douchaient avec un seau. Ils étaient censés paraître purs. Les mauvais jours, quand il n'y avait pas de travail, ils s'embêtaient, devenaient intenables et, là, ils se disputaient et se battaient. On leur offrait parfois de tirer sur un joint ou de prendre un verre d'alcool pour les calmer – de la bière peut-être –, mais pas de drogues dures, ça les aurait flétris ; et ils n'avaient pas le droit de fumer. L'homme qui était responsable d'eux – le grand, pas l'homme à la caméra – leur interdisait de fumer parce qu'il disait que ça leur jaunissait les dents. Ils fumaient quand même de temps en temps, quand l'homme à la caméra leur donnait une cigarette à se partager.

L'homme à la caméra était un Blanc, et il s'appelait Jack. C'était surtout lui qu'ils voyaient. Il avait des cheveux qui ressemblaient à de la ficelle effilochée et sentait très fort, parce qu'il mangeait de la viande. Il mangeait tellement de viande ! Il n'aimait pas le poisson. Il n'aimait pas le riz non plus, mais il aimait les nouilles. Les nouilles avec beaucoup de viande.

Jack disait que, dans le pays d'où il venait, les films étaient plus longs et meilleurs, que c'était les meilleurs au monde. Il n'arrêtait pas de répéter qu'il voulait rentrer chez lui. Il ajoutait que c'était un pur hasard s'il n'était pas mort – si la bouffe de cette putain de région ne l'avait pas tué. Il disait qu'il avait failli mourir d'une maladie attrapée avec l'eau et que le seul truc qui l'avait sauvé c'était qu'il avait pris une cuite du feu de Dieu, parce que l'alcool flinguait les microbes. Là-dessus, il avait été obligé de leur expliquer les microbes, ce qui avait fait rire les petites filles qui n'y croyaient pas ; mais elles croyaient aux maladies, parce qu'elles avaient vu que ça arrivait. Les esprits les déclenchaient, tout le monde le savait. Les esprits et la malchance. Jack n'avait pas récité les prières qu'il fallait.

Jack disait que cette bouffe et cette eau pourries auraient dû le rendre malade plus souvent, sauf qu'il avait l'estomac vraiment bien accroché. Il disait que, dans cette branche, il fallait avoir l'estomac bien accroché. Il disait que la vidéocam était une merde antédiluvienne pour émissions itinérantes et les lumières tellement dégueulasses qu'il ne fallait pas s'étonner que tout ait l'air merdique et mochard. Il disait qu'il aurait aimé avoir un million de dollars mais qu'il avait claqué tout son pognon. Il disait qu'il était infichu de garder de l'argent, qu'il lui glissait entre les doigts comme de l'eau sur une pute enduite de graisse. « Faites pas comme moi quand vous serez grands », leur répétait-il. Et les petites filles pouffaient de rire, parce que, quoi qu'il leur arrive, elles ne ressembleraient jamais à ce géant clownesque aux cheveux ficelle et à la bite pareille à une vieille carotte fripée.

Oryx raconta qu'elle avait souvent eu l'occasion de voir cette vieille carotte de près, parce que Jack voulait faire des trucs de film avec elle quand il n'y avait pas de film. Après, il devenait tout triste et lui disait qu'il regrettait. C'était déconcertant.

« Tu le faisais pour rien ? s'écria Jimmy. Je croyais que que tout avait un prix. »

N'ayant pas l'impression d'avoir eu le dernier mot dans leur discussion sur l'argent, il cherchait à y revenir.

Oryx s'interrompit, le pinceau du vernis en l'air. Elle regarda sa main.

« J'avais passé un marché avec lui, dit-elle.

— Un marché pour quoi ? Qu'est-ce que ce pathétique connard, ce nul, avait à offrir ?

— Pourquoi penses-tu qu'il était méchant ? Il n'a jamais rien fait avec moi que tu ne fasses pas. Pas autant de choses, et de loin !

— Je ne les fais pas contre ta volonté. De toute façon, tu es adulte maintenant. »

Oryx éclata de rire.

« C'est quoi ma volonté ? » lança-t-elle.

Elle dut remarquer son regard peiné car elle s'arrêta de rire.

« Il m'a appris à lire, expliqua-t-elle doucement. À parler anglais et à lire des mots anglais. À parler d'abord, puis à lire, pas si bien dans les premiers temps, d'ailleurs, je ne parle pas encore très bien, mais il y a toujours un début à tout, tu penses pas, Jimmy ?

— Tu parles parfaitement.

— Inutile de me raconter des mensonges. Donc, voilà comment. Ça a pris longtemps, mais il a été très patient. Il avait un livre, je ne sais pas où il l'avait déniché, mais c'était un livre pour enfants. Dedans, il y avait une fille avec de longues tresses et des collants – c'était dur ce mot, des collants – qui sautillait et faisait tout ce qu'il lui plaisait. C'est ce qu'on lisait. C'était bien comme marché, parce que, Jimmy, si je n'avais pas fait ça, je ne pourrais pas parler avec toi, non ?

— Fait quoi ? » répliqua Jimmy.

Il était hors de lui. S'il avait eu ce Jack, cette ordure, en face de lui, là maintenant, il te lui aurait dévissé la tête comme on essore une vieille chaussette bouffée aux mites.

« Qu'est-ce que tu lui faisais ? Tu lui taillais des pipes ?

— Crake a raison, rétorqua froidement Oryx. Tu n'as pas un esprit élégant. »

Cet *esprit élégant* n'était qu'une expression chère aux scientifiques, typique du jargon condescendant des thésards, mais Jimmy en fut quand même blessé. Ce qui le blessait, c'était de penser qu'Oryx et Crake parlaient de lui en ces termes, derrière son dos.

« Je suis désolé », dit-il.

Il aurait dû réfléchir avant de lui parler aussi brutalement.

« Aujourd'hui, peut-être que je ne le ferais pas, mais j'étais petite à l'époque, poursuivit Oryx plus doucement. Pourquoi es-tu tellement fâché ?

— Je ne gobe pas ça », déclara Jimmy.

Où était la colère d'Oryx, à quelle profondeur était-elle enfouie, que fallait-il qu'il fasse pour l'exhumer ?

« Tu ne gobes pas quoi ?

— Toute ta putain d'histoire. Toute cette douceur, cette acceptation, cette merde.

— Si tu ne veux pas gober ça, Jimmy, reprit Oryx en le regardant avec tendresse, qu'est-ce que tu veux gober à la place ? »

Jack avait un nom pour l'immeuble où se tournaient les films. Il l'appelait Chipieland. Pas une seule des enfants ne savait ce que cela voulait dire – *Chipieland* – et Jack ne pouvait le leur expliquer.

« Bon, les chipies, on se bouge, disait-il. C'est l'heure des sucres d'orge ! »

Il leur apportait des sucreries en cadeau, parfois.

« Tu veux un sucre d'orge, mon sucre d'orge ? » disait-il.

Ça aussi, c'était une blague, mais elles ne la comprenaient pas davantage.

Si ça lui chantait ou s'il venait de prendre de la drogue, il les laissait regarder les films dans lesquels elles avaient joué. Elles voyaient bien quand il s'était piqué ou qu'il avait sniffé, parce qu'à ce moment-là il était plus heureux. Il aimait écouter de la musique pop quand ils travaillaient, un truc qui swinguait. Tonique, comme il disait. Elvis Presley, des choses dans ce genre. Il aimait les grands classiques de l'époque où il y avait des chansons à texte. *Call me sentimental*, déclarait-il non sans susciter une certaine perplexité. Il aimait aussi Frank Sinatra et Doris Day : Oryx connaissait toutes les paroles de *Love Me or Leave Me* avant d'avoir la moindre idée de ce qu'elles signifiaient. « Chante-nous du chipieland jazz », s'écriait Jack, et Oryx s'exécutait. Ça faisait toujours plaisir à Jack.

« Comment il s'appelait, ce gars ? » demanda Jimmy.

Quel connard, ce Jack. Jack le connard, Jack le branleur. Les injures aidaient, songeait Jimmy. Il aurait aimé lui arracher la tête.

« Il s'appelait Jack. Je te l'ai dit. Il nous a récité un poème en anglais sur son nom. *Jack be nimble, Jack be quick, Jack has got a big candlestick. Jack est agile, Jack est rapide, Jack a un gros bougeoir.*

— Son autre nom.

— Il n'avait pas d'autre nom. »

Travail, voilà comment Jack qualifiait leurs activités. *Les petites travailleuses*, il les appelait. Il disait : *Sifflez en travaillant.* Il disait : *Travaillez plus dur.* Il disait : *Mettez-moi du jazz là-dedans.* Il disait : *Jouez vrai, sinon panpan cucul, entendu ?* Il disait : *Allez, les bombinettes sexuelles, vous pouvez faire mieux.* Il disait : *On n'est jeune qu'une fois.*

« C'est tout, conclut Oryx.

— Comment ça, c'est tout ?

— C'est tout ce qu'il y avait. C'est tout, il n'y avait rien de plus.

— Et est-ce que... est-ce qu'ils ont jamais...

— Est-ce qu'ils ont jamais quoi ?

— Non, ils n'ont pas fait ça. Tu étais tellement gamine. Ils n'ont pas pu faire ça.

— Je t'en prie, Jimmy, dis-moi ce que tu demandes. »

Oh, ce calme qu'elle avait. Il avait envie de la secouer.

« Est-ce qu'ils t'ont violée ? »

C'est à peine s'il avait pu formuler sa question. Quelle réponse attendait-il, que souhaitait-il ?

« Pourquoi tu veux parler de trucs moches ? » s'écria-t-elle.

Elle avait un timbre de voix argentin, comme une boîte à musique. Elle agita une main en l'air pour sécher ses ongles.

« Dans la mesure du possible, on ne devrait penser qu'à de belles choses. Il y a tant de beautés dans le monde si tu regardes autour de toi. Tu ne regardes que le sol sous tes pieds, Jimmy. Ce n'est pas bon pour toi. »

Jamais elle ne lui répondait. Pourquoi est-ce que ça le rendait dingue ?

« Ce n'était pas réellement du cul, non ? Dans les films. Ce n'était que du cinéma. Non ?

— Mais Jimmy, tu devrais savoir. Le cul, c'est toujours réel. »

7.

Sveltana

Snowman ouvre les yeux, les ferme, les ouvre, les garde ouverts. Il a passé une nuit épouvantable. Il ne sait quel est le pire, un passé qu'il ne peut retrouver ou un présent qui le démolira s'il se penche trop dessus. Et puis il y a le futur. Pur vertige.

Au-dessus de l'horizon, le soleil s'élève avec régularité, comme tiré par une poulie ; tout autour, des nuages raplapla s'étalent dans le ciel, immobiles, rose et mauve sur le dessus et dorés en dessous. Les vagues font des vagues, montent, descendent, montent, descendent. Penser à elles lui donne la nausée. Il a terriblement soif, et en plus mal au crâne, un grand vide cotonneux entre les oreilles. Il lui faut quelques minutes pour réaliser qu'il a la gueule de bois.

« Tu n'as à t'en prendre qu'à toi-même », se dit-il. Il s'est comporté comme un idiot la nuit précédente : il a bu, il a beuglé, il a déblatéré, il s'est laissé aller à des lamentations inutiles. Dans le temps, il n'aurait jamais eu la gueule de bois après si peu d'alcool, mais il n'a plus ni l'habitude ni la forme.

Il n'est pas tombé de l'arbre, c'est toujours ça. « Demain est un autre jour, déclame-t-il à l'adresse des nuages rose et mauve. Mais si demain est un autre jour, que devient aujourd'hui ? C'est un jour comme tous les autres, sauf qu'il a l'impression d'avoir tout le corps pâteux.

Un long cordon d'oiseaux émerge des tours désertes – des mouettes, des aigrettes, des hérons qui vont pêcher le long du littoral. Deux petits kilomètres plus au sud, une saline commence à se former sur une ancienne décharge piquetée de rangées de maisons à moitié inondées. C'est là que s'acheminent tous les oiseaux : le chef-lieu des éperlans. Il les observe avec rancœur : pour eux, tout va bien, aucun souci. Manger, baiser, caguer, criailler, c'est tout ce qu'ils font. Dans une vie antérieure, il les aurait peut-être approchés furtivement pour les étudier à travers ses jumelles et s'émerveiller de leur grâce. Non, il n'aurait jamais fait ça, ce n'était pas son truc. Une institutrice, une curieuse de la nature – Sally Machinchose ? – les encadrait lors de sorties éducatives, comme elle disait. Le parcours de golf et les étangs aux nénuphars du Compound constituaient leurs terrains d'observation. *Regardez ! Vous voyez les jolis canards, là-bas ? Ce sont des colverts !* Déjà à l'époque, Snowman trouvait les oiseaux barbants, mais il ne leur aurait pas fait de mal. Aujourd'hui, en revanche, il rêve d'un super-lance-pierre.

Il descend de l'arbre, plus prudemment que d'habitude : il a encore un peu le tournis. Il vérifie l'intérieur de sa casquette, en chasse un papillon – sans doute attiré par le sel – et pisse sur les sauterelles comme d'habitude. J'ai une routine quotidienne, songe-t-il. La routine a du bon. Sa tête est en train de se transformer en un vaste réservoir à magnets démodés.

Puis il fait glisser la dalle de sa cache en béton, chausse ses lunettes de soleil borgnes, boit l'eau qu'il a stockée dans une bouteille de bière. Si seulement il avait une vraie bière ou un cachet d'aspirine ou davantage de scotch.

« Juste pour chasser la gueule de bois », explique-t-il à la bouteille de bière. Il ne faut pas qu'il boive trop d'eau d'un coup, cela le ferait vomir. Il vide le restant d'eau sur son crâne, se saisit d'une deuxième bouteille et s'assied, le dos contre l'arbre, en attendant que son estomac se calme. Quel dommage qu'il n'ait rien à lire. À lire, à voir, à entendre, à étudier, à compiler. Des bribes de langage effilochées lui viennent à l'esprit : *méphitique, métronome, mastite, métatarsien, larmoyant.*

« J'étais un érudit », dit-il tout fort.

Érudit. Quel mot déprimant. C'est quoi tout ce qu'il croyait savoir avant et où est-ce que c'est passé ?

Au bout d'un moment, il s'aperçoit qu'il a faim. Que renferme sa cache en matière de provisions de bouche ? Ne devrait-il pas y avoir une mangue ? Non, ça, c'était hier. Tout ce qu'il en reste, c'est un sac en plastique poisseux couvert de fourmis. Il y a la Voltbar énergétique au chocolat, mais ça ne lui dit rien et il ouvre donc la boîte de Sveltana, les saucisses végétariennes pour cocktail, avec son ouvre-boîte rouillé. S'il en avait de meilleures, il ne cracherait pas dessus. Ce sont des saucisses de régime, beige et désagréablement molles – des merdes de bébé, songe-t-il –, mais il réussit à les avaler. Les Sveltana passent mieux, si on ne les regarde pas.

Ce sont des protéines, mais Snowman est loin du compte. Pas assez de calories. Il boit le jus de saucisse tiédasse et insipide qui – c'est ce qu'il se raconte – est sûrement bourré de vitamines. Ou de minéraux du moins. Ou de quelque chose. Dans le temps, il savait. Qu'arrive-t-il donc à son cerveau ? Il entrevoit le sommet de son cou attaché à son crâne à la manière d'un tuyau d'écoulement de salle de bains. Des fragments de mots y dégringolent en tournoyant au milieu d'un liquide grisâtre dans lequel il reconnaît son cerveau en cours de dissolution.

Il est temps de regarder la réalité en face. Pour dire les choses brutalement, la faim est en train de le tuer à petit feu. Un poisson par semaine, voilà tout ce sur quoi il peut compter, et ces gens prennent ça au pied de la lettre : il peut s'agir d'un poisson de taille décente comme d'un tout petit, plein de piquants et d'arêtes. Il sait que s'il ne compense pas le manque de protéines par des féculents et l'autre truc – des hydrates de carbone, mais, ça, c'est pareil que des féculents, non ? –, il perdra sa graisse, ou ce qu'il en reste, et après ses muscles. Le cœur est un muscle. Il imagine son cœur, en train de se racornir jusqu'à la taille d'une noix.

Au début, il arrivait à se procurer des fruits, dans les conserves qu'il réussissait à barboter, mais aussi dans l'arboretum à l'abandon à une heure de marche au nord. Il savait s'y rendre, il avait une carte à l'époque, mais il y a belle lurette qu'il l'a perdue, qu'elle a été emportée par un orage. Il mettait le cap sur la section Fruits du Monde. Il y avait des bananes qui mûrissaient dans la zone tropicale, et plusieurs autres trucs, ronds, verts et couverts d'écailles molles qu'il n'avait pas voulu manger de crainte qu'ils ne soient vénéneux. Il y avait aussi des raisins, soutenus par un treillage, dans la zone tempérée. Malgré un carreau cassé, la climatisation solaire fonctionnait encore à l'intérieur de la serre. Il y avait également des abricots en espalier contre un mur, mais pas beaucoup et marbrés à l'endroit où les guêpes avaient mordu dedans, tout près de pourrir. Il les avait dévorés quand même ; ainsi que quelques citrons. Ils étaient très acides, mais il s'était forcé à boire leur jus : les vieux films de pirates lui avaient appris ce qu'était le scorbut. Gencives sanguinolentes, dents se déchaussant par poignées. Il n'en est pas encore là.

Les Fruits du Monde sont totalement nettoyés aujourd'hui. Combien de temps faudra-t-il attendre avant qu'il n'y ait de nouveaux Fruits du Monde ? Il n'en a pas la moindre idée. Il devrait y avoir des baies sauvages. Il posera la question aux gamins, la prochaine fois qu'ils viendront fouiner par ici : en matière de baies, ils s'y connaissent. Mais il a beau les entendre un peu plus loin sur la plage, qui rient et s'interpellent, ils n'ont pas l'air de vouloir se manifester ce matin. Peut-être commencent-ils à s'ennuyer en sa compagnie, à se lasser de le harceler pour lui soutirer des réponses qu'il ne veut pas leur donner ou qui n'ont pour eux aucun sens. Peut-être qu'il n'est plus dans le coup, qu'il leur fait l'effet d'une nouveauté dépassée, d'un jouet minable. Peut-être a-t-il perdu son charisme, telle une vieille pop star au crâne dégarni, peu reluisante. Il devrait se réjouir de pouvoir rester un peu tranquille dans son coin, mais cette perspective le déprime.

S'il avait un bateau, il pourrait éventuellement ramer jusqu'aux tours, les escalader, piller quelques nids, voler des œufs, s'il avait une échelle. Non, mauvaise idée : les tours sont trop instables, rien que dans les quelques mois qu'il a passés ici, plusieurs d'entre elles se sont effondrées. Il pourrait marcher jusqu'à la zone des petits pavillons et des caravanes, attraper des rats et les faire griller sur un lit de braises. C'est une option. Sinon il pourrait essayer d'aller jusqu'au Module le plus proche, il y aurait plus de choix que dans un camp de caravaning parce que les Modules ont toujours été mieux approvisionnés. Ou jusqu'à une colonie de retraités, une de ces résidences sécurisées, un truc de ce genre. Mais il n'a plus de carte et ne peut risquer de se perdre et d'errer au crépuscule sans abri, sans arbre propice. Les louchiens le pourchasseraient, c'est sûr et certain.

Il pourrait prendre un porcon au piège, le tuer à coups de matraque, l'égorger secrètement. Il faudrait qu'il nettoie les dégâts : il pressent qu'il enfreindrait une limite grave si les Enfants de Crake devaient affronter une vision de sang et de viscères. Pourtant, un festin de porcon lui ferait un bien fou. Les porcons, c'est de la graisse, et la graisse des hydrates de carbone, non ? Il cherche dans sa tête une leçon ou un tableau depuis longtemps oublié susceptible de l'éclairer, il connaissait ces trucs-là dans le temps, mais peine perdue, les fichiers sont vides.

« Je ne sais pas si c'est du lard ou du cochon », marmonne-t-il. C'est tout juste s'il ne le sent pas, ce lard, en train de frire dans une poêle, avec un œuf, à consommer avec un toast et une tasse de café... *de la crème aussi ?* murmure une voix de femme. Une serveuse anonyme, grivoise, tout droit sortie d'une farce porno avec plumeaux et tabliers blancs. Il se surprend à saliver.

La graisse n'est pas un hydrate de carbone. La graisse c'est de la graisse. Il se flanque une claque sur le front, hausse les épaules, écarte les doigts.

« Alors, gros malin ? dit-il. Encore une question ? »

Ne négligez pas une riche source d'approvisionnement susceptible de se trouver à vos pieds, déclare une autre voix sur un ton ennuyeux de pédagogue où il reconnaît le manuel de survie qu'il a feuilleté un jour dans la salle de bains de quelqu'un. Si vous sautez d'un pont, serrez les fesses afin que l'eau ne vous rentre pas brutalement dans le derrière. Si vous vous enfoncez dans les sables mouvants, attrapez un bâton de ski. Conseils en béton ! C'est le même mec qui a déclaré qu'on pouvait attraper un alligator avec un bâton pointu. Des vers et des larves, voilà ce qu'il conseillait en guise de collation. Grillés, si on préférait.

Snowman se voit bien en train de retourner des morceaux de bois, mais pas tout de suite tout de suite. Avant, il veut essayer autre chose : il va revenir sur ses pas et retourner au Compound de RejouvenEssence. C'est une longue marche, plus longue que toutes celles qu'il a entreprises jusqu'alors, mais elle vaut le déplacement, s'il réussit à atteindre son but. Il est sûr qu'il reste encore beaucoup de choses là-bas : non seulement des aliments en conserve, mais aussi de l'alcool. Dès qu'ils eurent compris ce qu'il se passait, les habitants du Compound avaient tout lâché pour se carapater. Ils ne se seraient pas attardés pour vider les grandes surfaces.

Cependant, ce dont il a réellement besoin, c'est d'un aérodésintégreur – avec une arme comme ça, il pourrait tirer sur des porcons, tenir des louchiens à distance, et, idée lumineuse ! il sait exactement où en dénicher un. Le dôme translucide de Crake abrite un véritable arsenal, normalement il ne devrait pas avoir changé de place. Le *ParadéN*, voilà comment ils avaient baptisé le lieu. Il faisait partie des anges qui gardaient l'entrée, si l'on peut dire, il connaît donc la place de chaque chose, va pouvoir mettre la main sur ce dont il a besoin. Un aller et retour vite fait bien fait, clic clac, merci Kodak. Ensuite, il sera à même d'affronter tout ce qui se présentera.

Mais tu n'as pas envie d'y retourner, n'est-ce pas ? chuchote une voix douce.

Pas particulièrement.

Parce que ?

Parce que rien.

Allez, dis-le.

J'oublie.

Non. Tu n'as rien oublié.

Je suis un homme malade, plaide-t-il. Je suis en train de crever du scorbut ! Va-t'en !

Ce qu'il faut, c'est qu'il se concentre. Qu'il définisse des priorités. Qu'il en revienne aux fondamentaux. Et les fondamentaux, c'est : *Si tu ne manges pas, tu meurs.* Difficile de faire plus fondamental.

Le Compound Rejouven est trop éloigné pour une journée de marche sans préparatifs. Il sera obligé de passer une nuit sur place. Cette perspective ne lui dit rien qui vaille – où dormira-t-il ? – mais s'il est prudent, il devrait s'en tirer sans problème.

Avec la boîte de Sveltana dans le ventre et un objectif en vue, Snowman commence à se sentir presque normal. Il a une mission : il l'envisage même avec impatience. Peut-être parviendra-t-il à dégoter toutes sortes de choses. Des cerises au cognac ; des cacahuètes grillées ; une précieuse boîte de succédané de Spam, si la chance est avec lui. Un plein camion d'alcool. Les Compounds ne se rationnaient pas, on y trouvait tout ce qu'on voulait comme provisions et comme services même si la pénurie régnait partout ailleurs.

Il saute sur ses pieds, s'étire, se gratte autour des vieilles croûtes qui lui estampent le dos – il a l'impression d'avoir des ongles de pied mal placés –, puis remonte le sentier derrière son arbre et ramasse la bouteille de scotch vide qu'il a balancée sur les louchiens la nuit précédente. Il la renifle avec nostalgie, puis la jette avec la boîte de Sveltana sur le tas de conteneurs vides où une armada de mouches dépravées s'offre du bon temps. Parfois, la nuit, il entend des rasconses qui fourragent dans son dépotoir privé à la recherche d'un repas gratuit parmi les restes de la catastrophe, comme lui-même l'a souvent fait et comme il s'apprête à le refaire.

Puis il se lance dans ses préparatifs. Il rajuste son drap, le fixe par-dessus ses épaules, fait passer le surplus entre ses jambes pour le coincer sur le devant, dans ce qui lui sert de ceinture, puis noue sa dernière barre de chocolat énergétique dans un bout du tissu. Il se déniche un long bâton, relativement droit, décide de ne prendre qu'une seule bouteille d'eau : il trouvera vraisemblablement de quoi boire en route. Sinon, il pourra toujours récupérer les eaux de ruissellement de l'orage de l'après-midi.

Il faudra qu'il avertisse les Enfants de Crake de son départ. Il ne veut pas qu'ils s'aperçoivent de son absence et se lancent à sa recherche. Ils risqueraient de s'exposer à des dangers ou de se perdre. Malgré leurs qualités irritantes – au nombre desquelles il compte leur optimisme naïf, leur attitude ouvertement amicale, leur calme et leur vocabulaire limité –, il se sent tenu de les protéger. Que ce soit intentionnel ou pas, ils ont été confiés à ses soins mais n'imaginent rien de rien, par exemple, ils n'imaginent absolument pas ce que ses soins ont d'inadéquat.

Le bâton à la main et se répétant l'histoire qu'il va leur raconter, il s'engage sur le chemin menant à leur camp. Ils l'ont baptisé Le Chemin du Poisson de Snowman, parce qu'ils l'empruntent toutes les semaines pour lui apporter son poisson. Il longe la plage tout en restant à l'ombre, mais jugeant néanmoins ce trajet trop lumineux, il rabat sa casquette sur ses yeux afin de se protéger des rayons. Comme toujours lorsqu'il approche, il sifflote pour les avertir de son arrivée. Il ne veut pas les surprendre, mettre leur politesse à l'épreuve, franchir leur ligne de démarcation sans y avoir été invité – surgir brusquement devant eux d'entre les arbustes à la manière d'un exhibitionniste grotesque devant des écoliers.

Son sifflet s'apparente à une clochette de lépreux : tous ceux que les infirmes dérangent peuvent s'écarter de lui. Non qu'il soit contagieux ; ils n'attraperont jamais ce qu'il a. Ils sont immunisés contre lui.

Ronronnement

Déployés à deux mètres les uns des autres en un cercle qui s'enfonce entre les arbres, les hommes exécutent leur rituel matinal. Tournant le dos à leur campement pour pisser sur la ligne invisible qui délimite leur territoire, ils font penser à une reproduction de bœufs musqués. Ils ont l'air grave, comme il sied à la solennité de leur tâche. En les regardant, Snowman revoit son père marcher vers la porte d'entrée le matin, son attaché-case à la main et le front barré par l'âpre-volonté-d'atteindre-l'objectif-fixé.

Les hommes répètent ce cérémonial deux fois par jour, comme on le leur a appris : il est nécessaire de maintenir un volume constant et de renouveler l'odeur. Crake s'était inspiré du modèle des canidés et des mustélidés ainsi que de deux autres familles et espèces. Le marquage du territoire était une pratique largement répandue chez les mammifères, avait-il déclaré, et ne se limitait pas aux seuls mammifères. Certains reptiles, divers lézards...

« On s'en fout des lézards », avait dit Jimmy.

À en croire Crake – et Snowman n'a rien vu depuis qui lui ait prouvé le contraire –, l'urine des hommes, chez lesquels le métabolisme urinaire a été modifié, repousse efficacement les louchiens et les rasconses et, dans une moindre mesure, les malchatons et les porcons. Louchiens et malchatons réagissent aux odeurs de leur propre espèce et imaginent probablement un gigantesque congénère qu'il vaut mieux éviter. Rasconses et porcons imaginent de grands prédateurs. En théorie.

Crake avait attribué cette pisse spéciale aux hommes et à eux

168

seuls ; selon lui, ils avaient besoin de faire quelque chose d'important, quelque chose sans lien avec la maternité de façon qu'ils n'aient pas le sentiment d'être laissés pour compte. La menuiserie, la chasse, la haute finance, la guerre et le golf seraient complètement biffés, avait-il remarqué en plaisantant.

En pratique, ce projet comporte quelques inconvénients – le cercle de pisse faisant office de ligne de démarcation empeste autant qu'un zoo rarement nettoyé –, mais ce cercle est suffisamment grand pour ménager un espace libre de puanteur au centre. Cela étant, Snowman s'y est habitué à présent.

Il attend poliment que les hommes aient terminé. Ils ne l'invitent pas à se joindre à eux : ils savent que sa pisse ne sert à rien. Et puis ils ont l'habitude de se taire pendant qu'ils accomplissent leur tâche : il faut qu'ils se concentrent, qu'ils s'assurent que leur urine atterrit là où il faut. Chacun veille sur ses deux mètres de frontière, c'est sa zone de responsabilité. Quel spectacle impressionnant : comme les femmes, ces hommes – ils ont la peau satinée, une superbe musculature – ressemblent à des statues et font penser, ainsi rassemblés, à une fontaine baroque. Avec quelques sirènes, des dauphins et des chérubins, le tableau serait complet. Dans l'esprit de Snowman surgit l'image d'un cercle de mécaniciens à poil, serrant chacun une clé anglaise. Toute une escouade de M. Bricolo. Double page intérieure d'une revue gay. À regarder leur numéro synchronisé, Snowman ne serait pas étonné de les voir se transformer en un de ces chœurs efféminés qui se produisent dans des boîtes de nuit minables.

Les hommes se débarrassent de la dernière goutte, défont leur cercle et fixent Snowman de leurs yeux uniformément verts, ils sourient. Ils sont toujours d'une affabilité étonnante.

« Bienvenue, Snowman, lance le nommé Abraham Lincoln. Veux-tu nous accompagner ? »

Il tourne un peu meneur, celui-là. *Fais gaffe aux meneurs*, disait Crake. *D'abord les meneurs et les menés, puis les tyrans et les esclaves, et après les massacres. Ça s'est toujours passé comme ça.*

Snowman enjambe la ligne humide par terre, avance paisiblement avec les hommes. Une idée géniale vient de lui traverser l'esprit : et s'il embarquait un peu de terre mouillée pour le protéger dans son périple ? Ça repousserait peut-être les louchiens. Mais, à y bien réfléchir, les hommes remarqueraient ce trou dans leurs lignes de défense et identifieraient le coupable. Un tel geste pouvait être mal interprété : il ne voudrait pas qu'ils le soupçonnent d'affaiblir leur forteresse, de mettre leurs jeunes en danger.

Il faudra qu'il invente une nouvelle directive de Crake, qu'il la leur serve plus tard. *Crake m'a dit qu'il fallait que vous recueilliez de quoi faire une offrande de votre odeur.* Les pousser à pisser tous dans une boîte en fer-blanc. Et arroser le pied de son arbre. Dessiner un rond de sorcière. Fixer ses limites dans le sable.

Ils atteignent l'espace dégagé au centre du cercle territorial. Un peu à l'écart, trois des femmes et un homme s'occupent d'un petit garçon apparemment blessé. Ces gens ne sont pas à l'abri de blessures – les enfants tombent ou se cognent la tête contre les arbres, les femmes se brûlent les doigts en allumant les feux, il y a des coupures et des éraflures – mais jusqu'à présent il n'y a eu que des blessures mineures, que le ronronnement a pu guérir facilement.

Crake avait bossé des années sur le ronronnement. Quand il eut découvert que les félidés ronronnaient sur une fréquence identique à celle des ultrasons utilisés pour le traitement des fractures et des lésions cutanées et étaient donc équipés d'un mécanisme d'autoguérison, il avait travaillé d'arrache-pied pour ajouter cette caractéristique. L'astuce était de parvenir à modifier l'appareil hyoïdien, à connecter les voies des nerfs moteurs et à adapter les systèmes de commande du néocortex sans affecter la communication orale. Pour autant que Snowman s'en souvenait, il y avait eu un certain nombre d'expériences ratées. Dans un des groupes expérimentaux, les gamins avaient eu tendance à se taper de longues moustaches et à grimper aux rideaux ; deux autres groupes avaient eu des défauts d'expression verbale ; un autre avait été limité aux noms, aux verbes et aux feulements.

Crake avait néanmoins réussi, songe Snowman. Il avait fini par y arriver. Il suffisait de regarder ces quatre-là qui, penchés au-dessus du petit, ronronnaient comme des moteurs automobiles.

« Que lui est-il arrivé ? demande-t-il.

— Il a été mordu, explique Abraham. Un des Enfants d'Oryx l'a mordu. »

Voilà qui est nouveau.

« Lequel ?

— Un malchaton. Sans raison.

— C'était à l'extérieur de notre cercle, ajoute l'une des femmes – Eleanor Roosevelt ? L'impératrice Joséphine ? – Snowman ne parvient pas toujours à se rappeler leurs noms.

— On a été obligés de lui lancer des pierres, pour l'éloigner », poursuit Léonard de Vinci, l'homme du quartette ronronnant.

Voilà maintenant que les malchatons s'attaquent aux mioches, songe Snowman. Peut-être sont-ils affamés – aussi affamés que lui. Mais ils ont le choix avec tous les lapins, ce ne peut donc pas être une simple question de faim. Peut-être considèrent-ils les Enfants de Crake, les petits du moins, comme un autre type de lapins, mais plus faciles à attraper.

« Cette nuit, nous irons présenter nos excuses à Oryx, reprend l'une des femmes – Sacajawea ? – pour les pierres. Et nous la prierons de demander à ses enfants de ne pas nous mordre. »

Il n'a jamais vu les femmes faire ça – cette communion avec Oryx – même si elles y font fréquemment allusion. Quelle forme cela prend-il ? Elles doivent réciter des sortes de prières ou d'invocations, puisqu'elles ne peuvent guère croire qu'Oryx leur apparaîtra en personne. Peut-être entrent-elles en transe ? Crake croyait s'être débarrassé de tout ça, il pensait avoir éliminé ce qu'il qualifiait de point G dans le cerveau. *Le Grand Architecte est un Système de neurones*, affirmait-il. Cette initiative avait néanmoins représenté un problème épineux : si on retire une trop grande partie de cette région-là, on se retrouve avec un zombie ou un psychopathe. Or, ces gens-là ne sont ni l'un ni l'autre.

Ils bricolent pourtant quelque chose, quelque chose que Crake n'avait pas prévu : ils dialoguent avec l'invisible, ils se mettent à éprouver du respect. Grand bien leur fasse, songe Snowman. Il est ravi de constater que les faits donnent tort à Crake. Cela étant, il ne les a pas encore surpris en train de fabriquer des statues.

« L'enfant va-t-il se remettre ? demande-t-il.

— Oui, répond la femme avec calme. Les marques des dents sont déjà en train de se refermer. Tu vois ? »

Les autres femmes vaquent aux tâches auxquelles elles vaquent normalement le matin. Certaines s'occupent du foyer central ; d'autres, accroupies autour, se réchauffent. Leur thermostat corporel est réglé sur des normes tropicales, de sorte qu'il leur arrive de souffrir du froid, tant que le soleil n'est pas haut dans le ciel. Des brindilles et des branches mortes alimentent le feu, mais surtout des excréments, modelés en petits pâtés de la taille et de la forme de hamburgers séchés au soleil de midi. Comme les Enfants de Crake sont végétariens et qu'ils mangent principalement de l'herbe, des feuilles et des racines, ce matériau se consume assez bien. Pour autant que Snowman puisse en juger, l'entretien du feu constitue à peu près la seule activité des femmes qu'on puisse qualifier de travail. À part leur contribution à la prise de son poisson hebdomadaire, s'entend. Et la cuisson dudit poisson. Elles ne cuisinent pas pour elles.

« Salut, Snowman », dit la femme, qu'il approche ensuite.

Elle a la bouche toute verte du petit déjeuner qu'elle mâche depuis un moment. Elle allaite un bébé d'un an qui lève les yeux vers Snowman, lâche subitement le mamelon qu'il avait dans la bouche et se met à pleurer.

« Ce n'est que Snowman, s'écrie-t-elle. Il ne te fera pas de mal. »

La vitesse à laquelle ces moutards grandissent ! Snowman ne s'y est toujours pas habitué. On lui donnerait cinq ans à ce gamin. Quand il en aura quatre, ce sera déjà un adolescent. On perdait beaucoup trop de temps à élever des enfants, disait Crake. À élever des enfants et à être enfant. Aucune autre espèce ne mobilisait seize ans de cette manière.

Quelques-uns des plus vieux l'ont repéré ; ils l'approchent en chantonnant : « Snowman, Snowman ! » Il n'a donc pas encore perdu tout son attrait. À présent, tout le monde l'observe avec curiosité, se demande ce qu'il fabrique parmi eux. Il ne se manifeste jamais sans raison. Lors de ses premières visites, ils avaient cru – à en juger par son apparence – qu'il devait avoir faim et lui avaient offert à manger – deux poignées de feuilles, de racines et d'herbes de premier choix ainsi que plusieurs cæcotrophes qu'ils avaient gardés spécialement pour lui – et il avait dû peser ses mots pour leur expliquer que leur alimentation n'était pas la sienne.

Les cæcotrophes, pâtures à moitié digérées, excrétées et

ingérées de nouveau deux ou trois fois par semaine, le révulsent. C'était encore un concept de génie de la part de Crake. Il s'était servi du cæcum pour construire l'organe nécessaire en partant du principe qu'à un stade antérieur de l'évolution, où le régime était plus riche en aliments de lest, l'appendice en question devait remplir une fonction de ce type. Mais il avait chipé l'idée précise aux léporidés, lièvres et lapins, dont l'alimentation dépend des cæcotrophes et non d'un estomac compartimenté, comme les ruminants. Peut-être est-ce pour cela que des mal-chatons ont commencé à s'attaquer aux jeunes Crakers, se dit Snowman : derrière les senteurs d'agrume, ils décèlent l'odeur des cæcotrophes empruntés aux lapins.

Jimmy s'était disputé avec Crake à propos de cette particularité. On pouvait considérer la chose comme on voulait, avait-il déclaré, en fin de compte, ça revenait à manger sa merde. Mais Crake s'était contenté de sourire. Pour des animaux dont le régime alimentaire consistait principalement en plantes non transformées, avait-il souligné, ce mécanisme permettait de décomposer la cellulose qui, sinon, les ferait mourir. Et puis, comme chez les léporidés, les cæcotrophes étaient quatre à cinq fois plus riches en vitamine B1, entre autres vitamines, ainsi qu'en minéraux, que n'importe quel déchet ordinaire. Ils participaient juste de l'alimentation et de la digestion, représentaient une façon d'utiliser au maximum les nutriments disponibles. Toute objection contre ce processus était purement esthétique.

C'était précisément le problème, avait répliqué Jimmy.

Crake avait rétorqué que, en ce cas, c'était un faux problème.

Un cercle attentif entoure à présent Snowman.

« Salut, Enfants de Crake, déclare-t-il. Je suis venu vous dire que je partais en voyage. »

Les adultes ont déjà dû parvenir à cette déduction, vu son grand bâton et la manière dont il a noué son drap : il est déjà parti en voyage, du moins est-ce ainsi qu'il appelle ses razzias sur les terrains de caravaning et dans les plèbezones voisines.

« Tu vas voir Crake ? piaille l'un des enfants.

— Oui. Je vais essayer de le voir. Je le verrai s'il est là.

— Pourquoi ? s'écrie l'un des grands enfants.

— J'ai besoin de lui demander certaines choses, répond prudemment Snowman.

— Il faut que tu lui pàrles du malchaton, lui rappelle l'impératrice Joséphine. Celui qui mord.

— C'est un problème qui concerne Oryx, intervient Marie Curie. Pas Crake. »

Les autres femmes acquiescent d'un signe de tête.

« Nous aussi, on veut voir Crake, commencent les enfants. Nous aussi, nous aussi ! Nous aussi, on veut voir Crake ! »

C'est une de leurs marottes : voir Crake. Snowman s'en veut : il n'aurait pas dû leur raconter des bobards aussi affriolants au début. Par sa faute, ils prennent Crake pour le Père Noël.

« N'embêtez pas Snowman, leur recommande gentiment Eleanor Roosevelt. S'il fait ce voyage, c'est sûrement pour nous aider. Nous devons le remercier.

— Crake n'est pas pour les enfants, riposte Snowman, la mine la plus sévère possible.

— Laisse-nous venir aussi ! On veut voir Crake !

— Seul Snowman peut voir Crake », déclare Abraham Lincoln avec douceur.

Voilà qui semble régler la question.

« Ce voyage sera plus long. Plus long que les autres. Peut-être que je ne reviendrai pas avant deux jours. »

Il lève deux doigts en l'air.

« Ou trois, ajoute-t-il. Il ne faudra donc pas vous inquiéter. Mais, en mon absence, veillez à bien rester chez vous et à faire tout comme Crake et Oryx vous l'ont appris. »

Un chœur de oui, beaucoup de hochements de tête. Snowman ne mentionne pas la possibilité d'être lui-même exposé à un danger. Peut-être qu'ils n'envisagent jamais une telle éventualité, et, de toute façon, il n'amène pas ce sujet sur le tapis – plus ils le croient invulnérable, mieux c'est.

« Nous allons t'accompagner », déclare Abraham Lincoln.

Plusieurs hommes le regardent et acquiescent.

« Non, s'écrie Snowman, interloqué. Je veux dire, vous ne pouvez pas voir Crake, ce n'est pas permis. »

Il ne veut pas qu'ils viennent avec lui, surtout pas ! Il ne veut pas qu'ils soient témoins d'une faiblesse ou d'un échec de sa part. Et puis, certaines scènes sur le chemin risqueraient de nuire à leur état mental. Ils l'assailleraient inévitablement de questions. Et, par-dessus le marché, une journée en leur compagnie et il s'emmerderait comme une croûte de pain derrière une malle.

Mais il n'y a pas de croûte de pain, ricane une voix dans sa tête – une petite voix cette fois-ci, une voix triste de gamin. *Je blague ! Je blague ! Me tue pas !*

Je t'en prie, pas maintenant, songe Snowman. Pas devant d'autres personnes. Devant d'autres personnes, il ne peut pas répondre.

« Nous t'accompagnerions pour te protéger, explique Benjamin Franklin, les yeux rivés sur le grand bâton de Snowman. Des malchatons qui mordent, des louchiens.

— Ton odeur n'est pas très forte », ajoute Napoléon.

Snowman trouve cette remarque suffisante et agressive. Et puis, d'un euphémisme trop appuyé : son odeur est suffisamment forte, ils le savent tous, simplement, ce n'est pas celle qu'il faut.

« Je me débrouillerai très bien, dit-il. Restez ici. »

Les hommes semblent hésiter, mais il pense qu'ils lui obéiront. Pour asseoir son autorité, il plaque sa montre contre son oreille.

« Crake dit qu'il sera là pour vous montrer ce qu'il faut faire, annonce-t-il. Pour vous protéger. »

Montre, montrer, répète la voix de gamin. *C'est un jeu de mots, espèce de cork-nut.*

« Crake nous montre ce qu'il faut faire dans la journée et Oryx nous montre ce qu'il faut faire la nuit », répète respectueusement Abraham Lincoln.

Il ne paraît pas très convaincu.

« Crake est toujours là pour nous montrer ce qu'il faut faire », affirme sereinement Simone de Beauvoir.

Devant cette femme basanée, Snowman repense à Dolorès, la nounou philippine qu'il a perdue il y a si longtemps ; il lui faut parfois résister à l'envie de tomber à genoux et de nouer les bras autour de sa taille.

« Il prend bien soin de nous, conclut Marie Curie. Il faut lui dire que nous lui en sommes reconnaissants. »

Snowman reprend le Chemin du Poisson de Snowman. Il se sent verser dans la sentimentalité : rien ne le démonte plus que la générosité de ces gens, leur empressement à rendre service. Et aussi leur gratitude envers Crake. C'est tellement touchant, et tellement mal placé.

« Crake, espèce de tête de nœud ! »

Il se sent au bord des larmes. Puis il entend une voix – la sienne – qui fait *bou-ouh* ; il la voit, comme une onomatopée imprimée dans la bulle d'une bande dessinée. De l'eau ruisselle sur son visage.

« Non, ça ne va pas recommencer », grommelle-t-il.

Quelle est cette sensation ? Ce n'est pas précisément de la colère ; c'est un sentiment de vexation. Un vieux mot, néanmoins utile. La *vexation* ne concerne pas seulement Crake, et pourquoi d'ailleurs blâmer Crake et lui seul ?

Peut-être est-il simplement envieux ? Envieux une fois de plus. Lui aussi aimerait être invisible et adoré. Lui aussi aimerait être ailleurs. De ce côté-là, aucun espoir : il est dans le ici et maintenant jusqu'au cou.

Il ralentit, traîne des pieds, puis s'arrête. *Oh bou-ouh !* Pourquoi ne parvient-il pas à se dominer ? D'un autre côté, pourquoi se biler, puisque personne ne le voit ? Cependant, le bruit qu'il fait lui évoque les braillements outranciers d'un clown – comme s'il feignait d'être malheureux pour s'attirer des applaudissements.

Arrête de pleurnicher, fiston, dit la voix de son père. *Ressaisis-toi. Ici, c'est toi l'homme.*

« C'est ça ! beugle Snowman. Et tu me proposerais quoi au juste ? Tu étais tellement génial comme modèle ! »

Mais les arbres ne réagissent pas à son trait d'humour. Il se mouche de sa main libre et poursuit sa marche.

Bleu

Il est neuf heures du matin, au soleil, quand Snowman quitte le Chemin du Poisson pour s'enfoncer dans l'intérieur des terres. Dès l'instant que la brise marine n'arrive plus jusqu'à lui, l'humidité monte en flèche et il attire un cercle de minuscules mouches vertes très voraces. Il est pieds nus – voilà un moment que ses chaussures se sont désagrégées et, de toute façon, elles étaient trop chaudes et trop humides – mais il n'en a plus besoin, il a la plante des pieds aussi dure que du vieux caoutchouc. Pourtant, il avance prudemment : il pourrait y avoir du verre brisé, du métal coupant. Ou encore des serpents ou toute autre saleté susceptible de lui infliger une méchante morsure et il ne possède aucune arme, à part son bâton.

Il commence par cheminer sous les arbres d'un ancien parc. À quelque distance de là, il entend le feulement rauque d'un malchaton. C'est le bruit qu'ils produisent en guise d'avertissement : peut-être s'agit-il d'un mâle tombé sur un autre mâle malchaton. Il y aura un affrontement et le gagnant raflera tout – toutes les femelles du territoire concerné – et se débarrassera de leurs petits, s'il peut agir impunément, afin de faire de la place pour son propre lot génétique.

Ces bestioles ont été introduites pour contrôler la prolifération des grands lapins verts qui avaient fini par constituer un fléau tenace. Plus petites que les lynx, moins agressives – selon la version officielle – elles étaient censées éliminer les chats sauvages et contribuer ainsi à accroître la population quasi inexistante des oiseaux chanteurs. Les malchatons ne devaient guère s'occuper des oiseaux, il leur manquait la légèreté et l'agilité nécessaire pour les attraper. En théorie.

Tout cela se révéla juste, sinon que les malchatons ne tardèrent pas, à leur tour, à échapper à tout contrôle. De petits chiens disparurent des arrière-cours, des bébés de leurs landaus ; des joggers de petite taille se retrouvèrent lacérés. Pas dans les Compounds bien entendu, et rarement dans les Modules, mais ça avait beaucoup râlé dans les plèbezones. Snowman a donc intérêt à surveiller les traces alentour et à se méfier des branches au-dessus de lui : l'idée qu'un de ces machins lui atterrisse sur le crâne ne lui plaît pas trop.

Il y a toujours matière à s'inquiéter avec les louchiens. Mais ils chassent de nuit : dans la chaleur de la journée, ils ont tendance à dormir, comme la plupart des bêtes à fourrure.

De temps à autre, il tombe sur un espace plus dégagé – les vestiges d'un camping avec table de pique-nique et barbecue en plein air, bien que personne n'ait beaucoup utilisé ces équipements après qu'il s'était mis à faire tellement chaud et à pleuvoir tous les après-midi. Il en découvre un, là maintenant, le plateau de la table hérissé de moisissures, le brasero recouvert de liserons.

À côté, dans ce qui est probablement une clairière réservée aux tentes et aux caravanes, il entend des rires et des chants, des cris d'admiration et d'encouragement. Ce doit être un accouplement, événement relativement rare chez ces gens : Crake avait fait des calculs et décrété qu'une fois tous les trois ans par femelle était plus que suffisant.

Il y aura les cinq protagonistes habituels, quatre hommes et la femme en chaleur. Son état n'aura aucun secret pour personne, compte tenu de la couleur bleu vif de ses fesses et de son abdomen – variations de pigmentation chipées aux babouins avec la contribution des chromophores expansibles du poulpe. Comme disait Crake : *Pense à une adaptation, n'importe laquelle, et un animal quelque part y aura déjà pensé.*

Étant donné que les mâles ne sont stimulés que par les tissus bleus et les phéromones qu'ils produisent, c'en est fini des amours non payées de retour, des désirs sexuels contrariés ; plus d'écran entre le désir et l'acte. Les assiduités démarraient au premier soupçon d'odeur, à la première trace de couleur azurée, et les mâles offraient des fleurs aux femelles – exactement comme les pingouins mâles offrent des pierres rondes, expliquait Crake, et le poisson d'argent un paquet de spermatozoïdes. En même temps, ils s'adonnent à des interludes musicaux qui ressemblent à des chants d'oiseaux. Leurs pénis virent au bleu vif, histoire d'être en harmonie avec les abdomens des femelles, et ils se livrent à une sorte de ballet de pines bleues au cours duquel leurs membres roides balancent à l'unisson au rythme de leurs mouvements de pied et de leur chant : ce sont les signaux à pinces des crabes amoureux qui ont soufflé cette caractéristique à Crake. La femelle choisit quatre fleurs parmi les offrandes florales, et l'ardeur sexuelle des prétendants malheureux s'évanouit immédiatement, sans qu'il leur reste la moindre rancœur. Puis, lorsque son abdomen atteint un bleu très intense, la femelle et son quatuor élisent un endroit retiré et besognent jusqu'à ce que la femme se retrouve enceinte et perde sa couleur bleue. Et voilà tout.

En tout cas, finis les *non qui veulent dire oui*, songe Snowman. Finis la prostitution, les sévices sexuels infligés aux enfants, les chicanages sur les tarifs, les maquereaux, les esclaves sexuels. Finis les viols. Les cinq partenaires s'amusent pendant des heures, trois des hommes montent la garde en chantant et en braillant pendant que le quatrième copule à couilles rabattues. Crake a équipé ces femmes de vulves ultra-résistantes – couches de peau supplémentaires, muscles supplémentaires – afin qu'elles puissent endurer ces marathons. Peu importe désormais de savoir qui est le père de cet enfant inéluctable, puisqu'il n'y a plus de biens dont hériter, plus de loyauté filiale requise pour la guerre. Le sexe n'est plus un rite mystérieux, considéré de manière ambivalente ou avec un franc dégoût, pratiqué dans le noir et générateur de meurtres et de suicides. À présent, il s'apparente davantage à une démonstration athlétique, à des ébats fougueux vécus en toute liberté.

Peut-être Crake avait-il raison, songe Snowman. Avec les pratiques d'antan, la rivalité sexuelle était impitoyable et cruelle : à chaque couple d'amants heureux correspondait un célibataire malheureux, l'exclu. L'amour constituait en soi un dôme translucide : on pouvait voir le couple à l'intérieur, mais, soi-même, on ne pouvait pas y accéder.

Ça, c'était la version atténuée : tel homme, tout seul à sa fenêtre, buvant pour oublier aux accents lugubres du tango. Il arrivait néanmoins que les choses se dégradent et engendrent des violences. Les sentiments excessifs pouvaient se révéler fatals. *Si je ne peux pas t'avoir, personne ne t'aura*, et cetera. Il pouvait y avoir mort d'homme.

« Que de malheurs, avait déclaré Crake un midi – ce devait être à l'époque où ils avaient une petite vingtaine d'années et où Crake avait déjà intégré le Centre Watson-Crick –, que de désespoirs inutiles, une série de mésappariements biologiques, un alignement défectueux des hormones et des phéromones ne provoquent-ils pas ! Avec pour conséquences le fait que la personne qu'on aime avec tant de passion ne veut ou ne peut vous aimer. En tant qu'espèce, on est pathétique sur ce point : imparfaitement monogame. Si on pouvait juste pratiquer la monogamie à vie, comme les gibbons, ou bien opter pour une sexualité dénuée de toute culpabilité, il n'y aurait plus de tourments sexuels. J'ai un meilleur projet : en faire un truc cyclique et inévitable, comme chez les autres mammifères. On ne désirerait jamais quelqu'un qu'on ne pourrait pas avoir.

— C'est assez juste, répliqua Jimmy – ou Jim, ainsi qu'il demandait en vain qu'on l'appelle : tout le monde continuait à dire Jimmy –, mais pense aux trucs auxquels on renoncerait.

— Comme quoi ?

— Les rites de séduction. D'après ton projet, on ne serait plus que des robots dotés d'hormones. »

Jimmy se disait qu'il lui fallait formuler les choses selon les termes de Crake, voilà pourquoi il avait parlé de *rites de séduction*. En réalité, ce à quoi il songeait, c'était au défi, à l'excitation, à la drague.

« Il n'y aurait pas de libre choix.

— Il y a des rites de séduction dans mon projet, répondit Crake, sauf qu'ils seraient toujours couronnés de succès. Et, de toute façon, on est des robots à hormones, simplement on est défectueux.

— Ah bon, et l'art ? » riposta Jimmy avec une pointe de désespoir.

C'était, somme toute, un étudiant de l'école Martha-Graham,

si bien qu'il ressentait un certain besoin de défendre le domaine de l'art et de la créativité.

« Et quoi à propos de l'art ? lança Crake en souriant de son sourire calme.

— Tout ce mésappariement auquel tu fais allusion. Ça a servi d'inspiration, du moins à ce qu'on raconte. Pense à toute la poésie – pense à Pétrarque, pense à John Donne, pense à la *Vita Nuova*, pense...

— À l'art, répliqua Crake. J'imagine que, dans la boîte où tu es, on bavasse encore beaucoup sur la question. C'est quoi ce qu'il a dit Byron ? Qui écrirait s'il était possible de faire autrement ? Quelque chose dans cette veine-là.

— C'est ce que je veux dire », lâcha Jimmy.

La référence à Byron l'avait inquiété. De quel droit Crake venait-il braconner sur son territoire minable, usé jusqu'à la corde ? Crake ferait aussi bien de s'en tenir aux sciences et de lui laisser ce pauvre Byron.

« Et c'est quoi ce que tu veux dire ? insista Crake, du ton du mec qui aiderait un bègue à travailler son élocution.

— Je veux dire, si tu ne peux pas faire *autrement*, alors...

— Tu ne préférerais pas baiser ? »

Crake ne se comptait pas au nombre des gens concernés par la question : sa voix exprimait un intérêt détaché, mais plutôt tiède, comme s'il menait une enquête sur les moins ragoûtantes des habitudes intimes des gens, telle que la manie de se curer le nez.

Jimmy s'aperçut qu'il s'empourprait et que son ton de voix virait vers les aigus à mesure que Crake se montrait de plus en plus scabreux. Cela lui fut odieux.

« Quand une civilisation n'est plus que cendres et poussières, déclara-t-il, il ne reste plus que l'art. Des images, des mots, de la musique. Des structures imaginatives. C'est ça qui fait sens, pour les hommes, s'entend. Tu es bien obligé de l'admettre.

— Il ne reste pas que ça, pas vraiment. À l'heure actuelle, les archéologues s'intéressent tout autant aux os rongés, aux vieilles briques et aux merdes ossifiées. Davantage même parfois. D'après eux, ces trucs-là aussi font sens pour les hommes. »

Jimmy aurait aimé s'écrier : *Pourquoi me rabaisses-tu constamment ?* Mais il redoutait les éventuelles réponses dont, entre autres, *Parce que c'est vachement facile*. Alors, à la place, il demanda :

« Qu'est-ce que tu as contre ?

— Contre quoi ? Les merdes ossifiées ?

— L'art.

— Rien, répondit Crake nonchalamment. Les gens sont libres de s'amuser comme ça leur chante. S'ils veulent se branler en public, se masturber à travers le dessin, les griffonnages et le grattage de tel ou tel instrument, personnellement, je n'y vois pas d'inconvénient. De toute façon, ça répond à une fin biologique.

— Laquelle ? »

Jimmy savait que tout reposait sur son aptitude à garder son calme. Ces controverses devaient être menées comme un jeu de bout en bout : s'il se mettait en colère, Crake gagnait.

« La grenouille mâle, à la saison des amours, poursuivit Crake, fait le plus de bruit possible. Les femelles sont attirées par le mâle ayant la voix la plus forte, la plus grave, parce qu'elle suggère une grenouille plus puissante, et possédant des gènes supérieurs. De petites grenouilles mâles – cela a été prouvé – découvrent que, si elles se placent à l'intérieur d'une canalisation vide, la conduite fait office d'amplificateur de signaux vocaux et les petites grenouilles paraissent beaucoup plus grosses qu'elles ne le sont en réalité.

— Et alors ?

— Alors, c'est ce que représente l'art pour les artistes, répliqua Crake. Une canalisation vide. Un amplificateur. Un moyen d'essayer de tirer un coup.

— Ton analogie se casse la gueule quand on en arrive aux artistes de sexe féminin, répliqua Jimmy. Elles ne cherchent pas à tirer un coup. Elles ne retireraient aucun avantage biologique à s'amplifier, puisque cette forme d'amplification servirait plus à repousser d'éventuels partenaires qu'à les attirer. Les hommes ne sont pas des grenouilles, ils ne veulent pas de femmes dix fois plus grosses qu'eux.

— Les artistes de sexe féminin sont biologiquement détraquées, continua Crake. Tu as dû t'en apercevoir à l'heure qu'il est. »

C'était un coup de pique insidieux à l'encontre de l'histoire d'amour chaotique que Jimmy vivait alors avec une poétesse brune, Morgana, qui, refusant de lui dire son vrai prénom, observait vingt-huit jours de grève du sexe en l'honneur d'Œstre, la grande déesse de la Lune, patronne des haricots de soja et des lapins. Martha-Graham attirait ce genre de filles. Une erreur, néanmoins, d'avoir parlé de cette liaison à Crake.

Pauvre Morgana, songe Snowman. Je me demande ce qui lui est arrivé. Elle ne saura jamais combien elle m'a été utile, elle et ses boniments. Il se sent un peu moche d'avoir refilé aux Crakers les imbécillités de Morgana en guise de cosmogonie. Mais ils semblent en être relativement heureux.

Snowman se laisse aller contre un arbre, écoute les bruits alentour. *Mon amour ressemble à une rose bleue, bleue. C'est l'heure de la lune, la moisson brille.* Crake a donc obtenu ce qu'il voulait. Pour lui, hip hip hip hourrah ! Finis la jalousie, les égorgeurs de femmes, les empoisonneuses de maris. Tout est admirablement harmonieux : finies les bousculades de tout poil, on croirait plutôt voir des dieux en train de s'ébattre avec des nymphes consentantes sur une frise de l'âge d'or grec.

Pourquoi alors se sent-il tellement découragé, tellement accablé ? Parce qu'il ne comprend pas ce type de comportements ? Parce que ça le dépasse ? Parce qu'il ne peut pas entrer dans la ronde ?

Et que se passerait-il s'il essayait ? S'il émergeait des buissons dans son drap sale et en lambeaux, puant, poilu, tumescent tel un satyre au regard concupiscent, aux sabots fourchus et couillu comme un bouc ou tel un boucanier, à l'œil recouvert d'un bandeau, tout droit sorti d'un vieux film de pirates – alleeeeeeeeeeez, les gars ! – et qu'il tentait de s'intégrer à la mêlée amoureuse des fondements bleus ? Il imagine bien l'effarement – comme si un orang-outang faisait irruption dans un bal solennel et entreprenait de tripoter une étincelante princesse pastel occupée à valser. Il imagine également son propre effarement. De quel droit imposerait-il sa personne et son âme pustuleuses et rongées de chancres à ces innocentes créatures ?

« Crake ! gémit-il. Qu'est-ce que je fabrique sur cette terre ? Pourquoi suis-je tout seul ? Où est ma fiancée de Frankenstein ? »

Il a besoin de larguer cette bande sans fin morbide, de fuir ce tableau démoralisant. *Oh, chéri*, murmure une voix féminine, *courage ! Sois optimiste ! Il faut que tu positives !*

Il continue obstinément à avancer en marmonnant entre ses dents. La forêt étouffe sa voix, les mots s'échappent de ses lèvres en un chapelet de bulles incolores et inaudibles, tel l'air qui sort de la bouche des noyés. Les rires et les chants s'atténuent derrière lui. Très vite, il ne les entend plus du tout.

8.

SojaMiam-Miam

Jimmy et Crake reçurent leur diplôme du lycée de SentéGénic par une journée chaude et humide du début de février. Avant, à l'époque où le temps était ensoleillé et modérément chaud, la cérémonie se déroulait en juin. Mais le mois de juin correspondait désormais à la saison des pluies sur toute la côte Est et, avec les orages, il aurait été impossible d'organiser un tel événement à l'extérieur. Même le début du mois de février était limite : ils avaient évité une tornade à un jour près.

Le lycée de SentéGénic aimait faire les choses à l'ancienne : grandes tentes, auvents, mamans coiffées de chapeaux à fleurs, papas en panama, punchs parfumés aux fruits, avec ou sans alcool, Cafésympa et glaces SojaMiam-Miam – une marque de SentéGénic déclinant toute une gamme de sojaglaces avec parfum chocolat, parfum mangue ou même thé vert et pissenlits grillés – dans de petits pots plastique. C'était un tableau festif.

Crake était le premier de la classe. Aux enchères étudiantes, les EduCompounds concurrents s'étaient battus pour l'avoir et c'est le Centre Watson-Crick qui l'avait emporté à un prix élevé. Quand on intégrait cet établissement, on avait son avenir assuré. Ça ressemblait à l'entrée à Harvard dans le temps, avant que cette institution ne soit submergée.

Jimmy était en revanche un élément moyen qui réussissait très bien en littérature, mais médiocrement dans les matières scientifiques. Or, pour en arriver à ces résultats décevants en maths, il avait bénéficié de l'aide de Crake qui avait pris sur le temps de ses propres préparations pour lui donner des leçons particulières durant les week-ends. Non qu'il ait eu besoin de bûcher davantage, ce mec était une sorte de mutant, capable de résoudre des équations différentielles comme papa va à vélo.

« Pourquoi tu fais ça ? lui avait demandé Jimmy au milieu d'une séance exaspérante. (*Il faut que tu regardes ça autrement. À toi d'appréhender la beauté de la chose. C'est comme les échecs. Tiens... essaie ce truc. Tu vois ? Tu vois le modèle ? Maintenant, tout devient clair.* Mais Jimmy ne voyait pas et rien ne devenait clair.) Pourquoi tu m'aides ?

— Parce que je suis sadique. J'aime te voir souffrir.

— En tout cas, j'apprécie. »

C'était vrai pour plusieurs raisons, la meilleure étant que, à présent que Crake lui donnait des cours, son père n'avait plus de raisons de le harceler.

Si Jimmy avait fréquenté une école d'un Module ou – mieux – un de ces dépotoirs qu'on qualifiait encore de « système public », il aurait brillé comme un diamant au milieu d'une sentine. Mais les établissements scolaires des Compounds regorgeaient de gènes éblouissants, ce qu'il n'avait pas hérité de ses superintellos de parents handicapés du cœur et, donc, en comparaison, il paraissait moins doué. Il n'avait pas non plus décroché de points supplémentaires pour son humour. De toute façon, il avait moins d'humour à présent : ça ne l'intéressait plus d'avoir un large public.

Après une attente humiliante au cours de laquelle les meilleurs EduCompounds se disputèrent les brainiacs, mais feuilletèrent négligemment les dossiers des médiocres qu'ils aspergeaient de café et flanquaient par terre sans l'avoir fait exprès, Jimmy finit par être adjugé à l'Académie Martha-Graham ; et ce après de longues et peu glorieuses enchères. Sans parler des pressions directes – à ce que Jimmy soupçonnait – que son père avait pu exercer sur le président de Martha-Graham qu'il avait rencontré dans un camp d'été depuis longtemps oublié et sur lequel il savait sans doute des choses pas très ragoûtantes. Des parties de jambes en l'air avec de jeunes garçons, des trafics de médicaments au marché noir. C'est du moins ce que Jimmy présagea, vu la mauvaise grâce et la force excessive avec lesquelles le personnage lui avait serré la main.

« Bienvenue à Martha-Graham, fiston », lui avait dit le président avec un sourire aussi artificiel que celui d'un vendeur de suppléments vitaminés.

Quand cesserai-je d'être un fiston ? songea Jimmy.

Pas encore. Oh, pas encore. « Bravo, Jimmy », lui dit son père à la réception en plein air qui avait suivi, en lui collant le classique coup de poing dans le biceps. Du chocosoja maculait sa cravate ridicule à motifs de cochons ailés. S'il te plaît, me serre pas dans tes bras, l'implora silencieusement Jimmy.

« Mon chéri, nous sommes très fiers de toi », lui lança Ramona qui, avec son décolleté plongeant et ses volants roses, était attifée comme un abat-jour de pute. Jimmy avait vu un jour une tenue de ce genre sur Pornnmomms, sauf qu'elle était portée par une gamine de huit ans. Les seins de Ramona, galbés par son soutien-gorge corbeille ampliforme, étaient constellés de taches de rousseur à cause de l'abus de soleil, mais Jimmy ne s'intéressait plus trop à ces détails. Il connaissait désormais la tectonique des accessoires de soutien en porte-à-faux des glandes mammaires et par ailleurs le nouveau look très digne de Ramona lui paraissait hideux. Malgré des injections de collagène, de petites rides lui striaient le tour de la bouche ; comme elle aimait à le souligner, son horloge biologique faisait tic-tac. D'ici peu, elle aurait droit au traitement BeauToxique de PoNeuv – Rides Définitivement Éliminées, demi-tarif pour les employés – plus, disons d'ici à cinq ans, l'Immersion Totale dans la Fontaine de Jouvesse, laquelle vous décapait tout l'épiderme. Elle l'embrassa à côté du nez, et lui laissa une trace de rouge à lèvres cerise ; il eut l'impression qu'elle lui avait collé de la graisse de vélo sur la joue.

Elle avait le droit de lui dire *nous* et de l'embrasser parce qu'elle était officiellement sa belle-mère maintenant. Son père avait divorcé de sa vraie mère en son absence, pour « abandon », et le mariage bidon de son père avait été célébré, si l'on peut dire, peu après. Non que sa mère en ait eu à branler le moindre wombat, songea Jimmy. Elle n'en aurait rien eu à foutre. Elle était loin et vivait des aventures novatrices de son côté, à bonne distance de ces pénibles festivités. Il y avait des mois qu'il n'avait pas reçu une carte postale d'elle ; la dernière, affranchie avec un timbre malaisien, représentait un dragon de Komodo et lui avait valu une nouvelle visite du CorpSeCorps.

Au mariage, Jimmy s'était pris une cuite du feu de Dieu. Appuyé contre un mur, il avait affiché un sourire stupide pendant que l'heureux couple découpait le gâteau dégoulinant de sucre,

Que De Vrais Ingrédients ! comme l'avait corné Ramona. Beaucoup de caquetages sur les œufs frais. À tout moment désormais, Ramona allait décider d'avoir un bébé, un bébé plus satisfaisant que Jimmy ne l'avait jamais été pour qui que ce soit.

« On s'en fout, on s'en fout », avait-il murmuré entre ses dents. De toute façon, il n'avait pas envie d'avoir un père, ni d'être un père, ni d'avoir un fils ni d'en être un. Il voulait être lui-même, seul, unique, autoconçu et autonome. Désormais, il serait libre comme l'air, n'en ferait qu'à sa tête, cueillerait des globes de vie mûrs à point sur les arbres de vie, en prendrait une bouchée ou deux, en sucerait le jus et recracherait la peau.

C'est Crake qui l'avait ramené à sa chambre. Jimmy, d'humeur chagrine à ce stade, n'arrivait pratiquement plus à mettre un pied devant l'autre.

« Cuve donc tout ça, lui avait dit Crake avec son amabilité habituelle. Je t'appellerai demain matin. »

Maintenant, voici Crake à la garden-party de remise des diplômes, émergeant de la foule, rayonnant du feu de ses succès. Non, pas du tout, se reprend Snowman. Reconnais-lui ça au moins. Il n'a jamais été du genre triomphaliste.

« Félicitations », se força à dire Jimmy.

C'était plus facile, parce qu'il était seul dans l'assemblée à bien connaître Crake depuis pas mal de temps. L'oncle Pete était présent, mais il ne comptait pas. Et puis, il restait aussi loin que possible de Crake. Peut-être avait-il fini par comprendre qui lui plombait sa facture Internet. Quant à la mère de Crake, elle était morte le mois précédent.

C'était un accident, enfin, d'après l'histoire qui circulait. (Personne n'aimait envisager un *acte criminel*, notoirement préjudiciable pour les affaires.) Elle avait dû se couper à l'hôpital – alors que, d'après Crake, elle ne se servait pas de scalpels dans son boulot – ou s'égratigner ou peut-être, dans un moment de distraction, avait-elle ôté ses gants en latex, d'où un contact, au niveau d'une plaie, avec un porteur. C'était possible : elle se rongeait les ongles, peut-être avait-elle eu une porte d'entrée cutanée, comme on disait. Toujours est-il qu'elle avait attrapé une méchante bioforme qui l'avait laminée de l'intérieur aussi radicalement qu'une tondeuse solaire. C'était un gène transgénique de staphylo, avait déclaré un des rats de laboratoire, bidouillé avec un gène futé obtenu à partir de myxomycètes ; mais quand ils avaient fini par l'identifier et démarrer un traitement qu'ils espéraient efficace, elle était déjà en salle d'isolement et perdait rapidement forme humaine. Crake n'avait pas pu entrer, bien entendu – personne ne le pouvait, là-dedans tout se faisait avec des bras robotisés, comme dans les procédures comportant des matériaux nucléaires – mais il avait pu la voir à travers la vitre de séparation.

« C'était impressionnant, avoua Crake à Jimmy. Il lui sortait de la mousse.

— De la mousse ?

— Tu as déjà mis du sel sur une limace ? »

Jimmy répondit que non.

« Bon. Comme quand tu te brosses les dents, alors. »

Sa mère aurait dû pouvoir lui dire ses dernières paroles par l'intermédiaire du micro, poursuivit Crake, mais il y avait eu une panne numérique, si bien que, même s'il avait vu bouger ses lèvres, il n'avait pu saisir ce qu'elle murmurait.

« En d'autres termes, c'était exactement comme dans le quotidien », avait résumé Crake.

Il ajouta que, de toute façon, il n'avait pas raté grand-chose, au stade où elle en était alors, elle était incohérente.

Jimmy eut du mal à comprendre comment il pouvait paraître aussi blindé – c'était horrible de penser que Crake avait vu sa mère se dissoudre ainsi sous ses yeux. Personnellement, il n'aurait pas pu le supporter. Mais c'était sans doute du pipeau. Crake préservait sa dignité, parce que, dans le cas contraire, il l'aurait perdue.

Cafésympa

Pour les vacances qui suivirent la remise des diplômes, Jimmy fut invité à Orignalou, le centre de vacances sécurisé que possédait SentéGénic sur la côte ouest de la baie d'Hudson, où tout le gratin de SentéGénic se rendait pour échapper à la chaleur. L'oncle Pete y possédait un « joli petit coin », comme il disait. Il s'agissait en fait d'un hybride de mausolée et de retraite pour week-end cochon – beaucoup de maçonnerie, lits géants avec vibromasseurs incorporés, bidets dans chaque salle de bains – encore qu'il fût difficile d'imaginer l'oncle Pete en train de faire quoi que ce soit de moyennement intéressant là-dedans. Jimmy avait été invité, il en était convaincu, pour éviter à l'oncle Pete de rester en tête à tête avec Crake. L'oncle Pete passait la majeure partie de son temps sur le terrain de golf et le reste dans un bain chaud et, du coup, Jimmy et Crake étaient libres de faire tout ce qui leur plaisait.

Ils en seraient probablement revenus aux films interactifs, aux snuffs subventionnés par l'État et aux pornos, histoire de se détendre après leurs examens de fin d'études, mais c'est cet été-là que démarrèrent les conflits sur le café génétiquement modifié, et donc ils les suivirent. Ces affrontements concernaient la nouvelle fève Cafésympa, élaborée par une filiale de SentéGénic. Jusque-là les baies mûrissaient à divers moments et il fallait les cueillir à mesure, puis les transformer et les expédier par petites quantités, mais le plant Cafésympa était conçu de telle sorte que toutes ses fèves mûrissaient en même temps, si bien qu'il était possible de le cultiver sur de grandes surfaces et de le cueillir mécaniquement. De ce fait, les petits cultivateurs et leurs ouvriers se retrouvaient sans travail et réduits à la famine.

Le mouvement de résistance était mondial. Il y avait des émeutes, des récoltes brûlées, des cafés Cafésympa pillés, les employés de Cafésympa voyaient leurs voitures plastiquées, eux-mêmes étaient kidnappés, victimes de tireurs embusqués ou lapidés par la foule ; de l'autre côté, l'armée ou bien les armées, diverses armées, massacraient les paysans ; des tas de pays étaient impliqués. Mais, où qu'ils soient, soldats et paysans morts se ressemblaient beaucoup. Ils avaient l'air couverts de poussière. C'était effarant de voir la poussière qu'on pouvait brasser dans le cadre d'événements de ce type.

« On devrait leur filer une bonne branlée à ces mecs, déclara Crake.

— Lesquels ? Les paysans ? Ou les gars qui les flinguent ?

— Les gars qui les flinguent. Pas à cause des paysans morts, il y en a toujours eu. Mais ils bousillent les forêts brumeuses pour planter ce machin.

— Les paysans le feraient aussi s'ils avaient l'ombre d'une possibilité, rétorqua Jimmy.

— Sûr, mais ils n'ont pas l'ombre d'une possibilité.

— Tu prends parti ?

— Il n'y a pas de parti en tant que tel. »

Pas grand-chose à répondre à ça. Jimmy envisagea de crier *bidon*, décida que ça ne collerait peut-être pas dans le contexte. De toute façon, ils avaient vidé le terme de son contenu.

« Changeons de chaîne », suggéra-t-il.

Mais apparemment toutes couvraient Cafésympa. Il y avait beaucoup de protestations et de manifestations, avec grenades lacrymogènes, fusillades et matraquages à la clé ; puis re-protestations, re-manifestations, re-grenades lacrymogènes, re-fusillades, re-matraquages. Le scénario se répétait de jour en jour. On n'avait rien vu de tel depuis la première décennie du siècle. De l'avis de Crake, l'histoire était en marche.

Ne buvez pas la Mort ! proclamaient les affiches. En Australie où il y avait encore des syndicats, les dockers syndiqués refusèrent de décharger les cargaisons Cafésympa ; aux États-Unis, il y eut une *Boston Coffee Party.* Elle donna lieu à un événement médiatique non violent et donc rasoir – juste des gars au crâne dégarni avec des tatouages rétros ou des cicatrices blanches là où on les leur avait enlevés, des femmes à la mine sévère et aux seins flasques et un certain nombre de membres d'organisations religieuses marginales débordants de ferveur, obèses ou maigrelets affublés de T-shirts ornés d'anges souriants voletant au milieu de petits oiseaux ou d'un Jésus-Christ tenant la main d'un paysan ou encore d'un Dieu est Vert placardé sur la poitrine. Devant l'œil des caméras, ils balancèrent le Cafésympa dans le port, mais pas une caisse ne coula. Si bien que le logo Cafésympa se retrouva à ballotter, à des dizaines et des dizaines d'exemplaires, partout sur l'écran. On aurait cru un film publicitaire.

« Ça me file soif, remarqua Jimmy.

— Les cons ! s'écria Crake. Ils ont oublié de les lester avec des pierres. »

En général, ils regardaient les actualités de Nudi News, sur le Net, mais parfois, pour changer, ils regardaient des présentateurs habillés de pied en cap sur l'écran plasma qui recouvrait tout un mur de la pièce tendue de similicuir où l'oncle Pete avait installé sa télévision. Ces costume-cravate paraissaient bizarres à Jimmy, surtout s'il était un peu défoncé. Ça faisait drôle d'imaginer à quoi tous ces graves pisse-copies pourraient ressembler sans leurs zinzins à la mode, complètement à poil sur Nudi News.

De temps en temps, le soir après le golf, l'oncle Pete regardait lui aussi. Il se servait un verre, puis y allait d'un commentaire détaillé.

« Le tintouin habituel, disait-il. Ils vont se lasser, ils vont se calmer. Tout le monde a envie d'une tasse de café meilleur marché... on ne peut pas aller contre.

— Non, on ne peut pas », confirmait Crake pour lui être agréable.

L'oncle Pete avait un paquet d'actions Cafésympa en portefeuille, et pas qu'un petit paquet.

« Tu parles d'une tapée ! disait Crake qui, penché sur son ordinateur, épluchait les avoirs de l'oncle Pete.

— Tu pourrais échanger ses trucs, suggérait Jimmy. Vendre le Cafésympa et acheter quelque chose qu'il déteste vraiment. De l'énergie éolienne. Non mieux... des tocards. Lui prendre du bétail sud-américain à terme.

— Nooooon. Je ne peux pas prendre ce risque avec un laby-rinthe. Il s'en apercevrait. Il se rendrait compte que je lui parasite son compte depuis un moment. »

La situation se dégrada encore davantage quand une cellule de dingues farouchement anti-Cafésympa posa une bombe dans le Lincoln Memorial et provoqua la mort de cinq écoliers japonais qui visitaient le pays dans le cadre d'un Tour de la Démocratie. *Arrêtez l'Hipocrissie*, exigeait un billet laissé à une distance raisonnable.

« C'est pathétique, commenta Jimmy. Ils ne sont même pas fichus d'écrire correctement.

— N'empêche, ils se sont fait comprendre, remarqua Crake.

— J'espère qu'ils seront punis », déclara l'oncle Pete.

Jimmy ne répondit rien, parce qu'ils regardaient maintenant les barrages établis dans le Maryland autour du Compound du siège de Cafésympa. Là, au milieu de la foule hurlante, bran-dissant une pancarte proclamant Cafésympa = CaféCaca et le nez et la bouche masqués par un bandana vert, se trouvait – c'était bien elle, non ? – sa fuyarde de mère. L'espace d'une seconde, son bandana glissa et Jimmy la vit distinctement – ses sourcils froncés, ses yeux bleus vibrants et sincères, sa bouche décidée. Il ressentit un élan d'amour, inattendu et douloureux, puis une bouffée de colère. Cela lui fit l'effet d'un coup de pied : il dut lâcher une exclamation étouffée. Là-dessus, le CorpSe-Corps chargea, il y eut un nuage de gaz lacrymogène et des bruits ici et là ressemblant à une fusillade sporadique, et lorsque Jimmy regarda de nouveau sa mère avait disparu.

« Fais un arrêt sur image ! s'écria-t-il. Reviens en arrière ! »

Il voulait être sûr. Comment pouvait-elle prendre un risque pareil ? S'ils la coffraient, elle disparaîtrait vraiment, pour toujours cette fois. Mais, après un bref coup d'œil dans sa direction, Crake avait déjà changé de chaîne.

J'aurais dû me taire, songea Jimmy. Je n'aurais pas dû attirer l'attention. Il était glacé de peur. Et si l'oncle Pete avait fait le lien et qu'il téléphone aux hommes du CorpSe ? Ils se lance-raient aussitôt à sa poursuite et en feraient de la chair à pâté.

Mais apparemment l'oncle Pete n'avait rien remarqué. Il se servait un autre scotch.

« Ils devraient aérodésintégrer tout ce beau monde, déclara-t-il. Après avoir aplati toutes ces caméras. De toute façon, qui a réalisé ce reportage ? Parfois, on se demande qui tire les ficelles derrière tout ça. »

« Alors, c'était quoi ? lui demanda Crake quand ils furent seuls.

— Rien.

— J'ai bel et bien fait un arrêt sur image. J'ai eu toute la séquence.

— Je crois que tu ferais mieux de l'effacer », déclara Jimmy.

Il était au-delà de la peur, totalement découragé. Sans doute, à l'heure qu'il était, l'oncle Pete activait son portable et composait le numéro : d'ici quelques heures, le CorpSeCorps le soumettrait à un nouvel interrogatoire. Sa mère par-ci, sa mère par-là. Il n'y couperait pas.

« Te bile pas, enchaîna Crake, ce que Jimmy interpréta comme : *Tu peux me faire confiance.* Puis il poursuivit. Laisse-moi deviner. Embranchement Cordés, Classe Vertébrés, Ordre Mammifères, Famille Primates, Genre *Homo*, Espèce *sapiens sapiens*, sous-espèce ta mère.

— Très fort, répliqua mollement Jimmy.

— Pas compliqué. Je l'ai repérée immédiatement, ces super yeux bleus qu'elle a. Si ce n'était pas elle, c'était son clone. »

Si Crake l'avait reconnue, qui d'autre encore ? À tous les coups, des photos avaient été présentées à tous les résidents du Compound de SentéGénic : *Zavez vu cette femme ?* L'histoire de sa déviante de mère avait suivi Jimmy partout comme un chien dont on ne veut pas et expliquait probablement pour moitié sa lamentable performance aux enchères étudiantes. Il n'était pas fiable, il n'était pas sûr, il était marqué.

« Mon père a fait pareil, lui confia Crake. Il a décanillé, lui aussi.

— Je croyais qu'il était mort », s'exclama Jimmy.

C'est tout ce qu'il avait pu tirer de Crake jusque-là : papa mort, point, on change de sujet. Ce n'était pas un truc que Crake aurait abordé.

« C'est ce que je veux dire. Il est passé par-dessus une passe-relle enjambant une plèbezone. C'était l'heure de pointe, donc, le temps qu'ils arrivent jusqu'à lui, il était réduit en bouillie pour les chats.

— Il a sauté ou quoi ? »

Crake n'avait pas l'air trop énervé, donc Jimmy se disait qu'il n'y avait pas de problème à poser cette question.

« C'est ce que tout le monde a pensé, répondit Crake. C'était un chercheur de tout premier plan chez SentéGénic, ce qui lui a valu des funérailles vraiment bien. Le tact a été stupéfiant. Personne n'a prononcé le mot *suicide*. Tout le monde a parlé de "l'accident de votre père".

— Désolé, bredouilla Jimmy.

— L'oncle Pete venait sans arrêt à la maison. D'après ma mère, il était vraiment d'un grand secours. »

Il prononça « d'un grand secours », comme s'il rapportait une citation.

« D'après elle, en plus du fait que c'était le boss de mon père et son meilleur ami, il se révélait être un véritable ami de la famille, alors que, moi, je ne l'avais jamais trop vu avant. Il voulait que les choses soient réglées pour nous, il affirmait y tenir beaucoup. Il essayait constamment d'avoir des discussions à cœur ouvert avec moi... pour m'expliquer en détail que mon père avait des *problèmes*.

— Sous-entendu, ton père était timbré. »

Crake regarda Jimmy de ses yeux verts en amande.

« Oui, mais il ne l'était pas. Il paraissait inquiet depuis quelque temps, mais il n'avait pas de problèmes. Il n'avait pas de trucs comme ça en tête. Rien qui le pousse à sauter d'un pont. Je l'aurais su.

— Tu penses qu'il est peut-être tombé ?

— Tombé ?

— De la passerelle. »

Jimmy avait envie de demander ce qu'il fabriquait sur une passerelle enjambant une plèbezone pour commencer, mais le moment ne lui parut pas trop bien choisi.

« Il y avait un parapet ?

— Il était du genre désorganisé, poursuivit Crake en souriant d'une drôle de façon. Il ne faisait pas toujours attention où il mettait les pieds. Il était dans la lune. Il estimait qu'il fallait contribuer à améliorer la race humaine.

— Tu t'entendais bien avec lui ? »

Crake réfléchit un instant.

« Il m'a appris à jouer aux échecs. Avant sa mort.

— Euh, pas après, j'imagine », répliqua Jimmy pour tenter de détendre l'atmosphère, parce qu'il plaignait Crake à présent, ce qui ne lui plaisait pas du tout.

Comment ai-je pu laisser passer tout ça ? songe Snowman. Ce qu'il me confiait. Comment ai-je pu me montrer aussi stupide ?

Non, pas stupide. Il n'arrive pas à se décrire, à décrire ce qu'il était. Pas indifférent – certains événements l'avaient marqué, il avait ses cicatrices à lui, ses émotions secrètes. Ignorant peut-être. Informe, fruste.

Pourtant, il y avait eu quelque chose de voulu dans son ignorance. Ou pas vraiment de voulu : de construit. Il avait grandi au milieu d'espaces fermés, puis il était devenu pareil. Il y avait des trucs qu'il avait rejetés.

Rhétorique appliquée

À la fin des vacances, Crake partit pour Watson-Crick et Jimmy pour Martha-Graham. Ils se dirent adieu à la gare des trains à grande vitesse.

« À la revoyure, fit Jimmy.

— On s'enverra des mails. »

Voyant la mine abattue de Jimmy, Crake ajouta :

« Allez, tu t'es bien défendu, c'est une boîte renommée.

— C'était.

— Ce ne sera pas si mal. »

Pour une fois, Crake se trompait. Martha-Graham allait à vau-l'eau. Alentour – Jimmy le nota quand le train entra en gare – se déployaient les plèbezones les plus moches qui soient : entrepôts vides, logements ravagés par le feu, parkings déserts. Ici et là se dressaient des abris et des cabanes construits avec des matériaux de récupération – feuilles de fer-blanc, plaques de contreplaqué – et vraisemblablement occupés par des squatters. Comment les gens pouvaient-ils survivre ? Jimmy n'en avait pas idée. Pourtant, ils étaient là, de l'autre côté des barbelés acérés. Deux d'entre eux pointèrent leur majeur en direction du train tout en braillant quelque chose que les vitres blindées lui interdirent d'entendre.

La sécurité, à l'entrée de Martha-Graham, était une vaste fumisterie. Les gardes dormaient à moitié, quant aux murs d'enceinte, totalement recouverts de graffiti décolorés, un nain unijambiste les aurait escaladés les doigts dans le nez. À l'intérieur, les bâtiments en béton coulé sur le modèle du modèle de Bilbao fuyaient, les pelouses se résumaient à de la boue, desséchée ou liquide selon la saison, et, hormis une piscine qui avait l'aspect et l'odeur d'une gigantesque boîte de sardines, il n'y avait pas d'installations sportives. La moitié du temps, la climatisation dans les dortoirs ne fonctionnait pas ; les baisses de tension étaient monnaie courante ; à la cafétéria, la nourriture, généralement beigeasse, ressemblait à de la merde de rasconse. Dans les chambres, les arthropodes – divers genres et familles – pullulaient, mais la moitié d'entre eux étaient des cafards. Jimmy trouvait l'endroit déprimant, comme – apparemment – tous les gens sur place ayant une activité neuronale supérieure à celle d'une tulipe. Mais c'était les cartes que la vie lui avait données, comme le lui avait déclaré son père au cours de leurs adieux embarrassés, Jimmy n'aurait donc qu'à les jouer au mieux.

Entendu, Papa, s'était dit Jimmy. Pour les conseils vraiment judicieux, j'ai toujours su que je pouvais compter sur toi.

L'académie Martha-Graham devait son nom à une horrible vieille déesse de la danse qui avait apparemment fait œuvre de pionnière au vingtième siècle. Sa statue, une affaire épouvantable qui se dressait devant le bâtiment de l'administration, la représentait dans le rôle de Judith – à ce que disait la plaque de bronze – coupant la tête d'un mec en costume d'époque, un nommé Holopherne. Une merde rétro-féministe, de l'avis général des étudiants. Très régulièrement, la statue se faisait décorer les nénés ou le pubis avec de la laine d'acier – Jimmy lui-même avait participé à ces activités de collage – mais la direction était tellement dans le sirop qu'il lui fallait souvent plusieurs mois pour remarquer cette ornementation. Les parents ne cessaient de critiquer la statue – mauvais modèle, selon eux, trop agressif, trop sanguinaire, bla-bla – alors que les étudiants se ralliaient pour la défendre. Avec sa mine renfrognée, sa tête sanguinolente et tout le tralala, la vieille Martha était leur mascotte, proclamaient-ils. Elle incarnait la vie, ou l'art, ou allez savoir. Touchez pas à Martha. Foutez-lui la paix.

L'Académie, un établissement universitaire destiné à enseigner les Lettres et les Sciences humaines, avait été fondée dans le dernier tiers du vingtième siècle par un petit groupe de libéraux au grand cœur, originaires d'Old New York et aujourd'hui décédés, et mettait spécialement l'accent sur les arts du spectacle – Art dramatique, Chant, Danse et cetera. À cela, on avait ajouté, dans les années 1980, les Techniques cinématographiques, puis l'Art vidéographique. Ces sujets étaient encore enseignés à Martha-Graham – on montait encore des pièces de théâtre et c'était là que Jimmy avait vu *Macbeth* sur scène et s'était fait la réflexion que Anna K. avec son site Web pour voyeurs lui avait offert, du siège de ses toilettes, une Lady Macbeth autrement plus convaincante.

Les élèves qui faisaient chant et danse continuaient à chanter et à danser, alors que ces activités avaient perdu tout dynamisme et que les effectifs des classes étaient très réduits. Les spectacles avaient souffert des mouvements de panique provoqués par les actes criminels du début du vingt et unième siècle – au cours des décennies passées, personne n'avait voulu s'intégrer à un grand groupe dans un espace fermé, sombre et facile à faire sauter, du moins personne ayant un tant soit peu de chic ou de prestige. À présent, les manifestations artistiques se résumaient à des chœurs un rien pompiers, à des lancers de tomates ou à des concours de T-shirts mouillés. Et si diverses formes plus anciennes avaient perduré – comédies de situation télévisées, vidéos de rock –, elles bénéficiaient d'un public âgé et présentaient un intérêt d'ordre principalement nostalgique.

Bon nombre d'activités de Martha-Graham s'apparentaient donc à l'étude du latin ou de la reliure : satisfaites au plan intellectuel, elles n'avaient plus rien de fondamental, même si le président de l'établissement leur infligeait de temps à autre un discours barbantissime sur l'art indispensable à la vie et la place de choix qui lui était incontestablement réservée dans ce grand amphithéâtre tendu de velours rouge qu'était le cœur humain.

Pour ce qui était des Techniques cinématographiques et de l'Art vidéographique, à quoi servaient-ils ? Tout propriétaire d'un ordinateur pouvait se livrer à toutes les associations qui lui passaient par la tête, modifier numériquement du matériel ancien ou créer une nouvelle animation. Il était possible de télécharger une des intrigues de base les plus courantes et de plaquer dessus n'importe quel visage et n'importe quel corps aussi. Jimmy lui-même avait associé un *Orgueil et Préjugé* à poil et un *Vers le phare* à poil, rien que pour se marrer et, en deuxième année d'Art visuel à SentéGénic, il avait monté *Le Faucon maltais* avec des costumes de Kate Greenaway et un traitement à la

Rembrandt tout en ombres et en profondeur. Celui-là, il était bien. Sombre tonalité, superbe clair-obscur.

Du fait de ce type de détérioration – de cette érosion de son domaine intellectuel d'antan –, Martha-Graham offrait en fin de compte un éventail de choix peu convaincant. Comme les fondateurs étaient morts les uns après les autres et que l'enthousiasme des généreux mécènes avait décliné, on avait sollicité des financements dans des domaines plus fonctionnels, et la priorité des cursus s'était déplacée vers d'autres sphères. Des sphères contemporaines, comme on disait. Dynamique des jeux en réseau, par exemple ; on pouvait encore gagner de l'argent avec ça. Ou avec la Présentation d'images, répertoriée dans le catalogue comme une sous-branche des Arts plastiques et picturaux. Avec un diplôme en PicPlarts, comme disaient les étudiants, on pouvait se diriger vers la publicité, sans problème.

Ou bien avec la Problématique. La Problématique s'adressait aux littéraires, donc, c'est ce que Jimmy choisit. Les étudiants l'avaient surnommée la CommuNique. Comme toute discipline à Martha-Graham, elle se voulait pragmatique. Ici, on décroche un diplôme immédiatement exploitable sur le marché de l'emploi, proclamait la devise qui se déployait juste en dessous de la devise d'origine en latin : *Ars Longa, Vita Brevis*.

Jimmy ne se faisait guère d'illusions. Il savait ce qui s'offrirait à lui une fois qu'il aurait son ridicule diplôme en Problématique. Au mieux, il habillerait des vitrines – décorerait d'un verbiage scientifico-brillant et superficiel le monde réel, dur, froid et réduit à des chiffres. Selon la manière dont il se défendrait en Problématique – Épistémologie appliquée, Rhétorique appliquée, Éthique et Terminologie médicales, Sémantique appliquée, Relativisme et Distorsion des personnages –, niveau avancé – Psychologie interculturelle et comparée et le reste –, il pourrait choisir d'habiller des vitrines pour une grande boîte moyennant un bon salaire ou de se taper un pauvre truc au rabais pour une boîte marginale. Son existence future lui paraissait s'apparenter à une condamnation ; pas à la prison, mais à une peine interminable avec une kyrielle de clauses afférentes et inutiles, ainsi qu'il prit rapidement l'habitude de le souligner avec esprit quand il profitait de la Happy Hour pour draguer dans les bars et les pubs du campus. Il ne pouvait pas dire qu'il l'attendait avec impatience, la-vie-qui-lui-restait-à-vivre.

Néanmoins, il s'immergea dans ses études à Martha-Graham comme dans une tranchée, et ce tout le temps qu'elles durèrent. Il partageait un logement étudiant – deux chambres exiguës séparées par une salle de bains bourrée de poissons d'argent – avec une végétalienne fondamentaliste nommée Bernice dont les cheveux ficelle étaient retenus en arrière par un clip en bois en forme de toucan et qui portait toute une collection de T-shirts God's Gardeners, lesquels – du fait de son aversion pour les produits chimiques tels que les déodorants – puaient même quand ils sortaient de la machine à laver.

Bernice désapprouvait son comportement carnivore et le lui fit savoir en lui piquant ses sandales en cuir pour les brûler sur la pelouse. Quand il protesta que ce n'était pas du vrai cuir, elle déclara qu'elles s'étaient fait passer pour et avaient donc eu le sort qu'elles méritaient. Après qu'il eut reçu quelques filles dans sa chambre – ce qui ne regardait pas Bernice, et puis ils s'étaient montrés relativement discrets, à part quelques rires pharmaco-générés et beaucoup de soupirs bien compréhensibles –, elle avait exposé ses vues sur les relations sexuelles consensuelles en foutant le feu à tous les caleçons de Jimmy.

Il s'en était plaint auprès de l'Association Étudiante (Services en Tout Genre) et, après quelques essais – l'Association Étudiante de Martha-Graham était notoirement peu aimable, le personnel étant composé d'acteurs de feuilletons télévisés laminés par l'alcool ou la drogue et incapables de pardonner au monde entier d'avoir été déchus de leur gloire marginale –, il réussit à obtenir une chambre pour lui tout seul. (*D'abord mes sandales, ensuite mes sous-vêtements. Après, ce sera moi. Cette bonne femme est une pyromane, attendez que je reformule ça, elle est complètement déconnectée de la réalité. Vous voulez voir la preuve concrète de son autodafé sur mes calcifs ? Jetez un coup d'œil dans cette mini-mini-enveloppe. Si après vous me voyez dans une urne, cendres grumeleuses et deux quenottes en prime, vous l'assumerez, la responsabilité ? Hé, c'est moi l'étudiant et vous l'Association, Services en Tout Genre. Tenez, c'est marqué là sur l'en-tête, d'accord ? Je viens d'envoyer un e-mail au président.*)

(Ce n'est pas vraiment ce qu'il avait dit, bien entendu. Il

n'était pas si bête. Il avait souri, s'était présenté comme un être humain raisonnable, s'était assuré leur compassion.)

Après cela, après avoir obtenu sa nouvelle chambre, les choses s'étaient un peu arrangées. Il avait au moins pu recevoir sans être dérangé. Il avait découvert qu'il projetait une forme de mélancolie qui attirait un certain type de femmes, le type semi-artistique, pondéré et meurtri qui fourmillait à Martha-Graham. Des idéalistes bienveillantes et généreuses, comme Snowman les voit à présent. Elles avaient quelques cicatrices, s'efforçaient de guérir. Au début, Jimmy se précipitait pour leur venir en aide : il avait le cœur tendre, à ce qu'on lui avait dit, et était fondamentalement chevaleresque. Il les poussait à parler de leurs histoires douloureuses, jouait les cataplasmes. Mais le processus ne tardait pas à s'inverser et, de panseur, Jimmy devenait pansé. Ces femmes remarquaient alors toutes ses fractures, cherchaient à l'aider à mettre sa vie en perspective et à accéder aux aspects positifs de sa spiritualité. Elles voyaient en lui un projet créatif : le matériau brut, Jimmy sous la forme sombre qu'il avait alors ; le produit fini, un Jimmy heureux.

Jimmy les laissait s'escrimer sur son cas. Ça les regonflait, ça leur donnait le sentiment d'être utiles. C'était touchant, tous les efforts qu'elles pouvaient déployer. Est-ce que cela le rendrait heureux ? Et ça ? Bon, et ça alors ? Mais il évitait soigneusement de se défaire longtemps de sa mélancolie. S'il l'avait fait, elles auraient espéré une récompense ou au moins un résultat ; elles auraient exigé un geste supplémentaire, puis un engagement. Mais pourquoi aurait-il eu la stupidité de renoncer à son allure sombre de jour de pluie – à cette essence crépusculaire, cette auréole brumeuse qui les avaient attirées au départ ?

« Je suis une cause perdue, leur disait-il. Je suis émotionnellement dyslexique. »

Il leur disait également qu'elles étaient belles et qu'elles le faisaient bander. C'était vrai, pas de mensonge à ce niveau-là, il était toujours sincère. Il leur confiait aussi qu'il ne valait pas la peine qu'elles s'investissent trop, qu'il était un dépotoir sentimental et qu'il fallait juste qu'elles se contentent de profiter de l'instant.

Tôt ou tard, elles se plaignaient de son refus de prendre les choses au sérieux. Alors qu'elles avaient commencé par décréter qu'il avait besoin de se montrer plus léger. À la fin, quand leur énergie fléchissait, que le temps des pleurs était venu, il leur avouait qu'il les aimait. Il veillait à le faire d'une voix désespérée : être aimé par lui s'apparentait à une pilule empoisonnée, c'était spirituellement toxique, allait les entraîner dans ces profondeurs bourbeuses où il se trouvait lui-même piégé et c'était parce qu'il les aimait tant qu'il souhaitait les protéger du danger, c'est-à-dire les écarter du gâchis de son existence. Certaines voyaient clair dans son jeu – *Grandis, Jimmy !* – mais, en général, c'était formidablement convaincant.

Il était toujours triste quand elles fichaient le camp. Il détestait la phase où elles s'emportaient, la colère féminine le dérangeait, mais dès qu'elles se mettaient en colère contre lui, il savait que cette histoire était terminée. Il ne supportait pas d'être largué, alors que c'était lui qui avait mis en place ce dénouement. Mais une autre femme, dotée de vulnérabilités fascinantes, n'allait pas tarder à se manifester. C'était une époque d'abondance sans complication.

Pourtant, il ne mentait pas, pas tout le temps. Il aimait vraiment ces femmes, d'une certaine façon. Il avait sincèrement envie de les aider à se sentir mieux dans leur peau. Simplement, il n'arrivait pas à se concentrer longtemps.

« Espèce de crapule », déclare Snowman tout haut. C'est un joli terme, *crapule*, un grand classique d'antan.

Elles avaient bien sûr entendu parler de son ignoble mère, ces femmes. Les nouvelles croustillantes circulent vite et trouvent toujours des oreilles complaisantes. Quand il repense à la manière dont il a utilisé cette histoire – une allusion par-ci, une hésitation par-là, Snowman a honte. Très vite, ces femmes le consolaient et lui se roulait dans leur compassion, se vautrait dedans, s'en faisait des massages. Un véritable spa en soi.

Sa mère avait à présent un statut d'être mythique, quelque chose qui transcendait l'humain, avec des ailes noires, des yeux brûlants comme la Justice et une épée. Quand il en arrivait à l'épisode où elle lui avait volé Killer, la rasconse, il réussissait généralement à obtenir une larme ou deux, non de lui, mais de son auditoire.

Qu'est-ce que tu as fait ? (Grands yeux écarquillés, une tape, une seule, sur le bras, prunelles compatissantes.)

Oh, tu sais. (Haussement d'épaules, regard dans le vide, changement de sujet.)

Ce n'était pas que de la comédie.

Seule Oryx ne s'était pas laissé impressionner par cette mère ailée. *Donc, Jimmy, ta mère est partie ailleurs ? Dommage. Peut-être qu'elle avait de bonnes raisons. Tu y as pensé ?* Oryx ne s'apitoyait ni sur son sort à lui, ni sur le sien. Elle n'était pas insensible, au contraire. Mais elle refusait de ressentir ce qu'il voulait qu'elle ressente. Était-ce ça, le truc – le fait qu'il n'avait jamais pu obtenir d'elle ce que les autres lui avaient donné si librement ? Était-ce ça, le secret d'Oryx ?

Le Centre Asperger

Crake et Jimmy gardèrent le contact par mail. Jimmy se plaignait de Martha-Graham avec drôlerie, du moins il l'espérait, et affublait profs et condisciples de divers adjectifs désobligeants et insolites. Il décrivait son alimentation comme un mélange de botulisme et de salmonellose recyclés, envoyait des listes des diverses créatures multipattes découvertes dans sa chambre, déplorait la qualité lamentable des substances modificatrices de l'humeur en vente dans la lugubre galerie commerciale des étudiants. Soucieux de se protéger, il passait sous silence les complexités de sa vie sexuelle, à l'exception d'un minimum d'allusions selon lui indispensables. (*Ces nanas ne savent peut-être pas compter jusqu'à dix, mais bon, qui a besoin d'arithmétique au pieu ? Du moment qu'elles pensent que tu mérites un dix, ah ah, je blague !*)

Il ne pouvait s'empêcher de se vanter un peu, parce que c'était, apparemment – s'il en jugeait par les indications qu'il avait pu recueillir jusqu'à présent – le seul domaine où il avait l'avantage sur Crake. À SentéGénic, Crake n'avait pas été, comme qui dirait, sexuellement actif. Les filles le jugeaient intimidant. C'est vrai qu'il avait attiré deux obsessionnelles qui le croyaient capable de marcher sur l'eau, ne le lâchaient pas d'une semelle, lui envoyaient des mails enfiévrés et cuculs et menaçaient de se tailler les veines pour lui. Peut-être avait-il même couché avec elles à l'occasion, mais c'était un domaine où il n'avait jamais fait d'effort particulier. Selon lui, même s'il provoquait une modification de la chimie corporelle qui attestait de sa réalité, le fait de tomber amoureux n'était qu'un état illusoire d'origine hormonale ; de surcroît, humiliant parce qu'il vous plaçait dans une situation désavantageuse, en donnant trop de pouvoir à l'objet aimé. Quant à l'acte sexuel en lui-même, il lui manquait le défi et la nouveauté et il offrait dans l'ensemble une solution profondément imparfaite au problème du transfert génétique entre générations.

Les filles que Jimmy collectionnait trouvaient Crake plus qu'à moitié terrifiant et Jimmy avait éprouvé un sentiment de supériorité en prenant sa défense. « Il est très bien, il est juste sur une autre planète », disait-il généralement.

Mais comment en savoir plus sur la vie que Crake menait actuellement ? Il ne divulguait que peu de factoïdes sur lui-même. Partageait-il sa chambre avec quelqu'un, avait-il une petite amie ? Il n'évoquait jamais ni l'un ni l'autre sujet, mais ça ne voulait rien dire. Dans ses mails, il décrivait les équipements du campus, impressionnants – une caverne d'Ali Baba bourrée de gadgets destinés à faciliter la recherche bio. Qu'est-ce que Crake pouvait donc bien raconter dans les premiers courriers laconiques qu'il lui envoyait de l'Institut Watson-Crick ? Snowman n'arrive pas à s'en souvenir.

Ils avaient pourtant fait de longues, d'interminables parties d'échecs, à raison de deux coups par jour. Jimmy était meilleur maintenant ; les choses se passaient plus simplement quand Crake n'était pas là pour le distraire par sa présence, par la façon dont il tambourinait des doigts et fredonnait entre ses dents, comme s'il avait déjà trente coups d'avance et attendait patiemment que l'esprit de tortue de Jimmy avance laborieusement jusqu'au prochain pion sacrifié. Et puis, entre ces deux coups, Jimmy pouvait aller consulter de grands maîtres et d'anciennes parties célèbres sur divers programmes du Net. Encore que Crake fît pareil.

Au bout de cinq ou six mois, Crake se dégela un peu. Il était obligé de bosser davantage qu'au lycée de SentéGénic, écrivit-il, parce qu'il y avait beaucoup plus de compétition. Les étudiants de Watson-Crick appelaient leur établissement le Centre Asperger à cause du fort pourcentage de zozos de génie qui arpentaient ses couloirs, qui en vacillant, qui en sautillant. De semi-autistes, génétiquement parlant ; des individus focalisés sur une seule chose à la fois, avec des œillères, un degré marqué d'inadaptation sociale – sans aucun rapport avec tes champions de l'élégance, mon vieux – et, heureusement pour le reste des étudiants ici, une grande tolérance à l'égard de légères déviances comportementales en public.

Plus qu'à SentéGénic ? avait demandé Jimmy.

À côté, SentéGénic était une plèbezone, avait répondu Crake. *Avec une armada de NT.*

De NT ?

Neurotypiques.

C'est-à-dire ?

Sans le gène génie.

Et toi alors, t'es neurotypique ? lui lança huit jours plus tard Jimmy qui avait eu le temps d'y réfléchir. Et de se tracasser pour savoir s'il était lui-même neurotypique et si, dans ce cas, c'était mauvais dans la Gestalt de Crake. Il avait dans l'idée qu'il l'était, et que ça l'était.

Mais Crake ne répondit jamais à cette question. C'était son truc : quand il ne voulait pas aborder un problème, il faisait comme s'il n'avait pas été soulevé.

Tu devrais venir voir cette boîte, suggéra-t-il à Jimmy vers la fin du mois d'octobre de leur deuxième année. *T'offrir une expérience unique. Je te ferai passer pour mon cousin d'une normalité rasoir. Viens pour la semaine de Thanksgiving.*

Pour Jimmy, l'autre option était de partager une dinde avec ses dindons de parents, *je blague, ah ah*, déclara Jimmy, et ça ne le branchait pas ; il acceptait donc avec grand plaisir. Il se dit qu'il se comportait en vrai copain et qu'il allait rendre service à Crake, car qui Crake le solitaire avait-il la possibilité de voir pendant ses vacances, à part son vieil australopithèque d'oncle Pete le barbant qui n'était-pas-vraiment-un-oncle ? Mais il s'aperçut aussi que Crake lui manquait. Cela faisait plus d'un an qu'il ne l'avait pas vu. Il se demanda s'il avait changé.

Jimmy avait deux dissertations trimestrielles à terminer avant les vacances. Il aurait pu les acheter sur le Net, bien entendu – Martha-Graham était notoirement laxiste en matière de notes et de bulletins et le plagiat avait tout de l'industrie artisanale – mais il avait pris position sur cette question. Il rédigerait ses dissertations lui-même, aussi bizarre que cela paraisse ; décision qui remporta un certain succès auprès du type de femmes fréquentant la Martha-Graham. Elles appréciaient une pointe d'originalité, d'audace et de rigueur intellectuelles.

C'était aussi pour cette raison qu'il s'était mis à passer des heures dans les parties les plus abstruses des rayonnages de la bibliothèque afin d'y glaner un savoir ésotérique. De meilleures bibliothèques, dans des institutions plus argentées, avaient incinéré leurs manuels depuis bien longtemps et conservaient tout sur CD-Rom, mais, dans ce domaine comme en tout, Martha-Graham était en retard sur son époque. Le nez affublé d'un masque conique pour se protéger des moisissures, Jimmy parcourait les étagères chargées de papier moisi et puisait dedans au petit bonheur.

Il était poussé pour partie par l'opiniâtreté voire par la rancœur. Le système l'avait relégué au rang des rebuts et ce qu'il étudiait passait – aux niveaux décisionnaires, niveaux du pouvoir réel – pour une perte de temps archaïque. Eh bien, qu'à cela ne tienne, il poursuivrait le superflu comme une fin en soi. Il serait son champion, son défenseur et son sauveur. Qui avait donc affirmé que tout art était inutile ? Jimmy ne s'en souvenait plus, mais il méritait un hourra, quel qu'il fût. Plus un ouvrage était tombé en désuétude, plus Jimmy s'empressait de l'ajouter à sa collection secrète.

Il dressait également des listes de mots anciens – des mots d'une précision et d'une suggestivité vidées de leur sens dans la société d'aujourd'hui, ou *la satiété d'aujourd'hui*, comme Jimmy l'écrivait parfois délibérément dans ses dissertations trimestrielles.(Orthographe, notaient les profs, ce qui montrait bien leur degré de vigilance.) Il mémorisait ces termes vénérables, les lançait mine de rien dans la conversation : *charron, magnétite, saturnien, inflexible*. Il éprouvait un sentiment étonnamment tendre à leur égard, comme s'il s'agissait d'enfants abandonnés dans les bois qu'il avait le devoir de sauver.

L'une de ses dissertations – pour son cours de Rhétorique appliquée –, intitulée « L'exploitation de l'espoir et de la peur au vingtième siècle à travers les ouvrages sur le développement personnel », lui fournit une mine de formules cocasses à utiliser dans les pubs étudiants. Il citait des bribes de titres piqués ici et là – *Améliorez votre image personnelle* ; *Plan en douze étapes pour un suicide assisté* ; *Comment vous faire des amis et avoir de l'influence sur les autres* ; *Un ventre plat en cinq semaines* ;

Rien n'est impossible ; *Recevoir sans employée de maison* ; *Gestion du deuil pour les nuls* – et le cercle autour de lui se gondolait.

Il avait de nouveau un cercle autour de lui : il avait redécouvert ce plaisir. *Oh, Jimmy, fais-nous* Chirurgie esthétique pour tous *! Fais-nous* Accéder à l'enfant qui est en vous *! Fais-nous* Féminité totale *! Fais-nous* Comment s'amuser et gagner de l'argent en élevant des ragondins *! Fais-nous* Manuel de survie de la relation amoureuse *!* Et Jimmy, le bidonneur, s'exécutait. Parfois, il inventait des livres qui n'existaient pas – *Guérir un diverticule par le chant et la prière* était une de ses meilleures créations – et personne ne remarquait la supercherie.

Il avait repris le sujet de ce papier pour son mémoire, plus tard. Il avait obtenu un A.

Un train à grande vitesse, avec un changement seulement, assurait la liaison entre Martha-Graham et Watson-Crick. Jimmy passa une grande partie des trois heures de trajet à regarder les plèbezones qui défilaient de l'autre côté de la fenêtre. Rangées de maisons minables ; immeubles d'habitation pourvus de balcons minuscules ; lessives accrochées aux balustrades ; usines aux cheminées fumantes ; carrières. Énorme tas d'ordures voisinant ce qu'il supposa être un incinérateur à température élevée. Un centre commercial semblable à ceux de SentéGénic, sinon qu'il y avait des voitures dans les parkings et non des voiturettes électriques pour parcours de golf. Une zone de néons avec des cafés et des bars à putes et une bâtisse ressemblant à un cinéma d'avant le Déluge. Il aperçut deux terrains de caravaning et se demanda comment on pouvait vivre dans ce décor : le seul fait d'y penser lui colla un léger tournis comme, il le supposait, s'il s'était trouvé dans le désert ou en pleine mer. Tout, dans les plèbezones, lui paraissait tellement illimité, poreux, pénétrable, grand ouvert. Tellement soumis au hasard.

D'après l'opinion courante des Compounds, il ne se passait rien d'intéressant dans les plèbezones, à part vendre et acheter : il n'y avait pas de vie intellectuelle. Vendre et acheter, plus une grande activité criminelle ; mais Jimmy se dit que, là-bas, de l'autre côté des barrières de sécurité, ça avait l'air mystérieux et excitant. Dangereux aussi. Il n'aurait pas su comment s'y débrouiller, il n'aurait pas su comment se comporter. Il n'aurait même pas su comment draguer des nanas. Elles te l'auraient embrouillé en cinq sec, l'auraient secoué comme un prunier. Elles se seraient moquées de lui. Il aurait compris sa douleur.

Le dispositif de sécurité à l'entrée de Watson-Crick était très sérieux, sans aucun rapport avec la mascarade de Martha-Graham : ils craignaient probablement qu'un fanatique ne s'infiltre dans les lieux et n'élimine les meilleurs cerveaux de cette génération, ce qui aurait porté un coup fatal à pas mal d'activités. Il y avait des douzaines d'hommes du CorpSeCorps, équipés, entre autres, d'aérodésintégreurs et de matraques en caoutchouc ; ils arboraient l'écusson de Watson-Crick, mais on les repérait facilement. Ils soumirent Jimmy à un test de reconnaissance de l'iris, comparèrent l'image obtenue avec les gabarits stockés sur leur base de données, ensuite de quoi deux haltérophiles bougons poussèrent Jimmy sur le côté pour l'interroger. Il comprit immédiatement pourquoi.

« T'as vu ton courant d'air de mère récemment ?

— Non, répondit-il avec force.

— T'as eu de ses nouvelles ? Un coup de fil, une autre carte postale ? »

Ils continuaient donc à surveiller son courrier papier. Toutes les cartes postales devaient être archivées sur leurs ordinateurs, ainsi que ses coordonnées actuelles, ce qui expliquait pourquoi ils ne lui avaient pas demandé d'où il venait.

« Non », répéta-t-il.

Ils le branchèrent sur le détecteur à impulsions neurales pour s'assurer qu'il ne mentait pas ; ils durent également se rendre compte que la question l'avait perturbé. Il était sur le point de leur crier : « Et si c'était le cas, je ne vous le dirais pas, faces de rat », mais il avait suffisamment d'expérience maintenant pour savoir que ça ne l'avancerait à rien, et que ça risquait fort de lui valoir un retour immédiat à Martha-Graham par le premier train à grande vitesse, ou pire.

« Tu sais ce qu'elle fabrique ? Avec qui elle traîne ? »

Jimmy ne le savait pas, mais eut l'impression qu'ils en savaient peut-être plus que lui. Pourtant, ils n'évoquèrent pas la manifestation Cafésympa dans le Maryland, donc peut-être étaient-ils moins bien informés qu'il ne le craignait.

« Qu'est-ce que tu fais ici, mon garçon ? »

Ça leur cassait les pieds à présent. La phase importante était derrière eux.

« Je viens passer la semaine de Thanksgiving avec un vieux copain, expliqua Jimmy. Un copain du lycée de SentéGénic. Il est étudiant ici. Il m'a invité. »

Il donna le nom de Crake et le numéro de l'autorisation de visite qu'il lui avait fournie.

« Quelle sorte d'étudiant ? Qu'est-ce qu'il suit comme cours ?

— Transgénique », leur répondit Jimmy.

Ils ouvrirent le dossier pour s'en assurer, froncèrent les sourcils en le consultant, l'air modérément impressionnés. Après quoi, ils vérifièrent d'un coup de portable, comme s'ils ne le croyaient pas vraiment. À voir leur comportement, il était clair qu'ils se demandaient pourquoi un manant de son espèce allait rendre visite à la noblesse. Mais ils finirent par le laisser entrer et Crake lui apparut, souriant, dans sa tenue noire anonyme. Appuyé contre la barrière de sortie, il avait l'air plus âgé, plus mince et aussi plus intelligent que jamais.

« Salut, cork-nut », dit Crake et Jimmy ressentit un élan de nostalgie, brutal comme un désir ardent. Il était tellement heureux de revoir Crake qu'il faillit fondre en larmes.

Louchiens

Comparé à Martha-Graham, Watson-Crick était un palace. À l'entrée se dressait une statue en bronze de la mascotte du Centre, la charaignée/araichèvre – l'une des premières recombinaisons réussies, réalisée à Montréal au début du vingt et unième siècle : c'était un croisement de chèvre et d'araignée permettant d'obtenir, dans le lait, des filaments de soie d'araignée hautement résistants qui aujourd'hui servaient principalement à la confection de gilets pare-balles. Le CorpSeCorps ne jurait que par ce truc.

Les vastes terrains derrière le mur d'enceinte avaient été superbement aménagés : œuvre, expliqua Crake, de la faculté de Paysagimmick. Les étudiants de Botanique transgénique (département Ornementation) avaient créé toute une batterie de mélanges tropicaux qui résistaient aux sécheresses et aux inondations et produisaient des fleurs ou des feuilles dans des tons pétants de jaune de chrome, de rouge vif brillant, de bleu phosphorescent et de violet fluo. À l'inverse des passages en béton défoncé de Martha-Graham, les allées étaient larges et lisses. Étudiants et professeurs circulaient à toute vitesse dans leurs voiturettes électriques.

De gigantesques rochers artificiels, réalisés à partir d'un liant associant bouteilles en plastique recyclées, matériel végétal de cactus arborescents géants et divers lithops – plantes-cailloux de la famille des mesembryanthemaceae – s'élevaient ici et là. C'était un procédé breveté, expliqua Crake, lancé à Watson-Crick, qui rapportait aujourd'hui un joli petit pécule. Les rochers artificiels ressemblaient à de véritables rochers mais pesaient moins lourd ; de surcroît, ils absorbaient l'eau en période humide et la libéraient en période sèche, de sorte qu'ils régulaient naturellement l'irrigation des pelouses. Ils étaient commercialisés sous le nom de Roculateurs. Cela dit, il fallait les éviter en période de fortes pluies, car il leur arrivait d'exploser.

Mais la plupart de ces défauts avaient été éliminés, poursuivit Crake, et de nouvelles variétés apparaissaient tous les mois. L'équipe étudiante envisageait de développer un truc baptisé le Modèle Moïse qui fournirait de l'eau potable en temps de pénurie. Le slogan proposé était « Un coup de bâton suffit. »

« Comment ça marche, ces trucs ? demanda Jimmy en essayant de ne pas paraître impressionné.

— Je n'en ai pas la moindre idée. Je ne suis pas en Néogéologie.

— Et... les papillons... ils sont récents ? » s'enquit Jimmy un peu plus tard.

Ceux qu'il regardait, d'un rose criard, avaient des ailes grandes comme des crêpes et recouvraient entièrement un des arbustes violet.

« Tu veux dire, est-ce qu'on les trouve dans la nature ou ont-ils été créés par l'homme ? En d'autres termes, sont-ils réels ou artificiels ?

— Mmm », marmonna Jimmy.

Il n'avait pas envie d'entrer dans une discussion sur *la réalité de la réalité* avec Crake.

« Tu vois quand les gens se font teindre les cheveux ou refaire des dents ? Ou quand les bonnes femmes se font faire de gros nibards ?

— Oui ?

— Une fois que c'est fait, c'est leur apparence réelle. La manière dont ils y sont parvenus n'a plus aucune importance.

— Impossible que des nibards artificiels produisent le même effet que de vrais nibards, répliqua Jimmy, convaincu d'en connaître un rayon sur la question.

— Si tu remarques que ce sont des faux, c'est que le boulot a été mal fait, riposta Crake. Ces papillons volent, ils s'accouplent, ils pondent des œufs, des chenilles en éclosent.

— Mmm », marmonna de nouveau Jimmy.

Crake n'avait pas de compagnon de chambre. En fait, il disposait d'une suite, que des nuances bois mettaient en valeur, avec des stores vénitiens à commande automatique et une climatisation qui marchait vraiment. Elle comprenait une grande chambre à coucher, un espace fermé baignoire-douche avec fonction hammam, un vaste salon-salle à manger équipé d'un canapé convertible – c'était là que Jimmy allait camper, déclara Crake – et un bureau pourvu d'une chaîne hi-fi intégrée et de toute une batterie de gadgets pour ordi. De surcroît, l'entretien de la chambre et du linge était assuré. (Cette révélation fila le bourdon à Jimmy qui était obligé de s'occuper lui-même de ses affaires à Martha-Graham et recourait aux machines à laver et aux sécheuses, lesquelles vous grillaient vos fringues avec force cliquetis et ahanements. Comme les vieilles machines à pièces étaient autrefois régulièrement forcées, il fallait y glisser des jetons en plastique.

Crake bénéficiait également d'une chouette kitchenette.

« Non que je me serve beaucoup du micro-ondes, dit Crake. Sauf pour les snacks. Dans l'ensemble, on mange dans un des réfectoires. Il y en a un par faculté.

— Et la bouffe, comment elle est ? » demanda Jimmy.

Il se faisait de plus en plus l'effet d'être un troglodyte. De vivre dans une grotte, de batailler contre les parasites corporels, de ronger des bouts d'os.

« C'est de la bouffe », répondit Crake qui n'y attachait pas plus d'importance que ça.

Le premier jour, ils firent le tour d'une partie des prodiges de Watson-Crick. Crake s'intéressait à tout – à tous les projets en cours. Il n'arrêtait pas de répéter « Une technique d'avenir », ce qui, après la troisième fois, se révéla irritant.

Ils allèrent d'abord chez Décor et Botanique où une équipe de cinq étudiants en fin de troisième cycle travaillait sur un Papier Peint Intelligent qui changeait de couleur pour se mettre au diapason de votre humeur. Ce papier peint – confièrent-ils à Jimmy – comportait une forme modifiée d'algue sensible aux énergies selon un effet Kirlian, ainsi qu'une sous-couche de nutriments pour algues, mais il restait quelques problèmes techniques à résoudre. Par temps de pluie, le papier peint voyait sa durée de vie se réduire, consommait tous les nutriments, puis virait au gris ; en plus, il n'arrivait pas à faire la différence entre le désir torride et la rage meurtrière et avait tendance à afficher un rose érotique alors que ce qu'il vous fallait, c'était un rouge verdâtre et trouble de capillaires près de péter.

Cette équipe travaillait également sur une ligne de serviettes de toilette qui réagissaient de manière assez voisine, malheureusement, elle n'avait pas encore clarifié les principes de base de la vie marine : une fois mouillées, les algues gonflaient et se mettaient à pousser. Or, les sujets testés n'avaient pas apprécié de voir leurs serviettes de la veille se dilater comme des carrés de marshmallows et traverser leurs salles de bains en rampant.

« Une technique d'avenir », dit Crake.

Ils se rendirent ensuite au département de Néoagriculture. Agricouture, l'avaient surnommé les étudiants. Ils durent enfiler des biocombinaisons avant d'entrer dans les lieux, se laver soigneusement les mains et mettre des masques coniques parce que ce qu'ils s'apprêtaient à voir n'était pas encore immunisé contre les bioformes ou pas totalement. Une femme avec un rire à la Woody Woodpecker les guida à travers les couloirs.

« Voici le tout dernier projet », annonça Crake.

Ce qu'ils avaient sous les yeux était un grand objet blanc jaunâtre en forme de bulbe et apparemment recouvert d'une peau hérissée. De là sortaient vingt tubes de chair au bout desquels un autre bulbe poussait.

« C'est quoi ce machin ? s'écria Jimmy.

— Ce sont des poulets, expliqua Crake. Des morceaux de poulet. Rien que des blancs sur celui-ci. Il y en a qui se spécialisent sur les pilons, douze par unité d'élevage.

— Mais il n'y a pas de tête », insista Jimmy.

Il saisissait le concept – il avait somme toute grandi avec le *sus multiorganifer* – mais ce truc-là allait trop loin. Les porcons de son enfance avaient une tête, eux au moins.

« Là voilà, la tête, là, au milieu, expliqua la femme. Il y a une ouverture pour la bouche en haut, on y introduit les nutriments. Pas d'yeux ni de bec ni rien du tout, ils n'en ont pas besoin.

— C'est horrible », balbutia Jimmy.

Ce machin était un cauchemar. Il avait l'allure d'un tubercule de protéines animales.

« Visualise le schéma corporel de l'anémone de mer, lui suggéra Crake. Ça aide.

— Mais que pense-t-il ? » demanda Jimmy.

La femme partit de sa joviale tyrolienne à la Woody Wood-pecker et expliqua qu'ils avaient éliminé toutes les fonctions cérébrales sans rapport avec la digestion, l'assimilation et le développement.

« C'est une sorte de poulet ankylostome, lui glissa Crake.

— Pas la peine de leur ajouter des hormones de croissance, poursuivit la femme, on a intégré un gène de croissance rapide dans leur génome. On obtient des blancs de poulet en deux semaines, soit trois semaines de mieux que les plus performants des élevages intensifs à haute densité et lumière limitée. Et les fanas de la protection des animaux n'auront rien à dire parce que ce truc n'éprouve aucune sensation de douleur. »

« Ces gamins vont se faire un paquet de fric », déclara Crake quand ils furent sortis.

Les étudiants de Watson-Crick touchaient la moitié des royalties sur tout ce qu'ils inventaient dans le cadre du Centre. D'après Crake, c'était une sacrée carotte.

« CoqOTops, voilà comment ils envisagent d'appeler ce truc.

— Ils sont déjà sur le marché ? » demanda Jimmy dans un filet de voix.

Il ne se voyait pas manger un CoqOTops. Ce serait comme ingurgiter une énorme verrue. Mais, comme pour les implants mammaires – ceux qui étaient bien faits –, peut-être qu'il n'arri-verait pas à faire la différence.

« À certains endroits, ils ont déjà des franchises qui marchent, pour des plats à emporter, ajouta Crake. Les investisseurs se bousculent au portillon. En termes de prix, ils écrasent tout le monde. »

Jimmy commençait à se froisser de la manière dont Crake le présentait – « Je vous présente Jimmy, le neurotypique » – mais se gardait bien de le montrer. Il avait cependant l'impression d'être traité de Cromagnon ou allez savoir. Encore un peu et on le flanquerait dans une cage où on lui offrirait des bananes et des coups d'aiguillons électriques.

Par ailleurs, il n'était pas très convaincu par les nanas dis-ponibles sur le marché de Watson-Crick. Peut-être qu'elles n'étaient même pas disponibles : elles avaient apparemment autre chose en tête. Les quelques tentatives de flirt de Jimmy lui avaient valu des regards surpris – surpris et pas du tout ravis, comme s'il avait fait pipi sur les tapis de ces dames.

Compte tenu de leur apparence négligée, de leur désinvolture en matière d'hygiène personnelle et d'élégance, elles auraient dû tomber à la renverse devant cette marque d'attention. Les chemises écossaises représentaient leur tenue de cérémonie, la coiffure n'était pas leur point fort : un grand nombre d'entre elles paraissaient avoir regardé de très près les grands ciseaux de cuisine. Dans l'ensemble, elles lui rappelaient Bernice, la végétalienne pyromane des God's Gardeners. Le modèle Bernice était l'exception à Martha-Graham où les filles essayaient de donner l'impression d'être, ou d'avoir été, ou bien de pouvoir être, danseuses, actrices, chanteuses, comédiennes, photographes conceptuelles ou tout autre truc artistique. Elles cherchaient à être élancées, jouaient à avoir un style, quel qu'il soit. Mais, ici, le look Bernice était la règle, sinon qu'il y avait peu de T-shirts religieux. Les plus courants arboraient de complexes équations mathématiques qui suscitaient des ricanements parmi ceux qui parvenaient à les décoder.

« Qu'est-ce qu'il dit ce T-shirt ? demanda Jimmy, après avoir subi une expérience de trop dans ce domaine – à les voir se taper dans les mains, entre autres, tandis qu'il restait planté là, avec l'air idiot du mec qui vient de se faire vider les poches.

— Cette fille est physicienne, répondit Crake comme si ça expliquait tout.

— Et alors ?

— Alors, son T-shirt parle de la onzième dimension.

— C'est quoi la blague ?

— C'est compliqué, répondit Crake.

— Essaie toujours.

— Il faut que tu connaisses les dimensions et la manière dont elles sont censées s'imbriquer à l'intérieur des dimensions connues.

— Et ?

— C'est dans le style, je peux t'entraîner en dehors de notre univers, mais le trajet ne dure que quelques nanosecondes et il n'existe pas de moyens de les mesurer dans notre structure spatiale.

— Tout ça en symboles et en chiffres ?

— Pas aussi clairement.

— Oh.

— Je n'ai pas dit que c'était marrant, poursuivit Crake. Eux, ce sont des physiciens. Ce sont les seuls qui se marrent. Mais tu m'as demandé.

— Donc, c'est comme si elle disait qu'ils pourraient s'envoyer en l'air si seulement il avait le zob qu'il fallait, or il ne l'a pas ? s'enquit Jimmy, après avoir sacrément réfléchi.

— Jimmy, tu es génial », déclara Crake.

« Voici BioDéfenses, annonça Crake. Dernier arrêt, promis juré. »

Il voyait bien que Jimmy commençait à saturer. À dire vrai, tout cela lui rappelait trop de souvenirs. Les labos, les bioformes bizarres, les chercheurs nuls à chier dans leurs relations avec les autres – ils lui rappelaient trop sa vie d'avant, sa vie d'enfant. Et s'il y avait un endroit où il n'avait pas envie de retourner, c'était bien là. Même Martha-Graham était préférable.

Ils se trouvaient devant une série de cages. Chacune renfermait un chien. De races et de tailles diverses, ils enveloppaient tous Jimmy d'un regard plein d'amour, remuaient tous la queue.

« C'est une fourrière, dit Jimmy.

— Pas vraiment, répondit Crake. Ne passe pas la barrière de sécurité, ne fourre pas la main à l'intérieur.

— Ils ont l'air assez gentils. »

Son vieux désir d'avoir un animal le reprenait.

« Ils sont à vendre ? poursuivit-il.

— Ce ne sont pas des chiens, ils en ont l'apparence, mais c'est tout. Ce sont des louchiens – ils sont conçus pour faire illusion. Essaie de les caresser, ils t'arracheront la main. Ils ont une forte composante pit-bull.

— Pourquoi créer un chien comme ça ? s'écria Jimmy en reculant d'un pas. Qui en voudrait un ?

— C'est un truc du CorpSeCorps, expliqua Crake. Une commande. Un gros investissement. Ils veulent les mettre dans des douves ou je ne sais quoi.

— Des douves ?

— Oui. Plus efficaces qu'un système d'alarme – pas moyen de désarmer ces machins. Et pas moyen de s'en faire des copains, pas comme les vrais chiens.

— Et s'ils s'échappent ? S'ils sèment la terreur ? Qu'ils

commencent à se reproduire, puis que leur population devienne incontrôlable, comme les gros lapins verts ?

— Ça poserait un problème, reconnut Crake. Mais ils ne s'échapperont pas. La Nature est aux zoos ce que Dieu est aux églises.

— C'est-à-dire ? »

Il n'avait pas fait très attention, les CoqOTops et les louchiens l'inquiétaient. Pourquoi cette impression qu'on a passé les bornes, qu'on a franchi une limite à ne pas franchir ? À quel moment force-t-on la note, à quel moment va-t-on trop loin ?

« Ces murs et ces barreaux ont une raison d'être, continua Crake. Ils ne sont pas là pour nous empêcher d'entrer, mais pour les empêcher de sortir. Dans les deux cas, l'homme a besoin de barrières.

— Empêcher qui ?

— La Nature et Dieu.

— Je pensais que tu ne croyais pas en Dieu.

— Je ne crois pas en la Nature non plus, répondit Crake. Du moins pas avec un N majuscule. »

Hypothétique

« Alors, t'as une copine ? » demanda Jimmy le quatrième jour. Il avait attendu le moment propice pour poser cette question.

« Je veux dire, il y a une sacrée collection de nanas parmi lesquelles choisir. »

Sa remarque se voulait humoristique. Il ne se voyait pas avec la fille au rire à la Woody Woodpecker ni avec celles qui arboraient une batterie de chiffres sur la poitrine, mais il ne voyait pas davantage Crake avec l'une d'entre elles. Crake était trop fin pour ça.

« Pas à proprement parler, répondit Crake sèchement.

— Qu'est-ce que tu veux dire, *pas à proprement parler* ? T'as une copine, mais ce n'est pas un être humain ?

— Au stade où on en est, les unions monogames ne sont pas recommandées, expliqua Crake à la manière d'un guide touristique. On est censés se concentrer sur nos études.

— Mauvais pour ta santé. Tu devrais te trouver quelqu'un.

— Ça te va bien de dire ça, rétorqua Crake. C'est toi la cigale, moi, je suis la fourmi. Je n'ai pas de temps à perdre en prospections erratiques et improductives. »

Pour la première fois depuis qu'ils se connaissaient, Jimmy se demanda – était-ce possible ? – si Crake n'était pas jaloux de lui. Cependant, peut-être Crake se comportait-il simplement en puritain pompeux ; peut-être Watson-Crick exerçait-il une mauvaise influence sur lui. *Alors, c'est quoi ce triathlon-du-ciboulot genre mission maousse costaude ?* faillit s'exclamer Jimmy. *Tu consens à le révéler ?*

« Moi, je ne qualifierais pas ça de perte de temps, déclara-t-il à la place pour essayer de dérider Crake, sauf si tu n'arrives pas à lever une nana.

— Si tu en as vraiment besoin, tu peux arranger ce genre de choses par le biais de l'Association Étudiante, lâcha Crake d'un ton plutôt froid. Ils te le déduisent de ton allocation au même titre que tes frais de logement et de nourriture. Les travailleuses viennent des plèbezones, ce sont des professionnelles qualifiées. Naturellement, elles sont contrôlées médicalement.

— L'Association Étudiante ? Je rêve ! Ils font quoi ?

— C'est logique. Ce système évite la dispersion des énergies vers des canaux improductifs et court-circuite les malaises. Les étudiantes ont le droit d'y recourir aussi, bien entendu. Tu peux obtenir n'importe quelle couleur, n'importe quel âge – enfin, presque. N'importe quel type de corps. Ils te fournissent tout ce que tu veux. Si tu es gay ou fétichiste, ils t'arrangent ça aussi. »

Au début, Jimmy crut que Crake blaguait, mais non. Jimmy mourait d'envie de lui demander ce qu'il avait essayé – s'était-il tapé une cul-de-jatte, par exemple ? Mais, tout à coup, cette question lui parut indiscrète. Et puis, Crake risquait d'y voir une moquerie.

Les menus, dans le réfectoire de la fac de Crake, étaient fantastiques – de vraies crevettes au lieu des CrustaSoja de Martha-Graham, et du vrai poulet – de l'avis de Jimmy, encore qu'il l'évita, parce qu'il ne parvenait pas à se défaire de la vision des CoqOTops ; et un truc qui ressemblait beaucoup à du vrai fromage, même si, d'après Crake, ça provenait d'un légume, une nouvelle variété de courgettes qu'ils étaient en train de tester.

Les desserts étaient riches en chocolat, en vrai chocolat. Le café était riche en café. Pas de produits à base de graines de céréales torréfiées, pas d'adjonction de mélasse. C'était du Café-sympa, et alors quoi ? Et de la vraie bière. Ça oui, de la vraie bière.

Tout cela représentait donc un heureux changement par rapport à Martha-Graham, même si les camarades de Crake avaient tendance à oublier leurs couverts et à manger avec les doigts, puis à s'essuyer la bouche sur leurs manches. Jimmy n'était pas chichiteux, mais, là, ça frisait le dégueulasse. En plus, ils n'arrêtaient pas de parler, qu'on les écoute ou pas, constamment, des idées sur lesquelles ils étaient en train de bosser.

Dès qu'ils s'aperçurent que Jimmy ne travaillait pas sur un *espace* – qu'il fréquentait en fait une institution qu'ils considéraient manifestement comme un cloaque –, ils se désintéressèrent totalement de lui. Les étudiants de leurs facultés étaient leurs conspécifiques et tous les autres êtres humains des non-spécifiques. C'était un perpétuel sujet de plaisanterie.

À la fin de la journée, Jimmy n'avait par conséquent pas follement envie d'aller se mélanger à eux. Il se contentait de traîner chez Crake, de le laisser le battre aux échecs ou au Waco en 3D ou essayait de décoder les magnets décorant le frigidaire, ceux qui ne comportaient ni chiffres ni symboles. Watson-Crick incarnait la culture du magnet : les étudiants en achetaient, en échangeaient, en fabriquaient.

Pas de cerveau, pas de bobo (avec un hologramme de cerveau, vert).
Siliconscience.
J'erre d'Espace en Espace.
Veux-tu donc goûter de mon goujon ?
Prends ton temps, Touche pas au mien.
Petite charaignée/araichèvre, qui t'a faite ?
La vie fait ses expériences comme un rasconse cabriole.
Je pense, donc je Spam.
La vraie étude de l'être humain, c'est Tout.

Parfois, ils regardaient la télé ou un truc sur le Net, comme au bon vieux temps. Nudi News, Topfriteuse, Alibavures, des trucs qui faisaient du bien aux yeux. Ils se préparaient du popcorn au four à micro-ondes, fumaient un peu de marijuana super-corsée que les étudiants de Botanique transgénique cultivaient dans une des serres ; après, Jimmy s'endormait comme une masse sur le canapé. Une fois qu'il se fut habitué à son statut de légume parmi cette réserve de grosses têtes, les choses ne se passèrent pas trop mal. Il fallait juste qu'il se détende, qu'il respire à fond en attendant que ça passe, comme s'il se tapait des exercices de gymnastique. Il serait sorti de là d'ici quelques jours. Entre-temps, c'était toujours intéressant d'écouter Crake, quand Crake était seul et qu'il était d'humeur bavarde.

L'avant-dernier soir, Crake déclara :

« Laisse-moi te balader à travers un scénario hypothétique.

— Je suis partant », répondit Jimmy.

En réalité, il avait sommeil – il avait ingurgité trop de popcorn et de bière – mais il s'assit bien droit et prit son air attentif, celui qu'il avait peaufiné au lycée. Les scénarios hypothétiques, c'était un grand classique de Crake.

« Axiome : la maladie n'est pas productive. En soi, elle ne génère aucune marchandise négociable et donc aucun revenu. Même si elle justifie une foule d'activités, tout ce à quoi elle contribue, au plan financier, c'est à faire circuler la richesse des malades vers les bien portants. Des patients aux médecins, des clients aux vendeurs de remèdes. Tu pourrais qualifier ça d'osmose financière.

— Accordé.

— Maintenant, imagine que tu es une organisation appelée SentéGénic. Imagine que tu tires tes revenus des médicaments et des procédures qui guérissent des malades ou – mieux – qui font qu'il leur est impossible de tomber malades au départ.

— Oui ? »

Il n'y avait rien d'hypothétique là-dedans : c'était réellement ce que faisait SentéGénic.

« Donc, de quoi auras-tu besoin tôt ou tard ?

— De nouveaux remèdes.

— Après.

— Qu'est-ce que tu veux dire par après ?

— Après que tu auras guéri tout ce qui traîne. »

Jimmy fit semblant de réfléchir. Inutile de se creuser la cervelle : Crake allait fournir une solution originale à sa propre question, c'était couru d'avance.

« Tu te souviens de la crise qu'ont vécue les dentistes après le lancement du nouveau bain de bouche ? Le fameux produit qui remplaçait les bactéries de la plaque dentaire par d'autres, inoffensives, remplissant la même niche écologique, à savoir ta bouche ? Après, plus personne n'a eu besoin de plombages et une floppée de dentistes a fait faillite.

— Et alors ?

— Alors, tu vas avoir besoin de davantage de malades. Ou sinon – ça revient peut-être au même – de davantage de maladies. Nouvelles et différentes. D'accord ?

— Cela va de soi, admit Jimmy au bout d'un moment. (Ça allait de soi, d'ailleurs.) Mais ne découvrent-ils pas sans cesse de nouvelles maladies ?

— Ils ne les découvrent pas. Ils les créent.

— Qui ça ? » demanda Jimmy.

Des criminels, des terroristes, était-ce ce que Crake voulait dire ? Tout le monde savait bien qu'ils bricolaient des trucs de ce genre, du moins qu'ils essayaient. Jusqu'à présent ils n'avaient pas tellement réussi : leurs petites maladies à la noix s'étaient révélées basiques, d'après les critères des Compounds, et très faciles à enrayer.

« SentéGénic, répondit Crake. Depuis des années. Il y a toute une unité qui, secrètement, ne travaille que sur ça. Puis, en bout de chaîne, il y a la distribution. Écoute, c'est remarquable. Ils insèrent les bioformes hostiles dans leurs pilules de vitamines – leur marque de prestige qu'on trouve en vente libre, tu vois ? Leur mode de contamination est vraiment élégant – ils fixent un virus à l'intérieur d'une bactérie porteuse, un recombinant d'E. coli, laquelle n'est pas digérée, éclate dans le pylore et bingo ! Diffusion au hasard, bien entendu, et ils ne sont pas obligés de continuer – sinon, ils se feraient pincer – parce que, même dans les plèbezones, ils ont des gars capables de comprendre. Mais une fois que tu as lancé une bioforme hostile parmi la population des plèbezones, vu le brassage là-dedans, elle vit sa vie plus ou moins toute seule. Naturellement, ils développent les antidotes en même temps qu'ils mitonnent leurs virus, mais, ceux-là, ils les gardent en réserve et pratiquent une politique de pénurie, afin de s'assurer des bénéfices substantiels.

— Tu es en train d'inventer tout ça ?

— D'un point de vue commercial, poursuivit Crake, les maladies les plus intéressantes sont celles qui provoquent une indisposition persistante. Idéalement – c'est-à-dire, pour un bénéfice maximum –, il faudrait soit que le ou la patient(e) se rétablisse, soit qu'il ou elle meure juste avant d'avoir dépensé toute sa fortune. Voilà un fin calcul.

— Ce serait vraiment diabolique.

— C'est ce que pensait mon père.

— *Il était au courant ?* »

Jimmy était maintenant tout à fait attentif.

« Il avait découvert la vérité. C'est pour ça qu'on l'a poussé d'une passerelle.

— Qui ça ?

— Au milieu des voitures qui arrivaient.

— Tu deviens parano ou quoi ?

— Pas du tout, rétorqua Crake. C'est la vérité sans fard. J'ai réussi à accéder aux mails de mon père avant qu'ils ne procèdent au grand nettoyage de son ordinateur. Toutes les preuves qu'il avait réunies s'y trouvaient. Les tests qu'il avait effectués sur les vitamines. Tout. »

Jimmy sentit un frisson lui parcourir le dos.

« Qui sait que tu sais ?

— Devine à qui d'autre il l'a dit ? poursuivit Crake. À ma mère et à l'oncle Pete. Il s'apprêtait à donner l'alerte via un site Web illicite – ils disposent d'un large public, ça t'aurait stoppé net toutes les ventes de suppléments vitaminiques SentéGénic dans les plèbezones et, en plus, ça aurait anéanti tout le système. Ça aurait provoqué une catastrophe financière. Pense aux emplois perdus. Mais il a voulu les avertir en premier. »

Crake s'interrompit une seconde.

« Il croyait que l'oncle Pete ne savait rien.

— Waouh, s'exclama Jimmy. Donc, l'un des deux...

— Ou les deux peut-être. L'oncle Pete ne pouvait pas accepter que le résultat financier soit menacé. Quant à ma mère, elle a peut-être simplement eu peur et s'est dit que si mon père buvait le bouillon, elle risquait de le boire aussi. Ou peut-être que c'était le CorpSeCorps. Peut-être s'était-il comporté bizarrement au boulot. Peut-être le surveillaient-ils ? Il codait tout, mais si j'ai pu accéder à ses infos, ils ont pu le faire aussi.

— C'est vraiment glauque tout ça, marmonna Jimmy. Alors, ils ont assassiné ton père ?

— Exécuté. C'est le terme qu'ils auraient utilisé. Ils auraient dit qu'il s'apprêtait à anéantir un concept élégant. Ils auraient dit qu'ils agissaient pour le bien de tous. »

Ils étaient assis là tous les deux, Crake regardait le plafond, presque comme s'il l'admirait. Jimmy ne savait pas quoi ajouter. Des mots de réconfort auraient été superflus.

Finalement, Crake reprit la parole :

« Pourquoi ta mère a levé le pied comme elle l'a fait ?

— Je ne sais pas. Des tas de raisons. Je ne veux pas en parler.

— Je parie que ton père était impliqué dans un truc du même genre. Une arnaque dans le style de celle de SentéGénic. Je parie qu'elle a découvert la vérité.

— Oh, je ne pense pas. À mon avis, elle s'est embringuée dans une organisation dans le genre des God's Gardeners. Une bande de cinglés. De toute façon, mon père n'aurait pas...

— Je te parie qu'elle a su qu'ils commençaient à savoir qu'elle savait.

— Je suis vraiment fatigué », dit Jimmy.

Il bâilla et, tout à coup, ce fut la vérité.

« Je crois que je vais aller me pieuter. »

Extinctathon

Le dernier soir, Crake proposa :

« Tu veux jouer à l'Extinctathon ?

— L'Extinctathon ? » répéta Jimmy.

Il lui fallut un moment, mais il finit par se rappeler l'interactif rasoir sur le Web avec sa tripotée de plantes et d'animaux éteints.

« Quand est-ce qu'on jouait à ce truc-là ? C'est pas possible que ça existe encore.

— Ça n'a jamais arrêté », répondit Crake.

Jimmy enregistra le sous-entendu : Crake n'avait jamais arrêté. Il avait dû jouer tout seul, durant toutes ces années. Enfin, c'était un obsessionnel, rien de nouveau là-dedans.

« Alors, t'as combien de points cumulés ? demanda-t-il pour être poli.

— Quand tu arrives à trois mille, tu passes Grand Maître », expliqua Crake.

Ce qui signifiait qu'il en était un, car sinon il n'aurait rien dit.

« Oh, vachement bien, s'écria Jimmy. Et on te file un prix alors ? La queue et les deux oreilles ?

— Attends que je te montre quelque chose », répliqua Crake.

Il alla sur le Web, trouva le site et l'ouvrit. Apparut alors le portail familier : *Extinctathon, Supervisé par MaddAddam. Adam a donné un nom aux animaux vivants, MaddAddam donne un nom à ceux qui n'existent plus. Veux-tu jouer ?*

Crake cliqua sur oui et tapa son nom de code : *Rednecked Crake.* Le petit symbole de cœlacanthe se plaqua sur son nom, preuve qu'il était Grand Maître. Puis un truc nouveau apparut, un message que Jimmy n'avait encore jamais vu : *Bienvenue,*

Grand Maître Crake. Veux-tu faire une partie classique ou veux-tu affronter un autre Grand Maître ?

Crake cliqua sur la seconde proposition. *Bien. Choisis ta salle de jeux. MaddAddam te retrouvera sur place.*

« MaddAddam, c'est une personne ? demanda Jimmy.

— C'est un groupe. Ou des groupes.

— Alors, qu'est-ce qu'il fait, ce MaddAddam ? »

Jimmy se sentait bête. Il avait l'impression de regarder un vieux DVD d'espionnage, un James Bond ou un truc neuneu du même genre.

« À part compter les crânes et les fourrures, je veux dire.

— Regarde ça. »

Crake quitta Extinctathon, s'introduisit dans une banque d'une plèbezone voisine et, de là, passa sur ce qui ressemblait à un site proposant des pièces détachées pour voitures solaires. Il entra dans l'image d'un enjoliveur, laquelle lui donna accès à un dossier – Pin-Up Pornnmomms, il s'appelait. Les fichiers ne portaient pas de noms, juste des dates ; il en choisit un, le transféra sur l'une de ses feuilles de nénuphar, s'en servit pour passer sur une autre feuille, effaça ses empreintes, ouvrit alors son fichier et chargea une image.

C'était la photo d'Oryx, à sept ou huit ans, nue à part ses rubans, ses fleurs. C'était la photo du regard qu'elle avait lancé à Jimmy, ce regard direct, méprisant, entendu, qui l'avait tellement bouleversé à l'époque où il avait... quoi ? quatorze ans ? Il avait toujours le tirage papier, plié, soigneusement caché. C'était un truc intime, cette photo. Son truc intime à lui : sa culpabilité à lui, sa honte à lui, son désir à lui. Pourquoi Crake l'avait-il gardée ? Volée, plutôt.

Il eut la sensation d'être tombé dans un guet-apens. *Qu'est-ce qu'elle fait ici ?* eut-il envie de hurler. *C'est à moi, ça ! Rends-moi cette photo !* Il était soumis à une séance d'identification ; on le désignait du doigt, on le regardait d'un air renfrogné tandis qu'un clone de Bernice, féroce, foutait le feu à son caleçon. Le châtiment était proche, mais pour quelles raisons ? Qu'avait-il fait ? Rien. Il s'était contenté de regarder.

Crake se déplaça sur l'œil gauche de la fillette, cliqua sur l'iris. C'était un portail : la salle de jeux s'ouvrit.

Bonjour, Grand Maître Crake. Tape ton numéro de code maintenant.

Crake s'exécuta. Une nouvelle phrase apparut : *Adam a donné un nom aux animaux. MaddAddam les adapte à vos fantasmes.*

Suivit alors un chapelet de communiqués accompagnés d'indications de lieux et de dates – apparemment émis par le CorpSe-Corps. Strictement Pour Adresses Sécurisées, était-il stipulé.

Une minuscule guêpe parasite, porteuse d'une forme modifiée de varicelle, maladie spécifique au CoqOTops pour lequel elle était fatale, avait envahi plusieurs élevages de CoqOTops. Il avait fallu détruire ces installations par le feu pour juguler l'épidémie.

Une nouvelle variété de souris grises ayant une forte prédilection pour les câblages électriques avait infesté Cleveland, provoquant un nombre sans précédent d'incendies domestiques. Les méthodes destinées à enrayer le phénomène en étaient au stade des tests.

Un nouveau charançon résistant à tout pesticide connu menaçait les récoltes de baies de Cafésympa.

Un rongeur miniature possédant des gènes de porc-épic et de castor avait fait son apparition dans le Nord-Ouest ; il se faufilait sous les capots des véhicules en stationnement et ravageait les courroies de ventilateur et les systèmes de transmission.

Un microbe amateur d'asphalte avait transformé plusieurs autoroutes en pistes sableuses. Toutes les artères majeures étaient en état d'alerte, et un cordon sanitaire avait été mis en place.

« Qu'est-ce qui se passe ? s'écria Jimmy. Qui balance ces trucs-là ? »

Les communiqués s'effacèrent et un nouveau message apparut. *MaddAddam a besoin d'initiatives originales. Tu as une idée géniale ? Partage-la avec nous.*

Crake tapa : *Désolé, interruption. Dois partir.*

Entendu, Grand Maître Rednecked Crake. Nous discuterons plus tard. Crake décrocha.

Une drôle de sensation avait saisi Jimmy, une sensation de vide qui lui rappelait l'époque où sa mère était partie : la même impression de tabou, de porte qui s'ouvre alors qu'elle aurait dû rester fermée, de torrent de vies secrètes courant clandestinement dans le noir sous ses pieds.

« C'était pourquoi tout ça ? » lança-t-il.

Peut-être que ce n'était rien, se dit-il. Peut-être Crake faisait-il de l'esbroufe ? Peut-être s'agissait-il d'une mise en scène compliquée, d'une invention de Crake, d'une farce destinée à l'effrayer ?

« Je ne sais pas trop, répondit Crake. Au début, j'ai cru que ce n'était qu'un autre truc de frappadingue, du style liberation animale. org. Mais il y a autre chose derrière. À mon avis, ils cherchent à briser les rouages de la société. Ils cherchent à démolir tout le système, ils veulent le faire capoter. Pour le moment, ils ne se sont attaqués à personne, mais ils en sont capables, c'est évident.

— Tu ne devrais pas faire le con ! Tu ne veux pas qu'on sache que tu as un lien avec eux ! Quelqu'un pourrait penser que tu es impliqué. Et si on t'arrêtait ? Tu finirais sur la topfritteuse ! »

Il avait peur à présent.

« On ne m'arrêtera pas. Je surfe, un point c'est tout. Mais rends-moi service et ne parle pas de ça dans tes mails.

— Bien entendu. Mais pourquoi prends-tu un risque pareil ?

— Je suis curieux, point à la ligne. Ils m'ont laissé entrer dans la salle d'attente, mais pas plus loin. Ils doivent venir d'un Compound ou avoir fait des études dans un Compound. Ce sont des bioformes complexes qu'ils assemblent ; je ne pense pas qu'un plèbezoneur ait les capacités de monter des trucs pareils. »

Il lança à Jimmy son regard en coulisse où, dans ses yeux verts, se lisait (c'est ce que pense Snowman à présent) de la confiance. Crake lui faisait confiance. Sinon il ne lui aurait pas montré la salle de jeux secrète.

« C'est peut-être une ratière du CorpSeCorps », suggéra Jimmy.

Les mecs du CorpSeCorps bidouillaient souvent des plans de ce type afin de coffrer des éléments tout près de basculer dans la subversion. Ils nettoyaient le carré de petits pois, selon une formule qu'il avait entendue. Les Compounds avaient la réputation d'être truffés de sites de ce genre potentiellement fatals.

« Fais gaffe où tu mets les pieds.

— Bien sûr », répondit Crake.

En fait, ce que Jimmy voulait vraiment savoir, c'était : *Parmi toutes les possibilités dont tu disposais, parmi tous les portails, pourquoi l'as-tu choisie, elle ?*

Mais il ne pouvait pas poser la question. Il ne pouvait pas se trahir.

Quelque chose d'autre s'était produit au cours de son séjour ; quelque chose d'important, même si Jimmy n'en avait pas eu conscience sur le moment.

La première nuit, alors qu'il dormait sur le canapé convertible de Crake, il avait entendu des cris. Il avait cru qu'ils provenaient de l'extérieur – à Martha-Graham, il se serait agi d'étudiants farceurs – mais, en réalité, ils provenaient de la chambre de Crake. Ils provenaient de Crake.

Plus que des cris : des hurlements. Aucune parole. Et la même chose se répéta toutes les nuits qu'il passa à Watson-Crick.

« C'était un vache de rêve que tu as fait, lui dit Jimmy le matin qui suivit la première fois.

— Je ne rêve jamais », rétorqua Crake.

Il avait la bouche pleine et regardait par la fenêtre. Pour un mec aussi mince, il mangeait beaucoup. C'était son énergie, son métabolisme élevé : Crake brûlait beaucoup.

« Tout le monde rêve, déclara Jimmy. Tu te rappelles l'exercice sur le sommeil paradoxal au Lycée de SentéGénic ?

— Celui où on torturait des chats ?

— Des chats virtuels, oui. Et les chats qui ne pouvaient pas dormir devenaient fous.

— Je ne me rappelle jamais mes rêves. Reprends un toast.

— Mais tu dois en faire quand même.

— Soit, objection retenue, me suis mal exprimé. Je ne voulais pas dire : *je ne rêve jamais*. Je ne suis pas fou, donc je dois rêver. Hypothèse, démonstration, conclusion, si c'est A, ça ne peut pas être B. ça te va ? »

Souriant, Crake se versa un peu de café.

Donc, Crake ne se rappelait jamais ses rêves. À la place, c'est Snowman qui se les rappelle. Pire que ça : il est immergé dedans, il se débat au milieu d'eux, il est coincé dedans. Chacun des moments que Jimmy a vécus ces derniers mois a d'abord été rêvé par Crake. Pas étonnant qu'il hurlât autant.

9.

Balade

Après une heure de marche, Snowman émerge de l'ancien parc. Prudemment, il s'enfonce davantage encore vers l'intérieur, remonte les boulevards, les avenues, les rues et les ruelles dévastés des plèbezones. Les voitures solaires abondent, il y a des épaves, certaines endommagées à la suite d'une multiple collision, d'autres calcinées, et des véhicules intacts, comme s'ils étaient juste garés pour un bref laps de temps. Il y a des camions, des camionnettes, des modèles à pile à combustible mais aussi de vieux véhicules à essence ou à diesel ainsi que des tout-terrain. Quelques bicyclettes, quelques motos – pas un mauvais choix, compte tenu des formidables perturbations que la circulation avait dû connaître plusieurs jours durant. Sur un deux-roues, il avait sûrement été possible de se faufiler entre les gros véhicules jusqu'à ce que quelqu'un vous tire dessus, vous rentre dedans ou que vous fassiez une chute.

Il se trouve maintenant dans un secteur semi-résidentiel – magasins au rez-de-chaussée, pillés à présent ; petits appartements sombres au-dessus. Malgré des impacts de balle, la plupart des enseignes sont toujours en place. En dépit des interdictions sur les armes en vigueur dans les plèbezones, les gens avaient stocké les balles en plomb de l'époque d'avant les aérodésintégreurs. Snowman n'a pas pu se procurer le moindre projectile ; de toute façon, il n'a jamais possédé de vieux fusil rouillé.

Les bâtiments épargnés par les incendies et les explosions sont toujours debout, malgré la végétation qui s'insinue dans la moindre faille. Avec le temps, elle fissurera l'asphalte, renversera les murs, soulèvera les toits. Une plante grimpante se déploie un peu partout, étoffe des rebords de fenêtre, pénètre par les vitres brisées et grimpe le long des barreaux et des grilles ouvragées. Ce quartier ne tardera pas à former un épais fouillis de verdure. S'il avait repoussé ce voyage encore longtemps, il n'aurait pas pu revenir sur ses pas. D'ici peu, on ne verra plus trace de la présence humaine d'antan.

Mais supposons – supposons juste, songe Snowman – qu'il ne soit pas le dernier de son espèce. Supposons qu'il reste d'autres hommes. Il s'efforce désespérément de leur donner une réalité, à ces éventuels rescapés qui ont peut-être survécu dans des poches isolées, coupés du reste du monde à la suite de l'effondrement des réseaux de communication et survivant tant bien que mal. Des religieux cachés dans le désert, loin de la contagion ; des chevriers de montagne toujours restés à distance des habitants des vallées ; des tribus perdues au fin fond de la jungle. Des gens qui, ayant prévu les pires catastrophes nucléaires et suivi les événements depuis le début, se seraient enfermés dans leur bunker souterrain et auraient abattu tous leurs visiteurs. Des rustauds des montagnes, des reclus ; des fous errants, protégés par le voile de leurs hallucinations. Des troupes de nomades, attachés à leurs habitudes ancestrales.

Comment est-ce arrivé ? demanderont leurs descendants en butant sur les preuves, les ruines. Ruineuses preuves. *Qui a construit ces trucs ? Qui vivait dedans ? Qui les a détruits ?* Le Taj Mahal, le Louvre, les pyramides, l'Empire State Building – des choses qu'il a vues à la télé, dans de vieux bouquins, sur des cartes postales, sur Du Sang et des Roses. Imaginez que vous tombiez dessus, en 3D, grandeur nature, sans y avoir été préparé – vous flipperiez, vous foutriez le camp en courant et, après, il vous faudrait une explication. Au début, ils évoqueraient des géants ou des dieux, mais, tôt ou tard, ils chercheraient à connaître la vérité. Comme lui, ils auraient ce fameux cerveau de primate curieux.

Peut-être diraient-ils : *Ces trucs ne sont pas réels. Ce sont des fantasmagories. Ils sont nés des rêves et, à présent que plus personne ne rêve d'eux, ils se désagrègent.*

« Supposons, pour le plaisir de discuter, déclara Crake un soir, que la civilisation telle que nous la connaissons soit détruite. Tu veux du pop-corn ?

— C'est du vrai beurre ? demanda Jimmy.

— Watson-Crick m'offre que le top du top, répondit Crake. Une fois qu'elle sera anéantie, on ne pourra jamais la reconstruire.

— Pourquoi pas ? T'as du sel ?

— Parce que tous les métaux disponibles en surface ont déjà été extraits. Et sans eux, pas d'âge du fer, pas d'âge du bronze, pas d'âge de l'acier et ainsi de suite. Il y a des métaux en profondeur, mais la technologie de pointe nécessaire à leur extraction n'existerait plus.

— On pourrait la relancer », suggéra Jimmy, la bouche pleine. (Cela faisait tellement longtemps qu'il n'avait pas mangé un aussi bon pop-corn.) On aurait encore les modes d'emploi.

— En fait, non. Ce n'est pas comme la roue, c'est trop complexe maintenant. Supposons que les modes d'emploi n'aient pas été perdus, supposons qu'il reste quelques personnes possédant les connaissances nécessaires. Elles ne seraient pas nombreuses et manqueraient d'outils. Rappelle-toi, pas d'électricité. Et après leur mort, ce serait terminé. Elles n'auraient pas d'apprentis, elles n'auraient pas de successeurs. Tu veux une bière ?

— Elle est froide ?

— Il suffit simplement, poursuivit Crake, d'éliminer une génération. Une génération de tout. De coléoptères, d'arbres, de microbes, de scientifiques, de locuteurs de français, peu importe. Fais sauter une génération, et la partie est définitivement terminée.

— À propos de partie, intervint Jimmy, c'est ton tour. »

Pour Snowman, le parcours s'est transformé en une course d'obstacles : en plusieurs endroits, il lui a fallu faire des détours. Le voici à présent dans une ruelle étroite, envahie par les plantes grimpantes qui la traversent et s'enroulent de toit en toit. À travers les brèches de la végétation au-dessus de lui, il aperçoit une poignée de vautours qui tournoient paresseusement dans le ciel. Ils le voient aussi, leur vue est une loupe à dix dioptries, ils vous compteraient les pièces de monnaie au fond de votre poche. Snowman en connaît un bout sur les vautours.

« Pas encore », leur crie-t-il.

Mais pourquoi les désappointer ? Si jamais il trébuchait et tombait, s'il se coupait, s'il s'assommait, puis que des louchiens ou des porcons l'attaquent, il n'y a que pour lui que ça ferait une différence. Les Crakers se débrouillent bien, ils n'ont plus besoin de lui. Ils se demanderont un moment où il a pu passer, mais il leur a déjà fourni une réponse sur ce point : il est parti retrouver Crake. Il deviendra un second rôle dans leur mythologie pour ce qu'elle vaut – une sorte de démiurge auxiliaire. On évoquera un Snowman qu'il n'est pas. On ne le pleurera pas.

Le soleil grimpe plus haut, intensifie ses rayons. Snowman sent la tête lui tourner. Une épaisse torsade se sauve en ondulant et en dardant la langue à l'instant où son pied se pose à côté d'elle. Il faut qu'il fasse davantage attention. Y a-t-il des serpents venimeux ? Un petit corps poilu précédait-il cette longue queue qu'il a failli écraser ? Il n'a pas vu clairement cette créature. Il espère bien que non. Tous les serprats avaient été prétendument détruits, mais il suffisait d'un couple. Un couple, l'Adam et Ève des serprats, et un zigomar malveillant qui, ravi d'imaginer ces machins à l'assaut des canalisations, leur ordonne d'aller et de se multiplier. Des rats pourvus de longues queues vertes recouvertes d'écailles et de crochets de crotale. Il décide de chasser cette idée.

À la place, il se met à fredonner pour se remonter le moral. Quelle chanson ? *Winter Wonderland.* Dans les centres commerciaux, on recyclait cette scie tous les noëls alors qu'il n'avait plus neigé depuis belle lurette. Une mélodie évoquant des tours joués à un bonhomme de neige avant qu'il ne fonde.

Peut-être Snowman n'a-t-il rien à voir avec l'abominable homme des neiges, après tout ? Peut-être est-il juste le bonhomme de neige, la nouille souriante qu'on construit pour s'amuser et qu'on démolit pour se distraire, dont le sourire caillouteux et le nez carotte invitent à la moquerie et aux mauvais traitements. Peut-être que c'est son vrai lui, le dernier *Homo sapiens* – blanche illusion d'homme, présente aujourd'hui, disparue demain, si facilement culbutée, abandonnée au soleil, à fondre et à s'amenuiser jusqu'au moment où elle se sera totalement dissoute goutte après goutte. Comme Snowman aujourd'hui. Il s'arrête, essuie la sueur sur son visage, boit la moitié de sa bouteille d'eau. Il espère en trouver encore quelque part, bientôt.

Devant lui, les maisons se font plus rares, puis inexistantes. S'ensuit une zone de parkings et d'entrepôts, puis des fils barbelés tendus entre des poteaux en béton et un portail ouvragé sorti de ses gonds. Fin de la conurbation et des limites de la plèbecité, début du territoire du Compound. Voici la dernière gare des trains à grande vitesse qui affiche des couleurs de cage à poules en plastique. *Rien à craindre ici*, proclament ces couleurs. *Ce n'est qu'un parc de jeux pour enfants.*

Mais voici le passage dangereux. Jusqu'à présent, il y a toujours eu un truc où il pouvait grimper tant bien que mal ou autour duquel il pouvait tourner en cas d'attaque par le flanc, or voici que s'offre un espace dégagé sans le moindre abri et sans trop de verticales. Il tire son drap par-dessus sa casquette de baseball afin de se protéger du soleil éblouissant, s'enveloppe à la manière d'un Arabe, et poursuit son chemin en pressant l'allure autant qu'il le peut. Il sait que, malgré le tissu, il brûlera s'il s'expose indûment : son meilleur espoir, c'est la vitesse. Il faudra qu'il soit à couvert avant midi, heure à laquelle l'asphalte sera trop brûlant pour marcher dessus.

Il arrive à présent aux Compounds. Il dépasse l'embranchement menant à Cryojénial, l'une des boîtes les plus modestes : il aurait bien aimé être une petite souris au moment où l'électricité s'est arrêtée et où deux mille têtes congelées de millionnaires en attente de résurrection se sont mises à fondre dans le noir. Après, c'est Génie-Gnomes où la bouille d'un lutin mascotte aux oreilles pointues émerge à intervalles réguliers d'une éprouvette. Le néon était allumé, remarqua-t-il : le relais solaire devait continuer à fonctionner, même mal. Normalement, ces enseignes ne s'allumaient qu'à la nuit.

Et finalement RejouvenEssence. Où il a commis tant d'erreurs, tant d'impairs, et où il a pris son dernier pied. Plus grand que les Fermes BioIncs, plus grand que SentéGénic. Le plus grand de tous.

Il franchit la première barricade avec ses scopeurs foutus et ses projecteurs déglingués, puis le poste de contrôle. Moitié dedans moitié dehors, un garde est étalé par terre. Snowman n'est pas trop surpris par l'absence de tête : en temps de crise, les émotions s'exacerbent. Il vérifie pour voir si le gars a toujours son aérodésintégreur, mais niet cacahuète.

Il y a ensuite une zone vide de bâtiments. Le No Man's Land, comme l'appelait Crake. Pas d'arbres, là : ils avaient éliminé tout ce qui pouvait permettre de se cacher et divisé le terrain en carrés bordés d'alignements de capteurs pyroélectriques. Le sinistre effet d'échiquier ne se voit déjà plus ; de mauvaises herbes, drues comme des moustaches, hérissent la surface aplanie. Snowman prend quelques minutes pour scruter le terrain, mais à part une bande d'oiseaux noirs occupés à se disputer une bricole par terre, rien ne bouge. Il s'élance alors.

Il entame à présent l'approche proprement dite. Le long de la route se déploie une colonne d'objets dont les fuyards ont dû se défaire, on croirait une chasse au trésor à rebours. Une valise, un sac à dos déversant vêtements et babioles ; un nécessaire de voyage, défoncé, à côté d'une brosse à dents rose, solitaire. Un bracelet ; une pince à cheveux en forme de papillon ; un calepin dont les pages ont été mouillées, illisible.

Dans un premier temps, les fugitifs avaient dû nourrir un certain espoir. Ils avaient dû penser que ces choses pourraient leur servir par la suite. Puis ils avaient changé d'avis et s'en étaient délestés.

RejouvenEssence

Il est hors d'haleine et en nage lorsqu'il arrive enfin au mur d'enceinte du Compound RejouvenEssence toujours haut de quatre bons mètres, mais désormais privé d'électrification et dont les piques métalliques commencent à rouiller. Il franchit le portail extérieur qui semble avoir été soufflé par une bombe et profite de l'ombre qu'il dispense pour s'arrêter, manger la barre énergétique au chocolat et finir ce qu'il lui reste d'eau. Puis il poursuit son chemin, traverse le fossé, dépasse les guérites où se tenaient autrefois les gardes armés du CorpSeCorps et les cabines vitrées d'où ils contrôlaient les équipements de surveillance, puis la tour de guet des remparts avec sa porte en acier – pour toujours ouverte désormais – où on avait autrefois exigé qu'il montre son empreinte digitale et l'iris de son œil.

Au-delà se déploie la perspective dont il garde un si vif souvenir : les résidences organisées dans le style des banlieues résidentielles avec de grandes maisons de style classique, de style Tudor, de style rustique français, les rues sinueuses menant au parcours de golf du personnel, à leurs restaurants, à leurs boîtes de nuit, à leurs cliniques, à leurs galeries marchandes, à leurs courts de tennis et à leurs hôpitaux. Sur la droite, strictement interdites, se situent les installations orange vif, pour bioformes contagieuses, ainsi que les forteresses en verre securit, cubes noirs qui abritaient la partie affaires. Au loin se trouve sa destination – le parc central avec, émergeant d'entre les arbres, le sommet du dôme enchanté de Crake, rond, blanc et étincelant, pareil à une bulle de glace. En le regardant, il frissonne.

Mais pas de temps à perdre en jérémiades inutiles. Il remonte la grand-rue d'un bon pas, contourne des amas de vêtements et de carcasses humaines rongées. Il ne reste pas grand-chose en dehors des os : les charognards ont fait leur boulot. Lorsqu'il a quitté le Compound, les lieux semblaient avoir connu une véritable émeute et empestaient comme un abattoir, mais aujourd'hui tout est paisible et la puanteur a quasiment disparu. Les porcons ont labouré les pelouses : les empreintes de leurs sabots sont partout, pas trop récentes, heureusement.

Son premier objectif, c'est de se trouver à manger. La logique voudrait qu'il fasse toute la rue des centres commerciaux – davantage de chances de dénicher un solide repas là-bas –, mais il a trop faim pour ça. Et puis il faut qu'il se mette à l'abri du soleil, sans attendre.

Il prend donc la deuxième à gauche pour s'enfoncer dans l'un des secteurs résidentiels. Déjà, une herbe épaisse borde les trottoirs. C'est une rue circulaire ; dans l'îlot au milieu flamboient les fleurs rouges et pourpres d'un petit massif d'arbustes, pas taillés et malingres. Une recombinaison exotique : d'ici à quelques années, ils seront étouffés. À moins qu'ils ne s'étalent, qu'ils empiètent sur les plantes indigènes, qu'ils aient le dessus. Qui peut dire lesquels l'emporteront ? Le monde représente aujourd'hui un vaste champ d'expériences incontrôlées – comme il l'a toujours été, aurait répliqué Crake – et patauge à fond dans les conséquences imprévues.

La maison qu'il choisit est de taille moyenne et de style Queen Anne. La porte principale est fermée à clé, mais une fenêtre à carreaux en losange a été fracturée : un pilleur condamné a dû le précéder. Snowman se demande ce que le malheureux pouvait bien chercher : des vivres, de l'argent ne servant plus à rien ou juste un endroit où dormir ? Quoi que cela ait pu être, ça ne l'aura guère avancé.

Dans une vasque en pierre ornée de grenouilles à l'air stupide et encore presque pleine de l'averse de la veille, il recueille, dans le creux de sa main, un peu d'eau pas trop souillée par les fientes d'oiseaux. Quelle maladie les oiseaux trimballent-ils, et leurs crottes sont-elles contaminées ? Il lui faudra assumer ce risque. Après s'être aspergé la figure et le cou, il remplit sa bouteille. Puis il observe la maison pour y repérer des signes éventuels, des mouvements. Il n'arrive pas à se défaire de l'idée que quelqu'un – quelqu'un comme lui – se tient aux aguets, dans un coin, derrière une porte entrouverte.

Il ôte ses lunettes de soleil, les serre dans son drap, puis s'introduit par la fenêtre fracturée, une jambe, puis l'autre, jette son bâton en premier. Le voilà dans la pénombre. Les poils sur ses bras le picotent : claustrophobie et mauvaises vibrations l'oppressent déjà. L'atmosphère est lourde, comme si la panique s'était condensée dans les lieux et n'avait pas encore eu le temps de se dissiper. Il se dégage une puanteur digne d'un millier de cloaques.

« Bonjour ! lance-t-il. Il y a quelqu'un ? »

C'est plus fort que lui : chaque maison lui parle de ses habitants potentiels. Il a envie de faire demi-tour ; la nausée l'attrape à la gorge. Mais il plaque un coin de drap sale devant son nez – au moins, c'est sa propre odeur – et traverse le grand tapis couvert de moisissures, passe devant les formes sombres des copies de meubles anciens aux formes rembourrées. Un petit cri aigu s'élève, suivi d'une débandade : les rats ont pris possession des lieux. Il avance prudemment. Il sait ce qu'il représente pour les rats : de la charogne sur pied. À les entendre, on dirait néanmoins de vrais rats, pas des serprats. Les serprats ne crient pas, ils sifflent.

Criaient, *sifflaient*, se reprend-t-il. Ils ont été liquidés, ils sont éteints, il faut qu'il se le répète haut et fort.

Commençons par les choses importantes. Il repère le meuble à alcools dans la salle à manger et l'inspecte rapidement. Une demi-bouteille de bourbon ; rien d'autre, sinon une collection de bouteilles vides. Pas de cigarettes. Ce devait être un foyer de non-fumeurs, à moins que le pilleur qui l'a précédé ne les ait raflées.

« Va te faire foutre ! » lance-t-il à l'adresse du buffet en chêne patiné.

Puis, sur la pointe des pieds, il monte au deuxième étage par l'escalier recouvert de moquette. Pourquoi si discrètement, à la manière d'un vrai cambrioleur ? C'est plus fort que lui. Il y a des gens sur place, endormis, c'est sûr. Ils vont l'entendre et se réveiller, c'est sûr. Il sait pourtant que c'est idiot.

Il y a un homme dans la salle de bains, étalé de tout son long sur le carrelage couleur terre, il porte – ce qui reste de lui – un pyjama à rayures bleues et bordeaux. Curieux, songe Snowman, la manière dont, en cas d'urgence, des tas de gens foncent vers la salle de bains. Dans ces maisons, la salle de bains représentait un quasi-sanctuaire, un endroit où l'on pouvait méditer dans la solitude. Mais aussi dégueuler, saigner par les yeux, se vider tripes et boyaux, fouiller désespérément l'armoire à pharmacie dans l'espoir de dénicher la pilule salvatrice.

C'est une jolie salle de bains. Un jacuzzi, des sirènes mexicaines en céramique sur les murs, la tête ceinte de fleurs, leurs cheveux blonds tombant en cascade, leurs mamelons peints en rose vif sur des seins petits mais ronds. Il ne cracherait pas sur une douche – il doit y avoir une citerne de récupération des eaux de pluie – mais il y a une sorte d'onguent durci au fond de la baignoire. Il s'empare d'un pain de savon, pour plus tard, et fouille l'armoire à pharmacie dans l'espoir de mettre la main sur de l'écran total, sans succès. Un flacon de JouissePluss, à moitié plein ; une boîte d'aspirine qu'il empoche. Il envisage de chiper également une brosse à dents, mais se contente du dentifrice : la perspective de se coller dans la bouche la brosse à dents d'un mort le dégoûte. Pour un Sourire Plus Blanc, lit-il. Ça lui convient, il a besoin d'un sourire plus blanc, encore qu'il ne voie pas, pour le moment, à quoi cela lui servira.

Le miroir de l'armoire à pharmacie a été pulvérisé : ultime geste de fureur inutile, de protestation cosmique – *Pourquoi ça ? Pourquoi moi ?* Il comprend, il aurait fait pareil. Cassé un truc ; désagrégé ce dernier regard sur soi. La plus grande partie du miroir se trouve dans le lavabo, mais il veille à ne pas poser les pieds n'importe où : tel un cheval, c'est sa vie qui en dépend maintenant. S'il ne peut plus marcher, il sera bon à jeter aux rats.

Il suit le couloir. La maîtresse de maison repose dans la chambre, allongée sous l'immense couette rose et or, un bras et une omoplate à découvert, os et tendons habillés d'une nuisette à imprimé léopard. Elle lui tourne la tête, ce qui n'est pas plus mal, mais ses cheveux sont intacts, tout d'une pièce, on dirait une perruque : racines foncées, mèches blanches, cheveux courts ébouriffés. Sur la femme qu'il faut, ça pourrait être attirant.

À une époque, il farfouillait dans les tiroirs d'autrui dès qu'il avait l'ombre d'une occasion, mais, là, dans cette pièce, il n'en a pas envie. De toute façon, ce serait le même genre de choses. Sous-vêtements, accessoires érotiques, bijoux fantaisie voisinant avec des bouts de crayon, de la petite monnaie, des épingles de sûreté et, avec un peu de veine, un journal intime. Du temps où il fréquentait encore le lycée, il aimait lire le journal intime des filles, avec leurs majuscules, leurs points d'exclamation, leurs formules ampoulées – *aime, aime, aime, déteste, déteste, déteste* – et leurs traits de couleur ; ça ressemblait aux lettres tordues qu'il recevait plus tard, au boulot. Il attendait que la nana soit sous la douche, puis procédait à une fouille éclair. Naturellement, c'était son nom qu'il cherchait, même si, parfois, il n'apprécia pas trop ce qu'il découvrit.

Un jour, il lut : *Jimmy, espèce de sale fouineur, je sais que tu es en train de lire mon journal, je* déteste *ça, c'est pas parce qu'on baise ensemble que je t'aime, alors* MÊLE-TOI DE TES OIGNONS *!!! Déteste* souligné deux fois en rouge, *mêle-toi de tes oignons* trois. Elle s'appelait Brenda. Mignonne, toujours un chewing-gum dans la bouche, elle était assise devant lui en classe de Sciences de la vie quotidienne. Sur sa commode, elle avait un robochien à pile solaire qui aboyait, rapportait un os en plastique et levait la jambe pour pisser une eau jaunâtre. C'est dans les chambres des filles les plus dures et les plus garces qu'on voyait les gadgets les plus mièvres et les plus kitsch, ça l'a toujours frappé.

La coiffeuse supporte la traditionnelle théorie de crèmes raffermissantes, de traitements hormonaux, d'ampoules et d'injections, de cosmétiques, d'eaux de Cologne. Dans le peu de lumière qui passe à travers les lamelles des stores, ces produits luisent obscurément, telle une nature morte adoucie sous une couche de vernis. Il se vaporise avec le produit d'un flacon, un parfum au musc qui, il l'espère, masquera peut-être les autres odeurs régnant dans la pièce. Pur crack, proclame l'étiquette en lettres d'or en relief. Il envisage un bref instant d'avaler le tout, mais se rappelle qu'il a le bourbon.

Puis il se penche vers le miroir ovale afin de voir à quoi il ressemble. Dans les endroits où il s'introduit, il est infichu de résister aux miroirs et jette un coup d'œil sur sa bobine chaque fois qu'il en a l'occasion. De plus en plus, ça lui fait un choc. Les yeux chassieux, les joues creuses, un inconnu couvert de piqûres d'insecte le fixe en retour. Il paraît vingt ans de plus. Il se fait un clin d'œil, se sourit, se tire la langue : l'effet est réellement sinistre. Derrière lui, dans la glace, l'enveloppe de la femme dans le lit ressemble presque à une vraie femme ; comme si, à tout moment, elle allait peut-être se tourner vers lui, ouvrir les bras, lui chuchoter de venir la prendre. Elle et ses cheveux courts ébouriffés.

Oryx avait une perruque comme ça. Elle aimait s'habiller, changer d'apparence, faire semblant d'être une autre. Elle arpentait la chambre en se pavanant, esquissait un mini-strip-tease, se trémoussait et posait. Selon elle, les hommes aimaient la variété.

« Qui t'a dit ça ? lui avait demandé Jimmy.

— Oh, quelqu'un. »

Là-dessus, elle avait éclaté de rire. C'était juste avant qu'il ne la prenne dans ses bras et que sa perruque ne tombe... *Jimmyy* ! Mais il ne peut pas se permettre de penser à Oryx maintenant.

Il se retrouve, planté au milieu de la pièce, bras ballants, bouche bée.

« J'ai manqué d'intelligence », déclare-t-il tout fort.

À côté, il y a une chambre d'enfant renfermant un ordinateur en plastique d'un rouge éclatant, une étagère d'ours en peluche, un papier peint avec une frise de girafes et une planque de CD bourrée – à en juger par la couverture – de jeux vidéo extrêmement violents. Mais il n'y a pas d'enfant, pas de cadavre d'enfant. Peut-être est-il mort et a-t-il été incinéré au tout début, quand il y avait encore des crémations ? ou peut-être, effrayé de voir ses parents tourner de l'œil et lâcher des bulles de sang, s'est-il sauvé en courant ? Peut-être était-ce l'un des amas d'habits et d'ossements qu'il a aperçus dans les rues. Certains d'entre eux étaient très petits.

Il repère l'armoire à linge dans le couloir et échange son drap crasseux contre un propre, pas uni cette fois-ci mais à fleurs et à volutes. Voilà qui fera sensation auprès des petits Crakers.

« Regarde, s'écrieront-ils, Snowman a des feuilles qui lui poussent ! »

Cela ne les étonnerait pas. Il y a toute une pile de draps dans l'armoire, soigneusement pliés, mais il n'en prend qu'un. Il ne veut pas s'encombrer de trucs dont il n'a pas vraiment besoin. Si nécessaire, il peut toujours revenir en chercher d'autres.

Il entend la voix de sa mère lui demander de jeter son drap sale dans le panier à linge – les vieux schémas de pensée ont la vie dure –, mais le laisse tomber par terre et redescend à la cuisine. Il espère y dénicher des conserves, du ragoût de soja ou bien des haricots blancs avec des succédanés de saucisses, n'importe quoi renfermant des protéines – même des légumes seraient bien, ersatz ou pas, il avalerait n'importe quoi –, hélas ! la personne qui a fracturé la fenêtre a aussi nettoyé le placard. Il y a une poignée de céréales dans un récipient en plastique au couvercle pression, donc, il les mange ; c'est du pur carton génétiquement modifié cent pour cent naturel et il lui faut beaucoup mâcher et boire un peu d'eau pour réussir à les faire descendre. Il trouve trois sachets de noix de cajou, snacks récupérés dans un train à grande vitesse, et en engloutit un illico ; ils ne sont pas trop rances. Il y a également une boîte de sardines SojaBaba. Sinon, il ne reste qu'un flacon de Ketchup à moitié vide, marron foncé et en pleine fermentation.

Il se garde bien d'ouvrir le réfrigérateur. C'est lui qui dégage certaines des odeurs flottant dans la cuisine.

Dans l'un des tiroirs sous le plan de travail, il y a une torche électrique en bon état. Il l'embarque, avec deux bouts de bougie et quelques allumettes. Il repère un sac-poubelle en plastique, tout à fait là où il devrait être, et fourre le tout dedans, y compris les sardines et les deux autres sachets de cajous, plus le bourbon, le savon et l'aspirine. Il y a quelques couteaux, pas très pointus ; il en choisit deux ainsi qu'une petite casserole. Ça lui rendra service s'il parvient à trouver un truc à cuire.

Plus loin dans le couloir, coincé entre la cuisine et la resserre, il y a un petit bureau. Une table de travail avec un ordinateur complètement flingué, un fax, une imprimante ; et aussi un pot rempli de stylos en plastique, une étagère chargée de livres de références – un dictionnaire, un dictionnaire des synonymes, un Bartlett's, la *Norton Anthology of Modern Poetry*. Le gars au pyjama rayé à l'étage devait donc être un littéraire : un bonhomme écrivant des discours pour RejouvenEssence, un plombier idéologique, un spécialiste en communication, un tâcheron coupeur de cheveux en quatre. Pauvre type, songe Snowman.

À côté d'un vase de fleurs fanées et d'une photo encadrée du père et du fils – l'enfant était un garçon finalement, de sept ou huit ans –, se trouve un bloc-notes pour le téléphone. Griffonnés en travers de la première page s'étalent les mots TONDRE LA PELOUSE. Puis, en caractères plus modestes, plus discrets, *Appeler la clinique...* Le stylo à bille repose toujours sur le papier, comme s'il avait été lâché par une main affaiblie : ça a dû se passer subitement, juste à ce moment-là, la maladie et la prise de conscience. Snowman visualise le mec baissant les yeux vers sa main et pigeant ce qui lui arrivait. Ce devait être un des premiers cas, sinon il ne se serait pas tracassé pour sa pelouse.

Sa nuque recommence à le picoter. Pourquoi a-t-il la sensation que c'est la porte de chez lui qu'il a forcée ? Son chez-lui d'il y a vingt-cinq ans, et qu'il est l'enfant disparu.

Tornade

Tout en réfléchissant à la suite de son itinéraire, Snowman s'enfonce dans la pénombre du salon aux rideaux tirés et gagne le devant de la maison. Il faudra qu'il essaie de trouver un endroit mieux approvisionné en conserves ou même une galerie marchande. Il pourrait passer la nuit sur place, perché sur une étagère en hauteur ; ça lui permettrait de prendre son temps, de n'emporter que les trucs les plus intéressants. Qui sait ? il reste peut-être encore quelques tablettes de chocolat. Puis, une fois qu'il aura eu la certitude d'avoir couvert le chapitre alimentation, il pourra mettre le cap sur le dôme translucide et puiser dans l'arsenal. Dès qu'il aura de nouveau entre les mains un aéro-désintégreur en état de marche, il se sentira nettement plus en sécurité.

Il lance son bâton par la fenêtre brisée, puis l'enjambe en veillant à ne pas déchirer son nouveau drap fleuri, ni à s'érafler ni à trouer son sac-poubelle sur les bouts de verre. Juste en face de lui, cinq porcons farfouillent dans un petit tas de détritus, des vêtements seulement, du moins il l'espère. Un mâle, deux femelles et deux jeunes. En l'entendant, ils s'interrompent et lèvent la tête : ils le voient, il n'y a aucun doute là-dessus. Il attrape son bâton, le leur agite sous le nez. En général, ça les fait déguerpir – les porcons ont de la mémoire et les bâtons ressemblent à des aiguillons électriques –, mais, là, ils ne bronchent pas. Comme intrigués, ils hument l'air dans sa direction ; peut-être ont-ils senti le parfum qu'il a vaporisé sur lui. Si ça se trouve, ce machin renferme des phéromones sexuelles correspondant aux leurs, ce serait bien sa veine. Piétiné à mort par des porcons en rut. Quelle fin à la con !

Que faire s'ils chargent ? Il n'y a qu'une option : repasser par la fenêtre à fond de train. En a-t-il le temps ? Malgré ces pattes courtaudes qui supportent leur masse énorme, ces saletés de bestioles sont capables de courir extrêmement vite. Les couteaux de cuisine sont au fond de son sac-poubelle ; et, de toute façon, ils sont trop courts et trop fins pour blesser sérieusement un porcon adulte. Ce serait comme essayer de planter un couteau à éplucher dans un pneu de poids lourd.

Le mâle baisse la tête, rentre son cou massif entre ses épaules et oscille nerveusement d'avant en arrière tout en réfléchissant. Mais les autres battent déjà en retraite, de sorte que le mâle se ravise et leur emboîte le pas, soulignant son mépris et son désir de provocation en lâchant un tas d'excréments derrière lui. Snowman attend qu'ils aient complètement disparu, puis se remet prudemment en marche en jetant de fréquents coups d'œil dans son dos. Ces bêtes sont suffisamment malignes pour feindre un repli et revenir à la charge au prochain croisement. Ils le renverseraient, le piétineraient et te l'éventreraient pour le boulotter, en commençant par ses viscères. Il connaît leurs goûts. Un animal intelligent et omnivore, le porcon. Il se peut même que certains d'entre eux abritent des tissus néocorticaux humains dans leurs caboches rusées et cruelles.

Oui : les voilà, juste devant. Ils émergent de derrière un buisson, tous les cinq ; non, tous les sept. Ils ont les yeux braqués sur lui. Ce serait une erreur que de leur tourner le dos ou de se mettre à courir. Il brandit son bâton et repart en crabe, à l'oblique, dans la direction d'où il vient. Si nécessaire, il peut se réfugier dans le poste de contrôle et y rester jusqu'à ce qu'ils s'éloignent. Après, il faudra qu'il trouve une voie de contournement pour rejoindre le dôme, qu'il se cantonne aux petites rues d'où il est possible de s'échapper.

Mais, durant le laps de temps qu'il lui faut pour couvrir cette distance à pas glissés comme s'il exécutait de grotesques figures de danse sous le regard toujours attentif des porcons, des nuages noirs arrivés du sud ont masqué le soleil. Ce n'est pas l'orage habituel : ce n'est pas encore l'après-midi et le ciel affiche une teinte jaune verdâtre menaçante. C'est une tornade, une grosse. Les porcons disparaissent, ils partent se chercher un abri.

Debout devant la cabine de contrôle, il observe la perturbation qui approche. C'est un spectacle grandiose. Il a vu un jour un réalisateur de documentaires équipé d'un caméscope se faire aspirer par une de ces tornades. Il se demande comment les Enfants de Crake se débrouillent, là-bas au bord de la mer. Dommage pour Crake si les résultats vivants de toutes ses théories se retrouvent pris dans un tourbillon qui les propulse vers le ciel ou qu'une grande vague les emporte vers le large. Mais cela ne se produira pas : en cas de grosse mer, les brise-lames que forment les tas de gravats les protégeront. Quant à la tornade, ils en ont déjà subi une. Ils iront se réfugier dans la caverne centrale au milieu des blocs en béton amoncelés qu'ils appellent leur maison tonnerre et attendront que les choses se tassent.

Les premières rafales s'abattent en soulevant un tourbillon de débris sur le No Man's Land. Un éclair se propage à toute vitesse entre les nuages. Snowman voit le mince cône noir descendre vers le sol en zigzaguant ; puis l'obscurité s'installe. Par chance, le poste de contrôle est intégré dans le bâtiment voisin, celui de la sécurité et ces bâtiments sont de vrais bunkers, épais et solides. Il plonge dedans au moment où la première pluie se met à tomber.

Il entend le hurlement du vent, le bourdonnement du tonnerre, un grondement tandis que tout ce qui n'a pas encore été arraché vrombit tel un engrenage dans un gigantesque moteur. Un objet de bonne taille frappe le mur de dehors. Snowman s'enfonce à l'intérieur du poste de contrôle, franchit une porte, puis une autre, farfouille dans son sac-poubelle à la recherche de la torche électrique. Il la sort et s'efforce de l'allumer quand se produit un nouveau craquement géant et que les lumières au plafond se mettent à clignoter. Un circuit solaire déjà touché a dû s'en reprendre un bon coup.

C'est tout juste s'il ne regrette pas que la lumière soit revenue : il y a, dans un coin, deux biocombinaisons renfermant des trucs – mieux vaut ne pas préciser de quoi il s'agit – en très vilain état ; des meubles de rangement ouverts, des papiers éparpillés partout. Apparemment, les gardes ont été dépassés. Peut-être ont-ils tenté d'empêcher la foule de franchir le portail ? Pour autant qu'il se rappelle, on avait essayé d'imposer une quarantaine. Mais les éléments antisociaux, lesquels, à ce stade, devaient comprendre à peu près toute la population, avaient dû s'introduire dans les lieux et saccager les dossiers confidentiels. Fallait-il qu'ils soient optimistes pour avoir cru que cette paperasserie et ces disquettes allaient encore servir !

Il se force à approcher les combinaisons, les pique du bout de son bâton, les retourne. Pas aussi répugnant qu'il l'avait pensé, pas trop nauséabond, juste quelques coléoptères ; les chairs tendres ont pratiquement toutes disparu. Mais il ne trouve pas une seule arme. Les antisociaux ont dû filer avec, comme lui-même l'aurait fait. Comme il l'a fait.

Il quitte la pièce du fond et revient vers la zone d'accueil où se trouvent le comptoir et le bureau. Il se sent tout à coup très fatigué. Il s'installe dans le fauteuil ergonomique. Il y a vachement longtemps qu'il ne s'est pas assis dans un fauteuil et ça lui fait un drôle d'effet. Il décide de sortir ses allumettes et ses bouts de bougie au cas où la lumière s'éteindrait de nouveau ; il en profite pour boire un peu d'eau du bain des oiseaux et engloutir un deuxième sachet de cajous. De dehors lui parviennent les hurlements du vent, bruit sinistre qui évoque un animal furieux à l'attache. Des bourrasques réussissent à s'infiltrer à l'intérieur, à passer les portes qu'il a fermées et soulèvent des nuages de poussière ; tout s'entrechoque. Ses mains tremblent. Ce truc commence à l'affecter plus qu'il ne veut bien l'admettre.

Et s'il y avait des rats ? Il doit y en avoir. Et si l'eau se mettait à monter ? Ils lui grimperaient le long des mollets ! Il remonte les pieds sur son fauteuil, replie les jambes contre l'un des bras ergonomiques, enroule le drap fleuri autour, le coince. Impossible d'entendre le moindre couinement révélateur, le vacarme de l'orage est bien trop assourdissant.

Un homme digne de ce nom doit se montrer à la hauteur des défis que lui pose la vie, déclare une voix. Qui c'est, cette fois-ci ? Un conférencier en motivation de RejouvTV, un raseur imbécile en costard. Un jacasseur à la tâche. *C'est sans doute la leçon que l'histoire nous a apprise. Plus l'obstacle est haut, plus le bond est grand. Affronter une crise nous fait grandir au plan humain.*

« Je n'ai pas grandi au plan humain, foutu crétin, braille Snowman. Regarde-moi ! J'ai rétréci ! Mon cerveau a la taille d'un grain de raisin ! »

Mais il ne sait pas ce qu'il en est au juste, si son cerveau est plus gros ou plus petit, il n'a personne à qui se comparer. Il est dans le brouillard. Pas de repères.

Les lumières s'éteignent. Le voici tout seul dans le noir.

« Et alors ? se dit-il. Tu étais tout seul dans la lumière. La différence n'est pas grande. »

Pourtant si.

Il est prêt néanmoins. Il se secoue, retourne la torche pour qu'elle tienne droit, gratte une allumette à la lueur du faible faisceau lumineux, parvient à allumer une bougie. Elle tremblote dans le courant d'air, mais projette sur le bureau un petit cercle d'un jaune très doux et transforme la pièce autour de lui en une grotte des anciens temps, sombre mais protectrice.

Il fouille son sac en plastique, en sort le troisième sachet de cajous qu'il ouvre d'un geste brusque et mange son contenu. Il attrape la bouteille de bourbon, réfléchit à ce qu'il va faire, puis dévisse le bouchon et boit. *Glou glou glou*, fait la légende du dessin humoristique dans sa tête. *Eau de feu.*

Oh chéri, dit une voix de femme émergeant d'un coin de la pièce. *Tu te débrouilles vraiment bien.*

« Non, pas du tout », réplique-t-il.

Une bouffée d'air – pfffuit – lui fouette les oreilles et mouche la bougie. Il n'a aucune envie de s'enquiquiner à la rallumer, parce que le bourbon est en train de prendre le dessus. Il préfère rester dans l'obscurité. Il sent qu'Oryx l'approche doucement sur ses douces ailes duveteuses. D'une minute à l'autre, elle l'aura rejoint. Il se tapit sur le fauteuil, la tête sur le bureau, les yeux fermés, malheureux et en paix.

10.

Charognage

Après quatre années dingues, Jimmy décrocha son minable petit diplôme en Problématique à Martha-Graham. Il ne comptait pas trouver un emploi sur-le-champ et, là-dessus, il ne fut pas déçu. Des semaines durant, il colla ses maigres références sous pli qu'il se voyait retourner aussi vite qu'elles étaient parties, parfois maculées de taches de graisse et d'empreintes de doigt laissées par le sous-sous-fifre qui avait jeté un coup d'œil dessus pendant son repas de midi. Il remplaçait alors les pages cochonnées et renvoyait le pli.

Il avait décroché un boulot d'été à la bibliothèque de Martha-Graham, lequel consistait à parcourir de vieux ouvrages qu'il cornait pour les destiner au pilon ou qu'il décidait de garder sur terre sous forme numérique, mais il perdit son emploi à la moitié de son contrat parce qu'il ne supportait pas de jeter quoi que ce soit. Après cela, il se mit à vivre avec sa copine du moment, une brune aux cheveux longs, une artiste conceptuelle appelée Amanda Payne. Ce nom était une invention, comme beaucoup de choses chez elle : elle s'appelait en réalité Barb Jones. Elle avait été obligée de se réinventer, confia-t-elle à Jimmy, la Barb d'origine ayant été tellement laminée par sa famille de petits Blancs pauvres, des brutes shootées au sucre, qu'elle n'était plus qu'un article de quatrième choix égaré dans un vide-grenier, genre carillon éolien à base de fourchettes tordues ou siège à trois pieds.

C'était ce qui avait séduit Jimmy pour qui « vide-grenier » représentait un concept exotique en soi : il avait eu envie de la réparer, de se charger des travaux, de rafraîchir la peinture. De la remettre à neuf.

« Tu as bon cœur », lui avait-elle dit la première fois qu'elle l'avait laissé franchir le barrage de ses défenses. Rectification : de sa salopette.

Amanda habitait un condominium délabré dans un des Modules, qu'elle partageait avec deux autres artistes, des hommes l'un comme l'autre. Tous trois venaient des plèbezones, ils avaient obtenu une bourse pour intégrer Martha-Graham, et se jugeaient supérieurs aux rejetons dégénérés, mollassons, privilégiés des Compounds, dans le genre de Jimmy. Eux avaient dû se blinder, serrer les dents, lutter pour avancer. Ils revendiquaient une clairvoyance polie sur la meule de la réalité. L'un des hommes avait essayé le suicide, ce qui lui conférait – à ce qu'il sous-entendait – un avantage particulier. L'autre s'était beaucoup piqué à l'héroïne et en avait vendu également avant de se mettre à l'art pour changer, ou peut-être en sus. Après les premières semaines, durant lesquelles il les jugea charismatiques, Jimmy décida que ces deux mecs étaient des connards patentés et des merdeux imbus d'eux-mêmes en prime.

Les deux qui n'étaient pas Amanda toléraient Jimmy, mais tout juste. Désireux de gagner leurs bonnes grâces, il se chargeait de la cuisine de temps à autre – les trois artistes tournaient les micro-ondes en ridicule et tenaient à faire bouillir leurs spaghettis –, mais n'avait rien d'un cordon-bleu. Il commit l'erreur, un soir, de revenir avec un panier d'O'Naevi CoqOTops – un magasin franchisé avait ouvert à deux pas de là et ces trucs n'étaient pas si mauvais que ça si on réussissait à oublier tout ce qu'on savait sur leur origine – et, après, les deux qui n'étaient pas Amanda ne lui adressèrent quasiment plus la parole.

Ça ne les empêchait pas de se parler. Ils avaient beaucoup de choses à dire sur toutes sortes de cochonneries sur lesquelles ils prétendaient en connaître un bout, et bavassaient d'un ton monotone en s'infligeant, sur le mode de la provocation, des harangues et des sermons détournés qui – à ce que ressentait Jimmy – lui étaient en fait destinés. Selon eux, tout avait été foutu dès l'invention de l'agriculture, six ou sept mille ans auparavant. Après, l'expérience humaine avait été condamnée, d'abord au gigantisme compte tenu de la surabondance des vivres disponibles, puis à l'extinction une fois que tous les nutriments possibles avaient été siphonnés.

« Z'avez les réponses ? » demanda Jimmy.

Il prenait maintenant un malin plaisir à les asticoter, qui étaient-ils pour juger ? Peu sensibles à l'ironie, les artistes rétorquèrent qu'une analyse correcte était une chose, mais que des solutions correctes en étaient une autre et que c'était pas parce qu'on n'avait pas les secondes qu'il fallait invalider la première.

De toute façon, il n'y avait peut-être pas de solutions ! La société, affirmèrent-ils, était une sorte de monstre, puisqu'elle engendrait principalement des cadavres et des décombres. Elle n'apprenait jamais, répétait perpétuellement les mêmes erreurs imbéciles, échangeait un bonheur à court terme contre un malheur à long terme. Elle ressemblait à une limace géante qui bouffait inlassablement toutes les autres bioformes de la planète sur son chemin, avalait petit bout par petit bout toute la vie sur terre, puis la chiait par le trou de balle sous forme de saloperies manufacturées en plastique très vite démodées.

« Comme vos ordinateurs ? murmura Jimmy. Sur lesquels vous produisez votre art ? »

Bientôt, poursuivirent les artistes en l'ignorant, il ne resterait rien sinon une série de longs tubes souterrains sur toute la surface de la planète. Compte tenu de la destruction totale des couches d'ozone et d'oxygène de la Terre, l'air et la lumière à l'intérieur seraient artificiels. Les gens ramperaient à la queue leu leu dans ces tubes, nus comme des vers, avec, pour toute vision, le trou du cul de la personne devant eux ; leur urine et leurs excréments s'écouleraient par des interstices aménagés dans la paroi, jusqu'au moment où un mécanisme numérique les choisirait au petit bonheur et, là, ils seraient aspirés dans un tunnel latéral et réduits en chair à pâté afin d'alimenter les autres via une série d'appendices en forme de mamelon sur l'intérieur du tube. Le système, autonome et perpétuel, représenterait la juste punition de tout un chacun.

« Si je comprends bien, ça supprimerait la guerre, dit Jimmy, et on aurait tous de très grosses genouillères. Mais, et le sexe ? Pas très commode, entassés comme ça dans un tube. »

Amanda le regarda d'un œil fumasse. Fumasse, mais complice : il était évident que la même question lui était venue à l'esprit.

Amanda elle-même n'était pas très bavarde. C'était une visuelle, pas une littéraire, disait-elle : elle prétendait penser en images. Jimmy n'y voyait pas d'inconvénient, vu qu'une légère synesthésie n'avait rien de bien dramatique.

« Alors, qu'est-ce que tu vois quand je fais ça ? lui avait-il demandé au temps de leurs premières ardeurs.

— Des fleurs. Deux ou trois. Roses.

— Et là ? Qu'est-ce que tu vois ?

— Des fleurs rouges. Rouges et pourpres. Cinq ou six.

— Et ça ? Oh, ma chérie, je t'aime !

— Fluo ! »

Après, elle soupirait et lui disait :

« J'ai vu tout le bouquet. »

Il était sensible à ces fleurs invisibles qu'elle voyait : elles constituaient, somme toute, un hommage à ses talents. Amanda avait également un très joli cul et de vraies loloches, mais – il avait remarqué ça assez tôt –, quelque chose d'un peu dur du côté des yeux.

À l'origine, Amanda venait du Texas ; elle affirmait pouvoir se rappeler les lieux avant qu'ils ne se tarissent et ne soient dispersés par le vent, auquel cas, s'était dit Jimmy, elle avait dix ans de plus que ce qu'elle racontait. Elle travaillait depuis un moment sur un projet baptisé Sculptures Charognardes. Il s'agissait d'embarquer un camion rempli de gros quartiers d'animaux morts vers des terrains déserts ou des parkings d'usines abandonnées, de les disposer en formant des mots, d'attendre que les vautours descendent et les dépècent, puis de photographier toute la scène d'un hélicoptère. Elle avait au départ glané pas mal de publicité et plusieurs sacs de courrier haineux et de menaces de mort de la part des God's Gardeners ainsi que de quelques loufedingues isolés. Une des lettres émanait de la vieille camarade de chambre de Jimmy, Bernice, laquelle avait considérablement remonté son volume rhétorique.

Puis, se berçant de l'illusion qu'elle accomplissait quelque chose de super-intelligent et de très avant-gardiste, un vieux mécène croulant et fripé qui avait bâti deux fortunes à partir d'un chapelet de fermes produisant des pièces cardiaques de rechange lui avait octroyé une grosse subvention. C'était une bonne chose, avait déclaré Amanda, parce que sans ce paquet de mitraille, elle aurait été forcée de renoncer à son travail artistique : les hélicoptères coûtaient très cher et puis, bien entendu, il y avait l'autorisation spéciale. Selon elle, les mecs du CorpSe étaient vachement constipés pour ce qui touchait à l'espace aérien ; ils soupçonnaient tout le monde de vouloir prendre l'air pour détruire des trucs et on était pratiquement obligé de les laisser vous culbuter pour qu'ils vous accordent le droit d'aller quelque part avec un hélico de location, sauf, naturellement, si vous étiez un prince des Compounds corrompu jusqu'à la moelle.

Les mots qu'elle charognait – son propre terme – devaient comporter cinq lettres. Elle y réfléchissait énormément : chaque lettre de l'alphabet avait une vibration, une charge positive ou négative, les mots devaient donc être soigneusement sélectionnés. Le charognage leur donnait vie, selon son concept, et après il les tuait. C'était un processus puissant – « Comme regarder Dieu en train de penser », avait-elle déclaré sur un Q & R du Net. Jusqu'à présent, elle avait fait PEINE – un jeu de mots sur son patronyme, comme elle l'avait souligné au cours d'une interview dans une chat-room et ALORS et enfin CULOT. Elle traversa un moment difficile pendant l'été de Jimmy parce qu'elle bloquait sur le mot suivant.

Finalement, quand Jimmy eut le sentiment qu'il ne pouvait plus supporter les spaghettis bouillis et quand la vue d'Amanda, le regard perdu dans l'espace et mâchouillant une mèche de ses cheveux, ne lui déclencha plus ni accès de luxure ni ravissement, il se trouva un boulot. C'était avec une boîte appelée NouvoMoi, un petit Compound situé tellement près d'une des plèbezones les plus pourries qu'on aurait cru qu'il en faisait partie. S'ils avaient eu le choix, peu de gens auraient bossé là, se dit-il le jour où il alla passer son entretien d'embauche ; ça expliquait peut-être le comportement légèrement abject des personnes qui le reçurent. Il aurait volontiers parié qu'une demi-douzaine de postulants avant lui les avait envoyés promener. Eh bien, leur fit-il savoir par télépathie, je ne corresponds peut-être pas à ce que vous escomptiez, mais au moins je ne suis pas cher.

Ce qui les avait impressionnés, déclarèrent les deux personnes qui conduisaient l'entretien – un homme et une femme –, c'était son mémoire concernant les livres sur le développement personnel au vingtième siècle. L'un de leurs produits clés, lui confièrent-ils, c'était les articles traitant du développement personnel – plus de livres désormais, bien entendu, mais des DVD, des CD-Rom, des sites Web et ainsi de suite. Ce n'était pas ce matériel éducatif qui générait le surplus de cash, lui expliquèrent-ils, mais l'équipement et les médicaments alternatifs nécessaires à l'obtention d'un résultat optimal. L'intellect et le corps marchaient main dans la main, et le boulot de Jimmy consisterait à bosser sur le côté intellectuel des choses. En d'autres termes, la publicité.

« Ce que les gens veulent, c'est la perfection, dit l'homme. En eux.

— Mais ils ont besoin qu'on leur fournisse les moyens d'y parvenir, dit la femme.

— Selon un ordre simple, dit l'homme.

— Avec des encouragements, dit la femme. Et une attitude positive.

— Ils aiment entendre parler de l'avant et de l'après, dit l'homme. C'est l'art du possible. Mais sans garantie, bien entendu.

— Vous avez fait montre d'une grande compréhension du mécanisme, dit la femme. Dans votre mémoire. Nous l'avons trouvé extrêmement mature.

— Si on comprend un siècle, on les comprend tous, dit l'homme.

— Mais les adjectifs changent, intervint Jimmy. Rien de pire que les adjectifs de l'année précédente.

— Tout à fait ! » s'écria l'homme, comme si Jimmy venait de résoudre l'énigme de l'univers en l'espace d'un éclair aveuglant.

L'homme lui broya la main en guise d'au revoir ; la femme lui adressa un sourire chaleureux mais vulnérable et, du coup, il se demanda si elle était mariée. La paye chez NouvoMoi n'était pas terrible, mais il y avait peut-être d'autres avantages.

Ce soir-là, il fit part de sa bonne fortune à Amanda Payne. Elle avait chicané sur l'argent ces derniers temps – enfin, pas chicané, mais elle avait glissé au milieu des silences prolongés et profonds dont elle était coutumière quelques remarques significatives sur le fait qu'il fallait assumer sa part de responsabilité – donc, il avait pensé qu'elle serait contente. Ça n'allait pas trop bien au pieu ces derniers temps, depuis sa bourde avec les CoqOTops en fait. Peut-être allaient-ils se rattraper maintenant, juste à temps pour un finale vibrant, retentissant et riche d'actions. Il répétait déjà sa tirade de fin : *Je ne suis pas ce qu'il te faut, tu mérites mieux, je vais gâcher ta vie*, et ainsi de suite. Mais mieux valait élaborer ce genre de choses, si bien qu'il donna des détails sur son nouveau job.

« Maintenant, je vais pouvoir faire bouillir la marmite », conclut-il d'un ton qu'il espérait enjôleur mais responsable.

Amanda ne se montra pas impressionnée.

« Tu vas bosser où ? » fut son commentaire ; ce qu'elle voulait dire, comme la suite le prouva, c'était que NouvoMoi était un ramassis de merdaillons dont le seul but dans la vie consistait à appuyer sur les phobies des angoissés et des dupes afin de vider leurs comptes en banque. Peu auparavant, à ce qu'il semblait, Amanda avait eu une amie qui avait souscrit à un plan NouvoMoi sur cinq mois, censé agir en même temps sur la dépression, les rides et l'insomnie et qu'une écorce d'arbre d'Amérique du Sud avait fait basculer... par la fenêtre de son appartement au dixième étage.

« Je pourrais toujours refuser leur proposition, déclara Jimmy une fois qu'il eut prit connaissance de cette histoire. Je pourrais rejoindre les rangs des chômeurs permanents. Oh, hé, je pourrais continuer à me faire entretenir, comme maintenant. Je blague ! Je blague ! Me tue pas ! »

Au cours des jours qui suivirent, Amanda se montra plus taciturne que jamais. Puis elle lui confia qu'elle s'était débloquée sur le plan artistique : le nouveau mot clé de ses Sculptures Charognardes lui était venu à l'esprit.

« Et c'est quoi ? » lui demanda Jimmy en essayant de paraître intéressé.

Elle l'enveloppa d'un regard lourd de spéculations.

« Amour », répondit-elle.

NouvoMoi

Jimmy emménagea dans le studio qui lui était alloué dans le Compound NouvoMoi : alcôve aménagée en chambre, kitchenette exiguë, copies de meubles des années 1950. En tant que logement, c'était juste un cran au-dessus de ce qu'il avait connu à Martha-Graham, mais ça ressemblait déjà moins à un insectarium. Jimmy s'aperçut très rapidement qu'il était, professionnellement parlant, une bête de somme et un hilote. Pour produire péniblement le verbiage attendu, il lui fallait, tous les jours, pendant dix heures de rang, se creuser la cervelle en écumant les labyrinthes du dictionnaire des synonymes. Après quoi, ses supérieurs évaluaient ses propositions, les lui retournaient pour révision, les lui retournaient une fois de plus. *Nous voulons quelque chose de plus... de moins... ce n'est pas tout à fait ça.* Mais avec le temps il fit des progrès, quoi que cela pût vouloir dire.

Crèmes cosmétiques, matériel sportif, Voltbars pour métamorphoser votre musculature atone en un époustouflant prodige de granite sculpté. Pilules pour vous rendre plus gros, plus mince, plus chevelu, plus chauve, plus blanc, plus basané, plus noir, plus jaune, plus sexy et plus heureux. Il avait pour tâche de faire dans le dithyrambe, de présenter la vision de ce qui pouvait – si, si facilement – se réaliser. Espoir et crainte, désir et dégoût, tels étaient ses outils professionnels, ceux sur lesquels il modulait ses carillons. De temps à autre, il inventait un terme – *extensicité, fibrationneux, phéromonimal* – mais il ne se fit jamais prendre. Ses propriétaires aimaient ce genre de mots en petits caractères d'imprimerie sur les emballages à cause de leurs sonorités scientifiques et de l'effet convaincant qu'ils produisaient.

Le succès de ses créations verbales aurait dû lui faire plaisir, mais au contraire ça le déprimait. Les mémos de ses supérieurs lui disant qu'il avait fait du bon boulot n'avaient pour lui aucune valeur parce que c'était de semi-analphabètes qui les avaient dictés ; la seule chose qu'ils prouvaient, c'était que, à Nouvo-Moi, personne ne pouvait apprécier son intelligence. Il en arriva à comprendre pourquoi les tueurs en série envoyaient des indices à la police.

Sa vie privée – pour la première fois depuis des années – se résumait à rien : il n'avait pas connu pareil désert sexuel depuis l'âge de huit ans. Amanda Payne miroitait dans son passé tel un lagon perdu dont il aurait provisoirement oublié les crocodiles. Pourquoi l'avait-il laissée tomber de manière aussi cavalière ? Parce qu'il attendait déjà la prochaine sur la liste. Mais il n'avait jamais revu la femme qui avait conduit son entretien d'embauche chez NouvoMoi et suscité tant d'espoir en lui, et les autres femmes qu'il rencontrait au bureau ou dans les bars de Nouvo-Moi étaient soit de méchants requins focalisés sur leur proie, soit des frustrées tellement en demande d'amour que même lui fuyait ces guêpiers. Il en était réduit à flirter avec des serveuses et même elles le snobaient. Elles avaient déjà vu de jeunes bidonneurs dans son genre, elles savaient qu'il n'avait pas de répondant.

Dans le café de la boîte, il était un nouveau, tout seul une fois de plus, et redémarrait de zéro. Il se mit à manger des burgers SojaBaba dans le centre commercial du Compound, sinon il embarquait une boîte de Nævi CoqOTops ruisselante de graisse qu'il dévorait devant le terminal de son ordinateur, en faisant des heures sup. Toutes les semaines, le Compound organisait un barbecue, super-pince-fesses auquel tous les employés étaient censés assister. Pour Jimmy, c'était de sinistres événements. Il venait de pondre son baratin insipide, n'avait pas l'énergie de se taper ces discussions oiseuses ; il traînait, un peu en retrait, en grignotant un sojadog brûlé et taillait silencieusement un short à tous les gens qui se présentaient dans sa ligne de mire. *Nibards en berne*, notait la bulle dans sa tête. *Moche comme un cul et con comme une valise sans poignée. Cover-boy tout juste bon à sucer son pouce. Réfrigéronana. Vend sa grand-mère. Grosse vache aux miches gélatine. Connard mal embouché.*

Il recevait un e-mail de son père à l'occasion ; une carte d'anniversaire électronique éventuellement, quelques jours après la date réelle, un truc avec des porcons dansants, comme s'il avait encore onze ans. *Joyeux anniversaire, Jimmy, que tous tes rêves se réalisent !* Ramona lui écrivait par devoir des messages anecdotiques : toujours pas de petit frère pour lui, disait-elle, mais ils continuaient à y « travailler ». Il préférait ne pas visualiser les détails saturés d'hormones, bardés de potions, badigeonnés de gel du travail en question. Si rien de « naturel » ne se produisait dans un avenir proche, ajoutait-elle, ils essaieraient « autre chose » par le biais d'une agence – Infantade, Fœtilité, Perfectobébé, l'une d'entre elles. Dans ce domaine, les choses avaient beaucoup changé depuis la venue de Jimmy ! (*La venue*, comme s'il n'était pas vraiment né, mais qu'il soit juste passé leur rendre visite.) Elle faisait ses « recherches », parce que, bien entendu, ils voulaient en avoir pour leur argent.

Génial, avait songé Jimmy. Ils procéderaient à quelques essais et si les gamins des boîtes en question ne se montraient pas à la hauteur, ils les feraient recycler pour leurs organes jusqu'à ce qu'ils trouvent enfin quelque chose qui corresponde à toutes leurs spécifications – parfait à tous les points de vue, pas seulement le crack en maths mais beau comme un ange aussi. Ensuite de quoi, ils arrimeraient la bulle de leurs espoirs démesurés sur cet hypothétique gamin miraculeux jusqu'à ce que le malheureux crève sous le faix. Jimmy ne l'enviait pas.

(Il l'enviait.)

Ramona invitait Jimmy pour les vacances, mais il n'avait aucune envie d'y aller et invoquait une surcharge de travail. Ce qui était vrai, en un sens, car il en était arrivé à considérer son job comme un défi : jusqu'où pouvait-il aller, dans le domaine du néologisme imbécile, en continuant à récolter des louanges ?

Au bout de quelque temps, il obtint une promotion. Du coup, il put s'acheter de nouveaux jouets. Il s'offrit un lecteur de DVD, une tenue de sport instantanément autonettoyante grâce à une bactérie absorbant la sueur, une chemise qui affichait ses mails sur sa manche et lui donnait un petit coup de coude à chaque nouveau message, des chaussures qui changeaient de couleur selon sa tenue, un grille-pain qui parle. Eh bien, cela lui faisait une compagnie. *Jimmy, ton toast est prêt*. Il déménagea pour un appartement plus agréable.

À présent qu'il avait commencé à grimper l'échelle sociale, il trouva une femme, puis une autre, et une autre après. Il ne les considérait plus comme des petites amies : maintenant, c'était des maîtresses. Mariées ou tout comme, elles cherchaient une occasion de tromper leurs maris ou leurs partenaires en douce, de se prouver qu'elles étaient encore jeunes ou bien de se venger. Ou bien elles étaient blessées et désiraient une consolation. Ou elles se sentaient simplement ignorées.

Rien ne lui interdisait d'en avoir plusieurs en même temps du moment qu'il faisait très attention à son emploi du temps. Au début, il apprécia les visites inopinées et vite expédiées, le mystère, le bruit du Velcro ouvert à la hâte, la culbute au ralenti vers le sol ; il eut pourtant tôt fait de comprendre qu'il représentait un extra pour ces maîtresses – à ne pas prendre au sérieux, mais néanmoins précieux comme ces cadeaux pour enfants, colorés et charmants mais inutiles, qu'on pêchait dans une boîte de céréales : le joker parmi les deux à trois cartes qui leur étaient échues dans leurs vies réelles. Il ne constituait qu'un passe-temps pour elles, et elles pour lui, même si elles risquaient davantage : un divorce ou un épisode de violence pas banal ; une bonne dose de beuglements virulents, tout au moins, si elles se faisaient prendre.

Le truc bien, c'est qu'elles ne lui conseillèrent jamais de grandir. Jimmy avait dans l'idée qu'elles ne détestaient pas qu'ils soit comme il était.

Aucune d'entre elles ne voulait quitter son mari pour vivre avec lui, ni s'enfuir vers les plèbezones en sa compagnie, non que ce fût tellement possible désormais. D'après la rumeur, les plèbezones étaient devenues ultra-dangereuses pour les gens qui ne les connaissaient pas et par ailleurs les mesures de sécurité du CorpSeCorps à l'entrée du Compound étaient plus contraignantes que jamais.

Garage

Il vivait donc la-vie-qui-lui-restait-à-vivre. C'était comme s'il avait été invité à une fête dont il n'était pas fichu de trouver l'adresse. Quelqu'un devait se marrer là-bas, dans sa vie ; le seul truc, c'est que, pour le moment, ce n'était pas lui.

Il n'avait jamais eu de problème de poids, mais il fallait à présent qu'il fasse attention. Il suffisait qu'il saute une séance de gym pour que, le lendemain, il se retrouve bardé de lard, alors que, la veille, il n'avait rien. Son niveau d'énergie baissait, or il avait intérêt à surveiller sa consommation de Voltbars : l'abus de stéroïdes pouvait vous rapetisser la bite et, même si l'emballage proclamait que ce problème avait été résolu grâce à l'adjonction d'un substance brevetée au nom imprononçable, il avait écrit suffisamment de messages publicitaires pour ne pas y croire. En dépit de six semaines de traitement NouvoMoi censé stimuler les follicules pileux et favoriser la repousse, il se dégarnissait sur les tempes. Il aurait dû se douter qu'il s'agissait d'une arnaque – c'est lui qui avait monté les pubs –, mais elles étaient tellement bonnes que lui-même les avait gobées. Il se surprit à se demander à quoi ressemblait le crâne de Crake.

Crake avait terminé ses études supérieures de bonne heure, fait son troisième cycle, puis avait choisi lui-même son plan de carrière. Il était à RejouvenEssence maintenant – l'un des Compounds les plus puissants – et grimpait rapidement les échelons. Au début, tous deux restèrent en contact par mails. Crake évoqua vaguement un projet particulier sur lequel il bossait, un truc sensationnel. On lui avait donné carte blanche, disait-il ; les huiles lui baisaient quasiment les pieds. Pourquoi

Jimmy ne venait-il donc pas le voir, il lui montrerait le Compound. C'était quoi déjà, ce que faisait Jimmy ?

Jimmy répondit en proposant une partie d'échecs.

La fois d'après, Crake annonça que l'oncle Pete était mort brutalement. Un virus. Le truc, on ne savait pas quoi, s'était propagé dans son système aussi vite qu'une merde à travers une oie. On aurait cru un sorbet rose sur un barbecue – il avait fondu instantanément. On soupçonnait un acte criminel, mais rien n'avait été prouvé.

Tu étais là ? demanda Jimmy.

Pour ainsi dire, répondit Crake.

Jimmy s'interrogea sur cette remarque, puis chercha à savoir si quelqu'un d'autre avait attrapé le virus en question. Crake répondit que non.

Avec le temps, leurs messages s'espacèrent de plus en plus et leurs liens se firent de plus en plus ténus. Qu'avaient-ils à se dire ? Le boulot de vocabuserf de Jimmy était vraisemblablement un job qui aurait suscité le mépris, même gentil, de Crake et les travaux de ce dernier n'étaient peut-être plus à la portée de Jimmy. Il se rendit compte qu'il pensait à Crake comme à une ancienne connaissance.

Plus ça allait, moins il se sentait bien dans sa peau. Même le sexe n'était plus ce qu'il avait été, alors qu'il s'y sentait toujours aussi accro. Il avait l'impression que sa bite le baladait, comme si le reste de sa personne ne représentait qu'un pénis insignifiant qui s'y serait trouvé attaché. Peut-être que cette affaire aurait été plus épanouie s'il l'avait laissée vagabonder à sa guise.

Les soirs où pas une seule de ses maîtresses n'avait réussi à mentir suffisamment bien à son mari ou tout comme pour pouvoir passer du temps avec lui, il allait voir un film au centre commercial, juste pour se convaincre qu'il faisait partie d'un groupe. Ou bien il regardait les nouvelles : toujours plus de fléaux, de famines, d'inondations, d'insectes, de microbes ou de petits mammifères, de sécheresse, de guerres minables menées par des enfants soldats dans des pays lointains. Pourquoi tout se ressemblait-il tant ?

Là-bas dans les plèbezones, il y avait les assassinats habituels, les accidents suspects habituels, les disparitions inexpliquées. Ou bien les affaires de mœurs : les affaires de mœurs émoustillaient toujours les présentateurs. Pendant un temps, elles concernèrent des entraîneurs sportifs et des petits garçons ; puis il y eut une vague d'adolescentes enfermées dans des garages. Ces filles – au dire de ceux qui s'étaient chargés de les enfermer – travaillaient comme employées de maison et c'était pour leur bien qu'elles avaient été amenées de leur misérable pays d'origine. Si on les enfermait dans un garage, c'était pour les protéger, affirmèrent, pour se défendre, les hommes – des hommes respectables, des comptables, des juristes, des industriels spécialisés dans l'équipement de patios – qui furent traînés devant les tribunaux. Souvent, leurs épouses corroboraient leurs déclarations. Ces jeunes filles, dirent les épouses, étaient pratiquement adoptées et traitées comme un membre de la famille ou presque. Jimmy adorait ces deux mots : *pratiquement, presque.*

Les filles, elles, racontèrent d'autres histoires, pas toutes crédibles. Elles avaient été droguées, déclarèrent quelques-unes d'entre elles. On les avait obligées à accomplir des contorsions obscènes dans des endroits invraisemblables, des boutiques d'animaux, par exemple. Elles avaient traversé l'océan Pacifique à la rame sur des radeaux en caoutchouc, elles avaient voyagé clandestinement dans des navires-conteneurs, cachées au milieu de montagnes de dérivés de soja. Elles avaient été forcées à commettre des actes sacrilèges avec des reptiles. En revanche, d'autres semblaient satisfaites de leur situation. Selon elles, les garages étaient bien, bien mieux que ce qu'elles avaient connu dans leur pays. Elles faisaient des repas réguliers. Le travail n'était pas trop dur. Il était vrai qu'elles ne touchaient pas d'argent et qu'elles n'avaient pas le droit de sortir, mais, pour elles, ça n'avait rien d'inhabituel ni de surprenant.

L'une de ces filles – trouvées enfermées dans un garage de San Francisco, au domicile d'un pharmacien prospère – dit qu'elle avait fait des films, mais qu'elle était contente d'avoir été vendue à son monsieur qui l'avait vue sur le Net, avait eu pitié d'elle, était venu personnellement la chercher, avait payé une grosse somme d'argent pour la libérer, puis avait traversé l'océan avec elle en avion et avait promis de l'envoyer à l'école quand son anglais serait suffisamment bon. Elle refusa de dire quoi que ce soit de négatif sur cet homme ; elle semblait simple, honnête et sincère. Quand on lui demanda pourquoi le garage était fermé, elle déclara que c'était pour empêcher que quelqu'un de mauvais s'introduise dans les lieux. Quand on lui demanda ce qu'elle faisait là, elle déclara qu'elle étudiait l'anglais et regardait la télé. Quand on lui demanda ce qu'elle ressentait à l'égard de son geôlier, elle déclara qu'elle lui serait toujours reconnaissante. L'accusation ne parvint pas à la faire revenir sur sa déposition et le type s'en tira sans l'ombre d'une sanction sinon qu'on lui ordonna de l'envoyer immédiatement à l'école. Elle déclara vouloir étudier la psychologie enfantine.

Il y eut un gros plan sur elle, sur son beau visage de chat, son sourire fragile. Jimmy crut la reconnaître. Il s'arrêta sur l'image, puis déballa son vieux tirage papier, celui de ses quatorze ans – il l'avait conservé au gré de ses déménagements, presque comme une photo de famille, cachée mais jamais jetée, au milieu de ses bulletins scolaires de Martha-Graham. Il compara les visages, mais beaucoup de temps s'était écoulé depuis. Cette petite fille, âgée d'une huitaine d'années sur le tirage papier, devait avoir dix-sept, dix-huit ou dix-neuf ans à présent, or celle des informations télévisées paraissait bien plus jeune. Mais le regard était identique : même mélange d'innocence, de mépris et de clairvoyance. Il eut une sensation de tournis, d'équilibre précaire, comme s'il était au bord d'une falaise surplombant une gorge remplie de cailloux et qu'il risquait un grand danger s'il regardait en bas.

En roue libre

Le CorpSeCorps n'avait jamais perdu Jimmy de vue. Durant ses études à Martha-Graham, les gardes l'embarquaient régulièrement pour de *petites causettes*, comme ils disaient. Ils lui posaient les questions qu'ils lui avaient déjà posées une bonne douzaine de fois, histoire de voir s'ils obtenaient les mêmes réponses. *Je ne sais pas* constituait le truc le plus sûr auquel Jimmy pouvait penser, ce qui, la plupart du temps, n'était pas entièrement faux.

Au bout d'un moment, ils lui présentaient des photos – clichés provenant d'appareils photo miniatures dissimulés derrière un bouton de manteau ou noir et blanc donnant l'impression d'avoir été réalisés par des caméras de surveillance affectées aux distributeurs de billets de banque des plèbezones ou repiqués sur diverses infos télévisées : manifestations, émeutes, exécutions. Le jeu consistait à voir s'il réagissait devant certains visages. Ils le connectaient au détecteur de mensonges, de sorte que même s'il feignait l'ignorance, ils étaient en mesure de noter ses pics d'activité cérébrale. Il s'était préparé à une remontée de l'épisode Cafésympa dans le Maryland, celui avec sa mère – il redoutait ce truc-là –, mais rien ne refit jamais surface.

Il n'avait pas reçu de cartes postales de l'étranger depuis longtemps.

Quand il intégra NouvoMoi, les CorpSeCorps parurent l'oublier. Mais non, ils laissaient juste filer la corde – pour voir si lui, ou sinon l'autre partie, c'est-à-dire sa mère, allait profiter de sa nouvelle situation, de sa louchée de liberté supplémentaire, pour reprendre contact. Au bout d'une année environ, il entendit le toc-toc familier à sa porte. Il savait toujours que c'était eux parce qu'ils n'utilisaient jamais l'interphone, ils devaient avoir un moyen de contourner les voies habituelles, en plus du code d'entrée. *Bonjour, Jimmy, comment ça va ? On a juste besoin de te poser quelques questions, si des fois tu pouvais nous aider un peu.*

Bien sûr, j'en serais ravi.

Vas-y, mon gars.

Et ainsi la scène se répétait d'année en année.

Lors de – quoi ? – sa cinquième année chez NouvoMoi, ils finirent par faire mouche. Cela faisait bien deux heures qu'il regardait leurs photos. Clichés d'une guerre au diable vauvert dans une chaîne de montagnes arides de l'autre côté de l'océan, avec des gros plans de mercenaires morts, des hommes et des femmes ; de diverses personnes travaillant pour une organisation humanitaire mises à mal par des affamés victimes d'une de ces famines d'un désert reculé ; d'une rangée de têtes fichées sur des pieux – c'était dans l'ex-Argentine, expliquèrent les gars du CorpSeCorps qui s'abstinrent néanmoins de dire à qui appartenaient ces têtes et comment elles avaient atterri sur les pieux en question ; de plusieurs femmes soumises aux contrôles de sortie d'un supermarché, toutes chaussées de lunettes de soleil ; d'une douzaine de cadavres étalés par terre après un raid contre une planque des God's Gardeners – l'organisation était désormais interdite – dont l'un ressemblait assurément beaucoup à sa vieille camarade de chambre, Bernice l'incendiaire. Il le leur dit, en gentil garçon qu'il était, et ils le félicitèrent, mais ils étaient manifestement déjà au courant, parce qu'ils ne réagirent pas plus que ça. Il éprouva de la peine pour Bernice : c'était une dingue et une emmerdeuse, mais elle n'avait pas mérité de mourir comme ça.

Une série de photos d'identité judiciaire dans une prison de Sacramento. La photographie du permis de conduire d'un terroriste s'étant fait sauter au volant d'une bagnole. (Mais si la bagnole avait sauté, comment s'étaient-ils procuré ce permis ?) Trois serveuses, les fesses à l'air, dans un bar à putes des plèbe-zones où le consommateur mange et boit sans se servir de ses mains – ils avaient balancé ça pour la rigolade et elle provoqua bel et bien une oscillation sur l'écran neural (le contraire aurait été anormal) et des sourires et des gloussements à la cantonade. Une scène d'émeute où Jimmy reconnut un passage d'un remake de *Frankenstein*. Ils glissaient toujours des trucs dans ce style pour l'empêcher de relâcher son attention.

Puis d'autres photos d'identité judiciaire. *Non*, disait Jimmy. *Non, non, rien.*

Puis arriva ce qui ressemblait à une exécution ordinaire. Pas de chahut, pas de prisonniers parvenant à s'évader, pas de grossièretés : de sorte que Jimmy comprit, avant de la voir, que c'était une femme qu'ils liquidaient. Puis arriva une silhouette vêtue de l'ample tenue carcérale grise : elle avançait en traînant les pieds, les cheveux tirés et attachés sur la nuque, les poignets menottés, encadrée par deux matonnes, les yeux bandés. Exécution par aérodésintégreur, voilà ce que ça allait être. Pas besoin de peloton, un seul aéro aurait suffi, mais ils respectaient la tradition, un alignement de cinq mecs, pour éviter que les bourreaux ne perdent le sommeil en se demandant quelle balle virtuelle avait tué en premier.

Seule la trahison justifiait ce genre d'exécution. Sinon, c'était le gaz, la pendaison ou la maxi-topfriteuse.

Une voix d'homme, s'exprimant hors champ : les mecs du CorpSeCorps baissèrent le son parce qu'ils voulaient que Jimmy se concentre sur la bande-image, mais c'était sûrement un ordre, parce que les gardes enlevèrent le bandeau de la prisonnière. Rotation sur gros plan : la femme le regardait droit dans les yeux, le cadrage avait disparu : c'était un regard bleu, direct, intraitable, patient, blessé. Mais pas de larmes. Puis le son revint brusquement. *Au revoir. Rappelle-toi Killer : je t'aime. Ne me déçois pas.*

Aucun doute possible, c'était sa mère. Jimmy fut choqué de voir à quel point elle avait vieilli : elle avait la peau ridée, la bouche flétrie. Était-ce dû à la vie difficile qu'elle avait connue en cavale ou bien aux mauvais traitements ? Combien de temps avait-elle passé en prison entre leurs mains ? Que lui avaient-ils fait subir ?

Attendez, eut-il envie de hurler, mais ce fut tout, plan travelling arrière, yeux de nouveau bandés, paf paf paf. Pas bien visé, jets rouges, ils l'avaient presque décapitée. Plan général sur elle en train de s'effondrer à terre.

« Il y a quelque chose, là, Jimmy ?

— Non. Désolé. Rien. »

Comment avait-elle pu prévoir qu'il allait regarder ?

Ils avaient dû remarquer son pouls, son influx d'énergie. Après quelques questions neutres... « Tu veux un café ? T'as besoin de lâcher un fil ? », l'un d'eux lui dit :

« Bon, c'était qui ce killer ?

— Killer », fit Jimmy.

Il se mit à rigoler.

« Killer, c'était un sconse. »

Et voilà, il avait fallu qu'il l'ouvre. Encore une trahison. C'était plus fort que lui.

« Un gars pas terrible, c'est ça ? Une sorte de loubard ?

— Non, s'écria Jimmy en redoublant de rire. Vous n'y êtes pas. Un sconse. Un rasconse. Un animal. »

Penché, la tête calée entre ses deux poings, il pleurait de rire. Pourquoi avait-il fallu qu'elle colle Killer là-dedans ? Pour qu'il sache que c'était vraiment elle, voilà pourquoi. Pour qu'il la croie. Mais que voulait-elle dire avec son « Ne me déçois pas » ?

« Désolé pour ça, mon garçon, lâcha le plus vieux des deux mecs du CorpSe. Fallait qu'on soit sûrs. »

Il ne vint pas à l'esprit de Jimmy de demander quand l'exécution avait eu lieu. Plus tard, il se rendit compte qu'elle avait pu se passer des années auparavant. Et si toute la scène avait été truquée ? Si ça se trouve, c'était du numérique, au moins la fusillade, le sang, la chute. Peut-être sa mère était-elle encore vivante, peut-être même était-elle encore en cavale ? Si tel était le cas, qu'avait-il balancé ?

Les semaines qui suivirent furent les pires dont il avait souvenir. Trop de choses lui revenaient, trop de ce qu'il avait perdu ou surtout – plus triste – de ce qu'il n'avait jamais eu. Tout ce temps gâché, et il ne savait même pas qui l'avait gâché.

La plupart du temps, il était furieux. Il commença par solliciter ses diverses maîtresses, mais il était maussade, ne parvenait pas à les amuser et, pire, le sexe ne l'intéressait plus. Il cessa de répondre à leurs mails – *Il y a quelque chose qui ne va pas, est-ce que j'ai fait quelque chose, comment est-ce que je peux t'aider* – et ne les rappela pas : ça ne valait pas la peine de s'expliquer. Avant, il aurait transformé la mort de sa mère en psychodrame, récolté un peu de compassion, mais maintenant ce n'était plus ce qu'il voulait.

Qu'est-ce qu'il voulait ?

Il se rendit dans les bars du Compound réservés aux célibataires ; aucun plaisir là, il connaissait déjà la plupart des femmes qui les fréquentaient, ne supportait pas leur insupportable demande. Il renoua avec le porno Internet, s'aperçut qu'il avait perdu de sa fraîcheur : c'était répétitif, mécanique, dépourvu de son attrait d'antan. Il écuma le Web à la recherche du site Pornnmomms, avec l'espoir qu'un truc familier l'aiderait à se sentir moins esseulé, mais il n'existait plus.

Il buvait seul maintenant, le soir, c'était mauvais signe. Il n'aurait pas dû, cela ne faisait que le déprimer, mais il fallait qu'il atténue la douleur. Quelle douleur ? Celle des déchirures, des plaies à vif, des membranes endommagées aux endroits où il s'était cogné brutalement à la Grande Indifférence de l'Univers. Belle gueule de requin, l'Univers. Avec des rangées de dents affilées comme des rasoirs.

Il avait conscience de trébucher alors qu'il essayait de garder son équilibre. Tout dans sa vie était éphémère, dénué de sens. Même la langue avait perdu de sa solidité ; elle était devenue ténue, aléatoire, insaisissable, on aurait cru un film visqueux sur lequel il dérapait à la façon d'un globe oculaire sur une assiette. Un globe oculaire qui néanmoins y voyait encore. Là était le problème.

Il se revoyait insouciant, plus jeune. Insouciant, indifférent, glissant d'un pas léger à la surface des choses, sifflotant dans le noir, à même d'encaisser n'importe quoi. Refusant de voir. À présent, il se surprend à détourner les yeux. Les plus petites contrariétés prennent des proportions considérables – une chaussette égarée, une brosse à dents électrique coincée. Même le lever de soleil l'aveugle. Il subit, de la tête aux pieds, une véritable frottée au papier émeri.

« Secoue-toi, se dit-il. Arrête de tourner en roue libre. Mets tout ça derrière toi. Va de l'avant. Fais-toi un nouveau moi. »

Quels slogans positifs ! Quelles vomissures publicitaires fadasses et prétendument inspirantes ! Ce qu'il voulait en fait, c'était une vengeance. Mais contre qui et pour quoi ? Quand bien même il aurait l'énergie pour, quand bien même il pourrait se focaliser et définir sa cible, ce serait totalement inutile.

Durant les nuits les plus terribles, il faisait appel à Alex le perroquet qui était mort depuis longtemps mais continuait à parler et à marcher sur le Net et le regardait donner la preuve de ses capacités. Dresseur : *De quelle couleur est le ballon rond, Alex ?* Le ballon *rond* ? Alex, tête inclinée, en train de réfléchir : *bleu.* Dresseur. *Bravo !* Alex : *Cork-nut, cork-nut !* Dresseur : *Voilà !* Puis Alex recevait un épi de maïs tendre, ce qui ne correspondait pas à ce qu'il avait demandé, puisqu'il avait demandé une amande. Cette scène amenait des larmes aux yeux de Jimmy.

Après, il restait debout jusqu'à des heures indues et, une fois au lit, fixait le plafond en répétant ses listes de termes obsolètes pour le réconfort qu'elles lui procuraient. *Plantoir. Aphasie. Louchet de tourbière. Énigme. Flingue.* Si Alex le perroquet lui avait appartenu, ils auraient été copains, ils auraient été frères. Il lui aurait appris davantage de mots. *Glas. Crénage. Las.*

Mais ces mots ne lui apportaient plus de réconfort. Ils étaient vides. Jimmy n'éprouvait plus de plaisir à posséder ces petites collections de lettres que d'autres avaient oubliées. C'était comme conserver ses dents de lait dans un coffret.

À la lisière du sommeil, une procession surgissait derrière ses paupières, émergeait des ombres sur la gauche pour traverser son champ de vision. De minces jeunes filles aux mains menues, des rubans dans les cheveux et chargées de guirlandes de fleurs multicolores. Le pré était vert, mais la scène n'avait rien de pastoral : c'était des jeunes filles en danger qui avaient besoin d'être secourues. Il y avait quelque chose – une présence menaçante – derrière les arbres.

Ou peut-être portait-il le danger en lui ? Peut-être était-ce lui le danger, cet animal doté de crochets qui suivait les choses du fond de la grotte ombreuse aménagée à l'intérieur de son propre crâne.

Peut-être était-ce les jeunes filles elles-mêmes qui étaient dangereuses. Il y avait toujours cette possibilité. Elles pouvaient constituer un appât, un piège. Il savait qu'elles étaient bien plus âgées qu'il n'y paraissait et bien plus puissantes aussi. Contrairement à lui, elles possédaient une sagesse impitoyable.

Ces filles étaient calmes, elles étaient graves et solennelles. Elles le regardaient, elles lisaient en lui, elles le reconnaissaient et l'acceptaient, acceptaient sa part d'ombre. Puis elles souriaient.

Oh chéri, je te connais. Je te vois. Je sais ce que tu veux.

11.

Porcons

Jimmy est assis à la table de cuisine de la maison où ils habitaient quand il avait cinq ans. C'est l'heure du déjeuner. Devant lui, sur une assiette, trône une moitié de pain rond – tête aplatie recouverte de beurre de cacahuète avec un sourire en gelée brillante, des raisins en guise d'yeux. Cette vision le remplit de terreur. Sa mère va arriver d'une minute à l'autre. Mais non : son siège est vide. Elle a dû préparer son repas et le laisser là pour lui. Mais où est-elle partie, où est-elle ?

Il entend un raclement ; ça provient du mur. De l'autre côté, quelqu'un creuse un trou, tente de s'introduire dans les lieux. Il fixe ce bout du mur sous l'horloge aux oiseaux qui marquent les heures. *Hou hou hou*, fait le merle. C'est lui qui a bidouillé ça, c'est lui qui a bricolé le mécanisme – la chouette fait *croa croa*, la corneille *cuicui cuicui*. Mais cette horloge n'était pas là quand il avait cinq ans, ils l'ont eue après. Quelque chose ne tourne pas rond, l'heure ne tourne pas rond, il n'arrive pas à dire ce que c'est, la peur le paralyse. Le plâtre commence à s'effriter, et il se réveille.

Il déteste ces rêves. Le présent est suffisamment pénible comme ça, pas la peine que le passé en rajoute. *Vivez l'instant.* Il avait fait imprimer ça sur un calendrier promotionnel autrefois, un produit destiné à stimuler la sexualité féminine, une arnaque. Pourquoi enchaîner votre corps à l'horloge, brisez le joug du temps, et patati et patata. L'image représentait une femme ailée debout sur un tas de linge sale chiffonné, ou de peaux éventuellement, prête à prendre son essor.

Le voici donc, ce moment, ce fameux moment, celui qu'il est

censé vivre ici et maintenant. Il a la tête posée sur une surface dure, le corps coincé sur un siège et ne forme qu'une gigantesque contracture. Il s'étire, pousse un cri de douleur.

Il lui faut une minute pour comprendre où il est. Ah oui – la tornade, le poste de contrôle. Le calme règne, pas de rafales de vent, pas de hurlements. Est-ce que c'est toujours le même après-midi, la nuit ou le lendemain matin ? De la lumière baigne la pièce, c'est la lumière du jour qui entre par la fenêtre au-dessus du comptoir, la fenêtre blindée avec l'interphone où autrefois, il y a bien bien longtemps, il fallait expliquer les raisons qui vous amenaient. La fente pour les documents micro-codés, la caméra vidéo branchée vingt-quatre heures sur vingt-quatre, la boîte parlante à tête souriante qui vous connectait sur les Q & R – tout le système a volé en éclats. Des grenades, peut-être. Il y a beaucoup de gravats par terre.

Le raclement continue : il y a quelque chose dans le coin de la pièce. Au début, il ne parvient pas à distinguer de quoi il s'agit : on dirait un crâne. Puis il reconnaît un crabe terrestre, sa carapace ronde et jaunâtre de la grosseur d'une tête réduite avec sa pince géante. Il agrandit un trou au milieu des gravats.

« Qu'est-ce que tu fabriques là, bordel ? s'écrie Snowman. Tu devrais être dehors, en train de retourner un jardin. »

Il lui balance la bouteille de bourbon vide, le rate ; la bouteille se brise. Quelle réaction stupide, maintenant il y a des bouts de verre cassé. Le crabe pivote subitement et lui fait face, la pince levée, puis recule vers son trou à moitié creusé d'où il l'observe. Il a dû se réfugier là pour échapper à la tornade, comme lui, et n'arrive plus à trouver une sortie.

Il se lève laborieusement de son siège, commence par s'assurer qu'il n'y a ni serpents, ni rats, ni autres joyeusetés sur lesquelles il ne souhaiterait pas forcément poser le pied. Puis il jette son reste de bougie et ses allumettes dans son sac en plastique et se dirige avec précaution vers la porte ouvrant sur la réception. Il referme derrière lui : il n'a pas envie qu'un crabe l'attaque par-derrière.

Sur le seuil, il s'arrête pour scruter les environs. Pas de bestioles dans les parages, à part un trio de corneilles perchées sur les remparts. Elles échangent quelques croassements dont il est vraisemblablement le sujet. Le ciel, quasiment vide de nuages, affiche des teintes gris rose nacré typiques de l'aube. Le paysage a été retouché depuis la veille : davantage de bouts de plaques de métal détachées, davantage d'arbres déracinés. Des feuilles et des palmes déchiquetées jonchent le sol boueux.

S'il se mettait en route maintenant, il aurait de bonnes chances d'arriver au plus grand centre commercial avant le milieu de la matinée. Son estomac a beau gargouiller, il faudra qu'il attende d'être là-bas pour avoir un petit déjeuner. Il regrette amèrement d'être à court de noix de cajou, il ne lui reste plus que les sardines SojaBaba qu'il garde en dernier recours.

L'air est frais et purifié, les feuilles écrasées dispensent des effluves voluptueux après l'humidité et la pourriture du poste de contrôle. Il inhale avec plaisir, puis s'élance en direction du centre commercial. Trois blocks plus loin, il s'immobilise : sept porcons ont surgi de nulle part. Ils le regardent fixement, les oreilles pointées en avant. Est-ce que ce sont les mêmes que la veille ? Pendant qu'il les observe, ils s'ébranlent tranquillement et avancent sur lui.

Ils ont quelque chose en tête, c'est sûr. Il tourne les talons, revient sur ses pas, presse l'allure. Ils sont suffisamment loin pour qu'il puisse se mettre à courir si nécessaire. Il jette un coup d'œil par-dessus son épaule : les voilà qui trottent à présent. Il accélère, passe à la vitesse supérieure. Là-dessus, il repère un second groupe de l'autre côté du portail devant lui, huit ou neuf individus qui traversent le No Man's Land pour venir sur lui. Ils sont presque à l'entrée principale, lui barrent la route. On dirait qu'ils se sont concertés, qu'ils connaissaient son refuge depuis longtemps et attendaient qu'il sorte et s'aventure suffisamment loin pour l'encercler.

Il atteint le poste de contrôle, franchit le seuil, tire la porte. Elle ne se referme pas. Forcément, le verrou électronique ne fonctionne pas.

« Forcément ! » crie-t-il.

Ils pourront la soulever avec leur groin, la pousser avec leurs pieds. Pour ce qui était de s'échapper, les porcons ont toujours été des champions hors catégorie : s'ils avaient eu des doigts, ils auraient gouverné le monde. Il court jusqu'à l'entrée de la salle d'accueil, claque la porte derrière lui. Ce verrou est mort, lui aussi, naturellement ! Il tire le bureau qui lui a servi d'oreiller, la nuit précédente, le cale contre la porte, jette un coup d'œil par la fenêtre blindée : ils arrivent. Ils ont poussé la porte avec leur groin, entrent dans la première pièce, ils sont une vingtaine ou une trentaine, des mâles et des femelles, mais surtout des mâles, ils se bousculent, grognent allégrement, reniflent ses traces de pas. Là-dessus, l'un d'eux le repère derrière la fenêtre. Les grognements redoublent : maintenant, ils le regardent tous, le nez en l'air. Ce qu'ils voient, c'est sa tête, attachée – à leur connaissance – à un délicieux pâté à la viande qui ne demande qu'à être entamé. Les deux plus gros, deux mâles possédant – si si – des défenses acérées, avancent côte à côte vers la porte et collent un coup d'épaule dedans. Ils ont l'esprit d'équipe, les porcons. Et du muscle.

S'ils ne réussissent pas à enfoncer la porte, ils attendront qu'il sorte. Ils sont capables de tenir une éternité, ils l'affameront. Ils sentent son odeur, ils sentent sa chair.

Il repense alors au crabe terrestre, mais il a disparu. Il a dû regagner son terrier en marche arrière. Voilà, c'est ça qu'il lui faut, un terrier à lui. Un terrier, une carapace, des pinces.

« Bon, dit-il tout fort. Et maintenant ? »

Chéri, tu es cuit.

Radio

Après un long passage à vide, Snowman s'extrait de son siège. Il ne se rappelle pas s'y être assis mais, de toute évidence, il l'a fait. Ses intestins le tortillent, il doit vraiment avoir peur, même s'il n'en a pas conscience ; il est très calme. La porte vibre de temps à autre sous les coups de boutoir de l'autre côté ; les porcons ne vont pas tarder à réussir leur percée. Il sort la torche de son sac-poubelle, l'allume, retourne vers la pièce centrale où gisent les deux mecs en biocombinaison. Il éclaire les lieux. Il y a trois portes fermées ; il a dû les voir la veille, mais, la veille, il ne cherchait pas à sortir de là.

Deux d'entre elles ne bougent pas d'un iota quand il essaie de les ouvrir ; elles doivent être fermées ou bloquées du côté opposé. La troisième ouvre facilement. Là, tel un espoir soudain, il y a un escalier. Un vrai raidillon. Les porcons, se dit-il, ont les pattes courtes et une grosse bedaine. Le contraire de lui.

Il grimpe les marches tellement vite qu'il trébuche sur son drap fleuri. Dans son dos s'élèvent des grognements excités et des cris perçants, puis un fracas quand le bureau bascule.

Il débouche dans un espace rectangulaire et très lumineux. Qu'est-ce que c'est ? La tour de guet. Bien entendu. Il aurait dû le savoir. Il y en a une de chaque côté du portail principal et d'autres sur tout le tracé du rempart. Les tours abritent les projecteurs, les écrans des caméras vidéo, les haut-parleurs, les commandes de verrouillage des portails, les bouches de gaz lacrymogène, les aérodésintégreurs longue portée. Oui, voici les écrans, voici les commandes : localisez la cible, allez dessus, poussez le bouton. Pas besoin de voir le résultat final, les éclaboussures et tout le tremblement, pas dans leur réalité brutale. Pendant les événements, c'est sans doute de là que les gardes avaient tiré sur la foule tant qu'ils avaient pu le faire, tant qu'il y avait eu foule.

Pas un seul de ces machins de haute technicité ne fonctionne à présent, naturellement. Il cherche des commandes manuelles – ce serait sympa de pouvoir faucher les porcons d'en haut – mais non, rien.

À côté du mur d'écrans morts, il y a une petite fenêtre : de là, il dispose d'une vue plongeante sur les porcons, sur le groupe qui s'est planté devant la porte du poste de contrôle. Ils ont l'air à l'aise. Si c'était des mecs, ils se grilleraient une clope en se taillant une bavette. Vigilants, cependant ; à l'affût. Il recule : il n'a pas envie qu'ils le voient, qu'ils voient qu'il est là-haut.

Non qu'ils l'ignorent. À l'heure qu'il est, ils ont dû se rendre compte qu'il a gravi les marches. Mais savent-ils également qu'ils le coincent ? Par là, apparemment, il n'y a aucune sortie.

Il n'est pas en danger pour le moment – ils ne peuvent pas monter l'escalier, sinon ils l'auraient déjà fait. Il a le temps d'explorer et de se regrouper. *Se regrouper*, quelle idée ! Il est tout seul.

Les gardes devaient venir se taper des petits sommes ici en haut, à tour de rôle : il y a deux lits de camp standards dans une pièce voisine. Aucun mortel dedans, aucun mort. Comme tout le monde, les gardes ont peut-être essayé de fuir Rejouven-Essence. Peut-être espéraient-ils eux aussi échapper à la contagion ?

L'un des lits est fait, l'autre pas. Un réveil numérique à commandes vocales clignote encore à côté du lit pas fait.

« Quelle heure est-il ? » lui demande-t-il.

Mais il n'obtient aucune réponse. Il va falloir qu'il le reprogramme, qu'il le règle sur sa propre voix.

Ces mecs étaient drôlement bien équipés : deux ensembles Home Cinéma avec écrans, lecteurs et casques. Des vêtements pendus à des crochets, les classiques des loisirs sous les tropiques ; une serviette sale par terre, une chaussette itou. Une douzaine de tirages papier sur l'une des tables de chevet, repiqués sur le Net. Une nana maigrichonne en équilibre sur la tête, sans rien sur elle à part des sandales à talons hauts ; une blonde, sanglée dans une sorte de corset en cuir noir pour fractures multiples, se balançant à un crochet au plafond, les yeux bandés mais la bave aux lèvres, la bouche béante genre fais-moi-mal ; une géante avec d'énormes prothèses mammaires et des lèvres rouge luisant, qui se penche en tirant la langue – elle a un piercing au bout. Toujours les mêmes trucs.

Les types ont dû se barrer précipitamment. Peut-être que ce sont eux au rez-de-chaussée, avec les biocombinaisons. Ce serait logique. Pourtant, personne ne semble être monté ici, après le départ de ces deux-là ; ou sinon, il n'y avait rien de tentant.

Dans un des tiroirs de la table de nuit, traîne un paquet de cigarettes, il n'en manque que deux. Snowman tapote l'emballage pour en sortir une – humide, mais il serait prêt à fumer un fond de poche – et cherche des yeux de quoi l'allumer. Il a des allumettes dans son sac-poubelle, mais où est-il passé ? Il a dû le lâcher dans sa hâte de se mettre à l'abri. Il revient sur ses pas, baisse les yeux vers la cage d'escalier. Le sac est bel et bien là, à quatre marches de l'étage inférieur. Il descend prudemment. Au moment où il tend la main, un truc bondit. Il remonte à toute berzingue, observe le porcon qui glisse en arrière, retombe, puis s'élance de nouveau. Les yeux de l'animal brillent dans la pénombre ; Snowman a l'impression qu'il sourit.

Ils l'attendaient, le sac-poubelle leur servait d'appât. Ils ont dû deviner qu'il contenait un truc qu'il voudrait récupérer, qu'il reviendrait le chercher. Rusés, tellement rusés. Ses jambes tremblent quand il regagne l'étage supérieur.

À côté de la pièce réservée aux siestes se trouve une petite salle de bains avec un vrai cabinet. Juste à temps : la peur lui a homogénéisé les entrailles. Il pose sa pêche – il y a du papier, c'est toujours ça, pas besoin d'herbes ou de feuilles – et va tirer la chasse d'eau quand il se fait la réflexion que le réservoir derrière doit être rempli d'eau, et que, de l'eau, il risque d'en avoir besoin. Il soulève le couvercle : bien sûr, c'est plein, c'est une mini-oasis. L'eau est de couleur rougeâtre mais son odeur semble normale, il plonge donc la tête dedans et boit comme un chien. Après toute cette adrénaline, il meurt de soif.

À présent, il se sent mieux. Inutile de paniquer, inutile de paniquer pour le moment. Dans la kitchenette, il met la main sur des allumettes et allume sa cigarette. Après deux bouffées, la tête lui tourne, mais c'est quand même merveilleux.

« Si tu avais quatre-vingt-dix ans et que tu aies la possibilité de baiser une dernière fois tout en sachant que tu vas y laisser ta peau, tu le ferais quand même ? lui avait un jour demandé Crake.

— Tu parles ! avait répondu Jimmy.

— Quel accro ! » s'était exclamé Crake.

En inspectant les placards de la cuisine, Snowman se surprend à chantonner. Des carrés de chocolat, du vrai chocolat. Un pot de Nescafé, de succédané de lait en poudre, de sucre. De la pâte de crevettes à étaler sur des biscuits salés, un ersatz mais mangeable. Un tube de pâte de fromage, un de mayonnaise. De la soupe de nouilles aux légumes, saveur poulet. Des biscuits salés dans un conteneur en plastique hermétique. Une planque de Voltbars. Quelle aubaine.

Il rassemble ses forces, puis ouvre le réfrigérateur en misant sur le fait que ces gars ne devaient pas garder trop de vraies victuailles là-dedans, que la puanteur ne sera donc pas trop répugnante. La viande congelée qui a pourri dans un congélateur en panne, c'est le pire ; il est tombé sur une foule de trucs comme ça quand il a commencé à écumer les plèbezones.

Il n'y a rien de trop nauséabond ; juste une pomme ratatinée, une orange couverte d'un duvet gris. Deux bouteilles de bière, pas ouvertes – de la vraie bière ! Les bouteilles sont foncées avec de fins goulots rétro.

Il en décapsule une, en engloutit la moitié. Chaude, mais on s'en fiche ! Puis il s'assied à la table et mange la pâte de crevettes, les biscuits salés, la pâte de fromage et la mayo, en terminant par une pleine cuillerée de Nescafé mélangé au succédané de lait en poudre et au sucre. Il garde la soupe de nouilles, le chocolat et les Voltbars pour plus tard.

Dans l'un des placards, il y a une radio à dynamo. Il se rappelle le moment où on a commencé à distribuer ces trucs-là en cas de tornade, d'inondation ou de tout autre événement susceptible de perturber l'électronique. Ses parents en avaient un du temps où ils étaient encore ses parents ; il jouait avec en douce. Une manivelle permettait de recharger les batteries, et l'appareil marchait pendant une demi-heure.

Celui-ci a l'air intact, alors il tourne la manivelle. Il n'a pas l'espoir d'entendre quoi que ce soit, mais espoir et désir sont deux choses différentes.

Bruit blanc, re-bruit blanc, re-re-bruit blanc. Il essaie les bandes AM, puis les FM. Rien. Juste ce son, pareil au son de la lumière des étoiles fendant l'espace interplanétaire : *kkkkkkk.* Puis il essaie les ondes courtes. Il tourne le bouton de sélection lentement, précautionneusement. Peut-être y a-t-il d'autres pays, des pays lointains, où les gens s'en sont tirés – la Nouvelle-Zélande, Madagascar, la Patagonie – des endroits comme ça.

Pourtant, ils ne s'en seront pas tirés. Du moins pour la plupart. Une fois lancée, cette saleté s'était propagée par voie aérienne. Désir et peur étaient universels, à eux deux, ils avaient joué les fossoyeurs.

Kkkkk. Kkkkk. Kkkkk.

« Oh, parle-moi, implore-t-il. Dis quelque chose. Dis n'importe quoi. »

Soudain, voilà que ça répond. C'est une voix, une voix humaine. Malheureusement, elle parle une langue qui ressemble à du russe.

Snowman n'en croit pas ses oreilles. Il n'est pas tout seul alors – quelqu'un d'autre s'en est sorti, quelqu'un de sa propre espèce. Quelqu'un qui sait faire marcher un émetteur ondes courtes. Et s'il y en a un, il y en a vraisemblablement d'autres. Mais celui-ci ne présente pas une grande utilité pour Snowman, il est trop loin.

Crétin ! Il a oublié la fonction CB. C'était ce qu'on leur avait conseillé d'utiliser, en cas d'urgence. S'il y a des gens dans les parages, ils auront opté pour la CB.

Il tourne le bouton. *Recevoir*, voilà ce qu'il va tenter.

Kkkkk.

Puis, ténue, une voix d'homme :

« Quelqu'un m'entend-il ? Y a-t-il quelqu'un là-bas ? Vous m'entendez ? Terminé. »

Snowman tripote maladroitement les boutons. Comment émettre ? Il a oublié. Où est cet enfoiré ?

« Je suis là ! Je suis là ! » beugle-t-il.

Il revient sur *Recevoir*. Rien.

Déjà, des doutes l'assaillent. A-t-il réagi trop précipitamment ? Comment savoir qui se trouve à l'autre bout ? Il se
peut fort bien que ce ne soit pas quelqu'un avec qui il aimerait
partager son repas de midi. N'empêche, il se sent plein d'allant,
presque transporté de joie. Davantage de possibilités s'offrent
à lui.

Rempart

Complètement transporté par l'exaltation, la nourriture, les voix à la radio, Snowman a oublié sa coupure au pied. À présent, elle se rappelle à son bon souvenir : elle l'élance par à-coups, comme une épine. Il s'assied à la table de cuisine, place son pied aussi haut que possible afin de l'examiner. On dirait qu'il reste encore un petit bout de verre de la bouteille de bourbon. Il pince et presse la chair en regrettant de ne pas avoir de pince à épiler ou des ongles plus longs. Il finit par se saisir du minuscule éclat, puis tire. Il a mal, mais ça ne saigne pas beaucoup.

Une fois débarrassé du morceau de verre, il lave la plaie avec un peu de bière, puis retourne à cloche-pied vers la salle de bains pour fouiller l'armoire à pharmacie. Rien d'utile, à part un tube d'écran total – pas bon pour les coupures –, une pommade anti-biotique périmée, dont il tartine sa blessure, et un fond de lotion après-rasage qui sent le citron artificiel. Il se verse ça dessus aussi, parce que ça doit contenir de l'alcool. Peut-être devrait-il chercher un nettoyant pour canalisations, mais il ne souhaite pas pousser trop loin et s'esquinter toute la plante du pied. Il n'aura qu'à croiser les doigts et implorer la chance : un pied infecté le ralentirait sérieusement. Il n'aurait pas dû négliger cette coupure aussi longtemps, le sol du rez-de-chaussée doit être infesté de microbes.

Le soir venu, il contemple le coucher de soleil par l'étroite fente de la fenêtre de la tour. Ce devait être magnifique quand les dix écrans du système de vidéosurveillance étaient allumés et qu'on pouvait jouir de la vue panoramique, augmenter l'éclat des couleurs, intensifier les rouges. S'allumer un joint, se carrer dans son siège, sombrer dans la béatitude. Pour l'heure, les écrans lui renvoient leur seule indifférence, donc il lui faut se contenter de la réalité, d'une tranche seulement, couleur de mandarine, puis de flamant rose, puis de sang coupé d'eau, puis de glace à la fraise du côté où doit se trouver le soleil.

Dans la lumière rose déclinante, les porcons qui l'attendent en bas font penser à de minifigurines en plastique, répliques pastorales sorties d'un coffre à jouets. Ils ont la teinte rosée de l'innocence, comme bien des choses, vues de loin. Il est difficile d'imaginer qu'ils lui veulent du mal.

La nuit tombe. Il s'allonge sur l'un des lits de camp dans la chambre, celui qui est fait. À la place que j'occupe à présent, un homme mort dormait, songe-t-il. Il n'a jamais rien vu venir. Il ne disposait d'aucune indication. Contrairement à Jimmy, qui disposait d'indications, qui aurait dû voir venir les choses, mais n'a rien vu. Si j'avais tué Crake plus tôt, songe Snowman, cela aurait-il fait une différence ?

Bien qu'il ait réussi à forcer les clapets du conduit de ventilation de secours, il fait trop chaud et il étouffe. Il ne réussit pas à s'endormir, va allumer une des bougies – elle est présentée dans une boîte en métal dotée d'un couvercle, elle fait partie de l'équipement de survie, a priori on peut réchauffer une soupe dessus – et se fume une deuxième cigarette. Cette fois-ci, la tête ne lui tourne plus autant. Toutes ses habitudes sont toujours là, tapies dans son corps, en sommeil comme les fleurs dans le désert. Dans les conditions idoines, toutes ses vieilles dépendances s'épanouiraient généreusement.

Il feuillette les tirages papier des sites porno. Ces femmes ne sont pas son type – trop rondes, trop retouchées, trop voyantes. Trop de regards concupiscents et de mascara, trop de langue bovine. C'est de l'écœurement qu'il ressent, pas du désir.

Rectification : un désir écœuré.

« Comment as-tu pu », murmure-t-il – et ce n'est pas la première fois – alors que, dans sa tête, il copule avec une salope patentée arborant une robe dos nu en soie de Chine rouge, des talons de quinze centimètres et un dragon tatoué sur le cul.

Oh, chérie.

Dans la petite pièce étouffante, il rêve ; de sa mère, encore une fois. Non, il ne rêve jamais de sa mère, juste de son absence. Il est dans la cuisine. Pfffuit, fait le vent à son oreille pendant qu'une porte se referme. Pendu à un crochet, il y a son peignoir, magenta, vide, effrayant.

Il se réveille, le cœur battant à tout rompre. Il se rappelle maintenant qu'après son départ il le mettait, ce peignoir. Il avait encore son odeur, l'odeur de son parfum à base de jasmin. Il s'observait dans le miroir, observait d'un regard en coulisse, sceptique et étudié, sa tête de garçon posée sur un cou perdu dans des strates de tissu aux couleurs féminines. Qu'il l'avait détestée à ce moment-là ! C'est à peine s'il pouvait respirer, il suffoquait de haine, des larmes de haine roulaient le long de ses joues. Mais il s'était quand même étreint.

Son étreinte à elle.

Il a réglé l'alarme du réveil numérique à commandes vocales une heure avant l'aube, au petit bonheur. « Debout là-dedans, lui dit le réveil d'une voix de femme enjôleuse. Debout là-dedans. Debout là-dedans. »

« Arrête », dit-il et l'appareil s'arrête.

« Voulez-vous de la musique ?

— Non », répond-il.

Même s'il a la tentation de rester au lit pour dialoguer avec la femme dans le réveil – ce serait une quasi-conversation –, aujourd'hui, il faut qu'il se remue. Depuis combien de temps a-t-il quitté la plage, les Crakers ? Il compte sur ses doigts : jour un, la marche jusqu'à RejouvenEssence, la tornade ; jour deux, coincé par les porcons. Ce doit donc être le troisième jour.

De l'autre côté de la fenêtre, la lumière est gris souris. Il pisse dans l'évier de la cuisine, s'asperge le visage avec l'eau du réservoir des toilettes. Il n'aurait pas dû boire ce truc, la veille, sans l'avoir bouilli. Il s'en fait bouillir une pleine casserole maintenant – il y a encore du gaz pour le brûleur à propane –, lave son pied blessé, un peu rouge autour de la coupure mais pas de quoi flipper, puis se prépare une tasse de Nescafé avec beaucoup de sucre et de succédané de lait en poudre. Il mâchonne une Voltbar aux trois fruits, savoure le goût familier d'huile de banane et de vernis sucré et sent l'énergie lui revenir en force.

Dans les cavalcades de la veille, il a perdu sa bouteille d'eau, ce qui n'est pas plus mal, vu ce qu'il y avait dedans. Crottes d'oiseau, larves de moustique, nématodes. Il remplit d'eau bouillie une bouteille de bière vide, puis pique dans la chambre un sac à linge standard en microfibres au fond duquel il range l'eau, tout le sucre qu'il peut trouver et la demi-douzaine de Voltbars. Il s'enduit d'écran total et embarque le reste du tube, puis enfile une chemise kaki ultra-légère. Il y a également une paire de lunettes de soleil, et il jette donc la paire à un seul verre dont il s'est servi jusque-là. Il manque embarquer un short, mais il est trop large à la taille et ne lui protégerait pas les mollets, donc il conserve son drap fleuri qu'il plie en deux avant de le nouer à la manière d'un sarong. Après réflexion, il l'enlève et le glisse dans son sac à linge : il risquerait de s'accrocher à quelque chose pendant son exercice de voltige, il pourra toujours le remettre après. Il remplace l'aspirine et les bougies perdues et rajoute six petites boîtes d'allumettes, un couteau à éplucher ainsi que l'authentique réplique de sa casquette de baseball des Red Sox. Il n'a aucune envie que ces affaires dégringolent au cours de la grande évasion.

Voilà. Pas trop lourd. Et maintenant la belle.

Il essaie de briser la vitre de la cuisine – il pourrait se laisser glisser jusqu'au rempart du Compound en s'aidant du drap dont il a fait des lanières qu'il a ensuite torsadées – mais pas de chance : elle est en verre incassable. L'étroite fenêtre surplombant le portail n'est pas à prendre en considération : même s'il réussissait à passer par là, il tomberait directement au milieu d'un troupeau de porcons salivant. Il y a une autre fenêtre, une petite, tout en haut dans la salle de bains, mais elle aussi donne du côté des porcons.

Après trois heures d'un travail forcené et l'aide, au départ, d'un escabeau, d'un tire-bouchon et d'un couteau, puis, à la fin, d'un marteau et d'un tournevis à piles dénichés au fond du débarras, il réussit à démonter complètement les clapets du conduit de ventilation de secours et à déloger le mécanisme à l'intérieur. Le conduit se présente comme une colonne de cheminée, puis décrit un coude et part sur le côté. Snowman a le sentiment qu'il est suffisamment maigre pour passer – la sous-alimentation a ses avantages –, mais s'il reste coincé, il connaîtra une fin atroce et ridicule par-dessus le marché. Cuit dans un conduit de ventilation, très drôle. Il attache un bout de sa corde improvisée à l'un des pieds de la table de cuisine – par chance, vissée au sol – et enroule le reste autour de sa taille. Il noue son sac rempli de trésors au bout d'une seconde corde, puis bloque sa respiration, s'introduit dans le boyau maçonné, se tord, se contorsionne. Heureusement qu'il n'est pas une bonne femme, un gros cul contrarierait ses plans. Rien de trop en matière de place, mais voici que sa tête émerge à l'air libre, puis après une torsion, ses épaules. Le rempart se trouve deux bons mètres et demi plus bas. Il va falloir qu'il y aille la tête la première, en espérant que sa corde improvisée résistera.

Une dernière poussée, une saccade au moment où il est stoppé net dans sa chute et le voici qui pendouille, tout de traviole. Il attrape la corde à deux mains, se rétablit, défait l'extrémité enroulée autour de sa taille, descend en plaçant une main après l'autre. Puis il fait passer le sac à fournitures. Un jeu d'enfant.

Nom de Dieu de merde. Il a oublié la radio. Enfin, impossible d'y retourner.

Le rempart fait deux mètres de large avec un mur de chaque côté. Tous les trois mètres, il y a deux meurtrières, pas l'une en face de l'autre, mais disposées en quinconce, ça permet de mieux surveiller les lieux et aussi d'installer des armes de dernier recours. Le rempart fait plus de six mètres de haut, neuf en comptant les murs. Il court tout autour du Compound, ponctué à intervalles donnés par une tour de guet identique à celle qu'il vient de quitter.

Le Compound a la forme d'un rectangle et compte cinq autres entrées. Snowman connaît le plan, il l'a étudié attentivement à l'époque où il vivait au ParadéN, lequel représente maintenant son but. Il aperçoit le dôme, qui s'élève d'entre les arbres et brille comme une demi-lune. Son plan, c'est de récupérer là-bas ce dont il a besoin, puis de revenir par le même chemin – à moins, si les circonstances s'y prêtent, qu'il puisse couper par les terrains du Compound – et d'emprunter un portail latéral pour sortir.

Le soleil est haut dans le ciel. Il ferait mieux de se dépêcher, sinon il va griller. Il aurait envie de se montrer aux porcons, de les narguer, mais résiste à cette impulsion : ils le suivraient tout du long et l'empêcheraient de descendre. Du coup, chaque fois qu'il arrive au niveau d'une meurtrière d'observation, il se recroqueville pour passer inaperçu.

À la troisième tour de guet, il s'arrête. Au-dessus du sommet du rempart, il remarque quelque chose de blanc – de blanc gris qui ressemble à un nuage – mais c'est trop bas pour un nuage. Et puis la forme ne correspond pas. Elle est fine et évoque une colonne branlante. Ce doit être proche de la mer, à quelques kilomètres au nord du camp des Crakers. Il commence par penser que c'est de la brume, mais la brume n'a pas de hampe, elle ne forme pas un panache. C'est de la fumée, cette fois, c'est certain.

Les Crakers ont souvent un feu qui brûle, mais jamais aussi important, il ne produirait pas autant de fumée. Peut-être que c'est dû à l'orage de la veille, que c'est un feu déclenché par la foudre, puis étouffé par la pluie et qui reprend. Ou peut-être que les Crakers ont désobéi aux ordres, qu'ils se sont lancés à sa recherche et ont fait un feu pour l'aider à retrouver son chemin. C'est peu vraisemblable – ce n'est pas leur façon de penser –, mais si c'est le cas, ils font vraiment fausse route.

Il mange la moitié d'une Voltbar, boit un peu d'eau et continue à avancer. Il boite un peu à présent, son pied le gêne, mais il ne peut s'arrêter pour s'en occuper, il faut qu'il progresse aussi vite que possible. Il a besoin de ce fichu aérodésintégreur et pas seulement à cause des louchiens et des porcons. De temps à autre, il jette un coup d'œil par-dessus son épaule. La fumée est toujours là, elle forme une colonne, et c'est tout. Elle ne se déploie pas. Elle monte de plus en plus haut.

12.

Bain de plèbe

Sur le rempart, Snowman avance en clopinant vers la saillie blanc vitreux que forme le dôme transludice ; lequel, tel un mirage, se dérobe à lui à mesure qu'il s'en approche. Son pied le retarde, il progresse très lentement et, vers onze heures, le béton devient trop brûlant pour qu'il continue. Il s'est collé le drap sur la tête, s'est enveloppé du mieux qu'il a pu, par-dessus sa casquette de baseball et sa chemise tropicale, mais, malgré l'écran total et les deux épaisseurs de tissu, il risque quand même de brûler. Il apprécie ses nouvelles lunettes de soleil et leurs deux verres.

Il s'accroupit à l'ombre de la tour de guet suivante pour laisser passer les heures les plus chaudes, boit de l'eau au goulot de sa bouteille. Une fois que le pic de luminosité et la canicule seront derrière lui, que l'orage quotidien ne sera plus qu'un souvenir, il aura peut-être encore trois heures devant lui. Toutes choses égales, il peut arriver là-bas avant la tombée de la nuit.

La chaleur, renvoyée par le béton, devient de plus en plus forte. Il s'y abandonne, l'inhale, sent la sueur ruisseler comme autant de mille-pattes en mouvement sur son corps. Ses paupières tremblotent et se ferment, les vieux films ronronnent et craquent dans sa tête.

« Pourquoi avait-il besoin de moi, bordel ? dit-il. Pourquoi ne m'a-t-il pas fichu la paix ? »

Inutile de penser à ça, pas par cette température, alors que son cerveau est en train de se transformer en fromage fondu. Pas en fromage fondu : mieux vaut éviter les images de bouffe. En mastic, en colle, en produit pour les cheveux, genre pommade en tube. Il en utilisait avant. Il revoit la place qu'elle occupait précisément sur son étagère, juste à côté de son rasoir : il aimait l'ordre, sur une étagère. Il retrouve soudain une image nette de lui-même, tout juste douché, en train de glisser ses mains pleines de gel dans ses cheveux humides. À ParadéN, en attendant Oryx.

Ses actes partaient d'un bon sentiment ou, du moins, pas d'un mauvais. Il n'a jamais voulu blesser qui que ce soit, pas sérieusement, pas dans le véritable espace-temps. Les fantasmes ne comptent pas.

C'était un samedi. Jimmy était au lit. Il avait du mal à se lever depuis quelque temps ; à deux reprises dans le courant de la semaine, il était arrivé en retard au boulot, ce qui, ajouté aux fois d'avant et aux fois d'encore avant, n'allait pas tarder à lui attirer des ennuis. Ce n'était pas qu'il avait fait la foire : au contraire. Depuis un moment, il évitait les contacts. Les gros bonnets de chez NouvoMoi ne l'avaient pas encore engueulé ; sans doute étaient-ils au courant pour sa mère et son exécution pour trahison. Enfin, bien sûr qu'ils l'étaient, encore que c'était le genre de secret de Polichinelle, grave, noir, qu'on n'abordait jamais dans les Compounds – la déveine, le mauvais œil risquaient de vous contaminer, mieux valait faire l'innocent et ainsi de suite. Ils avaient probablement décidé de lui laisser les coudées franches.

Il y avait tout de même un point positif : peut-être que maintenant qu'ils avaient rayé sa mère de leur liste, les hommes du CorpSeCorps allaient lui ficher la paix.

« On se lève, on se lève, on se lève », claironna son réveil.

Il était rose, en forme de phallus : un réveil-bite qu'une de ses maîtresses lui avait offert pour rigoler. Il l'avait trouvé marrant à l'époque, mais ce matin il lui paraissait agressif. C'était tout ce qu'il représentait pour elle, pour elles en général : un rigolo mécanique. Personne n'avait envie d'être privé de sexe, mais personne n'avait envie de n'être qu'un sexe, avait un jour déclaré Crake. Oh, ça oui, songea Jimmy. Encore une des contradictions de la race humaine.

« Quelle heure est-il ? » demanda-t-il au réveil.

Ce dernier baissa la tête et, poiiiiiinng, la redressa aussi sec.

« Il est midi. Il est midi, il est midi, il est...

— Ta gueule ! » brailla Jimmy.

Le réveil perdit de son volume. Il était programmé pour réagir à des sonorités brutales.

Jimmy envisagea de sortir du lit, d'aller à la kitchenette, de s'ouvrir une bière. C'était vraiment une bonne idée. Il s'était couché tard. Une de ses maîtresses, la femme qui lui avait offert le réveil, en fait, avait réussi à forcer son mur de silence. Elle avait déboulé aux alentours de dix heures du soir avec des trucs à manger – des Nævi et des frites, elle connaissait ses goûts – et une bouteille de scotch.

« Tu m'inquiètes depuis un moment, toi », lui avait-elle dit.

En réalité, ce qu'elle voulait, c'était un pousse-café rapide, discret ; il avait donc fait de son mieux et elle avait pris son pied, mais il n'avait pas le cœur à ça et elle avait dû s'en apercevoir. Après, il avait fallu se taper les *Qu'est-ce qu'il se passe*, *Tu en as marre de moi*, *Je tiens vraiment à toi*, et ainsi de suite, bla-bla-bla.

« Quitte ton mari, lui avait lancé Jimmy pour l'interrompre. Foutons le camp dans les plèbezones, on s'installera sur un terrain de caravaning.

— Oh, je ne pense pas... Tu ne parles pas sérieusement.

— Et si c'était le cas ?

— Tu sais que je tiens à toi. Mais je tiens à lui aussi, et...

— En dessous de la ceinture.

— Pardon ? »

C'était une femme très convenable, elle disait *Pardon* au lieu de *Quoi* ?

« Je dis, en dessous de la ceinture. C'est à ce niveau-là que tu tiens vraiment à moi. Tu veux que je m'explique plus clairement ?

— Je ne sais pas ce qui te prend, tu es très vachard ces derniers temps.

— Pas marrant du tout.

— Eh bien, c'est vrai, oui.

— Alors, barre-toi. »

Après, ils s'étaient disputés et elle avait pleuré, ce qui, bizarrement, avait aidé Jimmy à se sentir mieux. Après, ils avaient terminé le scotch. Après, ils avaient refait l'amour et, cette fois, c'est Jimmy qui avait pris son pied mais sa maîtresse non parce qu'il s'était montré trop brutal et trop pressé et ne lui avait rien dit de flatteur comme il le faisait d'habitude. *Quel cul super*, et cetera et cetera.

Il n'aurait pas dû être aussi grincheux. C'était une jolie femme qui avait de vrais nénés et aussi des problèmes. Il se demanda s'il la reverrait un jour. Sans doute que oui, parce qu'il avait vu dans ses yeux le fameux *Je suis capable de te guérir* quand elle était partie.

Jimmy avait lâché un fil et sortait la bière du frigo quand son interphone avait sonné. Voilà qu'elle revenait, juste comme il pensait à elle. Il sentit aussitôt la grogne le reprendre et se dirigea vers le combiné intérieur.

« Barre-toi, dit-il.

— C'est Crake. Je suis en bas.

— Pas possible ! »

Il composa le code de la caméra de surveillance dans l'entrée : c'était bien Crake, tout souriant et le majeur pointé.

« Ouvre-moi », insista Crake.

Et Jimmy s'exécuta, parce que, à ce moment précis, Crake était à peu près la seule et unique personne qu'il avait envie de voir.

Crake n'avait pratiquement pas changé. Il était toujours habillé en noir. Il ne s'était même pas dégarni.

« Qu'est-ce que tu fous ici, bordel ? » s'écria Jimmy.

Passé le premier mouvement de joie, il se sentait gêné de ne pas être encore habillé et d'évoluer dans un appartement où moutons, mégots, verres sales et boîtes de Nævi vides vous arrivaient aux genoux, mais Crake semblait ne rien remarquer.

« Ça fait plaisir de constater que je suis le bienvenu, dit-il.

— Désolé. Ça ne va pas trop fort ces derniers temps.

— Ouais. J'ai vu. Ta mère. Je t'ai envoyé un mail, mais tu n'as pas répondu.

— Je ne les ai pas regardés.

— Ça se comprend. C'est passé sur Topfriteuse : incitation à la violence, appartenance à une organisation interdite, entrave à la libre circulation des produits commerciaux, coupable de trahison envers la société. Je suppose que ce dernier chef d'accusation faisait référence aux manifs auxquelles elle a participé.

Où elle balançait des briques ou je ne sais quoi. Dommage, c'était une charmante dame. »

De l'avis de Jimmy, ni *charmante ni dame* ne convenaient, mais il ne se sentait pas d'attaque pour en débattre, pas à une heure aussi matinale.

« Tu veux une bière ? proposa-t-il.

— Non, merci. Je suis juste venu te voir. Voir si tu allais bien.

— Je vais bien. »

Crake lui jeta un coup d'œil.

« Allons dans les plèbezones. Faire la tournée des bars.

— Tu blagues, non ? s'écria Jimmy.

— Pas vraiment. J'ai les laissez-passer. Le mien, et un pour toi. »

Jimmy comprit alors que Crake devait vraiment être quelqu'un d'important. Il en fut impressionné. Mais, avant tout, il fut touché que Crake se fasse du souci pour lui et se tape tout ce trajet pour venir le voir. Même s'ils n'avaient pas été très proches ces derniers temps – par la faute de Jimmy –, Crake était toujours son ami.

Cinq heures plus tard, ils se baladaient dans les plèbezones au nord de New New York. Il ne leur avait fallu que deux heures pour y accéder – train à grande vitesse jusqu'au Compound le plus proche, puis voiture officielle des CorpSe conduite par un chauffeur armé, le tout mis à leur disposition par la personne aux ordres de Crake. Le véhicule les avait emmenés au cœur de l'action, pour reprendre les termes de Crake, et les y avait déposés. Cela étant, ils seraient filés, précisa Crake. Protégés. Comme ça, il ne leur arriverait rien.

Avant de se mettre en route, Crake avait piqué Jimmy au bras, lui avait injecté un vaccin, concocté par ses soins, pour l'immuniser pendant un bref laps de temps contre un vaste spectre d'agents infectieux. Selon lui, les plèbezones avaient tout d'une gigantesque boîte de Pétri : des tas de saletés et de protoplasmes contagieux circulaient dans ces coins-là. Si on grandissait dans cet environnement, on était plus ou moins protégé, tant qu'une nouvelle bioforme ne s'y propageait pas ; mais si on était originaire des Compounds, les saloperies se régalaient dès qu'on déboulait. C'était comme se coller une grande pancarte sur le front avec marqué dessus : Mangez-moi.

Crake avait également des masques coniques pour eux deux, le dernier modèle, pas seulement pour filtrer les microbes, mais aussi pour éliminer la matière particulaire. D'après lui, l'air était pire dans les plèbezones. Davantage de cochonneries portées par le vent et moins de tours de purification.

Jimmy n'avait encore jamais mis les pieds dans les plèbezones, il s'était contenté de regarder par-dessus le mur. Il était emballé à l'idée de les découvrir enfin, même s'il n'était absolument pas préparé à affronter cette foule compacte de gens qui marchaient, bavardaient, se dépêchaient. Cracher sur les trottoirs représentait une singularité dont, pour sa part, il se serait bien passé. Riches et pauvres plèbezonards, les premiers au volant de voitures luxueuses, les seconds sur des motosolaires, putes en Spandex fluorescents ou en short ultra-short ou – plus athlétiques, histoire d'exhiber leurs cuisses fermes – à cheval sur des scooters qui se faufilaient dans la circulation. De toutes les couleurs de peau, de toutes les tailles. Mais pas à tous les prix, spécifia Crake : ici, c'était le bas de gamme. Jimmy pouvait donc se mettre en appétit, mais pas consommer. Il fallait qu'il se garde pour plus tard.

Les habitants des plèbezones n'avaient pas l'air aussi demeurés que les gens des Compounds aimaient les décrire, du moins pour la plupart. Au bout d'un moment, Jimmy finit par se détendre et par goûter l'aventure. Il y avait tant à voir, tant de trucs à acheter, à négocier. Slogans au néon, gigantesques panneaux d'affichage, pubs partout. Et, exactement comme dans les vieux DVD musicaux, il y avait de vrais clochards, de vraies mendiantes : Jimmy espéra tout du long qu'ils allaient se mettre à faire un raffut de tous les diables avec leurs semelles esquintées et à entonner une chanson. De vrais musiciens au coin des rues, de vrais gangs de gamins. Asymétries, difformités : les visages ici n'avaient vraiment rien à voir avec l'harmonie des Compounds. Il y avait même des dents cariées. Il en était baba.

« Fais gaffe à ton portefeuille, lui conseilla Crake. Encore que tu n'auras pas besoin de liquide.

— Pourquoi ?

— C'est moi qui régale.

— Je ne peux pas te laisser faire.

— La fois prochaine, ce sera ton tour.

— Très bien.

« — Tiens, nous y sommes – voici ce qu'on appelle la rue aux rêves. »

Les boutiques, milieu et haut de gamme, avaient des devantures sophistiquées. *Blues du gène ?* lut Jimmy, *Essayez CoupéCol ! Débarrassez-vous à jamais des Mauréditaires. Pourquoi rester petit ? Visez Goliath ! Icimomidéal. DOP votre ADN. La Cigogne Ltd. Riquiqui le Jésus ? Un Morteau, voilà ce qu'il vous faut.*

« Voici l'endroit où nos trouvailles se transmuent en or, déclara Crake.

— Nos trouvailles ?

— Ce que nous produisons à Rejouv. Nous, et les autres Compounds axés sur le corps.

— Et elles marchent toutes ? »

Jimmy était impressionné, pas tant par les promesses que par les slogans : des esprits comme le sien étaient passés par là. Sa maussaderie du matin avait disparu, il se sentait très joyeux. Tant de choses lui tombaient dessus, tant d'informations ; ça occupait toute sa mémoire vive.

« Pour un bon nombre d'entre elles, répondit Crake. Bien sûr, rien n'est parfait. Mais la concurrence est féroce, surtout vu ce que font les Russes, et les Japonais, et les Allemands, bien entendu. Et les Suédois. Cela étant, nous nous défendons bien, nous avons la réputation d'avoir des produits sérieux. Les gens du monde entier viennent ici, ils comparent. Sexe, tendance sexuelle, taille, couleur de la peau et des yeux – pour tout, il faut passer commande, tout se fait ou se refait. Tu n'as pas idée des sommes qui changent de main rien que dans cette seule rue.

— Allons boire un coup », suggéra Jimmy.

Il pensait à son frère hypothétique, celui qui n'était pas encore né. Était-ce ici que son père et Ramona étaient venus faire leurs courses ?

Ils prirent un verre, puis quelque chose à manger – de vraies huîtres, dit Crake, du vrai bœuf japonais, aussi rare que des diamants. Il devait avoir coûté une fortune. Puis ils se firent deux autres boîtes avant de terminer dans un bar avec fellations sur trapèze où Jimmy but un truc orangé qui luisait dans la pénombre, puis encore deux autres pareils. Puis il raconta à Crake l'histoire de sa vie – non, l'histoire de la vie de sa mère –

en une longue phrase confuse, semblable à un fil de chewing-gum qui lui serait sorti de la bouche sans discontinuer. Puis ils se retrouvèrent ailleurs, sur un immense lit en satin vert, à se faire abondamment patouiller par deux filles entièrement couvertes de paillettes collées à même la peau qui scintillaient comme les écailles d'un poisson virtuel. Jamais Jimmy n'avait rencontré une fille capable de se tordre et de s'entortiller aussi avantageusement autour de lui.

Était-ce là, ou dans l'un des bars avant, que la question du boulot avait surgi ? Le lendemain matin, il ne put se le rappeler. Crake avait dit : *Boulot, toi, Rejouv* et Jimmy avait répliqué : *Pour faire quoi ? Laver les chiottes ?* et Crake avait rigolé et dit : *Mieux que ça.* Jimmy ne se souvenait pas d'avoir accepté, mais il devait l'avoir fait. Il aurait pris n'importe quel job. Il avait envie de changer, de passer à autre chose. Il était prêt à entamer un chapitre totalement nouveau.

JouissePluss

Le lundi matin qui suivit son week-end avec Crake, Jimmy se présenta à NouvoMoi pour une nouvelle journée de bidouillage de slogans. Il se sentait sacrément lessivé mais espérait que ça ne se voyait pas. Même s'il incitait sa clientèle payante à tenter toutes sortes d'expériences chimiques, NouvoMoi désapprouvait des pratiques analogues chez ses employés. Logique, songea Jimmy : les bootleggers d'antan étaient rarement des pochtrons. Tout au moins, dans les livres.

Avant de gagner son bureau, il fit un tour par les toilettes et se regarda dans le miroir, histoire d'évaluer les dégâts : il avait une tête de pizza fraîchement gerbée. En plus, il était en retard, mais pour une fois personne ne s'en aperçut. Là-dessus, son boss apparut ainsi que d'autres supérieurs tellement haut placés dans la hiérarchie que Jimmy ne les avait encore jamais vus. On serra la main de Jimmy, on lui colla de gentilles tapes dans le dos, on l'obligea à prendre un ersatz de champagne. *Oh il manquait que ça ! Encore un petit verre pour éponger la gueule de bois ! Glou-glou-glou*, commenta la bulle dans la tête de Jimmy ; mais il se borna à ne prendre que quelques gorgées.

Puis on lui dit que ça avait été un plaisir de l'avoir chez NouvoMoi, qu'il s'était révélé être un atout formidable et que bien des vœux chaleureux l'accompagneraient là où il allait et, à propos, toutes nos fé-li-ci-ta-tions ! Ses indemnités de départ seraient immédiatement versées sur son compte à la Corpsbank. Elles seraient généreuses, plus généreuses que ne le justifiait le temps qu'il avait passé à NouvoMoi, parce que, soyons francs, ses amis de NouvoMoi tenaient à ce que Jimmy garde d'eux un souvenir positif dans le fantastique nouveau poste qu'il allait occuper.

Quoi que ça puisse être, songea Jimmy en s'asseyant dans le train à grande vitesse. On avait organisé son voyage, ainsi que son déménagement – une équipe allait arriver, ils emballeraient tout, c'était des professionnels, rien à craindre. Il avait à peine eu le temps de joindre ses diverses maîtresses et, quand il l'avait fait, il découvrit qu'elles avaient toutes été discrètement informées par Crake lui-même. Décidément, il avait le bras long. Comment connaissait-il leur existence ? Peut-être avait-il réussi à s'introduire dans la boîte à lettres de Jimmy, facile pour lui. Mais pourquoi se tracasser ?

Tu me manqueras, Jimmy, lui dit l'une d'elles par mail.

Oh, Jimmy, tu étais tellement marrant.

Le *étais* lui fila vraiment les boules. On aurait cru qu'il était mort ou va savoir.

Pour sa première nuit à RejouvenEssence, Jimmy descendit dans la pension pour VIP. Il se prit un scotch au minibar, sec, du vrai de vrai, puis passa un moment à la fenêtre panoramique, même s'il ne distinguait pas grand-chose, en dehors les lumières. Il vit le dôme du ParadéN, immense demi-cercle au loin, éclairé par des projecteurs au sol, mais il n'avait pas encore idée de ce qu'il abritait. Il le prit pour une patinoire.

Le lendemain matin, Crake l'emmena faire un premier tour du Compound de RejouvenEssence à bord de sa voiturette de golf, un véhicule électrique au moteur gonflé. Le cadre était, Jimmy dut le reconnaître, spectaculaire à tous égards. Tout était nickel, superbement aménagé, écologiquement parfait et très luxueux. Grâce aux nombreuses tours de purification, des installations solaires aux allures d'œuvres d'art modernes discrètement placées çà et là, il n'y avait pas de particule en suspension dans l'air. Les Roculateurs créaient un microclimat et des papillons gros comme des assiettes batifolaient entre des arbustes de couleur vive. À côté, tous les Compounds que Jimmy avait vus, y compris Watson-Crick, paraissaient minables et rétro.

« Qu'est-ce qui finance tout ça ? » demanda-t-il à Crake en passant devant le complexe dernier cri des Galeries Luxissimes – marbre partout, colonnades, cafés, fougères, stands proposant

310

des repas à emporter, piste pour patineurs en ligne, bars à jus de fruits, gymnase électriquement autonome –, les sportifs courant sur les tapis de jogging assuraient l'éclairage de la pièce – fontaines de style romain avec nymphes et dieux marins.

« Le chagrin devant l'inéluctabilité de la mort, dit Crake. Le désir d'arrêter le temps. La condition humaine.

— Ce qui ne m'en apprend pas des masses, rétorqua Jimmy.

— Tu verras », répondit Crake.

Ils déjeunèrent dans un des restaurants cinq étoiles de Rejouv sur un faux balcon à air conditionné qui dominait la grande serre botanico-bio du Compound. Crake prit le kangouragneau, nouveau recombiné australien associant le caractère placide et la richesse protéinique du mouton à l'immuno-résistance du kangourou et à sa faible production de flatulences, dont le méthane nuisait gravement à la couche d'ozone. Jimmy commanda le chapon farci aux raisins secs – du vrai chapon de ferme, de vrais raisins séchés au soleil, lui garantit Crake. Il était maintenant tellement habitué aux CoqOTops, à leur consistance de tofu et à leur manque de saveur que le chapon lui fit un effet bœuf.

« Mon service s'appelle le ParadéN, déclara Crake devant la sojabanane flambée. Ce sur quoi nous bossons, c'est l'immortalité.

— Tout le monde bosse là-dessus, rétorqua Jimmy. Avec les rats, ils y sont presque arrivés.

— Tout est dans le *presque*.

— Et les mecs de la cryogénisation ? *Congelez-vous la tête et faites-vous reconstituer le corps dès qu'on aura trouvé le moyen d'y parvenir* ? Leurs affaires marchent bien, leurs actions montent.

— Sûr et, deux ans plus tard, ils te balancent par la porte de derrière et annoncent à ta famille qu'il y a eu une coupure de courant. De toute façon, nous, on supprime le congélo.

— Comment ça ?

— Avec nous, tu n'es pas obligé de commencer par mourir.

— T'as vraiment réussi ?

— Pas encore. Mais pense au budget R & D.

— Des millions ?

— Des méga-millions.

— Je peux reprendre un verre ? » demanda Jimmy.

Cela faisait beaucoup à enregistrer.

« Non. J'ai besoin que tu écoutes.

— Je peux écouter et boire.

— Pas très bien.

— Mets-moi à l'épreuve », proposa Jimmy.

Au sein du ParadéN, commença Crake – ils visiteraient le service après le déjeuner –, on bossait actuellement sur deux projets majeurs. Le premier – la pilule JouissePluss – était de nature prophylactique et partait d'une logique toute simple : si on éliminait les causes externes de la mort, on avait déjà à moitié rempli son contrat.

« Les causes externes ? s'écria Jimmy.

— La guerre, c'est-à-dire une énergie sexuelle mal placée, laquelle, à notre avis, constitue un facteur plus important que les causes économiques, raciales et religieuses qu'on cite souvent. Les maladies contagieuses, surtout sexuellement transmissibles. La surpopulation, à l'origine – on le voit souvent – de la dégradation de l'environnement et de la pénurie alimentaire. »

Jimmy fit remarquer que ce n'était pas une mince affaire, qu'on avait essayé énormément de choses dans ces domaines, qu'on avait enregistré énormément d'échecs. Crake sourit.

« Si tu ne réussis pas du premier coup, lis les instructions, déclara-t-il.

— Ce qui veut dire ?

— Que la vraie étude de l'homme, c'est l'homme.

— Et ça signifie ?

— Qu'il faut faire avec ce qu'on a. »

La conception de la pilule JouissePluss partait d'un jeu de données, à savoir la nature de la nature humaine, et les orientait dans une direction plus profitable que celles suivies jusqu'à présent. Elle s'appuyait sur des études du bonobo ou chimpanzé nain désormais éteint, malheureusement, un parent proche de l'*Homo sapiens sapiens*. Contrairement à cette dernière espèce, le bonobo n'avait pas été partiellement monogame avec des tendances à la polygamie ou à la polyandrie. Il avait au contraire copulé sans discrimination aucune, n'avait jamais pratiqué la monogamie et avait passé la majeure partie de sa vie – en dehors

312

du temps dévolu au sommeil et à l'alimentation – à copuler. Son facteur d'agression intraspécifique était extrêmement faible.

Ces constatations avaient induit le concept de JouissePluss. L'objectif visait à produire une pilule qui, en même temps :

a) protégerait son utilisateur de toutes les maladies sexuellement transmissibles connues, fatales, handicapantes ou simplement disgracieuses ;

b) offrirait une libido et des prouesses sexuelles illimitées, lesquelles s'accompagneraient d'une sensation d'énergie et de bien-être généralisée, entraînant une réduction de la frustration, un blocage de la testostérone génératrice de jalousie et de violence et la suppression des sentiments négatifs que l'individu pouvait avoir sur lui-même ;

c) prolongerait la jeunesse.

Ces trois caractéristiques constitueraient les arguments de vente, poursuivit Crake. Il y en aurait néanmoins une quatrième qui serait passée sous silence. La pilule JouissePluss servirait également de pilule anticonceptionnelle cent pour cent efficace en-une-prise, chez les hommes comme chez les femmes, ce qui réduirait automatiquement la population du globe. Cet effet pourrait être réversible – pas au niveau individuel cependant – en modifiant les composants de la pilule selon les besoins, c'est-à-dire si la démographie d'une région donnée chutait trop.

« Donc, au fond, tu vas stériliser des gens à leur insu sous le prétexte de leur offrir le top du top de l'orgie ?

— Voilà une façon grossière de résumer la chose », rétorqua Crake.

Cette pilule, dit-il, rendrait d'immenses services, non seulement aux utilisateurs individuels – cela étant, il faudrait qu'elle leur plaise sous peine d'essuyer un échec commercial – mais à la société dans son ensemble ; et non seulement à la société mais à la planète. Les investisseurs étaient très emballés, elle allait devenir globale. Elle n'avait que des côtés positifs. Elle n'avait absolument rien de négatif. Lui, Crake, débordait d'enthousiasme à ce sujet.

« Je ne te savais pas si altruiste », remarqua Jimmy.

Depuis quand Crake défendait-il à cor et à cri les couleurs de la race humaine ?

« Ce n'est pas vraiment de l'altruisme, concéda Crake. C'est plutôt qu'il faut bien essayer de s'en tirer. Je viens de voir les derniers rapports confidentiels du CorpSe en matière de démographie. En tant qu'espèce, on est dans de très sales draps, c'est pire que tout ce qu'on peut nous dire. Ils ont peur de publier les statistiques, parce que les gens risqueraient de tout lâcher, mais tu peux me croire, on va manquer d'espace-temps. En matière de ressources dans les régions géopolitiquement marginales, cela fait des décennies que la demande dépasse l'offre, d'où les famines et les sécheresses ; mais, d'ici très peu de temps, la demande va dépasser l'offre pour *tout le monde*. Avec Jouisse-Pluss, la race humaine aura davantage de chances de s'en tirer.

— Comment tu vois ça ? »

Peut-être que Jimmy n'aurait pas dû boire ce verre supplémentaire. Il se sentait un peu largué.

« Moins de gens, donc plus à partager.

— Et si ces gens moins nombreux se révèlent très voraces et gaspilleurs ? suggéra Jimmy. Ce n'est pas inenvisageable.

— Ils ne feront pas ça.

— Tu l'as ce truc maintenant ? » demanda Jimmy.

Il commençait à entrevoir les possibilités. Marathons baisistiques de haute qualité, sans polichinelle à la clé. Tout bien réfléchi, un poil de peps ne pouvait pas faire de mal à sa propre libido.

« Ça fait repousser les cheveux ? »

Il avait failli dire *Où est-ce que je peux en trouver ?* mais s'était ravisé juste à temps.

C'était un concept élégant, continua Crake, même s'il avait encore besoin de quelques légers ajustements. Ils n'avaient pas encore réussi à ce que la pilule opère sans accroc, pas sur tous les fronts ; elle en était toujours au stade des essais thérapeutiques. Deux des sujets testés avaient littéralement baisé jusqu'à ce que mort s'ensuive, plusieurs avaient agressé de vieilles dames et le pinscher de la maison et il y avait également eu de malheureux cas de priapisme et de bites fendues. Et puis, au début, le mécanisme de protection contre les maladies sexuellement transmissibles avait échoué de manière spectaculaire. Un sujet avait vu une grosse verrue génitale lui pousser sur tout l'épiderme, angoissant à regarder, mais on avait réglé ça avec des lasers et des exfoliations, du moins provisoirement. En bref, on avait commis des erreurs, pris de fausses routes, mais on était très près d'une solution.

Inutile de dire, poursuivit Crake, que cette affaire allait représenter une source de copieux bénéfices. Ça allait être le must de la pilule partout dans le monde, dans toutes les communautés, dans tous les pays. Bien entendu, les fanatismes religieux allaient grincer des dents, étant donné que leur fonds de commerce c'était le malheur, le plaisir indéfiniment différé et la frustration sexuelle, mais ils ne pourraient résister longtemps. La vague du désir humain, du désir d'avoir plus et mieux, les balaierait. C'est elle qui aurait le dessus et qui régirait le cours des événements, comme toujours pour tous les grands changements de l'histoire.

Jimmy déclara que cette affaire paraissait extrêmement intéressante. À condition qu'on remédie à ses défauts, s'entend. Chouette nom aussi – JouissePluss. Une sonorité séduisante, murmurante. Elle lui plaisait. Cependant, il ne souhaitait pas vraiment l'essayer sur lui : il n'avait pas besoin d'un pénis éclaté, il avait assez de problèmes comme ça.

« Et les sujets, tu les trouves où ? demanda-t-il. Pour les essais thérapeutiques ? »

Crake sourit.

« Dans les pays les plus déshérités. Tu les paies quelques dollars, ils ne savent même pas ce qu'ils prennent. Dans les cliniques de sexologie, bien sûr – elles sont contentes de rendre service. Les bordels. Les prisons. Et dans les rangs des désespérés, comme d'habitude.

— Et où est-ce que je me situe là-dedans ?

— Toi, tu feras la campagne de pub. »

MaddAddam

Le déjeuner terminé, ils se rendirent au ParadéN.

Le dôme se trouvait tout au fond à droite du Compound Rejouv. Il avait son propre parc, planté d'un mélange serré de recombinés tropicaux générant un microclimat, au-dessus duquel il s'élevait, tel un globe oculaire aveugle. Un cordon de sécurité, très strict, protégeait cet espace vert, expliqua Crake ; même les mecs du CorpSeCorps n'étaient pas admis à l'intérieur. Le ParadéN était son concept, et c'était une condition qu'il avait posée lorsqu'il avait accepté de l'actualiser : il n'avait pas envie que des bandes d'ignorants aillent fourrer leur nez dans des trucs qu'ils étaient infichus de comprendre.

Le laissez-passer de Crake était valable pour tous les deux, bien entendu. Ils franchirent le premier portail et suivirent la route qui s'enfonçait entre les arbres ; puis ils passèrent un autre poste de contrôle où des gardes – en uniforme du ParadéN, expliqua Crake, pas du CorpSeCorps – parurent se matérialiser d'entre les buissons ; puis davantage d'arbres ; puis l'arc du mur du dôme translucide. En dépit de son aspect fragile, poursuivit Crake, il avait été construit à partir d'un nouveau matériau ultra-résistant associant formations de dendrite/silicone/adhésif à base de moule. Il fallait posséder des outils hyper-perfectionnés pour pouvoir le perforer, car il reprenait sa forme après toute pression et réparait automatiquement n'importe quelle entaille. Il avait en outre la faculté de filtrer et de respirer, comme une coquille d'œuf, même s'il avait besoin d'énergie solaire pour ce faire.

Ils laissèrent la voiturette de golf à un garde qui composa le code de la porte extérieure, laquelle se referma derrière eux avec un pfffuit.

« Pourquoi ce bruit ? demanda Jimmy d'un ton inquiet.

— C'est un sas, déclara Crake. Comme dans les vaisseaux spatiaux.

— Pour quoi faire ?

— Au cas où il faudrait isoler les lieux. Bioformes hostiles, bioterrorisme, fanatiques. Les classiques. »

À ce stade, Jimmy se sentait un peu déboussolé. Crake ne lui avait pas vraiment expliqué ce qui se passait au ParadéN, en tout cas pas en détail. « Attends de voir », s'était-il contenté de lui dire.

Lorsqu'ils eurent franchi la porte intérieure, ils se retrouvèrent dans un complexe relativement familier : couloirs, portes, personnel équipé de presse-papiers numériques, autres employés voûtés devant un écran ; ça ressemblait aux Fermes BioIncs, ça ressemblait à SentéGénic, ça ressemblait à Watson-Crick, mais en plus moderne. Cela étant, les installations matérielles ne constituaient qu'une coquille, dit Crake, l'important, dans une unité de recherches, c'était la qualité des cerveaux.

« Eux, ils représentent ce qu'il y a de mieux », déclara-t-il avec un mouvement de tête sur sa gauche et sur sa droite.

On lui adressa en retour beaucoup de sourires empreints de déférence et – ce n'était pas feint – de crainte respectueuse. Jimmy n'avait pas trop compris quelle était la fonction exacte de Crake, mais quel que fût son titre – il était resté très vague à ce propos –, c'était manifestement l'oiseau rare de la volière.

Chacun des membres du personnel arborait un badge avec son nom en capitales d'imprimerie – assez court dans l'ensemble. RHINO NOIR. LAÎCHE BLANCHE. PIC À BEC IVOIRE. OURS POLAIRE. TIGRE INDIEN. AZUR DES CORONILLES. RENARD VÉLOCE.

« Ces noms ! s'écria Jimmy. Tu les as piqués dans Extinctathon !

— Pas seulement les noms, répondit Crake. Ces gens-là sont Extinctathon. Ce sont tous des Grands Maîtres. Ce que tu as sous les yeux, c'est MaddAddam, la crème de la crème.

— Tu plaisantes ! Comment ont-ils atterri ici ?

— Ce sont les génies de la recombinaison. Ce sont eux qui pondaient toutes ces bouffonneries, tu te souviens ? les microbes amateurs d'asphalte, l'épidémie d'herpès simplex fluorescent sur la côte Ouest, les guêpes parasites du CoqOTops et cetera et cetera.

— Un herpès fluo ? Je n'en ai pas entendu parler. Très marrant. Comment as-tu réussi à remonter jusqu'à eux ?

— Je n'étais pas seul à leur courir après. Ils étaient vachement impopulaires dans certains milieux. Je les ai retrouvés juste avant les mecs du CorpSe, c'est tout. Ou du moins j'ai retrouvé la plupart d'entre eux. »

Jimmy faillit demander : *Que sont devenus les autres ?* mais décida, à la réflexion, de s'abstenir.

« Et alors, tu les as kidnappés ou quoi ? »

Cela n'aurait pas surpris Jimmy, le détournement des cerveaux relevant d'une pratique courante, même si ces derniers étaient en général détournés par un pays et non par un autre cerveau.

« Je les ai simplement persuadés qu'ils seraient bien plus heureux et bien plus en sécurité ici que là-bas.

— Plus en sécurité ? En territoire CorpSe ?

— Je leur ai procuré des papiers sûrs. La plupart d'entre eux ont été d'accord avec moi, surtout lorsque je leur ai offert de détruire leurs identités prétendument véritables et tous les documents relatifs à leur vie antérieure.

— Je croyais que ces mecs étaient anti-Compound. Vu ce que tu m'avais montré, MaddAddam faisait des trucs sacrément offensifs.

— Ils l'étaient. Ils le sont encore, probablement. Pourtant, au vingtième siècle, après la Seconde Guerre mondiale, les Alliés ont invité des tas de savants allemands spécialisés dans les fusées à venir poursuivre chez eux leurs travaux et je ne me rappelle pas qu'un seul d'entre eux ait refusé. Quand tu as perdu la partie, rien ne t'empêche d'aller poser ton échiquier ailleurs.

— Et s'ils essaient de saboter des trucs ou...

— De s'enfuir ? Ouais. On en a eu deux comme ça au début. Pas d'esprit d'équipe. Pensaient qu'ils embarqueraient ce qu'ils avaient fait ici et qu'ils planqueraient leurs recherches dans un paradis lointain. Qu'ils passeraient dans la clandestinité ou s'établiraient ailleurs.

— Alors, qu'est-ce tu as fait ?

— Ils ont dégringolé d'une passerelle enjambant une plèbezone, dit Crake.

318

— C'est une blague ?

— Si on veut. Il va te falloir un nouveau nom, poursuivit Crake, un nom MaddAddam, tu pourrais redevenir Thickney, comme quand on avait... quel âge on avait ?

— Quatorze ans.

— C'était une époque décisive », déclara Crake.

Jimmy se serait bien attardé, mais Crake le poussait déjà à avancer. Il aurait aimé bavarder avec certains de ces gars, entendre leurs histoires – peut-être y en avait-il parmi eux qui avaient connu sa mère, par exemple ? – mais il pouvait peut-être remettre cela à plus tard ? D'un autre côté, peut-être que non : on l'avait vu aux côtés de Crake, le loup alpha, le gorille au dos argenté, le lion dominant. Personne n'aurait envie de lui faire trop de mamours. On lui prêterait le rôle du chacal.

ParadéN

Ils passèrent par le bureau de Crake, afin que Jimmy puisse se repérer un petit peu, dit Crake. Comme Jimmy s'y attendait, c'était un vaste espace rempli d'une multitude de gadgets. Une peinture ornait le mur : une aubergine sur une assiette orange. C'était le premier tableau que Jimmy voyait chez Crake. Il faillit lui demander si c'était sa petite amie, mais décida de s'abstenir.

Il piqua droit sur le minibar.

« Il y a quelque chose là-dedans ?

— Plus tard », rétorqua Crake.

Crake avait toujours une collection de magnets sur son frigo, mais leur style avait changé. Finies les allusions scientifiques.

Là où il y a Dieu, il n'y a pas d'homme.
Il y a deux lunes, celle qu'on voit et celle qu'on ne voit pas.
Du musz dein Leben andern.
On perçoit plus qu'on ne sait.
Je pense, donc.
Rester humain c'est franchir une limite.
Le rêve sort furtivement de sa tanière pour approcher sa proie.

« Et là, qu'est-ce que tu nous mijotes en réalité ? » demanda Jimmy.

Crake sourit.

« C'est quoi la réalité ?

— Bidon », répondit Jimmy.

Mais il avait été pris de court.

320

Maintenant, enchaîna Crake, il était temps de passer aux choses sérieuses. Il allait montrer à Jimmy l'autre projet sur lequel ils travaillaient – le projet principal du ParadéN. Ce que Jimmy s'apprêtait à voir était... enfin, ça ne pouvait pas se décrire. C'était tout bonnement l'œuvre de la vie de Crake.

Jimmy prit un air solennel adapté aux circonstances. Qu'est-ce qui allait suivre ? Encore un truc abominable à boulotter, c'était sûr et certain. Un arbre à foie, une vigne à saucisses. Ou une similicourgette productrice de laine. Il se prépara au pire.

Crake entraîna Jimmy dans un véritable dédale, ensuite de quoi ils se retrouvèrent devant une fenêtre panoramique. Non : une glace sans tain. Jimmy regarda dedans. Il y avait un vaste espace central rempli d'arbres et de plantes et, au-dessus, un ciel bleu. (Pas vraiment un ciel bleu, mais la voûte du dôme translucide et un appareil de projection intelligent pour simuler l'aube, le plein soleil, le soir, la nuit. Il y avait, il le découvrit plus tard, une fausse lune qui passait par toutes ses phases. Il y avait de fausses pluies.)

C'est ainsi qu'il vit les Crakers pour la première fois. Ils étaient nus, mais pas comme sur Nudi News : ils évoluaient avec naturel, un naturel total. Au début, il n'en crut pas ses yeux, ils étaient tellement beaux. Noires, jaunes, blanches, basanées, leurs peaux étaient de toutes les couleurs possibles. Chaque individu était d'une beauté exquise.

« Ce sont des robots ou quoi ? demanda-t-il.

— Tu vois les modèles d'exposition des magasins de meubles ? dit Crake.

— Ouais ?

— Ce sont les modèles d'exposition. »

C'était le résultat d'un enchaînement logique, poursuivit Crake, ce soir-là, en buvant un pot dans le salon du ParadéN (faux palmiers, musique enregistrée, vrai Campari, vrai soda). Une fois qu'on avait le protéonome parfaitement analysé et l'insertion des gènes inter-espèces bien avancée, ce n'avait plus été qu'une question de temps pour un projet comme le ParadéN ou d'autres du même ordre. Ce que Jimmy avait vu était le résultat pratiquement abouti de sept années de recherches intensives par approximations successives.

« Au départ, continua Crake, nous avons dû altérer de simples embryons humains que nous avions obtenus... peu importe. Mais les gens que tu vois ici sont *sui generis*. Et maintenant, ils se reproduisent.

— On leur donnerait plus de sept ans », remarqua Jimmy.

Crake lui parla des facteurs de croissance rapide qu'il avait insérés dans leur génome.

« Par ailleurs, ils sont programmés pour tomber raides morts à trente ans... subitement, sans maladie. Pas de vieillesse, pas d'angoisses de ce genre. Ils calancheront, un point c'est tout. Non qu'ils soient au courant ; pas un seul d'entre eux n'est encore mort.

— Je croyais que tu bossais sur l'immortalité.

— L'immortalité est un concept. Si tu acceptes que la "mortalité" ne soit pas la mort mais le fait de savoir qu'on va mourir et d'en avoir peur, en ce cas l'"immortalité", c'est l'absence de cette peur. Les bébés sont immortels. Élimine la peur et tu seras...

— On dirait Rhétorique appliquée 101, remarqua Jimmy.

— Quoi ?

— T'occupe. Un truc de Martha-Graham.

— Ah. D'accord. »

D'autres Compounds dans d'autres pays travaillaient sur des raisonnements analogues, enchaîna Crake, et développaient leurs propres prototypes, de sorte que la population du dôme était ultra-secrète. Vœux de silence, mails en interne uniquement, sauf permission spéciale, logements dans la zone de sécurité mais à l'extérieur du sas. Cela réduisait les risques d'infection au cas où un membre du personnel viendrait à tomber malade ; les modèles du ParadéN possédaient un système immunitaire renforcé, si bien que la probabilité d'une propagation des maladies contagieuses était faible.

Personne n'était autorisé à sortir du complexe. Ou quasiment personne. Crake le pouvait, bien entendu. Il faisait la liaison entre ParadéN et les gros bonnets de Rejouv, encore que, pour le moment, il ne les avait pas laissés entrer, qu'il les obligeait à attendre. C'était une bande de rapaces qui ne pensaient qu'à leurs investissements ; ils essaieraient de le prendre de vitesse, lanceraient le marketing prématurément. Et puis ils parleraient trop, alerteraient la concurrence. C'était tous des vantards, ces mecs-là.

« Alors, maintenant que je suis là, je ne pourrai jamais sortir ? s'écria Jimmy. Tu ne m'avais pas dit ça.

— Tu seras l'exception. Personne ne risque de te kidnapper pour ce que tu as dans le crâne. Toi, n'oublie pas, tu t'occupes juste des pubs. »

Mais le reste de l'équipe – le contingent des MaddAddamites – était consigné jusqu'à la fin.

« Jusqu'à la fin ?

— Jusqu'à ce qu'on soit introduit en bourse. »

Très bientôt, RejouvenEssence espérait être lancé sur le marché avec les multiples panachages disponibles. Ils allaient pouvoir créer des bébés qui correspondraient en tout point aux souhaits des acheteurs et intégreraient tous les traits, physiques, mentaux ou spirituels désirés. À l'heure actuelle, on utilisait des méthodes à la va-comme-je-te-pousse, poursuivit Crake : c'est vrai qu'on parvenait à éliminer certaines maladies héréditaires, mais, à côté de ça, il y avait beaucoup de déchets, beaucoup de gaspillage. Le client ne savait jamais s'il allait obtenir exactement ce pour quoi il avait payé ; et, en plus, il y avait trop de résultats aléatoires.

Mais, avec la méthode ParadéN, on arriverait à une fiabilité de quatre-vingt-quinze pour cent. On pourrait produire des populations entières répondant aux caractéristiques présélectionnées. La beauté, bien entendu ; elle serait très demandée. Et la docilité : plusieurs dirigeants de la planète avaient manifesté leur intérêt à cet égard. Le ParadéN avait déjà produit des sujets équipés d'un épiderme résistant aux UV, possédant un répulsif à insectes intégré dans leur génome et ayant la faculté de digérer des plantes non transformées, ce qui était du jamais-vu. Quant à l'immunité bactérienne que jusqu'à présent nous devions aux seuls médicaments, elle serait bientôt totalement innée.

Comparée au Projet ParadéN, la pilule JouissePluss ressemblait à un outil grossier, même si, en attendant, elle allait représenter une solution lucrative. Sur le long terme, cependant, les avantages des deux projets combinés se révéleraient prodigieux pour la race humaine. Ils étaient inextricablement liés – la Pilule et le Projet. La Pilule mettrait un terme à la reproduction hasardeuse, le Projet la remplacerait par une méthode supérieure. Ils constituaient, comme qui dirait, les deux étapes d'un seul et même plan.

C'était stupéfiant – d'après Crake –, les choses autrefois inimaginables que l'équipe avait pu accomplir ici. Ce qui avait été modifié n'était rien moins que le vieux cerveau du primate. Finis ses caractères destructeurs responsables des maux actuels de l'univers. Le racisme, par exemple – ou, comme on le qualifiait au ParadéN, la pseudo-spéciation –, avait été éliminé dans le groupe modèle rien qu'en altérant le mécanisme des liens affectifs : les gens du ParadéN ne remarquaient tout simplement pas la couleur de la peau. La hiérarchie ne pouvait pas exister parmi eux, parce qu'il leur manquait les relais neuronaux qui l'auraient instaurée. Étant donné que ce n'était ni des chasseurs ni des agriculteurs avides de terres, il n'y avait pas de territorialité : le câblage seigneur-du-château qui avait affligé l'humanité était, chez eux, déconnecté. Ne mangeant que des feuilles, de l'herbe et des racines et une baie ou deux, ils disposaient toujours d'une nourriture abondante. Leur sexualité, libérée des turbulences hormonales, ne les tourmentait pas constamment : ils entraient en chaleur à intervalles réguliers, comme la plupart des mammifères autres que l'homme.

Du fait que ces gens n'auraient jamais à hériter de quoi que ce soit, il n'y aurait ni arbres généalogiques, ni mariages, ni divorces. Étant parfaitement adaptés à leur habitat, ils n'auraient jamais à se fabriquer de maisons, ni d'outils ni d'armes ni, d'ailleurs, de vêtements. Ils n'auraient pas besoin d'inventer des symboles nuisibles tels que royaumes, icônes, dieux ou argent. Avantage suprême, ils recyclaient leurs excréments. Grâce à une manipulation géniale qui avait permis d'intégrer le matériel génétique de...

« Excuse-moi, intervint Jimmy. Mais il y a beaucoup de choses qui ne correspondent pas à ce que le parent moyen attend d'un bébé. Tu ne t'es pas laissé un peu emporter ?

— Je te l'ai dit, répondit Crake avec patience. Ce sont des modèles d'exposition. Ils illustrent l'art du possible. Nous pouvons dresser, à l'attention des acheteurs potentiels, une liste détaillée de toutes les caractéristiques disponibles, puis les adapter à la demande. Il est rare que les clients réclament la totalité des options, nous le savons. Cela dit, tu serais surpris de voir le nombre de gens qui rêvent d'un très beau bébé, très intelligent et ne mangeant que de l'herbe. Les végétaliens s'intéressent énormément à ce détail. Nous avons réalisé notre étude de marché. »

Oh, super, songea Jimmy. En prime, ton bébé fera tondeuse à gazon.

« Ils parlent ? demanda-t-il.

— Bien sûr. Quand ils ont un truc à dire.

— Ils plaisantent ?

— Pas exactement. Pour les plaisanteries, il faut un certain mordant, un peu de malice. Nous avons beaucoup tâtonné et nous procédons encore à des essais, mais je pense que nous avons réussi à éliminer les plaisanteries. »

Il leva son verre, sourit à Jimmy.

« Content que tu sois là, cork-nut, déclara-t-il. J'avais besoin de quelqu'un à qui parler. »

Jimmy se vit attribuer sa propre suite à l'intérieur du dôme du ParadéN. Ses affaires s'y trouvaient avant lui, à la place qui leur revenait – sous-vêtements dans le tiroir à sous-vêtements, chemises soigneusement empilées, brosse à dents électrique branchée et rechargée –, sinon qu'il avait plus d'affaires que dans son souvenir. Plus de chemises, plus de sous-vêtements, plus de brosses à dents électriques. Le climatiseur était réglé à la température qu'il aimait, et une collation appétissante (melon, jambon, brie français avec une étiquette qui avait l'air authentique) l'attendait sur la table de la salle à manger. La table de la salle à manger ! Il n'avait encore jamais eu de table de salle à manger.

Crake amoureux

Les éclairs grésillent, le tonnerre tonne, il pleut à verse, si fort que l'atmosphère en est blanche, totalement blanche, pareille à une brume épaisse ; on croirait du verre liquide. Snowman – cornichon, bouffon, poltron – se recroqueville sur le rempart, les bras croisés au-dessus de la tête, bombardé d'en haut comme un objet de risée. C'est un humanoïde, un hominidé, une aberration, il est abominable ; il serait légendaire, s'il restait quelqu'un pour raconter les légendes.

Si seulement il avait un auditeur à ses côtés, quelles histoires ne pourrait-il pas dévider, quels soupirs ne pourrait-il pas soupirer. Complainte de l'amant à sa maîtresse ou autre chose du même métal. Vaste choix.

Parce que le voici qui arrive à présent au point crucial dans sa tête, à l'étape de la tragédie où résonneront les mots : *Entre Oryx*. Moment fatal. Mais quel moment fatal ? *Entre Oryx sous les traits d'une fillette d'un site porno, des fleurs dans les cheveux, de la crème fouettée sur le menton* ; ou *Entre Oryx, sous les traits d'une adolescente dans le cadre d'une séquence télévisée, adolescente surgissant du garage d'un pervers* ; ou *Entre Oryx, pédagogue totalement nu du saint des saints des Crakers* ; ou *Entre Oryx, une serviette autour de la tête, émergeant de la douche* ; ou *Entre Oryx en tailleur pantalon en soie gris étain et sages petits talons, un attaché-case à la main, parfaite incarnation de la démarcheuse globale des Compounds* ? Laquelle d'entre elles se présentera et comment aura-t-il jamais la certitude qu'un lien associe la première à la dernière ? Y avait-il seulement une Oryx ou était-elle légion ?

Mais n'importe laquelle ferait l'affaire, songe Snowman, le visage ruisselant de pluie. Elles sont tout le temps présentes, parce qu'elles ne me quittent plus maintenant.

Oh, Jimmy, ton attitude est très positive. Je suis heureuse que tu comprennes ça. Le ParadéN est perdu, mais tu as un ParadéN en toi, bien plus heureux. Puis ce fameux rire argentin, juste à son oreille.

Jimmy n'avait pas immédiatement repéré Oryx, alors qu'il avait dû la voir, ce premier après-midi, lorsqu'il avait regardé dans le miroir sans tain. Comme les Crakers, elle ne portait pas de vêtements et, comme les Crakers, elle était belle, donc, vu de loin, elle ne se remarquait pas. Ses cheveux longs étaient défaits, sans ornements, elle lui tournait le dos et plusieurs autres personnes l'entouraient ; elle faisait simplement partie du tableau.

Quelques jours plus tard, alors que Crake lui montrait comment se servir des écrans relayant les images prises par les minicaméras cachées au milieu des arbres, Jimmy vit son visage. Elle pivota vers la caméra et voilà qu'il réapparut, ce regard, ce regard fixe, ce regard fixe qui le perçait à jour et le voyait tel qu'il était véritablement. La seule chose qui différait chez elle, c'était ses yeux qui étaient du même vert luminescent que ceux des Crakers.

En contemplant ces yeux, Jimmy éprouva un moment de pur bonheur, de pure terreur, parce qu'elle n'était plus une photo désormais – plus seulement une image fixée, sombre et mystérieuse, sur le tirage papier caché entre son matelas et la troisième latte du lit de sa nouvelle suite chez Rejouv. Brusquement, elle était réelle, tridimensionnelle. Il eut l'impression de l'avoir rêvée. Comment pouvait-on être pris comme ça, en un instant, par un regard, l'arc d'un sourcil, la courbe d'un bras ? N'empêche, il l'était.

« Qui c'est ? » demanda-t-il à Crake.

Elle portait dans ses bras un jeune rasconse qu'elle présentait aux gens qui l'entouraient et ces derniers caressaient gentiment l'animal.

« Elle n'appartient pas à leur groupe. Que fait-elle là ?

— C'est leur prof, expliqua Crake. Nous avions besoin d'un intermédiaire, de quelqu'un qui puisse communiquer à leur niveau. Concepts simples, pas de métaphysique.

« — Qu'est-ce qu'elle leur enseigne ? » s'enquit Jimmy d'un ton indifférent.

Ce ne serait pas un bon plan que de manifester trop d'intérêt pour une femme en présence de Crake : des moqueries détournées s'ensuivraient.

« Botanique et Zoologie, répondit Crake avec un sourire. En d'autres termes, ce qu'il ne faut pas manger et ce qui risquerait de mordre. Et ce à quoi il ne faut pas faire de mal.

— Et pour ça, il faut qu'elle soit à poil ?

— Ils n'ont jamais vu de vêtements. Ça ne ferait que les embrouiller. »

Les leçons qu'Oryx enseignait étaient brèves : une chose à la fois était préférable, affirmait Crake. Les modèles du ParadéN n'étaient pas idiots, mais ils démarraient plus ou moins de zéro et appréciaient donc qu'on se répète. Un autre membre de l'équipe, un spécialiste du domaine, repassait le sujet du jour avec Oryx – la feuille, l'insecte, le mammifère ou le reptile qu'elle s'apprêtait à expliquer. Puis elle se vaporisait avec un composé chimique dérivé des citrus afin de masquer ses phéromones humaines – sans cette précaution, il risquait d'y avoir des problèmes, car les hommes sentiraient son odeur et croiraient que le moment de s'accoupler était venu. Une fois prête, elle se faufilait par un passage caché au milieu d'une végétation dense qui se refermait aussitôt sur elle. Ainsi pouvait-elle apparaître et disparaître dans l'univers des Crakers sans que d'importunes questions viennent troubler leur esprit.

« Ils ont confiance en elle, dit Crake. Elle s'y prend de manière géniale. »

Jimmy sentit son cœur se serrer. Crake était amoureux, pour la première fois de sa vie. Ce n'était pas seulement le compliment, assez rare en lui-même. C'était le ton de sa voix.

« Où l'as-tu découverte ? demanda-t-il.

— Ça fait un moment que je la connais. Depuis la fin de mon troisième cycle à Watson-Crick.

— Elle était étudiante là-bas ? »

Si c'était le cas, songea Jimmy, dans quel domaine ?

« Pas exactement. Je l'ai rencontrée par l'intermédiaire des services de l'Association Étudiante.

— Tu étais l'étudiant et elle le service ? lança Jimmy en essayant de se montrer léger.

— Exactement. Je leur ai dit ce que je recherchais – tu pouvais être très précis dans ce domaine, leur apporter une photo ou une simulation vidéo, des trucs dans ce genre, et ils faisaient de leur mieux pour te trouver chaussure à ton pied. Ce que je voulais, c'était quelque chose ressemblant à... tu te rappelles ce fameux show sur le Web ?

— Lequel ?

— Je t'avais donné un tirage papier. Des Pornnmomms... tu sais.

— Ça ne me dit rien.

— Ce show qu'on regardait. Tu te souviens ?

— Ouais, fit Jimmy. Vaguement.

— Je me suis servi de la fille pour mon portail Extinctathon. Celle-là.

— Ah d'accord. Chacun son truc. Tu voulais le look gamine aguichante ?

— Elle n'était pas mineure, celle qu'ils m'ont proposée.

— Bien sûr que non.

— Puis j'ai pris des dispositions spéciales. En principe, ce n'était pas autorisé, mais on tourne tous un petit peu les règlements.

— Les règlements sont faits pour être tournés », déclara Jimmy.

Il se sentait de plus en plus mal.

« Puis, quand j'ai pris la direction de cet endroit, j'ai pu lui offrir une situation plus officielle. Elle a accepté avec joie. C'était le triple de ce qu'elle gagnait là-bas, avec pas mal d'avantages en plus ; mais elle a dit aussi que le boulot piquait sa curiosité. Je dois reconnaître que c'est une employée très dévouée. »

Crake afficha un petit sourire suffisant, un sourire alpha qui donna à Jimmy l'envie de lui casser la gueule.

« Super ! » s'écria-t-il.

Des poignards le transperçaient. Il ne l'avait pas plus tôt retrouvée qu'il l'avait de nouveau perdue. Crake était son meilleur ami. Rectification : son seul ami. Il serait incapable de poser un doigt sur elle. Comment aurait-il pu ?

Ils attendirent qu'Oryx sorte de la salle de douches où elle se débarrassait de sa vaporisation protectrice et – ajouta Crake – de ses lentilles de contact souples vert luminescent : ses yeux noirs auraient rebuté les Crakers. Elle finit par émerger, les cheveux tressés à présent et encore humides, fut présentée à Jimmy et lui serra la main de sa main menue. (Je l'ai touchée, se dit Jimmy à la manière d'un gamin de dix ans. Je l'ai vraiment touchée !)

Elle était habillée maintenant, portait la tenue de laboratoire classique, veste et pantalon. Sur elle, ça ressemblait davantage à un pyjama d'intérieur. Accroché à la pochette, il y avait un badge avec son nom : ORYX BEISA. Elle l'avait choisi dans la liste que Crake lui avait fournie. L'idée d'être un doux herbivore d'Afrique de l'Est, peu gourmand en eau, lui avait plu, mais elle avait été moins contente d'apprendre que l'animal qu'elle avait retenu était éteint. Crake avait dû lui expliquer que c'était la norme au ParadéN.

Tous trois avaient pris un café dans la cafétéria réservée au personnel du ParadéN. La discussion tourna sur les Crakers – tel était le surnom qu'Oryx leur avait donné – et leur comportement. C'était tous les jours pareil, dit Oryx. Ils étaient toujours contents et paisibles. Ils savaient faire du feu maintenant. Le rasconse leur avait plu. Elle trouvait très relaxant de passer du temps en leur compagnie.

« Est-ce qu'ils demandent parfois d'où ils viennent ? s'enquit Jimmy. Ce qu'ils font ici ? »

Il s'en contrefichait totalement, mais il avait envie de se joindre à la conversation pour éviter de regarder Oryx de manière trop révélatrice.

« Tu n'as pas pigé, intervint Crake du ton qu'il réservait aux crétins. Ce truc-là, on l'a éliminé.

— Eh bien, en fait, ils l'ont demandé, répondit Oryx. Aujourd'hui, ils ont demandé qui les avait faits.

— Et ?

— Et je leur ai dit la vérité. J'ai dit que c'était Crake. (Sourire admiratif à l'adresse de Crake, dont Jimmy aurait pu se passer.) Je leur ai dit qu'il était très intelligent et très bon.

— Est-ce qu'ils ont demandé qui était ce Crake ? lança Crake. Est-ce qu'ils avaient envie de le voir ?

— Ça n'avait pas l'air de les intéresser. »

Nuit et jour, Jimmy était au supplice. Il avait envie de caresser Oryx, de l'adorer, de l'ouvrir comme un colis magnifiquement emballé, alors même qu'il craignait qu'il n'y eût quelque chose de caché à l'intérieur – un serpent nuisible, une bombe artisanale ou une poudre mortelle. Pas en elle, bien entendu. Dans la situation. Elle lui était interdite, se répétait-il inlassablement.

Il se comportait aussi honorablement que possible : il ne lui manifestait aucun intérêt ou du moins il essayait. Il se mit à fréquenter les plèbezones, à payer des filles dans des bars. Des filles avec des volants, des paillettes, de la dentelle, tout ce qui se proposait. Il s'injectait le vaccin minute de Crake et, comme il avait son propre garde du CorpSe à présent, c'était tout à fait sûr. Les deux premières fois, il s'était vraiment éclaté ; après, il s'était amusé ; puis c'était juste devenu une habitude. Rien de tout cela ne constituait un antidote contre Oryx.

Dans son boulot, il glandait : ça n'avait rien de bien stimulant. La pilule JouissePluss n'avait pas besoin de son intervention, elle se vendrait toute seule. Cependant, comme le lancement officiel approchait à grands pas, il obligea son équipe à concocter quelques supports visuels, quelques slogans accrocheurs : Jetez vos préservatifs aux orties ! JouissePluss, c'est découvrir le cœur du corps ! Ne vivotez plus, vivez Pluss ! Simulations d'un homme et d'une femme en train de déchirer leurs vêtements, souriant comme des malades. Puis d'un homme avec un autre homme. Puis d'une femme avec une autre femme, encore que, là, ils biffèrent l'argument capote. Puis d'une séquence de triolisme. Jimmy réussissait à pondre ces conneries en dormant.

Si tant est, soit dit en passant, qu'il ait pu dormir. La nuit dans son lit, il s'admonestait, se lamentait sur son sort. *Admonester, lamenter*, mots utiles. *Bourdon. Se languir. Bien-aimé. Délaissé. Calibistrix.*

Mais, sur ce, Oryx le débaucha. Comment formuler cela autrement ? Elle vint délibérément frapper à la porte de sa suite, entra tambour battant, l'extirpa de sa coquille en deux minutes chrono. Jimmy eut l'impression d'avoir douze ans. C'était manifestement une experte en la matière et le naturel dont elle fit montre en cette première occasion lui coupa le souffle.

« Je ne voulais pas te voir si malheureux, Jimmy, lui expliqua-t-elle. Pas à cause de moi.

— Comment as-tu vu que j'étais malheureux ?

— Oh, je m'en rends toujours compte.

« — Et Crake ? demanda-t-il cette première fois après qu'elle l'eut ferré, sorti de son élément et laissé tout suffocant.

— Tu es l'ami de Crake. Il ne voudrait pas que tu sois malheureux. »

Jimmy n'en était pas aussi certain, mais il dit :

« Je ne me sens pas à l'aise à propos de ça.

— Qu'est-ce que tu dis, Jimmy ?

— Est-ce que tu n'es pas... est-ce qu'il n'est pas... »

Quel balourd !

« Crake vit dans un monde supérieur, Jimmy, poursuivit-elle. Il vit dans un monde d'idées. Il accomplit des choses importantes. Il n'a pas le temps de jouer. De toute façon, Crake est mon patron. Toi, c'est pour le plaisir.

— Oui, mais...

— Crake ne s'en rendra pas compte. »

Et, apparemment, c'était vrai, Crake ne s'en rendait pas compte. Peut-être était-il trop fasciné par elle pour remarquer quoi que ce soit ? ou peut-être que l'amour était vraiment aveugle, songeait Jimmy. Ou aveuglant. Et Crake aimait Oryx, il n'y avait pas l'ombre d'un doute ; il en devenait presque abject. Il allait même jusqu'à la toucher en public. Crake n'avait jamais été du genre à manifester ses sentiments ouvertement, s'était toujours montré très réservé, mais à présent il aimait avoir une main sur Oryx : sur son épaule, sur son bras, sa taille fine, son derrière parfait. *Mienne, mienne*, proclamait cette main.

Par ailleurs, il semblait lui faire confiance, plus peut-être qu'à Jimmy. C'était une femme d'affaires chevronnée, affirmait-il. Il lui avait confié une part des essais JouissePluss : elle avait des contacts utiles dans les plèbezones, grâce à ses vieilles copines qui avaient bossé avec elle pour l'Association Étudiante. C'était pour cela qu'elle devait effectuer un grand nombre de voyages à travers le monde. Des cliniques de sexologie, précisa Crake. Des bordels, précisa Oryx : qui de plus qualifié pour ces tests que ces travailleurs spécialisés ?

« Tant que tu ne te soumets pas toi-même à ces tests, remarqua Jimmy.

— Oh, non, Jimmy. Crake a dit de ne pas le faire.

— Tu respectes toujours les ordres de Crake ?

— C'est mon boss. »

— Il t'a dit de faire ça ? »

Grands yeux.

« De faire quoi, Jimmy ?

— Ce que tu fais maintenant.

— Oh, Jimmy. Il faut toujours que tu blagues. »

Les périodes où elle s'absentait étaient difficiles pour Jimmy. Il s'inquiétait pour elle, il se languissait d'elle, il lui en voulait de ne pas être là. Quand elle rentrait d'un de ses voyages, elle se matérialisait dans sa chambre au beau milieu de la nuit : elle y parvenait quoi que Crake ait pu avoir prévu. Elle commençait par le débriefer, par lui fournir un récit circonstancié de ses activités et de leurs succès – combien de pilules de JouissePluss, chez qui elle les avait placées, les résultats obtenus jusqu'à présent : des chiffres précis, étant donné qu'il était tellement obsessionnel. Et après, elle s'occupait de ce qu'elle appelait le domaine privé.

À en croire Oryx, les besoins sexuels de Crake étaient simples et clairs ; pas intrigants, comme le sexe avec Jimmy. Ce n'était pas de l'amusement, juste du boulot – pourtant, elle respectait Crake, sincèrement, parce qu'il était vraiment génial. Mais si, une nuit, Crake lui demandait de rester plus longtemps, de recommencer peut-être, elle inventait un prétexte – décalage horaire, mal de tête, un truc plausible. Ses subterfuges ne présentaient pas la moindre faille ; avec son visage impassible, c'était la meilleure menteuse qui soit, de sorte qu'il y avait un baiser d'adieu pour cet idiot de Crake, un sourire, un salut de la main, une porte qui se refermait et, l'instant d'après, elle était avec Jimmy.

Qu'il était riche d'implications, ce mot. *Avec*.

Il ne se lassait jamais d'elle, chaque fois, elle se renouvelait, pareille à un plein coffret de secrets. D'une minute à l'autre à présent, elle allait s'ouvrir et lui révéler la chose essentielle, la chose cachée au cœur de la vie, soit de sa vie à elle, soit de la sienne – la chose qu'il mourait d'envie de comprendre. La chose qu'il avait toujours désirée. Qu'est-ce que ce serait ?

« Et alors qu'est-ce qu'il se passait dans ce garage ? » demanda Jimmy.

Pour ce qui concernait sa vie d'avant, il n'arrivait pas à lui ficher la paix, il fallait qu'il sache, c'était plus fort que lui. À l'époque, aucun détail ne lui paraissait insignifiant, aucune esquille de son passé douloureux trop modeste. Peut-être cherchait-il à exhumer sa colère, il n'empêche qu'il ne la trouva jamais. Soit elle était trop profondément enfouie, soit elle n'existait pas du tout. Mais il ne pouvait y croire. Oryx n'était pas une masochiste, Oryx n'était pas une sainte.

Ils étaient dans la chambre de Jimmy, allongés tous les deux sur le lit, la télé numérique allumée, connectée à l'ordinateur, et regardaient un site Web avec des animaux, en l'occurrence deux bergers allemands bien dressés et un albinos désarticulé, totalement rasé et couvert de tatouages de lézards. Le son était coupé, il n'y avait que les images : papier peint érotique.

Ils étaient en train de manger des Nævi achetés dans un des petits restaurants de la galerie marchande la plus proche qui proposait des plats à emporter accompagnés de sojafrites et de salade. Dans la salade, il y avait des feuilles d'épinard cultivé dans les serres de Rejouv : pas de pesticide ou, du moins, aucun de ceux qui étaient considérés comme tels. Les autres provenaient d'un chou de type recombiné qui donnait des spécimens arborescents cultivés de manière intensive. Elles sentaient un peu les égouts, mais l'assaisonnement spécial noyait tout ça.

« Quel garage, Jimmy ? » répliqua Oryx.

Elle n'écoutait pas. Elle aimait manger avec les doigts, détestait les couverts. Pourquoi se fourrer un gros bout de métal pointu dans la bouche ? Selon elle, ça donnait un goût à la nourriture.

« Tu sais de quel garage je parle. Celui de San Francisco. Ce fumier. Ce connard qui t'a achetée, qui t'a fait venir par avion et qui a poussé sa femme à dire que tu étais la bonne.

— Jimmy, pourquoi tu vas inventer des trucs comme ça ? Je n'ai jamais été dans un garage. »

Elle se lécha les doigts, émietta un Nævi et en donna un bout à Jimmy. Puis elle le laissa lui lécher les doigts à sa place. Il fit courir sa langue autour de l'ovale fin de ses ongles. Encore un peu, et il l'aurait croquée : elle était en lui, ou disons qu'une partie d'elle était en partie en lui. Dans l'amour, c'était le contraire : pendant, il était en elle. *Je te ferai mienne*, disaient les amants des livres d'antan. Ils ne disaient jamais : *Je te ferai moi*.

« Je sais que c'était toi, insista Jimmy. J'ai vu les photos.

— Quelles photos ?

— Le scandale des prétendues bonnes. À San Francisco. Est-ce que ce fumier de vieux connard t'a obligée à faire l'amour avec lui ?

— Oh, Jimmy. »

Un soupir.

« C'est donc ce qui te trotte dans la tête. J'ai vu ça à la télé. Pourquoi tu te tracasses à propos d'un homme pareil ? Il était tellement vieux qu'il était quasiment mort.

— Non, mais est-ce qu'il l'a fait ?

— Personne ne m'a obligée à faire l'amour dans un garage. Je te l'ai dit.

— Entendu, rectification : personne ne t'a obligée, mais est-ce que tu l'as fait quand même ?

— Tu ne me comprends pas, Jimmy.

— Pourtant, j'aimerais.

— Vraiment ? »

Un silence.

« Ces sojafrites sont tellement bonnes. Imagine, Jimmy... des millions de gens dans le monde n'ont jamais mangé des frites comme ça ! On a tellement de chance !

— Dis-moi. »

Ce devait être elle.

« Je ne me fâcherai pas. »

Un soupir.

« C'était un homme gentil », déclara Oryx d'une voix de conteuse.

Parfois, il la soupçonnait d'improviser, juste pour lui faire plaisir ; parfois, il avait le sentiment que tout son passé – tout ce qu'elle lui avait raconté –, c'était lui qui l'avait inventé.

« Il secourait des jeunes filles. Il a payé pour mon billet d'avion, exactement comme on l'a dit. Sans lui, je ne serais pas ici. Tu devrais l'apprécier !

— Pourquoi devrais-je apprécier un salopard moralisateur et hypocrite de ce calibre ? Tu n'as pas répondu à ma question.

— Si, j'y ai répondu, Jimmy. Maintenant, laisse tomber.

— Combien de temps t'a-t-il gardée enfermée dans le garage ?

— Ça ressemblait plus à un appartement. Ils n'avaient pas de place dans la maison. Je n'étais pas la seule fille qu'ils avaient recueillie.

— Ils ?

— Lui et sa femme. Ils cherchaient à rendre service.

— Et elle détestait le sexe, c'est ça ? C'est pour ça qu'elle te tolérait ? Grâce à toi, elle n'avait plus le vieux bouc sur le dos ? »

Oryx soupira.

« Tu as toujours une très mauvaise opinion des gens, Jimmy. Cette femme était vraiment une nature élevée.

— Je t'en foutrai des natures élevées !

— Ne jure pas, Jimmy. Je veux apprécier les moments que je passe avec toi. Je n'ai pas beaucoup de temps, bientôt, il va falloir que je m'en aille, j'ai une affaire à régler. Pourquoi te tracasses-tu pour des choses d'il y a si longtemps ? »

Elle se pencha sur lui, l'embrassa de sa bouche toute barbouillée de Nævi. *Onguent, onctueux, somptueux, voluptueux, licencieux, luxurieux, délicieux* résonnaient dans la tête de Jimmy. Il se laissa glisser dans les mots, dans les émotions.

Au bout d'un moment, il demanda :

« Où tu vas ?

— Oh, quelque part. Je t'appellerai quand je serai arrivée là-bas. »

Jamais elle ne le lui disait.

Un truc à emporter

Voici maintenant le passage que Snowman ne cesse de rejouer dans sa tête. *Si seulement* le hante. Mais *si seulement* quoi ? Qu'aurait-il pu dire ou faire d'autre ? Quelque chose aurait-il pu modifier le cours des événements ? Dans le grand film, rien. Dans le petit, tant de choses.

Ne t'en va pas. Reste ici. Comme ça, ils seraient restés ensemble au moins. Elle aurait peut-être survécu – pourquoi pas ? Auquel cas, elle serait ici avec lui, en ce moment même.

Je veux juste un truc à emporter. Je vais juste à la galerie marchande. J'ai besoin de m'aérer un peu. J'ai besoin de marcher.

Laisse-moi t'accompagner. Ce n'est pas sûr.

Ne sois pas bête ! Il y a des gardes partout. Ils savent tous qui je suis. Qui est plus en sécurité que moi ?

J'ai comme un pressentiment.

Mais Jimmy n'avait pas eu de pressentiment. Il était heureux, ce soir-là, heureux et paresseux. Elle s'était présentée à sa porte une heure plus tôt. Elle venait de quitter les Crakers à qui elle avait expliqué quelques feuilles et herbes supplémentaires et était encore humide de sa douche. Elle portait une sorte de kimono constellé de papillons rouges et orange ; elle avait tressé ses cheveux noirs avec des rubans roses, puis les avait roulés et négligemment attachés. Le premier geste de Jimmy lorsqu'elle s'était présentée à sa porte, pressée, haletante, débordante d'excitation joyeuse, ou feignant à la perfection, avait été de retirer les épingles de sa chevelure. La tresse avait fait trois tours autour de sa main.

« Où est Crake ? » murmura-t-il.

Elle sentait le citron, les herbes écrasées.

« Ne t'inquiète pas, Jimmy.

— Mais où ?

— Il n'est pas au ParadéN, il est sorti. Il avait une réunion. Il ne veut pas me voir en rentrant, il a dit qu'il allait réfléchir cette nuit. Il n'a jamais envie de faire l'amour quand il réfléchit.

— Tu m'aimes ? »

Ce rire qu'elle avait eu. Que signifiait-il ? *Question idiote. Pourquoi demander ? Tu parles trop.* Ou bien : *C'est quoi l'amour ?* Ou peut-être : *Dans tes rêves.*

Puis le temps passa. Puis elle épingla de nouveau ses cheveux, puis elle enfila son kimono, puis elle l'attacha avec la ceinture. Debout derrière elle, il la regardait dans le miroir. Il avait envie de nouer ses bras autour d'elle, d'enlever le vêtement qu'elle venait de remettre, de recommencer.

« Ne pars pas tout de suite », dit-il.

Mais il ne servait à rien de lui dire *Ne pars pas tout de suite*. Elle ne revenait jamais sur ce qu'elle avait décidé. Il avait parfois la sensation de ne représenter qu'une visite en passant sur son itinéraire mystérieux – qu'elle avait à s'occuper d'une foule d'autres gens avant la fin de la nuit. Pensées indignes, mais pas totalement absurdes. Il ne savait jamais ce qu'elle faisait quand elle n'était pas avec lui.

« Je reviens tout de suite, déclara-t-elle en glissant les pieds dans ses petites sandales rose et rouge. Je rapporterai des pizzas. Tu veux quelque chose en plus, Jimmy ?

— Pourquoi ne pas lâcher toute cette merde et foutre le camp quelque part ? suggéra-t-il sur une impulsion.

— Loin d'ici ? De ParadéN ? Pourquoi ?

— On pourrait être ensemble.

— Jimmy, tu es marrant ! On est ensemble maintenant !

— On pourrait laisser Crake derrière nous. On ne serait plus obligés de se cacher comme ça, on pourrait...

— Mais Jimmy... »

Yeux écarquillés.

« Crake a besoin de nous !

— Je pense qu'il sait, poursuivit Jimmy. À notre sujet. »

Il n'y croyait pas ou bien il y croyait sans y croire, les deux à la fois. Ils s'étaient sûrement montrés de plus en plus imprudents ces derniers temps. Comment Crake aurait-il pu ne pas le remarquer ? Était-il possible qu'un homme aussi intelligent dans tant de domaines puisse être aussi demeuré dans d'autres ? Ou Crake était-il d'une duplicité supérieure à celle de Jimmy ? Si c'était le cas, il cachait bien son jeu.

Jimmy s'était mis à ratisser sa suite à la recherche d'éventuels dispositifs de surveillance : minimicros, minicaméras cachés. Il savait ce qu'il fallait qu'il cherche, du moins l'avait-il cru. Mais il n'avait rien trouvé.

Il y avait des signes, songe Snowman. Il y avait des signes et je ne les ai pas vus.

Par exemple, Crake lui avait dit un jour :

« Est-ce que tu tuerais quelqu'un que tu aimes pour lui éviter de souffrir ?

— Tu veux dire est-ce que je recourrais à l'euthanasie ? Est-ce que je ferais piquer la tortue de la maison ?

— Allez, réponds-moi.

— Je ne sais pas. Quel genre d'amour, quel genre de souffrance ? »

Crake changea de sujet.

Puis, un midi, il déclara :

« S'il m'arrive quoi que ce soit, je compte sur toi pour veiller sur le Projet du ParadéN. En mon absence, je veux que ce soit toi qui prennes les choses en main. Je l'ai ajouté au règlement.

— Qu'est-ce que tu veux dire par quoi que ce soit ? s'enquit Jimmy. Que pourrait-il arriver ?

— Tu sais bien. »

Jimmy crut qu'il pensait à un kidnapping ou à un assassinat perpétré par l'opposition : c'était un risque permanent pour les brainiacs des Compounds.

« Bien sûr, répondit-il, mais, premièrement, tu disposes de la meilleure sécurité qui soit et, deuxièmement, il y a des gens ici qui sont bien plus compétents que moi. Je ne pourrais pas diriger un truc comme ça, je n'ai pas les connaissances nécessaires.

— Ces gens sont des spécialistes. Ils n'auraient pas l'empathie souhaitée pour s'occuper des modèles du ParadéN, ils ne sauraient pas du tout s'y prendre, ils n'auraient pas la patience. Même moi, je n'en serais pas capable. Je ne serais pas fichu de me mettre sur leur longueur d'onde. Toi, tu as davantage l'étoffe d'un généraliste.

— Ça veut dire quoi ?

— Tu as une grande propension à rester assis sans faire grand-chose. Exactement comme eux.

— Merci.

— Non, je suis sérieux. Je veux... je voudrais que ce soit toi.

— Et Oryx ? s'écria Jimmy. Elle connaît les Crakers bien mieux que moi. »

Jimmy et Oryx disaient les Crakers, mais Crake jamais.

« Si je ne suis pas dans les parages, Oryx n'y sera pas non plus, répondit Crake.

— Elle se fera sati ? Ça alors ! Elle s'immolera sur ton bûcher funéraire ?

— Quelque chose dans cet esprit », rétorqua Crake en souriant.

Ce que Jimmy avait à l'époque pris pour une blague mais aussi comme un symptôme de l'ego vraiment colossal de Crake.

« Je crois que Crake nous surveille depuis un moment », déclara Jimmy cette dernière nuit.

À peine eut-il formulé cette remarque qu'il se rendit compte que ça pouvait être vrai, même si, éventuellement, il ne disait ça que pour effrayer Oryx. L'affoler, peut-être ; encore qu'il n'avait aucun plan concret. En supposant qu'ils fuient, où vivraient-ils, comment empêcheraient-ils Crake de les retrouver, comment feraient-ils pour avoir de l'argent ? Jimmy serait-il obligé de se transformer en maquereau, de vivre sur les comptées ? Parce qu'il n'avait bien entendu aucun talent négociable, rien qui puisse lui être utile dans les plèbezones, en tout cas s'ils passaient dans la clandestinité. Comme ils y seraient obligés.

« Je pense qu'il est jaloux.

— Oh, Jimmy. Pourquoi Crake serait-il jaloux ? Il réprouve la jalousie. Il trouve que c'est mal.

— Il est humain. Ce qu'il réprouve n'a rien à voir avec ce qu'il éprouve.

— Jimmy, à mon avis, c'est toi qui es jaloux. »

Oryx sourit, se dressa sur la pointe des pieds et lui embrassa le nez.

« Tu es gentil, mais je ne quitterai jamais Crake. Je crois en

Crake, je crois en sa – elle chercha le mot – vision. Il veut créer un monde meilleur. C'est ce qu'il me répète toujours. Je pense que c'est très bien, pas toi, Jimmy ?

— Je n'y crois pas, rétorqua Jimmy. Je sais que c'est ce qu'il dit, mais je n'ai jamais gobé ça. Ce genre de trucs, il n'en a jamais rien eu à foutre. Ses intérêts étaient strictement...

— Oh, tu as tort, Jimmy. Il a identifié les problèmes, je pense qu'il a raison. Il y a trop de gens sur terre, et ça les rend mauvais. Je le sais pour l'avoir vécu, Jimmy. Crake est un homme très intelligent ! »

Jimmy aurait dû se montrer plus prudent et ne pas dire de mal de Crake. C'était le héros d'Oryx, dans un sens. Un sens important. Alors que lui, Jimmy, ne l'était pas.

« Entendu. J'admets ton point de vue. »

Au moins n'avait-il pas tout bousillé : elle n'était pas fâchée contre lui. C'était le principal.

Quel marshmallow je faisais ! songe Snowman. Qu'est-ce que j'étais subjugué. Possédé. Pas *étais*, *suis*.

« Jimmy, je veux que tu me promettes quelque chose.

— Bien sûr, quoi ?

— Si Crake n'est pas ici, s'il s'en va quelque part et si je ne suis pas là non plus, je veux que tu t'occupes des Crakers.

— Pas ici ? Pourquoi tu ne serais plus ici ? »

Angoisse de nouveau, soupçon : envisageaient-ils de partir ensemble et de le laisser ? C'était ça ? Avait-il simplement représenté une sorte de gigolo pour Oryx, de bouffon de cour pour Crake ?

« Vous vous barrez en voyage de noces ou quoi ?

— Ne sois pas bête, Jimmy. Ils sont comme des enfants, ils ont besoin de quelqu'un. Il faut que tu sois gentil avec eux.

— Tu te trompes de bonhomme, répliqua Jimmy. Si je devais passer plus de cinq minutes avec eux, je tournerais marteau.

— Je sais que tu serais tout à fait capable de te charger de ça. Je suis sérieuse, Jimmy. Dis-moi que tu le feras, ne me déçois pas. Promis ? »

Elle le caressait, traçait une rangée de baisers le long de son bras.

« Bon, d'accord. Croix de bois, croix de fer, si je mens je vais en enfer. Contente, maintenant ? »

Il ne lui en coûtait rien, tout cela était purement théorique.

« Oui, maintenant, je suis contente. Je vais faire très vite, Jimmy, comme ça on pourra manger. Tu veux des anchois ? »

Qu'avait-elle en tête ? se demande Snowman pour la millionième fois. Qu'avait-elle deviné exactement ?

Sas

Il l'avait attendue, en proie à l'impatience d'abord, puis à l'angoisse, puis à la panique. Ça n'aurait pas dû prendre aussi longtemps de préparer deux pizzas.

Le premier communiqué tomba à vingt et une heures quarante-cinq. Comme Crake n'était pas sur site et que Jimmy était numéro deux dans la hiérarchie, ils envoyèrent un membre de la salle de contrôle vidéo le chercher.

Au début, Jimmy crut qu'il s'agissait d'un problème banal, d'une autre petite épidémie ou d'un acte de bioterrorisme, d'un nouveau flash d'infos. Les mecs et les nanas avec leurs super-biocombinaisons, leurs lance-flammes, leurs tentes d'isolement, leurs caisses d'eau de Javel et leurs puits de chaux vive allaient régler ça comme d'habitude. De toute façon, c'était au Brésil. Suffisamment loin. Mais le règlement de Crake exigeait qu'on signale les prodromes de la moindre maladie, quoi que ce soit, où que ce soit, donc Jimmy alla voir.

Puis une deuxième alerte tomba, et encore une autre, et une autre, et une autre, comme une traînée de poudre. Taiwan, Bangkok, l'Arabie Saoudite, Bombay, Paris, Berlin. Les plèbezones à l'ouest de Chicago. Les cartes des écrans de surveillance s'éclairaient, maculées de rouge comme si quelqu'un avait balancé une brosse pleine de peinture dessus. Ce fléau ne se limitait pas à quelques sites isolés, c'était plus. C'était une épidémie majeure.

Jimmy essaya de joindre Crake sur son mobile, mais n'obtint aucune réponse. Il demanda à l'équipe de la salle de contrôle vidéo de se connecter sur les chaînes d'informations. Il s'agissait d'une fièvre hémorragique inconnue, disaient les commentateurs. Les symptômes se traduisaient par une forte température, des hémorragies oculaires et cutanées, des convulsions, puis la défaillance des fonctions vitales, suivies de la mort. Le laps de temps séparant l'apparition des premiers symptômes du décès était étonnamment court. Le virus semblait se transmettre par l'air, mais il y avait également une possibilité de contamination par l'eau.

Le mobile de Jimmy sonna. C'était Oryx.

« Où es-tu ? hurla-t-il. Reviens ici. Est-ce que tu as vu... »

Oryx pleurait. C'était tellement inhabituel que Jimmy en fut décontenancé.

« Oh, Jimmy, s'écria-t-elle. Je suis tellement désolée. Je ne savais pas.

— Ce n'est pas grave », répondit-il pour l'apaiser.

Puis :

« Qu'est-ce que tu veux dire ?

— C'était dans les pilules. C'était dans les pilules que j'ai distribuées, celles que j'ai vendues. Ce sont toutes les villes où je suis allée. Ces pilules étaient censées aider les gens ! Crake disait... »

La communication fut interrompue. Il essaya de rappeler : *ring ring ring*. Puis un clic. Puis rien.

Et si le truc avait déjà pénétré l'enceinte de Rejouv ? Et si Oryx était contaminée ? Quand elle se présenterait à la porte, il ne pourrait pas la laisser dehors. Il ne supporterait pas de faire ça, même si elle saignait par tous les pores de sa peau.

Vers minuit, les alertes apparaissaient presque simultanément. Dallas. Seattle. New New York. La chose ne semblait pas se propager de ville en ville ; elle se déclarait simultanément dans un grand nombre d'entre elles.

Trois membres de l'équipe se trouvaient maintenant dans la salle de contrôle : Rhino, Béluga, Laîche blanche. L'un fredonnait, l'autre sifflotait ; le troisième – Laîche blanche – pleurait. *Ça, c'est la méga cata.* Deux d'entre eux l'avaient déjà fait remarquer.

« Où est-ce qu'on peut se replier ?

— Qu'est-ce qu'il faudrait qu'on fasse ?

— Rien, répondit Jimmy en essayant de ne pas paniquer. On

est relativement en sécurité ici. On peut voir venir. Il y a suffisamment de provisions dans la réserve. »

Il regarda les trois visages anxieux autour de lui.

« Il faut qu'on protège les modèles du ParadéN. On ne sait pas quelle est la durée de l'incubation, on ne sait pas qui peut être porteur de la maladie. On ne peut pas se permettre de laisser entrer qui que ce soit. »

Cela les rassura un peu. Il sortit de la salle de contrôle, changea les codes de la porte intérieure, ainsi que ceux de la porte commandant l'ouverture du sas. Là-dessus, son mobile vidéo bipa. C'était Crake. Sur le minuscule écran, il avait la même tête que d'habitude ; apparemment, il était dans un bar.

« Où es-tu ? brailla Jimmy. Tu n'es pas au courant de ce qui se passe ?

— T'inquiète, répondit Crake. J'assure. »

On aurait dit qu'il était soûl, ce qui, chez lui, était extrêmement rare.

« T'assures quoi, bordel ? C'est un fléau mondial ! C'est la Mort Rouge ! Qu'est-ce que c'est que cette histoire selon laquelle c'était dans les pilules JouissePluss ?

— Qui t'a raconté ça ? Un petit oiseau ? »

Il était soûl, c'était sûr et certain ; soûl ou bien il avait pris un truc.

« Peu importe. C'est vrai, n'est-ce pas ?

— Je suis dans la galerie marchande, à la pizzeria. J'arrive. Veille sur la baraque. »

Crake raccrocha. Peut-être avait-il retrouvé Oryx, songea Jimmy. Peut-être la ramènera-t-il saine et sauve. Puis il se dit : Espèce d'imbécile.

Il alla voir comment se portaient les modèles du ParadéN. La simulation nuit marchait, la fausse lune brillait, les Crakers – pour autant qu'il pouvait en juger – dormaient paisiblement.

« Faites de beaux rêves, leur dit-il dans un murmure. Dormez bien. À l'heure qu'il est, vous êtes les seuls à pouvoir le faire. »

La suite des événements se déroula comme dans une séquence au ralenti. Ce fut du porno sans le son, Topfriteuse sans les pubs. Ce fut un mélodrame tellement outrancier que Crake et lui se seraient tordus de rire, s'ils avaient eu quatorze ans et regardé un DVD.

D'abord, il y eut l'attente. Assis dans un fauteuil de son bureau, il ne cessait de s'inciter au calme. Ses vieilles listes de mots défilaient à toute vitesse dans sa tête : *fongible, pulluler, pieux, linceul, catin.* Au bout d'un moment, il se leva. *Babillage, parénèse.* Il alluma son ordinateur, consulta diverses plates-formes d'informations sur le Net. Il régnait une vive consternation et les ambulances manquaient cruellement. Les discours politicards égrenaient déjà les Restons-calmes, des véhicules équipés de mégaphones sillonnaient les rues en beuglant des Ne-sortez-pas-de-chez-vous. Les prières se propageaient.

Concaténation. Lugubre. Rancune.

Il se rendit à la réserve de secours, se saisit d'un aérodésinté-greur, l'attacha autour de sa taille et passa une ample veste tropicale par-dessus. Il retourna à la salle de contrôle et déclara aux trois types de l'équipe qu'il avait discuté avec les respon-sables du CorpSeCorps pour la sécurité du Compound – un mensonge – et qu'ici ils n'étaient pas en danger imminent – autre mensonge, lui semblait-il. Il ajouta avoir eu des nouvelles de Crake qui leur ordonnait de regagner tous leurs chambres et de dormir, parce qu'ils allaient avoir besoin de toute leur énergie dans les prochains jours. Ils parurent soulagés et heureux d'obéir.

Jimmy les accompagna jusqu'au sas et composa le code d'accès au couloir menant à leurs chambres à coucher. En les regardant s'éloigner, il les vit comme déjà morts. Il le regrettait beaucoup, mais ne pouvait pas prendre de risques. Ils étaient à trois contre un : s'ils piquaient une crise d'hystérie, s'ils cherchaient à sortir du centre ou à y faire entrer leurs amis, il ne pourrait leur tenir tête. Lorsqu'ils eurent disparu, il verrouilla la porte, les laissant à l'extérieur et lui à l'intérieur. Plus personne dans la bulle centrale désormais, à part lui et les Crakers.

Il regarda encore un peu les nouvelles en buvant du scotch pour se remonter, mais il espaça ses verres. *Avorton. Laryngien. Banshee. Guède.* Il attendait Oryx, mais sans grand espoir. Il avait dû lui arriver quelque chose. Sinon, elle serait là.

À l'approche de l'aube, le moniteur de la porte bipa. Quel-qu'un tapait le code d'accès au sas. En vain, bien entendu, puisque Jimmy l'avait changé.

L'interphone vidéo émit un bruit désagréable.

« Qu'est-ce que tu fabriques ? demanda Crake d'un ton fâché. Ouvre.

— Je suis le plan B, répondit Jimmy. En cas d'attaque bio, ne laisse entrer personne. Tes ordres. J'ai scellé le sas.

— Personne, ça ne m'incluait pas moi, rétorqua Crake. Fais pas le cork-nut.

— Comment je sais que tu n'es pas porteur ?

— Je ne le suis pas.

— Comment je le sais ?

— Supposons simplement, déclara Crake d'un ton las, que j'aie anticipé ces événements et que j'aie pris mes précautions. De toute façon, toi, tu es immunisé.

— Pourquoi je le serais ? » s'écria Jimmy.

Cette nuit, son cerveau mettait un temps fou à saisir la logique des choses. Il y avait un truc qui clochait dans ce que Crake venait de dire, mais il n'arrivait pas à savoir quoi.

« Les anticorps se trouvaient dans le vaccin pour les plèbezones. Tu te rappelles le nombre de fois où tu t'es injecté ce machin ? Chaque fois que tu allais dans les plèbezones pour te vautrer dans la boue et noyer tes peines de cœur.

— Comment le savais-tu ? Comment savais-tu où j'étais, ce que je voulais ? »

Son cœur battait à tout rompre ; il ne s'exprimait pas clairement.

« Sois pas crétin. Laisse-moi entrer. »

Jimmy tapa le code d'accès au sas. Crake arriva alors à la porte intérieure. Jimmy alluma le moniteur du sas : la tête de Crake lui apparut, grandeur nature, juste devant ses yeux. Il avait l'air ravagé. Il y avait quelque chose – du sang ? – sur le col de sa chemise.

« Où étais-tu ? demanda Jimmy. Tu t'es battu ?

— Tu n'imagines pas. Maintenant, laisse-moi entrer.

— Où est Oryx ?

— Elle est là avec moi. Elle a traversé un moment difficile.

— Qu'est-ce qu'il lui est arrivé ? Que se passe-t-il dehors ? Laisse-moi lui parler !

— Elle ne peut pas parler pour le moment. Je ne peux pas la soulever. J'ai été un peu blessé. Maintenant, arrête de te branler les couilles et ouvre-nous. »

Jimmy dégagea son aérodésintégreur, puis composa le code, recula et se mit de côté. Il avait les poils des bras tout hérissés. *On perçoit plus qu'on ne sait.*

La porte s'ouvrit.

Les vêtements tropicaux de Crake, en tissu beige, étaient maculés de taches rouge sombre. Dans sa main droite, il serrait un couteau de poche tout simple, du genre à deux lames, avec lime à ongles, tire-bouchon et petits ciseaux. Son autre bras était passé autour d'Oryx qui paraissait endormie ; elle avait le visage plaqué contre le torse de Crake et sa longue tresse au ruban rose lui barrait le dos.

Sous le regard figé et incrédule de Jimmy, Crake fit basculer Oryx en arrière, sur son bras gauche. Il fixa Jimmy droit dans les yeux, sans sourire.

« Je compte sur toi », dit-il.

Puis il trancha la gorge d'Oryx.

Jimmy l'abattit.

13.

Bulle

Après l'orage, l'air s'est rafraîchi. De la brume émergent des arbres au loin, le jour décline, les oiseaux entament leur raffut vespéral. Trois corneilles passent dans le ciel, les ailes pareilles à des flammes noires, on entend presque ce qu'elles racontent. *Crake ! Crake !* disent-elles. Les criquets disent *Oryx*. J'hallucine, songe Snowman.

Il progresse sur le rempart, un pas douloureux après l'autre. Son pied lui fait l'effet d'une gigantesque saucisse bouillie remplie de chair prémâchée, brûlante, dénuée d'os et prête à éclater. Quel que soit le microbe en culture à l'intérieur, il résiste manifestement aux antibiotiques de la pommade de la tour de guet. Peut-être qu'au ParadéN, dans le fouillis de la réserve dévalisée de Crake – il sait à quel point elle a été dévalisée, il s'en est occupé personnellement –, il pourra trouver quelque chose de plus efficace.

La réserve de Crake. Le merveilleux projet de Crake. Les idées avant-gardistes de Crake. Crake, le roi de la Crakerie, parce que Crake est toujours là, dans les lieux, toujours à la tête de son domaine malgré le noir dans lequel cette bulle de lumière est désormais plongée. Plus noire que noir, et Snowman est responsable d'une part de cette noirceur. Il y a contribué.

« N'entrons pas là-dedans », déclare-t-il.

Chéri, tu y es déjà. Tu n'en es jamais parti.

À la huitième tour de guet, celle qui surplombe le parc entourant le ParadéN, il vérifie si l'une des deux portes menant à la salle du haut est ouverte – il préférerait descendre par un escalier, si possible –, mais ce n'est pas le cas. Par l'une des meurtrières, il examine avec précaution le terrain en dessous : aucune forme vivante, de grande ou de moyenne taille, n'est visible en bas, même s'il note une cavalcade dans les taillis, il espère que ce n'est qu'un écureuil. Il déballe son drap entortillé, l'attache à un tuyau de ventilation – pas très solide, mais c'est la seule possibilité – et fait passer l'autre extrémité par-dessus le bord du rempart. Il est trop court de deux bons mètres, mais Snowman peut encaisser ce saut dès l'instant qu'il ne tombe pas sur son mauvais pied. Il enjambe le parapet et descend, une main après l'autre, cet ersatz de corde. Une fois au bout, il pendouille comme une araignée, hésite – n'y a-t-il pas une technique pour faire ça ? Qu'a-t-il lu sur les parachutes ? Un truc sur la nécessité de plier les genoux. Puis il lâche.

Il atterrit sur ses deux pieds. La douleur est intense, mais après avoir roulé un moment sur le sol boueux en émettant des braille-ments d'animal embroché, il se remet péniblement sur ses pieds en gémissant. Rectification : sur son pied. Apparemment, rien de cassé. Il cherche un bâton en guise de béquille, en trouve un. Ce qu'il y a de bien avec les bâtons, c'est qu'ils poussent sur les arbres.

Maintenant, il a soif.

Dans la verdure et les herbes drues, il s'enfonce, ti-piti-clop ti-piti-clop plop, en serrant les dents. En chemin, il marche sur une énorme limace jaune tachetée de noir, manque perdre l'équi-libre. Il déteste cette sensation : froide et visqueuse comme un muscle écorché et réfrigéré. Morve rampante. S'il était un Craker, il faudrait qu'il lui présente des excuses – *Je suis désolé, je t'ai marché dessus, Enfant d'Oryx, pardonne, je t'en prie, ma maladresse.*

Il fait un essai :

« Je suis désolé. »

A-t-il entendu quelque chose ? Une réponse ?

Quand les limaces se mettent à parler, il n'y a pas de temps à perdre.

Il atteint le dôme, fait le tour de ses rondeurs glacées, brûlantes et blanches pour gagner l'entrée. La porte du sas est ouverte, comme dans le souvenir qu'il en a. Une profonde inspi-ration, et il entre.

Voici Crake et Oryx, ce qu'il reste d'eux. Ils ont été

charognés, sont éparpillés ici et là, petits et grands os mêlés et en désordre, tel un gigantesque puzzle.

Voici Snowman, bête comme ses pieds, imbécile, futile et dupe, le visage ruisselant d'eau, un poing géant noué sur le cœur, les yeux rivés sur son seul véritable amour et son meilleur ami de la terre entière. Les orbites vides de Crake fixent Snowman, tout comme une fois déjà ses yeux vides l'avaient fixé. Il sourit de toutes ses dents. Quant à Oryx, à plat ventre contre le sol, elle a la tête tournée comme si elle pleurait et cherchait à se dérober à sa vue. Le ruban dans ses cheveux est toujours aussi rose.

Oh, comment se lamenter ? Même pour ça, il est nul.

Snowman franchit le passage intérieur, après la zone de sécurité, et s'enfonce dans l'espace réservé au logement du personnel. Air chaud, humide, malsain. L'endroit qu'il lui faut en priorité, c'est la réserve ; il la trouve sans peine. Obscure à part la lumière qui tombe des lucarnes, mais il a sa torche. Ça sent le moisi et les rats ou les souris, mais sinon les lieux sont dans l'état où il les a laissés.

Il repère les étagères à pharmacie, farfouille. Abaisseurs de langue, compresses de gaze, pansements pour brûlure. Une boîte de thermomètres rectaux, mais il n'a pas besoin de s'en coller un dans le derrière pour savoir qu'il est brûlant de fièvre. Trois ou quatre sortes d'antibiotiques, présentés en pilules et donc à action lente, plus un dernier flacon du supercocktail antibactérien à action immédiate que Crake lui donnait pour aller dans les plèbezones. *Il te permettra d'aller là-bas et de revenir, mais ne t'attarde pas au-delà de minuit, sinon tu te transformerais en citrouille*, voilà ce que Crake lui disait. Il lit l'étiquette, les recommandations précises de Crake, évalue les doses. Il est maintenant tellement affaibli qu'il a du mal à soulever le flacon ; il lui faut un moment pour ôter le couvercle.

Glou glou glou, fait la bulle dans sa tête. *Cul sec.*

Mais non, il ne faut pas qu'il le boive. Il déniche une boîte de seringues propres, se pique. « Mordez donc la poussière, microbes de mes pieds », déclare-t-il. Puis il gagne sa suite en sautillant, ce qui était sa suite, s'effondre sur le lit défait, humide, et déconnecte.

Alex le perroquet lui apparaît en rêve. Il entre par la fenêtre, se pose à côté de lui sur l'oreiller, il est d'un vert éclatant cette fois-ci avec des ailes pourpres et un bec jaune, il brille comme une balise lumineuse et Snowman déborde de bonheur et d'amour. Alex redresse la tête, le regarde d'abord d'un œil, puis de l'autre.

« Le triangle bleu », dit-il.

Ensuite, il change de couleur, devient rouge, en commençant par l'œil. Cette métamorphose est effrayante, on croirait une ampoule en forme de perroquet saturée de sang.

« Je m'en vais maintenant, ajoute-t-il.

— Non, attends, crie ou a envie de crier Snowman — ses lèvres refusent de bouger — ne pars pas tout de suite ! Dis-moi... »

Puis il y a une rafale de vent, pfffuit, Alex est parti et Snowman se retrouve assis sur son ancien lit, dans le noir, trempé de sueur.

Gribouillis

Le lendemain matin, son pied va un peu mieux. Il est désenflé, la douleur diminue. Le soir venu, il se fera une autre injection du supermédicament de Crake. Il sait qu'il ne peut quand même pas en abuser : ce truc est très fort. S'il en prend trop, ses cellules péteront comme des grains de raisin.

La lumière du jour filtre à travers les briques en verre isolant de la fenêtre de toit. Il parcourt l'espace où il vivait avant, se fait l'effet de n'être plus qu'un boîtier de capteur. Voici son placard, voici les vêtements qui lui appartenaient avant, chemises et shorts d'une légèreté toute tropicale impeccablement rangés sur des cintres et commençant à moisir. Des chaussures aussi, mais il ne conçoit plus de mettre des chaussures. Ce serait comme se rajouter des sabots d'herbivore, et puis, si ça se trouve, son pied infecté ne rentrerait pas dedans. Des sous-vêtements empilés sur les étagères. Pourquoi portait-il ce genre d'affaires ? Aujourd'hui, ils lui font l'effet d'une panoplie bondage bizarroïde.

Dans la réserve, il déniche divers paquets et boîtes de conserve. Pour son petit déjeuner, il prend des raviolis froids à la sauce tomate et la moitié d'une Voltbar qu'il fait glisser avec un Coca chaud. Plus d'alcool fort ni de bière, il a tout descendu au cours des semaines qu'il a passées isolé là-dedans. Pas plus mal. Son impulsion l'aurait poussé à tout vider le plus vite possible, à transformer tous ses souvenirs en bruit blanc.

Plus d'espoir de ce côté-là à présent. Il est coincé dans le passé, le sable humide monte. Il s'enfonce.

Après avoir abattu Crake, il avait changé le code de la porte intérieure pour la verrouiller. Crake et Oryx gisaient, entrelacés dans le sas ; ne supportant pas de les toucher, il les avait laissés là où ils étaient. Une impulsion fugace et romantique lui avait traversé l'esprit – de couper peut-être un bout de la tresse noire d'Oryx –, mais il y avait résisté.

Il retourna à sa chambre et but un peu de scotch, puis força un peu la dose, histoire de tomber raide. Ce qui le réveilla, ce fut l'interphone de la porte extérieure ; Laîche blanche et Rhino noir essayaient de revenir. Les autres aussi, sans aucun doute. Jimmy les ignora.

À un moment donné, le lendemain, il attrapa quatre tranches de sojatoast qu'il se força à manger. But une bouteille d'eau. Tout son corps lui semblait transformé en un gigantesque doigt de pied meurtri : engourdi mais douloureux aussi.

Au cours de la journée, son mobile sonna. Un ponte du CorpSe qui cherchait Crake.

« Dites à cet enfoiré de s'amener avec tout ce qu'il a dans le chou, pour nous aider à piger cette saleté, bordel.

— Il n'est pas là, répondit Jimmy.

— Qui est à l'appareil ?

— Je ne peux pas vous répondre. Consigne de sécurité.

— Écoutez, qui que vous soyez, j'ai une petite idée du genre de carambouille que ce fumier est en train de nous mijoter et quand je mettrai la main sur lui, je lui casserai la gueule. Je parie qu'il a le vaccin nécessaire et qu'il nous fera cracher un max.

— Vraiment ? C'est ce que vous pensez ?

— Je sais que cette canaille est là. Moi, je déboule et j'enfonce la porte.

— À votre place, je ne le ferais pas, répliqua Jimmy. Il y a une sacrée activité bactérienne par ici, bizarre. Très inhabituelle. Il fait plus chaud qu'en enfer. Ma biocombinaison me permet de tenir, mais je ne sais pas vraiment si je suis contaminé ou pas. Il y a un truc qui a déraillé sérieusement.

— Oh merde ! Ici ? À Rejouv ? Je nous croyais totalement à l'abri.

— Oui, c'est une sacrée poisse, répondit Jimmy. Si vous voulez un conseil, cherchez dans les Bermudes. Je crois qu'il est parti là-bas avec un gros paquet de cash.

— Alors, il nous a trahis, ce petit merdeux. Il a vendu ça à la concurrence. Ça expliquerait tout. Ça expliquerait absolument tout. Écoutez, merci pour ce tuyau.

— Bonne chance, dit Jimmy.

— Ouais, absolument, pareil pour vous. »

Plus personne ne se présenta à l'interphone de la porte extérieure, plus personne n'essaya de forcer l'entrée. Les mecs de Rejouv avaient dû se passer le message. Quant à ceux de l'équipe, dès qu'ils réalisèrent que les gardes avaient disparu, ils avaient dû se précipiter dehors et se ruer vers le portail du Compound. Vers ce qu'ils prenaient, à tort, pour la liberté.

Trois fois par jour, Jimmy allait voir comment se portaient les Crakers et les observait à la manière d'un voyeur. Ils avaient l'air assez heureux, ou du moins satisfaits. Ils mangeaient – un peu d'herbe –, dormaient, passaient de longues heures assis à ne rien faire, apparemment. Les mamans allaitaient leurs bébés, les enfants jouaient. Les hommes pissaient en cercle. Une des femmes entra dans sa phase bleue et les hommes accomplirent leur danse de séduction en chantant, des fleurs à la main, remuant leur pénis azur en cadence. Puis cinq d'entre eux allèrent s'adonner aux joies de la procréation, légèrement à l'écart parmi les arbustes.

Peut-être pourrais-je pratiquer un peu d'interaction sociale, songea Jimmy. Les aider à inventer la roue. Leur léguer un certain savoir. Transmettre tous mes mots.

Non, il ne le pourrait pas. Pas d'espoir de ce côté-là.

Parfois, ils semblaient inquiets – ils se rassemblaient par petits groupes, murmuraient. Les micros cachés surprenaient leurs conversations.

« Où est Oryx ? Quand reviendra-t-elle ?

— Elle revient toujours.

— Elle devrait être ici, à nous instruire.

— Elle est toujours en train de nous instruire. Maintenant, par exemple, elle nous instruit.

— Elle est ici ?

— Ici et pas ici, c'est pareil pour Oryx. Elle a dit ça.

— Oui. Elle l'a dit.

— Qu'est-ce que ça signifie ? »

On aurait cru un débat théologique de dingues extrait des échanges les plus bavards et les plus creux d'une chat-room. Jimmy ne supportait pas ça très longtemps.

Le reste du temps, lui aussi mangeait, passait de longues heures assis à ne rien faire. Durant les deux premières semaines, il suivit les événements planétaires sur le Net, ou sinon à travers les actualités télévisées : les émeutes dans les villes quand les transports tombèrent en panne et que les supermarchés furent dévalisés ; les explosions qui suivirent les coupures électriques, les incendies que personne ne vint éteindre. Des hordes de gens envahirent églises, mosquées, synagogues et temples afin de prier et de se repentir, puis en ressortirent en masse lorsque les fidèles prirent conscience des risques accrus auxquels ils s'exposaient. On assista à un exode vers les petites villes et les zones rurales, dont les habitants repoussèrent les réfugiés aussi longtemps qu'ils le purent à l'aide d'armes à feu interdites, de gourdins et de fourches.

Au début, les présentateurs des informations télévisées s'impliquèrent totalement : installés dans des hélicoptères chargés de surveiller la circulation routière, ils filmaient l'action en poussant des exclamations dignes d'un match de football : *Vous avez vu ça ? Incroyable ! Brad, personne n'arrive vraiment à y croire. Ce que nous venons de voir, c'est une foule de God's Gardeners en folie libérant un élevage de CoqOTops. Brad, c'est désopilant, ces CoqOTops ne sont même pas fichus de marcher ! (Rires.) À vous les studios.*

Ce devait être dans les premiers temps de ce chaos, songe Snowman, qu'un gros malin avait lâché les porcons et les louchiens. *Ah, merci du cadeau !*

Des prédicateurs de rue se mirent à se flageller et à discourir sur l'Apocalypse sans pouvoir néanmoins dissimuler leur déception : où étaient les trompettes et les anges, pourquoi la lune tout entière n'était-elle pas devenue comme du sang ? À la télé, on voyait des commentateurs en costard ; des médecins experts, des graphiques indiquant les niveaux de contamination, des cartes montrant l'étendue de l'épidémie. Ils utilisaient du rose foncé à cet effet, comme autrefois pour l'Empire britannique. Jimmy aurait préféré une autre couleur.

Il était impossible de masquer la peur des présentateurs. *À qui le tour maintenant, Brad ? Quand va-t-on avoir un vaccin ? Eh bien, Simon, ils travaillent vingt-quatre heures sur vingt-quatre, à ce que j'entends dire, mais à l'heure actuelle personne ne prétend maîtriser cette affaire. C'est la méga cata, Brad. Ça, vous pouvez le dire, Simon, mais on a déjà goûté à quelques méga cata.* Sourire encourageant, pouces en l'air en signe de victoire, yeux dans le vague, visage livide.

On monta des documentaires à la hâte avec des images du virus – on l'avait isolé, c'était toujours ça, il ressemblait à la classique boule de gomme fondue suivie d'une queue – et des commentaires sur la manière dont il sévissait. *Il s'agit apparemment d'une recombinaison hyper-virulente. Mais s'agit-il d'une mutation qui aurait franchi la barrière des espèces ou d'une création délibérée, personne ne peut le dire.* Sages hochements de tête alentour. Ils avaient trouvé un nom au virus, afin de donner l'impression qu'il était plus facile à vaincre. Il s'appelait Juve, Jetspeed Ultra Virus Extraordinaire. Peut-être en savait-on davantage maintenant sur ce que Crake avait vraiment concocté, paisiblement caché dans son repaire secret au cœur du Compound de RejouvenEssence, par exemple. D'où il jugeait le monde, songea Jimmy ; mais pourquoi lui en avait-on donné le droit ?

Les théories sur une possible conspiration se multipliaient : c'était un truc religieux, c'était les God's Gardeners, c'était un complot pour s'assurer le contrôle du monde. Durant la première semaine, on délivra des conseils du genre Faites bouillir l'eau et Abstenez-vous de voyager, on dissuada les gens de se serrer la main. Au cours de cette même semaine, la population se rua sur les gants en latex et les masques protecteurs. À peu près aussi efficaces, songea Jimmy, que les oranges piquées de clous de girofle du temps de la Mort Noire.

La nouvelle tombe à l'instant. Juve, le virus mortel, a fait son apparition aux Fidji, épargnées jusqu'à présent. Le chef du CorpSeCorps déclare New New York région sinistrée. Les artères principales sont interdites.

Brad, ce truc se propage très vite. Simon, c'est incroyable.

« Tout système peut s'accommoder d'un changement, selon qu'il intervient rapidement ou non, disait Crake. Cogne-toi la tête contre un mur, il ne se passera rien, mais heurte le même mur à quatre-vingt-dix kilomètres à l'heure, et tu auras du Ripolin rouge. Nous sommes dans le tunnel d'une soufflerie, Jimmy. Lorsque l'eau avance plus vite que le bateau, tu ne peux plus rien contrôler. »

J'écoutais, songeait Jimmy, mais je n'ai pas entendu.

Dans le courant de la deuxième semaine, ce fut une mobilisation totale. Les gestionnaires de l'épidémie réunis à la hâte prirent les choses en main – hôpitaux de campagne, tentes d'isolement ; mises en quarantaine de bourgades entières, puis de métropoles entières. Mais ces initiatives capotèrent rapidement quand médecins et infirmières tombèrent malades eux aussi ou s'enfuirent, paniqués.

L'Angleterre ferme ses ports et ses aéroports.

Toutes les communications avec l'Inde sont interrompues.

Les hôpitaux sont interdits jusqu'à nouvel ordre. Si vous vous sentez mal, buvez beaucoup d'eau et appelez le numéro d'urgence suivant.

N'essayez pas, nous le répétons, n'essayez pas de quitter les villes.

Ce n'était plus Brad qui parlait, ni Simon. Brad et Simon n'étaient plus là. D'autres personnes leur succédèrent, puis d'autres.

Jimmy appela le numéro d'urgence où un enregistrement lui annonça que ledit numéro ne répondait plus. Puis il téléphona à son père, ce qu'il n'avait pas fait depuis des années. Cette ligne ne marchait pas non plus.

Il consulta ses mails. Pas de messages récents. Tout ce qu'il trouva, ce fut une vieille carte d'anniversaire qu'il avait oublié d'effacer : *Joyeux anniversaire, Jimmy, que tous tes rêves se réalisent.* Des cochons ailés.

Un site Web privé présentait une carte où des points lumineux signalaient les endroits communiquant encore par satellite. Jimmy, fasciné, regarda s'éteindre un à un tous les points lumineux.

Il était sous le choc. Ce devait être pour ça qu'il n'arrivait pas à prendre la mesure de ce qu'il se passait. Tout ça ressemblait à un film. Pourtant, il était là et Oryx et Crake étaient là aussi, morts, dans le sas. Chaque fois qu'il se surprenait à penser que tout ça était une illusion, une sorte de farce, il allait les regarder. À travers la vitre blindée, bien entendu : il savait qu'il ne fallait pas ouvrir la porte intérieure.

Il vécut sur les réserves de Crake, en commençant par les surgelés : si le système solaire de la bulle tombait en panne, les congélateurs et les micro-ondes ne fonctionneraient plus, donc pourquoi ne pas se taper les dîners gourmets CoqOTops tant qu'il en avait la possibilité ? Il fuma en deux temps trois mouvements toute la planque de super-marie-jeanne de Crake ; il réussit ainsi à biffer environ trois jours d'abomination. Au début, il rationna l'alcool, mais ne tarda pas à se rattraper allégrement. Il avait besoin d'être complètement déchiré pour supporter les actualités, il avait besoin d'être anesthésié.

« Je n'y crois pas, je n'y crois pas », répétait-il.

Mauvais signe, il commençait à parler tout seul.

« Ce n'est pas vrai. »

Comment pouvait-il continuer à vivre dans cette pièce banale, monotone, austère et propre, à s'enfiler du sojamaïs au caramel et des feuilletés au fromage et aux courgettes, à s'embrumer les idées avec des spiritueux et à ruminer sur le fiasco complet que représentait sa vie privée alors que la race humaine était en train de mettre les volets à la boutique ?

Le pire était que tous ces gens dehors – la peur, les souffrances, la mort généralisée – ne le touchaient pas vraiment. D'après Crake, l'*Homo sapiens sapiens* n'était pas câblé pour individualiser plus de deux cents personnes, soit la taille de la tribu primitive, et Jimmy, quant à lui, réduisait ce nombre à deux. Oryx l'avait-elle aimé ou pas, Crake était-il au courant pour eux deux, que savait-il au juste, quand l'avait-il appris, les avait-il espionnés tout du long ? Avait-il organisé ce grandiose finale en vue d'un suicide assisté, avait-il voulu que Jimmy l'abatte parce qu'il connaissait la suite de l'histoire et ne daignait pas s'attarder pour voir les conséquences de ses actes ?

Ou savait-il qu'il ne pourrait pas escamoter la formule du vaccin dès l'instant que le CorpSeCorps commencerait à s'occuper de son cas ? Depuis combien de temps préparait-il ça ?

Était-il possible que l'oncle Pete et peut-être même sa mère aient servi de cobayes ? Compte tenu de l'importance de l'enjeu, avait-il eu peur de l'échec ou avait-il craint de n'être qu'un nihiliste raté de plus ? Était-il rongé de jalousie, avait-il l'esprit aveuglé par l'amour, s'agissait-il d'une vengeance, désirait-il simplement que Jimmy abrège son supplice ? Était-ce un fou ou un homme intellectuellement honorable qui avait poussé les choses jusqu'à leur conclusion logique ? Et cela faisait-il la moindre différence ?

Et cetera et cetera, Jimmy dévidait son émotion tout en buvant comme un trou pour décrocher de la réalité.

Entre-temps, une espèce s'éteignait sous ses yeux. Règne, phylum, classe, ordre, famille, genre, espèce. Combien de jambes a-t-elle ? *Homo sapiens sapiens* venant rejoindre l'ours polaire, la baleine blanche, l'onagre, la chevêche des terriers, la longue longue liste. *Oh, joli score, Grand Maître.*

Parfois, il coupait le son, murmurait des mots entre ses dents. *Succulent. Morphologie. Aveugle. In-quarto. Chiure.* Ils avaient un effet apaisant.

Les uns après les autres, sites et chaînes de télévision s'arrêtèrent. Deux des présentateurs, hommes de presse jusqu'à la mort, réglèrent les caméras pour qu'elles filment leur agonie – les hurlements, les peaux en train de se décomposer, les globes oculaires éclatés et tout le tintouin. Quelle mise en scène, songea Jimmy. Ce que les gens ne feraient pas pour passer à la télé !

« Espèce de petit merdeux cynique », se dit-il.

Puis il fondit en larmes.

« Ne sois pas aussi sentimental, bordel », lui répétait régulièrement Crake avant.

Mais pourquoi pas ? Pourquoi ne pas l'être ? Ce n'était pas comme s'il y avait encore quelqu'un à côté de lui pour contester ses goûts.

De temps à autre, il envisageait de se supprimer – ça lui paraissait s'imposer – mais curieusement il n'avait pas l'énergie requise. De toute façon, se suicider était un truc qu'on faisait pour un public, comme sur bye-bye.com. Dans les circonstances présentes, ici et maintenant, c'était un geste qui aurait manqué d'élégance. Il imaginait le mépris amusé de Crake et la déception d'Oryx. *Mais Jimmy ! Pourquoi tu renonces ? Tu as un travail à accomplir ! Tu as promis, tu te rappelles ?*

Peut-être ne réussissait-il pas à prendre son désespoir au sérieux.

Finalement, il n'y eut plus rien à regarder, à l'exception des vieux films sur DVD. Il regarda Humphrey Bogart et Edward G. Robinson dans *Key Largo. Il veut plus, pas vrai, Rocco ? Ouais, c'est ça, plus ! C'est ça, toujours plus. En auras-tu jamais assez ?* Ou sinon il regarda *Les Oiseaux* d'Alfred Hitchcock. *Flap-flap-flap, aaaah, iiiiiiiii.* On voyait les ficelles qui arrimaient les superstars ailées au toit. Ou bien il regarda *La Nuit des morts-vivants. Craaac-craaac, aieee, scrunch scrunch scrunch, hompf hompf, glou-glou.* Ce type de paranoïas mineures l'apaisait.

Puis il arrêtait l'appareil et restait assis devant l'écran vide. Dans la pénombre, toutes les femmes qu'il avait connues défilaient devant ses yeux. Sa mère aussi, dans son peignoir magenta, jeune de nouveau. Oryx arrivait en dernier, chargée de fleurs blanches. Elle le regardait puis sortait lentement de son champ de vision et s'enfonçait parmi les ombres où Crake l'attendait.

Ces rêveries lui faisaient presque plaisir. Pendant ce temps au moins, tout le monde était encore vivant.

Il savait que cette situation ne pourrait pas durer bien longtemps. À l'intérieur du ParadéN, les Crakers grignotaient les feuilles et les herbes plus vite qu'elles ne repoussaient et, un de ces jours, le solaire allait lâcher, le système auxiliaire suivrait, et Jimmy n'avait pas idée de la manière dont on réparait ces trucs-là. Après, la circulation d'air ne se ferait plus, le dispositif de verrouillage des portes se bloquerait de sorte que les Crakers et lui se retrouveraient coincés à l'intérieur et qu'ils suffoqueraient tous. Il fallait qu'il les fasse sortir de là pendant qu'il en était encore temps, mais pas trop tôt ou sinon il y aurait encore des désespérés dehors, or, désespéré signifiait dangereux. Ce qu'il ne voulait pas, c'était qu'une bande de dingues à moitié décomposés se laissent tomber à genoux devant lui et le cramponnent : *Soigne-nous ! Soigne-nous !* Il était peut-être immunisé contre le virus – à moins que Crake ne lui ait menti, bien entendu –, mais pas contre la fureur et le désespoir de ses victimes.

De toute façon, comment aurait-il eu le courage de leur dire en face : *Rien ne peut vous sauver ?*

Dans la pénombre, dans la moiteur, Snowman erre de pièce en pièce. Voici son bureau, par exemple. Là, sur la table de travail, son ordinateur le regarde d'un air vide d'expression, telle une petite amie qu'on a larguée et sur laquelle on tombe par hasard dans une soirée. À côté traînent quelques feuilles de papier, les dernières sans doute qu'il ait jamais écrites. Les dernières qu'il écrira jamais. Il s'en saisit avec curiosité. Qu'est-ce que le Jimmy qu'il a été autrefois a donc jugé utile de communiquer ou du moins de noter – de coucher sur papier en noir et blanc avec des bavures – pour l'édification d'un monde qui n'existait plus ?

À qui de droit, avait écrit Jimmy, au stylo à bille ; il n'a rien imprimé : sa bécane était cuite à ce moment-là, mais il avait persévéré, laborieusement, à la main. Il devait encore avoir de l'espoir, il devait encore croire que la situation pourrait se renverser, que quelqu'un finirait bien par se manifester, quelqu'un doté de pouvoirs ; que ses mots auraient un sens alors, un contexte. Comme Crake l'avait déclaré un jour, Jimmy était un optimiste romantique.

Je n'ai pas beaucoup de temps, avait écrit Jimmy.

Pas un mauvais début, songe Snowman.

Je n'ai pas beaucoup de temps, mais je vais essayer de relater ce que je crois être l'explication de la catastrophe qui a eu lieu récemment. J'ai examiné l'ordinateur de l'homme connu ici sous le nom de Crake. Il l'avait laissé allumé – délibérément, je crois – et je suis à même de rapporter que le virus JUVE a été fabriqué ici dans le dôme du ParadéN par des chercheurs que Crake avait personnellement recrutés et qu'il a ensuite été enkysté dans le produit JouissePluss. Il avait un effet retard afin de permettre sa distribution à grande échelle : le premier lot de virus n'est devenu actif qu'après la diffusion dudit produit dans tous les pays choisis et le phénomène a pris alors la forme d'une série de déferlantes qui se sont rapidement confondues. La réussite du projet dépendait de sa propagation foudroyante. Les perturbations sociales ont été maximisées en même temps qu'on luttait efficacement pour empêcher la mise au point d'un vaccin. Crake avait lui-même développé un vaccin parallèlement au virus, mais l'a détruit avant sa mort.

Même si plusieurs membres de l'équipe affectée au projet JouissePluss ont travaillé sur JUVE, je ne crois pas qu'un seul d'entre eux, à l'exception de Crake, ait eu connaissance des effets recherchés. Ils bossaient tous sur des séquences différentes. Quant aux motifs de Crake, je ne peux que spéculer. Peut-être...

Ici, la lettre s'arrête. Quelles qu'aient pu être les spéculations de Jimmy sur les motifs de Crake, elles n'ont pas été consignées.

Snowman chiffonne les feuilles, les laisse tomber par terre. C'est le destin de ces mots que d'être mangés par les coléoptères. Il aurait pu évoquer l'évolution des magnets sur le réfrigérateur de Crake. Les magnets d'un réfrigérateur peuvent vous en apprendre beaucoup sur quelqu'un, encore qu'à l'époque il n'ait pas tellement réfléchi à la question.

Reste

Le deuxième vendredi de mars – il a coché les jours sur un calendrier, Dieu sait pourquoi –, Jimmy se présenta pour la première fois devant les Crakers. Il n'avait pas enlevé ses vêtements, c'était la limite qu'il s'était fixée. Il portait l'ensemble tropical kaki classique de Rejouv, avec dessous de bras en maille filet et trente-six poches, et ses sandales préférées en similicuir. Les Crakers se rassemblèrent autour de lui et le regardèrent avec un étonnement muet : ils n'avaient encore jamais vu de textiles. Les enfants échangeaient des murmures et le montraient du doigt.

« Qui es-tu ? » demanda celui que Crake avait baptisé Abraham Lincoln.

Un grand homme à la peau brune, plutôt mince. Ce n'était pas dit avec impolitesse. Venant d'un homme normal, Jimmy aurait trouvé ça brusque, agressif même, mais ces gens-là ne pratiquaient pas une langue recherchée : on ne leur avait pas appris les circonlocutions, les euphémismes, l'affectation. Ils s'exprimaient de manière franche et carrée.

« Je m'appelle Snowman », répondit Jimmy qui avait réfléchi à la question.

Il ne voulait plus s'appeler Jimmy, ni même Jim et surtout pas Thickney : son incarnation sous ce dernier prénom ne lui avait pas tellement réussi. Il avait besoin d'oublier le passé – le passé lointain, le passé immédiat, le passé sous toutes ses formes. Il avait besoin de vivre dans le présent, et seulement dans le présent, sans culpabilité, sans attente. Comme les Crakers. Peut-être qu'un nouveau nom servirait cet objectif.

« D'où viens-tu, dis, Snowman ?

— Je viens du pays d'Oryx et de Crake, répondit-il. Crake m'a envoyé. »

Vrai, en un sens.

« Et Oryx. »

Il observe une structure de phrase simple, un message clair : il sait comment s'y prendre pour avoir observé Oryx à travers le mur miroir. Et pour l'avoir écoutée, bien sûr.

« Où est partie Oryx ?

— Elle avait des choses à faire. »

C'était tout ce qu'il avait pu sortir : le simple fait de prononcer son nom lui avait noué la gorge.

« Pourquoi Crake et Oryx t'ont envoyé vers nous ? demanda la femme qui s'appelait Marie Curie.

— Pour vous emmener vers un nouvel endroit.

— Mais, ici, c'est notre endroit. Nous sommes contents là où nous sommes.

— Oryx et Crake souhaitent que vous ayez un meilleur endroit que celui-ci, poursuivit Snowman. Où il y aura plus à manger. »

Il y avait eu des acquiescements, des sourires. Oryx et Crake leur voulaient du bien, ils l'avaient toujours su. Apparemment, cela leur avait suffi.

« Pourquoi ta peau flotte tellement ? lança l'un des enfants.

— J'ai été fabriqué autrement que vous », répondit Snowman.

Il commençait à trouver cette conversation intéressante, comme un jeu. Ces gens ressemblaient à des pages blanches, il pouvait y écrire ce qu'il souhaitait.

« Crake m'a fabriqué avec deux sortes de peau. Il y en a une qui s'enlève. »

Il retira sa veste tropicale, pour la leur montrer. Ils fixèrent avec intérêt les poils sur son torse.

« C'est quoi, ça ?

— Ce sont des plumes. De petites plumes. Oryx me les a données, par faveur spéciale. Vous voyez ? J'en ai d'autres sur la figure. »

Il laissa les enfants toucher ses poils drus. Il avait négligé de se raser ces derniers temps, n'en avait pas vu la nécessité, et donc sa barbe avait poussé.

« Oui. Nous voyons. Mais c'est quoi, des plumes ? »

Oh, d'accord. Ils n'en avaient jamais vu.

« Certains Enfants d'Oryx portent des plumes, expliqua-t-il. Ceux-là s'appellent des oiseaux. Nous irons là où ils vivent. Comme ça, vous saurez ce que c'est que des plumes. »

Snowman s'émerveilla de son aisance : il dansait gracieusement autour de la vérité, d'un pas aérien, d'un doigt aérien. Mais c'était presque trop facile : ils acceptaient, sans discuter, tout ce qu'il disait. À haute dose – à raison de journées entières, de semaines entières –, il se voyait hurler d'ennui. Je pourrais les laisser derrière moi, songea-t-il. Les laisser, un point c'est tout. Qu'ils se débrouillent tout seuls. Ce n'est pas mon affaire.

Mais il ne pouvait pas faire ça, parce que même si ce n'était pas son affaire, c'était à lui de s'occuper des Crakers désormais. Qui d'autre avaient-ils ?

Et lui, qui d'autre avait-il ?

Snowman fixa leur itinéraire à l'avance : la réserve de Crake était bien fournie en cartes. Il allait emmener les Enfants de Crake au bord de la mer où lui-même n'était jamais allé. C'était une perspective agréable : il verrait l'océan au moins. Il se promènerait sur une plage, comme dans les histoires que lui racontaient les adultes quand il était jeune. Il irait peut-être même nager. Ce ne serait pas trop mal.

Les Crakers pourraient vivre dans le parc à côté de l'arboretum, en vert sur la carte et signalé par un symbole en forme d'arbre. Ils se sentiraient chez eux là-bas et il y aurait certainement beaucoup de feuillage comestible. Et pour lui, il y aurait sans doute du poisson. Il rassembla quelques provisions – pas trop, pas trop lourdes, il faudrait qu'il les porte – et chargea son aérodésintégreur avec un lot complet de balles virtuelles.

Le soir précédent le départ, il fit un discours. Pour gagner leur meilleur, leur nouvel endroit, il prendrait la tête de leur groupe – déclara-t-il – avec deux des hommes. Il choisit les plus grands. Derrière eux suivraient les femmes et les enfants, entre deux files d'hommes. Le reste des hommes fermerait la marche. Il fallait procéder ainsi, parce que Crake avait déclaré que c'était la bonne méthode. (Mieux valait éviter de mentionner les dangers éventuels : ça exigerait trop de commentaires.) Si les Crakers remarquaient un mouvement – n'importe lequel, sous n'importe quelle forme que ce soit –, il fallait qu'ils le préviennent immédiatement. Ils verraient peut-être des choses qui les intrigueraient, mais ils ne devaient pas s'inquiéter. S'ils le prévenaient à temps, ces choses ne pourraient pas leur faire de mal.

« Pourquoi elles nous feraient du mal ? demanda Sojourner Truth.

— Elles vous feraient peut-être du mal par mégarde, répondit Snowman. Comme la terre quand vous tombez dessus.

— Mais ce n'est pas le désir de la terre de nous faire du mal.

— Oryx nous dit que la terre est notre amie.

— Elle fait pousser notre nourriture.

— Oui, dit Snowman. Mais Crake a fait la terre dure. Sinon nous ne pourrions pas marcher dessus. »

Il leur fallut une minute pour bien comprendre cette dernière remarque. Ensuite, il y eut force hochements de tête. Le cerveau de Snowman carburait à toute vitesse ; il était confondu par l'illogisme de ce qu'il venait de raconter. Mais apparemment c'était passé.

Dans la lumière de l'aube, il composa le code de la porte pour la dernière fois et ouvrit la bulle afin de faire sortir les Crakers du ParadéN. Ils remarquèrent les restes de Crake par terre, mais n'ayant jamais vu Crake vivant, ils crurent Snowman quand il leur dit que c'était un truc sans importance – rien qu'une sorte d'enveloppe, rien qu'une sorte de cosse. Ils auraient été stupéfiés de voir leur créateur dans son état présent.

Quant à Oryx, le visage contre le sol et enveloppée de soie, elle n'avait rien de quelqu'un qu'ils auraient pu reconnaître.

Les arbres entourant le dôme étaient verts et luxuriants, tout paraissait dans son état originel, mais quand ils atteignirent le Compound de RejouvenEssence, la destruction et la mort étaient partout visibles. Voiturettes de golf renversées, documents imprimés détrempés, illisibles, ordinateurs éventrés. Décombres, linges voltigeant au vent, charognes entamées. Jouets cassés. Les vautours s'activaient encore.

« S'il te plaît, Snowman, c'est quoi ça ? »

C'est un cadavre, qu'est-ce que tu crois ?

« Ça fait parti du chaos. Crake et Oryx sont en train de déblayer le chaos, pour vous – parce qu'ils vous aiment –, mais ils n'ont pas encore tout à fait terminé. »

Cette réponse parut les satisfaire.

« Le chaos sent très mauvais, remarqua l'un des grands enfants.

— Oui, répondit Snowman avec un rictus qui se voulait un sourire. Le chaos sent toujours mauvais. »

À cinq blocs d'immeubles du portail principal du Compound, un homme émergea d'une petite ruelle et se dirigea en titubant vers eux. Il en était au pénultième stade de la maladie : il avait le front emperlé de gouttelettes de sang.

« Emmenez-moi avec vous ! » leur lança-t-il.

Ces mots s'entendaient à peine. On aurait cru le cri d'un animal, d'un animal enragé.

« Ne bougez pas », brailla Snowman.

Les Crakers regardaient la scène avec stupeur, mais – apparemment – sans peur. L'homme avança, trébucha, tomba. Snowman l'abattit. La contagion l'inquiétait – les Crakers pouvaient-ils attraper cette saleté ou bien leur matériel génétique était-il trop différent ? Crake devait leur avoir donné une immunité. Non ?

Lorsqu'ils atteignirent le mur d'enceinte, une autre personne se manifesta, une femme. Elle sortit en titubant du poste de contrôle et agrippa un enfant en pleurant.

« Aidez-moi, les implora-t-elle. Ne me laissez pas ici ! »

Snowman l'abattit elle aussi.

Les Crakers suivirent les deux incidents avec effarement : ils ne faisaient pas le lien entre le bruit émis par le petit bâton de Snowman et l'écroulement de ces personnes.

« C'est quoi ce qui est tombé, dis, Snowman ? Un homme ou une femme ? Cette chose avait plusieurs peaux, comme toi.

— Ce n'est rien. C'est un bout de mauvais rêve de Crake. »

Ils comprenaient ce qu'étaient les rêves, il le savait : eux-mêmes rêvaient. Crake n'avait pas réussi à éliminer les rêves. *On est câblé pour rêver*, disait-il. Il n'avait pas pu se débarrasser du chant non plus. *On est câblé pour chanter.* Chanter et rêver étaient étroitement liés.

« Pourquoi Crake fait un mauvais rêve comme ça ?

— Il le rêve pour vous l'éviter.

— C'est triste qu'il souffre pour nous.

— Il sera bientôt fini ce mauvais rêve ?

— Oui, répondit Snowman. Très bientôt. »

Pour la dernière, ils l'avaient échappé belle, la femme ressemblait à un chien enragé. Snowman en avait les mains qui tremblaient. Il avait besoin d'un verre.

« Il sera fini quand Crake se réveillera ?

— Oui. Quand il se réveillera.

— Pourvu qu'il se réveille vite ! »

Et ainsi ils traversèrent ensemble le No Man's Land, s'arrêtèrent ici et là pour manger un petit peu ou ramasser des feuilles et des fleurs sur leur passage ; les femmes et les enfants allaient main dans la main, plusieurs chantaient de leurs voix cristallines, de leurs voix pareilles à des frondes de fougère en train de se dérouler. Ensuite, ils suivirent les rues tortueuses des plèbezones à la manière d'un cortège anarchique, d'une procession confessionnelle marginale. Pendant les orages de l'après-midi, ils se mirent à l'abri ; ils n'eurent aucun mal à le faire, portes et fenêtres n'ayant plus aucun sens. Après quoi, ils reprirent paisiblement leur route dans l'air rafraîchi.

Certains des bâtiments qu'ils passèrent fumaient encore. Il y eut beaucoup de questions, et beaucoup d'explications à fournir. *C'est quoi cette fumée ? C'est une chose de Crake. Pourquoi cet enfant est couché par terre, sans yeux ? C'était la volonté de Crake.* Et ainsi de suite.

Snowman inventait à mesure. Il faisait un pasteur vraiment peu crédible et en avait conscience. Pour les rassurer, il s'efforçait de se montrer digne et fiable, sage et bienveillant. Sa vie de dissimulations s'avérait très utile.

Ils finirent par atteindre l'orée du parc. Snowman dut abattre deux autres personnes en pleine désagrégation, mais ce fut tout. C'était un service qu'il leur rendait, de sorte qu'il n'en fut pas trop affecté. Il y avait d'autres choses pour lesquelles il s'en voulait davantage.

Tard dans la soirée, ils arrivèrent enfin à la côte. Les feuilles des arbres bruissaient, l'eau ondulait doucement, le soleil couchant s'y reflétait, rose et rouge. Les sables étaient blancs, les tours en mer fourmillaient d'oiseaux.

« Que c'est beau ici.

— Oh, regardez ! Ce sont des plumes, ça ?

— Comment ça s'appelle ici ?

— Ça s'appelle chez nous », répondit Snowman.

14.

Idole

Snowman vide la réserve, fourre dans un sac tout ce qu'il peut emporter – le reste de vivres, déshydratés et en conserve, une torche et des piles, des cartes, des allumettes et des bougies, des boîtes de munitions, un rouleau de Scotch, deux bouteilles d'eau, des analgésiques, une pommade antibiotique, deux chemises écrans solaires et un petit couteau avec ciseaux. Et un aérodésintégreur, bien entendu. Il attrape son bâton et retraverse le sas en évitant le regard de Crake, le sourire de Crake ; et Oryx dans son suaire en soie vaporeuse.

Oh, Jimmy. Ce n'est pas moi !

Premiers chants d'oiseaux. La lumière d'avant l'aube est d'un gris duveteux, l'atmosphère brumeuse ; la rosée emperle les toiles d'araignée. S'il était enfant, il lui paraîtrait totalement neuf, ce très vieil effet magique. Là, il sait qu'il s'agit d'une illusion : dès le soleil levé, tout s'évanouira. Arrivé au milieu du Compound, il s'arrête, jette un dernier regard en arrière sur le ParadéN dont la forme renflée émerge du feuillage à la manière d'une montgolfière égarée.

Il a une carte du Compound, l'a déjà étudiée, a planifié sa route. Il coupe une artère principale pour gagner le terrain de golf qu'il franchit sans encombres. Son sac et l'arme commencent à lui peser, alors il s'arrête pour boire. Le soleil est haut dans le ciel à présent, les vautours, portés par les courants ascendants, prennent de l'altitude ; ils l'ont repéré, ils ont remarqué sa claudication, ils vont l'avoir à l'œil.

Il traverse un secteur résidentiel, puis une cour d'école. Il n'a pas atteint le mur d'enceinte qu'il lui faut abattre un porcon : il ne faisait que le regarder fixement, mais, pour Snowman, c'était un éclaireur, il n'y avait aucun doute, et il aurait alerté les autres. Au portail latéral, il s'arrête. Il y a une tour de guet à cet endroit-là et un accès au rempart ; il aimerait y grimper, jeter un coup d'œil alentour et voir d'où vient la fumée qu'il a remarquée. Mais la porte du poste de contrôle est fermée, donc il continue et sort.

Rien dans le fossé.

Il s'engage dans le No Man's Land, passage angoissant : du coin de l'œil, il ne cesse de voir bouger des bêtes à poil et se demande avec inquiétude si les touffes d'herbe ne sont pas en train de se métamorphoser. Il arrive enfin dans les plèbezones et s'enfonce dans les rues étroites, en ouvrant l'œil pour parer d'éventuelles embuscades, mais rien ne le prend en chasse. Seuls les vautours tournent au-dessus de sa tête, ils attendent qu'il avale sa cuillère.

Une heure avant midi, il grimpe dans un arbre, se réfugie dans l'ombre du feuillage. Là, il mange une boîte de saucisses SojaBaba et termine la première bouteille d'eau. Dès qu'il arrête de marcher, son pied se rappelle à son attention : il l'élance, lui donne la sensation d'être brûlant et comprimé, comme s'il était coincé dans une chaussure trop petite. Il applique un peu de pommade antibiotique sur la coupure et la fait pénétrer, mais sans trop y croire : les microbes qui l'infectent ont sans aucun doute déjà renforcé leur résistance et mitonnent gentiment à l'intérieur, transformant sa chair en porridge.

De son point de vue arboricole, il scrute l'horizon, mais ne remarque rien qui ressemble à une fumée. *Arboricole*, un joli mot. *Nos ancêtres arboricoles*, disait Crake. *Chiaient sur leurs ennemis du haut des arbres où ils s'étaient perchés. Avions, fusées et bombes découlent tous de cet instinct de primate, et c'est tout.*

Et si je mourais ici, dans cet arbre ? songe-t-il. Est-ce que je l'aurais mérité ? Pourquoi ? Quelqu'un me trouverait-il un jour ? Et dans ce cas, que se passerait-il ? *Oh, regarde, encore un mort. La belle affaire, bordel. Il y en a des tombereaux. Ouais, mais celui-là, il est dans un arbre. Et alors, qu'est-ce que ça peut foutre ?*

« Je ne suis pas n'importe quel mort », déclare-t-il tout fort.

Bien sûr que non ! Chacun d'entre nous est unique ! Et chaque mort(e) a trouvé la mort de manière très spéciale ! Maintenant qui veut partager son expérience de mort avec nos mots spéciaux à nous ? Jimmy, tu as l'air d'avoir envie de prendre la parole, alors pourquoi ne commences-tu pas ?

Oh, quelle torture. Est-ce que c'est le purgatoire, ce truc, et si oui, pourquoi est-ce que ça ressemble tellement au cours préparatoire ?

Après deux heures de repos agité, il reprend sa route et se protège de l'orage de l'après-midi en se terrant au milieu des décombres d'un condominium des plèbezones. Personne dedans, ni mort ni vivant. Ensuite, il continue, cahin-caha, à un rythme plus rapide maintenant, cap au sud, puis à l'est, en direction de la côte.

Il pousse un soupir de soulagement quand il atteint le Chemin du Poisson de Snowman. Au lieu de tourner à gauche vers son arbre, il poursuit sa route en clopinant vers le village. Il est fatigué, a envie de dormir, mais il va falloir qu'il rassure les Crakers – qu'il leur montre qu'il est de retour sain et sauf, qu'il leur explique pourquoi il a été absent si longtemps, qu'il leur transmette le message de Crake.

Il va avoir besoin d'inventer quelques mensonges à ce sujet. *À quoi ressemblait Crake ? Je n'ai pas pu le voir, il était dans un buisson.* Un buisson ardent, pourquoi pas ? Quant à ses traits, mieux vaut éviter d'être trop précis. *Mais il a donné des ordres : je vais avoir deux poissons par semaine – non, disons trois – plus des tubercules comestibles et des baies.* Peut-être devrait-il ajouter des algues. Ils sauront lesquelles sont bonnes. Et des crabes aussi -- pas les crabes terrestres, les autres. Il les commandera à la vapeur, une douzaine à la fois. Ce n'est sûrement pas trop demander.

Après avoir vu les Crakers, il ira cacher ses nouvelles provisions, en mangera une partie, puis s'offrira un somme dans son arbre habituel. Après quoi, il aura repris des forces, son cerveau fonctionnera mieux et il pourra réfléchir à la suite des événements.

Quelle suite ? Voilà qui est drôlement difficile. Mais à supposer qu'il y ait d'autres individus dans les parages, des individus comme lui – des faiseurs de fumée –, il aura envie d'être un peu présentable pour les accueillir. Il se lavera – pour une fois, il peut prendre le risque de se baigner dans le bassin –, puis il enfilera une des chemises écrans solaires qu'il a rapportées et peut-être se taillera-t-il un peu la barbe avec les petits ciseaux du canif.

Zut ! Il a oublié de prendre un miroir de poche. Quel barge !

En approchant du village, il entend un bruit inhabituel – un drôle de chant, des voix aiguës de femmes et des voix graves d'hommes – harmonieux, sur deux notes. Ce n'est pas un chant, ça ressemble davantage à une incantation. Retentit ensuite un clang, une série de ding-ding, un boum. Que fabriquent-ils ? Quoi que ça puisse être, ils n'ont encore jamais fait ça.

Voici la ligne de démarcation, la barrière chimique fétide mais invisible que les hommes renouvellent tous les jours. Il l'enjambe, avance précautionneusement, observe de derrière un buisson. Les voici. Il effectue un rapide calcul mental – la plupart des jeunes, tous les adultes sauf cinq –, il doit y avoir une partie pentagonale dans les bois. Assis en demi-cercle, ils entourent une figure d'allure grotesque, une effigie ressemblant à un épouvantail. Ils focalisent toute leur attention dessus : au début, ils ne le voient pas émerger de derrière son buisson et s'avancer en clopinant.

Ohhhh, font les femmes

Mun, psalmodient les hommes.

Est-ce un *Amen* ? Sûrement pas ! Pas après les précautions que Crake a prises, lui qui tenait énormément à préserver ces gens, à les protéger de toute contamination de ce genre. Et ce n'est certainement pas Snowman qui leur a appris ce mot. Ce n'est pas possible.

Clang. Ding-ding-ding-ding. Boum. *Ohhh-mum*.

Maintenant, il aperçoit le groupe de percussionnistes. Ils ont pour instruments un enjoliveur et une tige métallique – ce sont eux qui produisent ces clang – ainsi qu'une série de bouteilles vides accrochées à une branche d'arbre et sur lesquelles ils assènent des coups de cuillère. Le boum provient d'un baril de pétrole qu'ils frappent avec un truc ressemblant à un maillet de cuisine. Où ont-ils déniché ces objets ? À proximité de la plage, c'est sûr. Il a l'impression de contempler la fanfare de son jardin d'enfants, il y a très longtemps, sauf que, là, il a affaire à de jeunes géants aux yeux verts.

Qu'est-ce que c'est que ce truc – cette statue, cet épouvantail ou allez savoir ? Ça a une tête et un corps en chiffons dépenaillés. Ça a un visage, si l'on peut dire – un œil galet et un noir, un couvercle de bocal, apparemment, et une vieille serpillière collée sur le menton.

Maintenant, ils l'ont vu. Ils sautent sur leurs pieds, se précipitent pour l'accueillir, l'entourer. Tous affichent un sourire heureux ; les enfants sautillent, rigolent ; quelques femmes applaudissent avec enthousiasme. Voilà plus d'entrain qu'ils n'en montrent d'ordinaire.

« Snowman ! Snowman ! »

Ils le touchent doucement du bout du doigt.

« Tu es revenu parmi nous !

— On savait qu'on pouvait t'appeler, que tu nous entendrais et que tu reviendrais. »

Pas *Amen*, donc. *Snowman*.

« On a fabriqué une image de toi pour qu'elle porte nos voix jusqu'à toi. »

Attention à l'art, disait Crake. *Dès qu'ils se mettent à faire de l'art, les ennuis commencent*. De l'avis de Crake, la pensée symbolique, sous quelque forme que ce soit, marquait le début de la fin. Après, ils inventaient des idoles, des funérailles, des provisions funéraires, la vie après la mort, le péché, le Linéaire B, les rois, puis l'esclavage et la guerre. Snowman meurt d'envie de les interroger – qui le premier a eu l'idée de réaliser un honnête fac-similé de lui à partir d'un couvercle de bocal et d'une serpillière ? Mais voilà qui devra attendre.

« Regardez ! Snowman a des fleurs sur lui ! »

(Cette remarque émane des enfants qui ont remarqué son sarong fleuri.)

« Nous aussi, on peut avoir des fleurs sur nous ?

— C'était difficile ton voyage au ciel ?

— Nous aussi, des fleurs, nous aussi, des fleurs !

— Quel message Crake nous envoie-t-il ?

— Pourquoi pensez-vous que je suis allé au ciel ? » demande Snowman du ton le plus neutre possible.

Il passe en revue les dossiers légendes dans sa tête. Quand a-t-il jamais parlé du ciel ? A-t-il raconté une fable sur l'endroit d'où Crake était originaire ? Oui, maintenant, il se rappelle. Il a donné à Crake les attributs du tonnerre et des éclairs. En toute logique, ils présument que Crake a dû repartir au pays des nuages.

« Nous savons que Crake habite au ciel. Et nous avons vu le tourbillon du vent – il a suivi le chemin que tu avais pris.

— Crake l'a envoyé pour toi – pour t'aider à t'élever du sol.

— Maintenant que tu es allé au ciel, tu es presque comme Crake. »

Mieux vaut ne pas les contredire, mais pas question de leur laisser croire qu'il sait voler : tôt ou tard, ils risquent de lui demander une démonstration.

« Le tourbillon du vent avait pour but de permettre à Crake de descendre du ciel, déclare-t-il. Il a fait en sorte que le vent l'aspire vers le bas. Il ne voulait plus rester là-haut, le soleil était trop brûlant. Donc, ce n'est pas là que je l'ai vu.

— Où est-il ?

— Dans la bulle, répond Snowman d'assez bonne foi. L'endroit d'où nous sommes venus. Il est au ParadéN.

— Allons-le voir, propose l'un des grands enfants. On sait y aller. On se souvient.

— On ne peut pas le voir, déclare Snowman avec une brusquerie un peu trop appuyée. Vous ne le reconnaîtriez pas. Il s'est transformé en plante. »

Mais où a-t-il été chercher ce truc ? Il est fatigué, il perd les pédales.

« Pourquoi Crake se transformerait-il en nourriture ? s'écrie Abraham Lincoln.

— Pas une plante à manger, reprend Snowman. C'est plutôt un arbre. »

Regards perplexes.

« Il te parle. Comment est-ce qu'il peut parler, s'il s'est transformé en arbre ? »

Voilà qui va être difficile à expliquer. Il a commis une erreur narrative. Il a la sensation d'avoir perdu l'équilibre tout en haut d'un escalier.

Il tente désespérément de se rattraper.

« C'est un arbre avec une bouche, déclare-t-il.

— Les arbres n'ont pas de bouche, riposte l'un des enfants.

— Mais regardez, s'exclame l'une des femmes – Marie Curie, Sacajawea ? – Snowman s'est fait mal au pied. »

Les femmes devinent toujours son embarras et s'efforcent de l'atténuer en changeant de sujet.

« Il faut l'aider.

— Allons lui chercher un poisson. Tu veux un poisson maintenant, Snowman ? On va demander à Oryx de nous donner un poisson, qu'il meure pour toi.

— Ce serait bien, dit-il, soulagé.

— Oryx veut que tu te portes bien. »

Très vite, il est allongé par terre et elles lui ronronnent dessus. La douleur diminue, mais elles ont beau déployer de très gros efforts, le pied reste tout de même un peu enflé.

« Ça a dû être une coupure profonde.

— Il en faudra davantage.

— Nous réessaierons plus tard. »

Ils apportent le poisson, cuit à présent et enveloppé dans des feuilles, et le regardent, tout joyeux, pendant qu'il mange. Il n'a pas très faim – c'est la fièvre –, mais se force parce qu'il ne veut pas les effrayer.

Déjà, les enfants détruisent la statue qu'ils ont faite de lui, la réduisent à ses différents composants qu'ils comptent bien rapporter à la plage. C'est un enseignement d'Oryx, lui expliquent les femmes : après usage, une chose doit être retournée à son lieu d'origine. La représentation de Snowman a rempli sa mission : à présent que le vrai Snowman est revenu parmi eux, l'autre, le moins satisfaisant, n'a plus de raison d'être. Snowman trouve curieux de voir sa barbe d'avant, sa tête d'avant s'éloigner l'une après l'autre entre les mains des enfants. C'est comme si on le mettait en pièces et qu'on le dispersait.

Sermon

« D'autres comme toi sont venus ici », annonce Abraham Lincoln une fois que Snowman a fait tout ce qu'il a pu avec le poisson.

Snowman, somnolent, est appuyé contre un tronc d'arbre ; son pied le picote légèrement à présent, comme s'il avait des fourmis.

Il se redresse en sursaut.

« D'autres comme moi ?

— Avec une autre peau, comme toi, explique Napoléon. Il y en avait un qui avait des plumes sur la figure, comme toi.

— L'autre aussi avait des plumes, mais pas longues.

— On a pensé que c'était Crake qui les avait envoyés. Comme toi.

— Et il y avait une femelle.

— C'est Oryx qui avait dû l'envoyer.

— Elle sentait le bleu.

— On n'a pas pu voir le bleu, à cause de son autre peau.

— Mais elle sentait le bleu très fort. Les hommes ont commencé à chanter devant elle.

— On lui a offert des fleurs et on lui a fait des signes avec nos pénis, mais elle n'a pas réagi avec joie.

— Les hommes avec les peaux en plus n'avaient pas l'air contents. Ils avaient l'air fâchés.

— On a voulu les saluer, mais ils se sont enfuis à toutes jambes en nous voyant approcher. »

Snowman imagine très bien la scène. La vue de ces hommes tout en muscles et d'un calme surnaturel avançant *en masse* en chantant leur musique insolite, de leurs yeux verts luminescents, de leurs pénis bleus bougeant à l'unisson et de leurs mains tendues, à la façon des figurants d'un film de zombis avait forcément dû susciter de l'effroi.

Sous le coup de l'excitation ou de la peur, ou d'un mélange des deux, le cœur de Snowman bat très vite.

« Ils portaient quelque chose ?

— L'un d'eux avait un bâton bruyant, comme le tien. »

L'aérodésintégreur de Snowman est à l'abri des regards : ils doivent avoir gardé le souvenir de l'arme du temps où ils ont quitté le ParadéN.

« Mais ils n'ont pas fait de bruit avec, pas du tout. »

Les Enfants de Crake se montrent très décontractés à l'égard de tout ça, ils ne mesurent pas les implications. C'est comme s'ils parlaient de lapins.

« Quand sont-ils venus ici ?

— Oh, le jour d'avant, peut-être. »

Inutile d'essayer de leur demander de situer un événement passé : ils ne comptent pas les jours.

« Où sont-ils allés ?

— Par là-bas, sur la plage. Pourquoi ils se sont enfuis à toutes jambes en nous voyant, dis, Snowman ?

— Peut-être qu'ils ont entendu Crake, suggère Sacajawea. Peut-être qu'il les appelait. Ils avaient des choses brillantes aux bras, comme toi. Des choses pour écouter Crake.

— Je leur demanderai, promet Snowman. J'irai parler avec eux. Je m'en occuperai demain. Maintenant, je vais dormir. »

Il se remet debout, grimace de douleur. Il ne peut toujours pas trop s'appuyer sur son pied blessé.

« Nous allons venir aussi, déclarent plusieurs hommes.

— Non. Je ne pense pas que ce soit une très bonne idée.

— Mais tu n'es pas encore suffisamment rétabli, intervient l'Impératrice Joséphine. Il te faut davantage de ronronnements. »

Elle semble inquiète : une petite ride lui creuse le front. Inhabituel de voir pareille expression sur l'un de ces visages parfaits et totalement lisses.

Snowman se soumet et une nouvelle équipe de ronronneurs – trois hommes cette fois-ci, et une femme, sans doute estiment-ils qu'il a besoin d'un remède puissant – se penchent sur sa jambe. Il essaie de déceler chez lui une vibration en réponse à ce traitement et se demande – ce n'est pas la première fois – si cette méthode est conçue pour opérer sur d'autres qu'eux. Ceux qui ne ronronnent pas suivent les choses de près ; certains échangent des impressions à voix basse et, au bout d'une demi-heure environ, une nouvelle équipe prend le relais.

Il sait qu'il devrait se laisser bercer par les ronronnements, mais il n'y parvient pas, parce qu'il échafaude des hypothèses sur l'avenir, c'est plus fort que lui. Il roule des tas d'idées dans son esprit ; derrière ses paupières mi-closes, des possibilités étincellent et se percutent. Peut-être que tout se passera bien, peut-être que ces trois inconnus sont généreux, sensés, bien intentionnés ; peut-être qu'il réussira à leur présenter les Crakers sous le jour qui convient. D'un autre côté, ces nouveaux venus pourraient aisément considérer les Enfants de Crake comme des quasi-monstres, des sauvages, des non-humains dangereux.

Des images d'histoire ancienne défilent dans sa tête, Du Sang et des Roses et ses barres de défilement : amoncellements de crânes sous Gengis Khan, monceaux de chaussures et de lunettes à Dachau, églises en feu remplies de cadavres au Rwanda, sac de Jérusalem par les croisés. Indiens Arawak accueillant Christophe Colomb avec des guirlandes et des offrandes de fruits, souriant avec joie pour être bientôt massacrés ou ligotés sous les lits où leurs femmes se feront violer.

Mais pourquoi imaginer le pire ? Peut-être ces gens ont-ils fui par peur, peut-être sont-ils partis ailleurs. Peut-être sont-ils malades, mourants.

Peut-être pas.

Avant de partir en reconnaissance, avant de se lancer dans ce qui est – il s'en rend compte à présent – une mission, il faudrait qu'il fasse une sorte de discours aux Crakers. Une sorte de sermon. Qu'il énonce quelques commandements, des mots d'adieu de Crake à leur intention. À cela près qu'ils n'ont pas besoin de commandements : aucun *Tu ne... pas* ne leur sera utile ni même compréhensible, parce que tout cela, chez eux, est inscrit dans leur génome. Pas la peine de leur demander de ne pas mentir, voler, commettre d'adultère ou convoiter. Ils ne saisiraient pas ces concepts.

Pourtant, il faudrait qu'il leur dise quelque chose. Qu'il leur laisse quelques mots en souvenir. Mieux, un conseil pratique. Il faudrait qu'il leur dise qu'il ne reviendra peut-être pas. Il faudrait qu'il leur dise que les autres, ceux qui ont une peau en plus et des plumes, n'ont pas été envoyés par Crake. Il faudrait qu'il leur dise qu'il serait sage de leur enlever leur bâton bruyant et de le jeter à la mer. Il faudrait qu'il leur dise que si ces gens devenaient violents – *Dis, Snowman, s'il te plaît, c'est quoi violent ?* – ou s'ils essayaient de violer (*C'est quoi violer ?*) les femmes ou de molester (*Quoi ?*) les enfants ou s'ils tentaient d'en forcer d'autres à travailler pour eux...

Impossible, impossible. *C'est quoi travailler ?* Travailler, c'est quand on construit des choses – *C'est quoi construit ?* – ou qu'on cultive des plantes – *C'est quoi cultive ? –*, soit parce qu'on risque d'être frappé et tué si on ne le fait pas, soit parce qu'on nous donne de l'argent si on le fait.

C'est quoi de l'argent ?

Non, il ne peut rien dire de tout cela. *Crake veille sur vous,* leur dira-t-il. *Oryx vous aime.*

Là-dessus, ses yeux se ferment et il se sent soulevé de terre, doucement, porté, soulevé de nouveau, porté de nouveau, tenu.

15.

Empreinte

Snowman se réveille avant l'aube. Immobile, il écoute la marée montante, flish-flish, flish-flish, au rythme des battements d'un cœur. Il aimerait tant se croire encore endormi.

La ligne d'horizon, à l'est, baigne dans une brume grisâtre teintée d'une lueur rosée, funeste. Curieux la douceur que cette couleur affiche encore. Il la contemple avec ravissement ; il n'y a pas d'autre mot pour cela. *Ravissement.* Le cœur saisi, pris, comme par un grand oiseau de proie. Comment le monde peut-il encore être aussi beau après tout ce qui s'est passé ? Parce qu'il l'est. Des tours offshore lui parviennent les criailleries des oiseaux, qui n'ont rien d'humain.

Il inspire plusieurs fois à fond, scrute le terrain en dessous afin de s'assurer qu'il n'y a pas de bêtes sauvages, descend de l'arbre, en posant son bon pied par terre en premier. Il inspecte l'intérieur de sa casquette, chasse une fourmi d'une chiquenaude. Peut-on dire d'une fourmi, prise isolément, qu'elle est vivante, au sens plein du terme, ou son existence ne se justifie-t-elle qu'en relation avec la fourmilière à laquelle elle appartient ? Une des vieilles devinettes de Crake.

Il traverse la plage et gagne le bord de l'eau en boitillant ; là, il se lave le pied, sent le sel qui le pique : il devait y avoir un furoncle, l'abcès a dû percer pendant la nuit, ce matin, la plaie lui paraît profonde. Les mouches bourdonnent alentour, prêtes à se poser sur lui à la première occasion.

Puis il retourne en clopinant vers la limite des arbres, enlève son drap fleuri et l'accroche à une branche : il ne veut pas être gêné dans ses mouvements. Il ne portera rien à part sa casquette de baseball qui protégera ses yeux de la lumière éblouissante. Il se passera des lunettes de soleil : il est encore suffisamment tôt, elles ne lui seront donc pas utiles. Il faut qu'il puisse saisir le moindre mouvement.

Il pisse sur les sauterelles, les regarde s'envoler avec nostalgie. Déjà, cette routine s'inscrit dans le passé, à la manière d'une amante qui s'estompe très vite de l'autre côté de la fenêtre d'un train, inexorablement happée par l'espace, le temps, alors qu'elle vous fait au revoir d'un signe de la main.

Il se dirige vers sa cachette, l'ouvre, boit un peu d'eau. Son pied lui fait un mal de chien, les bords de la plaie sont de nouveau rouges, il a la cheville enflée : les trucs qu'il y a dedans ont triomphé du cocktail du ParadéN et du traitement des Crakers. Il applique un peu de pommade antibiotique dessus, cataplasme sur une jambe de bois. Par chance, il a des cachets d'aspirine ; ils atténueront la douleur. Il en avale quatre, absorbe une moitié de Voltbar pour se donner un coup de fouet. Puis il sort son aérodésintégreur, vérifie la boîte de balles virtuelles.

Il n'est pas prêt pour ça. Il n'est pas bien. Il a peur.

Il pourrait choisir de ne rien faire, d'attendre la suite des événements.

Oh chéri. Tu es mon seul espoir.

Il remonte la plage en direction du nord, s'appuie sur son bâton pour préserver son équilibre, reste le plus possible sous le couvert des arbres. Il fait de plus en plus clair, il faut qu'il se dépêche. Il aperçoit la fumée maintenant, elle s'élève en une fine colonne. Cela lui prendra une heure ou plus pour arriver là-bas. Ces gens n'ont pas idée de son existence ; ils sont au courant pour les Crakers, mais pas pour lui, ils ne s'attendent pas du tout à le voir débouler. C'est son meilleur atout.

D'un arbre à l'autre, il avance en boitillant, insaisissable, blanc, telle une rumeur. À la recherche de ses semblables.

Voici une empreinte de pied humain, dans le sable. Puis une autre. Leurs contours ne sont pas nettement définis, parce que le sable est sec à cet endroit-là, mais il n'y a pas d'erreur possible. Et maintenant en voici toute une kyrielle qui descend vers la mer. De différentes tailles. Là où le sable est humide, il les distingue mieux. Que faisaient donc ces gens ? Ils se baignaient, ils pêchaient ? Ils se lavaient ?

Ils portaient des chaussures ou des sandales. C'est ici qu'ils les ont ôtées, là qu'ils les ont remises. Il plante son bon pied dans le sable mouillé, à côté de l'empreinte la plus grande : façon de laisser une signature. À peine l'a-t-il retiré que l'empreinte se remplit d'eau.

Il sent la fumée, il entend leurs voix à présent. Il progresse furtivement, comme s'il traversait une maison vide où il pourrait y avoir encore des habitants. Et s'ils le voient ? Un dingue de barbu à poil circulant avec, en tout et pour tout, une casquette de baseball et un aérodésintégreur. Comment risquent-ils de réagir ? Vont-ils s'enfuir en hurlant ? Vont-ils l'attaquer ? Lui ouvrir les bras avec joie et le cœur débordant d'un amour fraternel ?

Il les observe à travers l'écran de feuillage : ils ne sont que trois assis autour de leur feu. Ils ont un aérodésintégreur eux aussi, un sur-mesure CorpSeCorps, mais il traîne par terre. Ils sont maigres, apparemment mal en point. Deux hommes, un basané, un blanc, une femme café au lait, les hommes arborent des vêtements tropicaux kaki, standards mais crasseux, la femme les vestiges d'une sorte d'uniforme, un truc d'infirmière, de gardienne ? Elle a dû être jolie dans le temps, avant d'avoir maigri comme ça ; maintenant, elle est filiforme et ses cheveux sont tout secs, on dirait de la paille. Tous les trois ont l'air exténués.

Ils font rôtir quelque chose – de la viande. Un rasconse ? Oui, voilà la queue, là-bas sur le sable. Ils ont dû l'abattre. Pauvre bête.

Il y a tellement longtemps que Snowman n'a pas senti une odeur de viande grillée. Est-ce pour cela que ses yeux se mouillent ?

Il frissonne. La fièvre l'a repris.

Et maintenant ? Avancer avec un bout de drap attaché à un bâton, agiter un drapeau blanc ? *Je viens en ami.* Mais il n'a pas son drap.

Ou : *Je peux vous montrer un riche trésor.* Mais, non, il n'a rien à échanger avec eux, ni eux avec lui. Rien à part eux. Peut-être qu'ils l'écouteraient, peut-être qu'ils écouteraient sa salade et lui la leur. Eux au moins comprendraient ce qu'il a enduré.

Ou : *Barrez-vous de mon sable avant que je vous fasse sauter le caisson*, comme dans un vieux western. *Haut les mains. Reculez. Jetez cet aérodésintégreur.* Ce ne serait pourtant pas la fin de l'histoire. Ils sont à trois contre un. Ils feraient ce qu'il ferait à leur place : ils s'en iraient, mais se cacheraient et l'espionneraient. Ils lui tomberaient dessus en douce dans le noir, lui fileraient un bon coup de caillou sur le cigare. Il ne pourrait jamais prévoir le moment où ils se pointeraient.

Il pourrait en finir maintenant, avant qu'ils ne le voient, tant qu'il en a encore la force. Tant qu'il est encore debout. Il a l'impression d'avoir une chaussure en fusion à la place du pied. Mais ils n'ont rien fait de mal, ils ne lui ont rien fait. Faut-il qu'il les tue de sang-froid ? En est-il capable ? Et s'il commence à leur tirer dessus et qu'il s'arrête, l'un d'eux aura sa peau. C'est normal.

« Qu'est-ce que tu veux que je fasse ? » murmure-t-il dans le vide.

Difficile de le savoir.

Oh, Jimmy, tu étais tellement marrant.

Ne me déçois pas.

Par habitude, il consulte sa montre ; elle lui oppose son cadran vide.

Zéro heure, songe Snowman. On y va.

Remerciements

Un grand merci à la Société des auteurs (Angleterre), représentant littéraire des droits de Virginia Woolf, pour m'avoir permis de citer *Vers le phare* ; à Anne Carson pour m'avoir permis de citer *The Beauty of the Husband* ; et à John Calder Publications pour m'avoir permis de citer huit mots de *Mercier et Camier*, le roman de Samuel Beckett. La liste complète des autres citations utilisées et paraphrasées, dans cet ouvrage, sur les magnets du réfrigérateur pourra être consultée sur oryxandcrake.com. « Winter Wonderland », à laquelle il est fait référence dans la partie 9 ; elle est signée Félix Bernard et Richard B. Smith et ses droits exclusifs appartiennent à Warner Bros.

Le nom « Amanda Payne » a été gracieusement fourni par sa propriétaire, heureuse gagnante d'une vente aux enchères, recueillant par la même occasion des fonds hautement utiles pour la Medical Foundation (Grande-Bretagne), association venant en aide aux victimes de torture. Alex le perroquet est l'un des sujets participant aux travaux du Dr Irène Pepperberg sur l'intelligence animale et le protagoniste de nombreux ouvrages, documentaires et sites Web. Il a donné son nom à l'Alex Foundation. Merci également à Tuco, le perroquet vivant avec Sharon Doobenen et Brian Brett, et à Ricki, le perroquet vivant avec Ruth Atwood et Ralph Siferd.

De nombreuses revues et quotidiens ainsi que des auteurs scientifiques rencontrés au fil des ans m'ont fourni, à leur insu, des informations de tout premier plan. La liste de ces derniers est disponible sur oryxandcrake.com. Merci également au Dr Dave

Mossop et à Grace Mossop ainsi qu'à Norman et Barbara Barricello de Whitehorse, dans le Yukon, Canada ; à Max Davidson et son équipe, des Davidson's Arnheimland Safaris, Australie ; à mon frère, le neurophysiologiste Harold Atwood (merci pour l'étude des hormones sexuelles chez des souris in utero et autres questions hermétiques) ; à Gilberto Silva et à Orlando Garrido, biologistes accomplis, de Cuba ; à Matthew Swan et son équipe, d'Adventure Canada, organisateurs d'un des voyages en Arctique au cours duquel une partie de ce livre a été écrite ; aux *boys* du lab, 1939-1945 ; et à Philip et Sue Gregory de Cassowary House, Queensland, Australie, sur le balcon desquels, en mars 2002, l'auteur a observé cet oiseau rare qu'est le *Red-necked Crake* ou râle tricolore.

Ma gratitude aussi à mes premiers et astucieux lecteurs : Sarah Cooper, Matthew Poulikakis, Jess Atwood Gibson, Ron Bernstein, Maya Mahvjee, Louise Dennys, Steve Rubin, Arnulf Conradi et Rosalie Abella ; à mes agents, Phoebe Larmore, Vivienne Schuster et Diana Mackay ; à mes éditeurs, Ellen Seligman de McClelland & Stewart (Canada), Nan Talese de Doubleday (États-Unis) et Liz Calder de Bloomsbury (Grande-Bretagne) ; et à ma formidable secrétaire de rédaction, Heather Sangster. Également à mon assistante, Jennifer Osti, un bourreau de travail, et à Surya Bhattacharya, responsable de la lourde Boîte Marron qui renferme la documentation. Également à Arthur Gelgoot, à Michael Bradley et à Pat Williams ; et à Eileen Graham, Melinda Dabaay et Rose Tornato.

Et enfin à Graeme Gibson. Ce scrupuleux observateur de la nature qui participe avec enthousiaste à la Pelee Island Bird Race de l'Ontario, Canada, partage ma vie depuis trente ans et comprend les obsessions de l'auteur.

Table

6

7

8

9

10

11

12

13

14

15